Roger Graf • Die rechte Hand

Eine abgetrennte Hand gibt dem Zürcher Ermittlerteam um Damian Stauffer Rätsel auf. Gehört sie tatsächlich dem Mann, der sich von einer Brücke vor einen Zug geworfen hat? Aber wie kommt die Hand ins Gebüsch einer Schrebergartenkolonie? Haben die Ermittler es mit einem geschmacklosen Streich von Jugendlichen zu tun? Oder hatte der Selbstmörder einen Komplizen? Handelte es sich um einen geplanten Freitod? Oder ist die abgetrennte rechte Hand gar ein politisches Statement?
Damian Stauffer hat es mit einem komplizierten Fall zu tun. Es gibt eine Menge Spuren, aber kommen die Ermittler rechtzeitig, um weitere Opfer zu verhindern?

Roger Graf wurde 1958 in Zürich geboren, wo er auch heute lebt und schreibt. In der Schweiz wurde Graf berühmt mit seiner Hörspielserie »Die haarsträubenden Fälle des Philip Maloney«, für die er bereits über 300 Folgen geschrieben hat. Mit den Kriminalromanen »Die Frau am Fenster« und »Der Mann am Gartenzaun« startete er eine neue Krimiserie mit dem Zürcher Team um Damian Stauffer.

Roger Graf

Die rechte Hand

PENDRAGON

Für Ruth

Handlung und Personen sind erfunden. Der Roman spielt in Zürich und Umgebung, einige Schauplätze sind fiktiv, andere vom Autor neu gestaltet.

1.

Es kam ihm so vor, als beobachtete ihn der Vogel auf dem Fensterbrett. Da er ständig mit allem rechnete, ging er näher und betrachtete den Vogel, eine Krähe, die keine Anstalten machte wegzufliegen. Er schaute auf die Krähenfüße, doch nichts war daran auffällig. Er hatte davon gehört, dass Brieftauben als Spione eingesetzt wurden, weshalb nicht auch Krähen? Da er niemanden in die Wohnung ließ, der unbeaufsichtigt eine Wanze hätte installieren können, war es naheliegend, dass man ihn auf eine andere Art ausspionieren würde. Doch die Krähe schien weder ein kleines Mikrophon noch eine Minikamera zu tragen. Er überlegte, ob er den Vogel abschießen sollte, fürchtete jedoch den Zorn der Nachbarn; und auf einen Besuch der Polizei konnte er gut verzichten. Unauffällig bleiben war wichtiger als dieser dumme Vogel, der sich wahrscheinlich nur ein wenig erholte oder sich vor dem eisigen Wind schützte. Er trank langsam die Flasche Bier und spürte, wie sich sein Körper entspannte, wie der Rücken weniger schmerzte, wie er ruhiger wurde. Er stand minutenlang still am Fenster und beobachtete die Krähe. Vermutlich hatte das dumme Viech gar nicht bemerkt, dass hinter der Scheibe jemand war. Tiere nahmen die Welt anders wahr als Menschen und das war auch gut so. Er mochte sich nicht vorstellen, was geschehen würde, wenn Tiere die Welt so sehen könnten wie er. Noch während er daran dachte, fühlte er den Abscheu wie eine körperliche Reaktion, so als hätte sein Körper seine Gedanken verinnerlicht, und vielleicht war es auch so. Als die Krähe endlich wegflog, hatte er die Bierflasche geleert. Er stellte sie in den Kasten und zählte die verbleibenden Flaschen. Mehr als drei pro Tag gönnte er sich nicht. Er schaute auf die große Uhr an der Wand und schaltete den Computer ein.

Wöchentlich überprüfte er sein System auf Viren und Trojaner. Dazu ließ er mehrere Programme hintereinander laufen, was bis zu einer Stunde Zeit in Anspruch nahm. Während die Antivirensoftware lief, blätterte er in einem Kochbuch. Ein Standardwerk der italienischen Küche. Er fand ein Rezept, bei dem Fenchel mit Mozzarella überbacken wurde. Auf einem Zettel notierte er sich die Zutaten. Er konnte alles im kleinen Supermarkt an der Ecke kaufen. Das war bei seinem jetzigen Zustand wichtig. Eigentlich hätte er auch alles im Internet bestellen können. Doch er mochte es nicht, wenn jedes Mal jemand anders an der Tür klingelte und ihm die Waren brachte. Im Supermarkt an der Ecke arbeiteten immer die gleichen Leute. Die meisten kamen vom Balkan. Keiner, der auf die alberne Idee kam, ihn nach seinem Namen zu fragen, nur damit er dann jedes Mal laut und deutlich begrüßt werden konnte. Ein Bäcker auf der anderen Straßenseite hatte ihn nach ein paar Monaten nach seinem Namen gefragt. Er hatte ihm einen falschen Namen genannt und war seither nie wieder in die Bäckerei gegangen.

Lächelnd beendete er das dritte Schutzprogramm. Erst als er sicher sein konnte, dass sein System und die Festplatte sauber waren, startete er die Software, mit der er anonym im Internet surfen konnte. Das Programm verschleierte seine IP-Adresse, damit niemand die Spuren bis zu seinem Computer zurückverfolgen konnte. Nur bei perfekter Tarnung ist man dem Feind einen Schritt voraus. Der Satz stammte aus einem der vielen Strategiebücher, die er gelesen hatte. Kriegsstrategien, Guerillakampf und Terror. Darum ging es letztendlich. Diesmal wählte er den Standardbrowser für das Internet. Er hatte mehrere installiert und wechselte ab. Auch das gehörte zu seiner Strategie. Alle Browser waren so eingerichtet, dass nichts gespeichert wurde. Keine Adresse, keine Seite, nichts. Deshalb musste er sich jedes Mal neu einloggen. Es war die Bequemlichkeit, die die Menschen leichtsinnig machte. Alles auf einen Klick. Und schon hat man sich verraten. Als er das Forum aufrief, kontrollierte er zuerst, ob er private Mitteilungen erhalten hatte, was allerdings selten vorkam. Er suchte jene Diskussion, an der er sich seit mehreren Wochen eifrig beteiligte. Niemand wusste, dass er es war, der unter einem anderen Benutzernamen die Diskussion gestartet hatte. Mittlerweile nährte sie sich von selbst, weil sich über ein Dutzend Personen daran beteiligten. Wie verursacht man Chaos? Der Titel war sozusagen Programm. Neben einigen Wirrköpfen beteiligte sich auch ein Student an der Diskussion. Ein kluger Kopf, der analytisch denken konnte und voller Hass war. Er hatte gehofft, auf Leute wie ihn zu treffen. Sie waren es, die in seinen Überlegungen eine wichtige Rolle spielten. Er las den neuesten Beitrag des Studenten.

Chaos entsteht durch Angst. Man muss den Leuten Angst machen. Terror ist Angst. Wenn niemand weiß, wann die nächste Bombe explodiert, wann das nächste Attentat verübt wird. Wie aber instrumentalisiert man die Angst und das Chaos? Entscheidend ist, dass man den Menschen einen Hinweis darauf gibt, wohin der Terror und die Angst führen sollen. Eine politische oder religiöse Botschaft. Versteckt im Blut, das fließt. Doch wer eine Botschaft sendet, hinterlässt Spuren. Ist der perfekte Terror jener, der keine Spuren hinterlässt? Der anonym bleibt, ein unsichtbarer Schrecken, der wütet wie eine tödliche Epidemie?

Der Vergleich gefiel ihm. Der Student hatte zweifellos etwas auf dem Kasten. Aber hatte er auch den Mumm, das umzusetzen, was in der Theorie so gut klang? Spürte er genug Hass oder Leere in sich? Er bezweifelte es. Natürlich gab es genügend junge Kerle, die perfekte Selbstmordattentäter abgeben würden, weil sie mit ihrem Leben nichts anfangen können, weil sie von einem Mädchen gedemütigt worden waren oder gehänselt und unverstanden blieben. Doch das genügte nicht. Für das, was ihm vorschwebte, benötigte er keine Selbstmordkandidaten. Ganz im Gegenteil. Er suchte Typen, deren Abscheu vor dem Leben derart groß war, dass das Auslöschen von Leben nur eine kleine Erleichterung war, die man sich immer wieder gönnte. Wie einen Orgasmus oder ein gutes Essen. Er überlegte lange, ehe er antwortete.

Ein Terror, der sich gezielt gegen Menschen oder Institutionen richtet, bleibt losgelöst vom totalen Chaos. Hat der Terror ein Ziel, dann verliert er an Wirkung. Weshalb sollte ich Angst haben, wenn beispielsweise nur Politiker erschossen werden? Bomben könnten die Angst erhöhen, weil sie immer auch Unschuldige treffen. Der perfekte Terror aber unterscheidet nicht zwischen schuldig und unschuldig. Der perfekte Terror hat kein Muster, ist vollkommen willkürlich. Der perfekte Terror ist wie der Tod. Es kann jeden treffen, jederzeit. Doch wie der Tod würde dieser an sich perfekte Terror eines Tages hingenommen werden als Schicksal, dem man nicht entkommen kann. Deshalb ist es wichtig, wenigstens den Anschein einer Botschaft zu hinterlassen. Sie sollte derart unauffällig sein, dass sie selbst von den gescheitesten Köpfen nicht gelesen werden kann. Einzig die Gewissheit sollte vorhanden sein, dass es sie gibt, die Botschaft. Stell dir vor, der Tod hätte eine derart versteckte Botschaft. Irgendetwas, das wir erahnen, das wir aber nicht entschlüsseln können. Der perfekte Terror ist vollkommen sinnlos, liefert aber winzige Hinweise, die auf einen Sinn hindeuten. Diesen Terror werden die Menschen nicht mehr aus ihrem Kopf kriegen. Er wird sie auffressen und zerstören.

Er las seinen Beitrag mehrmals durch, korrigierte einige Satzzeichen und Worte und schickte ihn schließlich ab. Ohne sich um die anderen Beiträge im Forum zu kümmern, meldete er sich ab und schloss den Browser. Danach schaltete er mit der Fernbedienung die Stereoanlage ein und ließ den metallischen lauten Rock ertönen, den er so sehr mochte. Er stellte sich vor, dass sie nach ihm fahnden würden, während er seelenruhig zuhause saß und laut Musik hörte. Manchmal dachte er auch daran, dass er in einer dieser europaweiten Lotterien mehrere hundert Millionen Franken gewänne und sich damit seinen eigenen Staat aufbauen würde. So wie er das früher gerne am Computer tat. Ein Imperium aufbauen, das er von seinem Computer aus steuern konnte. Keine schlechte Idee für jemand wie ihn, der sich manchmal kaum noch selber steuern konnte. Er wurde immer schneller müde und er hatte festgestellt, dass seine Hände seit zwei Tagen zuckten, als würde jemand Stromstöße in sie hineinjagen. Bis anhin waren alle

Symptome nach einer gewissen Zeit wieder abgeklungen, aber jedes Mal befürchtete er, dass irgendwann etwas zurückbliebe. Am meisten fürchtete er sich davor, langsam das Augenlicht zu verlieren oder alles nur noch verschwommen zu sehen. Gab es etwas Hilfloseres als einen blinden Menschen? Aber wahrscheinlich war das auch nur Gewohnheitssache, so wie alles. Auch vor den Blackouts hatte er Schiss. Plötzlich nicht mehr zu wissen, was man die letzte Stunde alles gemacht hat. Sie gehörten zu dieser scheiß Krankheit, auch wenn sie nicht jeden trafen. Es war ein Hohn. Er, der sich nie einfügen konnte und wollte, der immer seinen eigenen Weg ging, bekam eine Krankheit, die genauso individuell war wie er selbst. Die Liste der möglichen Symptome war unendlich, die Progression von Mensch zu Mensch verschieden, deshalb gab es auch keine Prognose. Und was gab es Schlimmeres als diese scheiß Krankheit ohne Prognose? Immerhin musste er sich nicht mehr darum kümmern, wie er über die Runden kam. Die Invalidenrente, die er bezog, war gering, aber er hatte nie auf großem Fuß gelebt.

Er trommelte begeistert den Rhythmus des Schlagzeugs auf den Holztisch. Wie immer in solchen Momenten ärgerte er sich darüber, dass er seinerzeit das Gitarrespielen aufgegeben hatte, bevor er richtig damit begonnen hatte. Auch wenn es vollkommen absurd war, eine Unterlassung zu bedauern, die ihm jetzt sowieso nichts mehr gebracht hätte. Er stand auf und ging zum Fenster. Voller Verachtung starrte er minutenlang auf die Menschen, die sich auf dem Gehsteig bewegten, als hätten sie einen Plan. Was unterschied sie von den seelenlosen Computeranimationen, die in einem Computerspiel Städte erbauten und Kriege führten? Ein paar lausige Emotionen, die so wertlos waren wie der Müll, den sie täglich einkauften und verzehrten. Dabei sehnten sie sich nur nach dem ewig Gleichen: Jemand, der ihrem Leben einen Sinn gibt. Jemand, der sie führt, jemand, der ihr Schicksal steuert und ihnen vorgibt, was sie zu tun haben. Er streckte den Mittel- und Zeigefinger seiner Hand aus und zielte wahllos auf vorbeigehende

Passanten. Wer war es wert zu überleben? Spielte es überhaupt eine Rolle? Alle waren sie Todgeweihte, alle gingen sie Schritt für Schritt dem Ende entgegen. Die einen schneller, die anderen geruhsamer. Aber am Ende gab es kein Entrinnen. Seit er die scheiß Krankheit hatte, kam ihm der Tod weniger Furcht erregend vor als zuvor. Nur wer die Angst vor dem Sterben und dem Tod überwindet, ist zu wirklich Großem fähig. Das war ihm klar geworden. Wer den Tod in seinem Kopf überwindet, der schüttelt auch Ethik und Moral ab wie unsinnigen Ballast. Er dachte an Eugen, mit dem er wochenlang Pläne geschmiedet hatte. Pläne für den großen Knall, wie sie es nannten. Seit einem Monat hatte er nichts mehr von ihm gehört. Manchmal dachte er an Eugen wie an seinen besten Freund. Dabei wusste er nur wenig über ihn. Er kannte seinen Hass, seine Wut über die Linken und Ausländer, aber er wusste nichts über Eugens Alltag. Anfänglich hatte er versucht, eine gewisse Regelmäßigkeit in ihren Kontakt zu bringen. Doch Eugen war manchmal wochenlang nicht zu erreichen. Er wechselte auch öfter seine Handynummer. Dann stand er plötzlich vor der Tür und tat so, als sei das ganz normal. Er schaute auf die Uhr. Am Nachmittag kam die Stumme, um sauber zu machen. Sie war auch da gewesen, als Eugen ihn zuletzt besucht hatte. Eigentlich war sie nicht stumm, nur schweigsam. All die anderen Putzhilfen hatte er nicht ertragen. Frauen aus aller Herren Länder, die kaum ein Wort Deutsch verstanden. Einige machten einen enormen Krach, während sie putzten, eine sang dauernd und eine andere fragte ihn ständig nach Putzmitteln, ohne die sie ihre Arbeit nicht verrichten konnte. Die Stumme schwieg und putzte. Unendlich langsam, aber das war ihm egal. Sie lebte von Sozialhilfe und wie er lebte sie allein und zurückgezogen. Ihm war aufgefallen, dass sie Eugen Blicke zugeworfen hatte, als er fluchend über die Regierung herzog und gedanklich Massengräber aushob. Da hatte er die Stumme erstmals als Frau wahrgenommen. Eugen schien nichts zu bemerken und vermutlich hätte es ihn eher gestört. Die Stumme war nicht hässlich und wahrscheinlich war sie auch nicht dumm. Einfach nur langsam.

Für solche Menschen gab es keinen Platz mehr, keine Arbeit. Sie waren hoffnungslose Fälle. Ihm war es egal, dass sie dreimal so lange benötigte wie alle anderen Putzhilfen. In ihrer Anwesenheit fühlte er sich nicht gestört. Er konnte lesen, Musik hören, am Computer arbeiten, Selbstgespräche führen. Sie ging nie darauf ein, aber manchmal bemerkte er, dass sie reagierte. Ganz kurz sah er sie vor sich, wie sie mit Eugen zusammen war. Eine absurde Vorstellung. Aber was wusste er schon über Eugen? Über sein Privatleben hatten sie nie gesprochen. Auch nicht bei ihrer letzten Begegnung, als er Eugen von der scheiß Krankheit erzählt hatte. War es das, was Eugen davon abhielt, wieder mit ihm in Kontakt zu treten? Hatte er einen Plan, bei dem er jetzt keine Rolle mehr spielte? Er fluchte laut über sich und die scheiß Krankheit. Aber eigentlich hatte Eugen Recht, wenn er sein Ding ohne ihn durchzog. Am Computer zu sitzen und anonym Hass zu predigen war das eine. Eugen war schon seit Jahren aktiv und er wusste, dass Eugen auch vor Gewalt nicht zurückschreckte.

Er klopfte mit den Fingern den Rhythmus ans Fensterglas. Fenchel mit Mozzarella. Dazu einen guten Weißwein. Er stoppte die Musik, ging in den Korridor und zog sich den Mantel über. Langsam ging er die Treppe runter. Wie immer war er froh darüber, niemandem zu begegnen. Und wie meist begegnete er trotzdem jemandem. Eine rundliche Frau, die oft säuerlich roch und alle Menschen mit einem breiten Grinsen begrüßte. Er nickte nur und ging an ihr vorbei, darauf bedacht, erst wieder vor der Haustür einzuatmen. Wenn diese Menschen wüssten, mit wem sie hier Tür an Tür lebten. Er stellte sich vor, wie sie ihn beschreiben würden, wenn aufgebrachte Reporter wissen wollten, wie das Monster seinen Alltag lebte. Zweifellos würden sie ihn als Monster bezeichnen. Das gehörte dazu. Im Laden unterhielt sich ein älterer Mann mit einer Angestellten. Der Mann sah aus, als hätte er mehrere Kriege überlebt. Ein Blick wie eine Todesanzeige. Die Angestellte tat so, als würde sie das, was der Mann sagte, interessieren. Er sah, wie sie ihn ansah und wie sie ein Lächeln andeutete. Er nickte leicht und ging zum Gemüseregal. Als er seine Einkäufe in eine Plastiktüte gepackt hatte, ging er einmal um den Block. Früher hatte man ihn einen unruhigen Geist genannt, weil er ständig in Bewegung war und Spaziergänge zum täglichen Ritual gehörten. Jetzt hatten sie eine existenzielle Bedeutung. Er wusste, dass diese scheiß Krankheit ihn eines Tages in den Rollstuhl zwingen würde, deshalb waren die Spaziergänge umso wichtiger geworden. Solange er noch gehen konnte, war er in der Lage, aktiv zu bleiben, und sei es nur, um wild um sich zu schießen. Er lächelte kurz bei dem Gedanken, der erste Amokläufer zu sein, der aus dem Rollstuhl schoss, doch sogleich verdüsterte sich seine Miene wieder. Als er stehen blieb, spürte er ein Kribbeln im linken Fuß, was ihm sogleich den Schweiß auf die Stirn trieb. Wie lange blieb ihm noch? Er dachte an das Forum, an den Studenten, an Eugen. Und daran, was sie gemeinsam erreichen könnten. Ein Zeichen setzen. Davon hatte Eugen geredet. Eugens Hass war politisch motiviert, was aber war sein Hass? Gegen wen richtete er sich? Eugen würde nie bei diesen Leuten einkaufen. Er aber hasste den Bäcker, der ihn nach seinem Namen gefragt hatte, weit mehr als die Angestellten im kleinen Laden. Eugen war ein Einzelgänger. Er war ein Einzelgänger. Wahrscheinlich verstanden sie sich deshalb so gut. Als er das Treppenhaus hochging, wusste er, dass er sich nicht auf andere verlassen konnte und wollte. Es war an der Zeit zu handeln. Solange er noch konnte.

2.

Die Schrebergartensiedlung lag im Winterschlaf. Nur in wenigen Gärten wuchs Wintergemüse, etwa Mangold, den ein alter Mann fast täglich erntete. Wie konnte man nur jeden Tag Mangold essen? Ihr fiel spontan kein einziges Rezept ein, mit dem man aus diesem Gemüse eine leckere Mahlzeit zubereiten konnte. Vielleicht sollte sie wieder einmal in den Kochbüchern blättern, die seit Jahr und Tag bei ihr herumstanden? Sich etwas Gutes tun, hieß auch, für sich zu kochen, als hätte man sich selber zu

Gast. Dieser Satz aus der Therapie hatte ihr gefallen. Doch es war so unglaublich schwierig, all die klugen Sätze im Alltag anzuwenden. Deshalb behalf sie sich mit Fertiggerichten, die teilweise erstaunlich gut schmeckten. Die Supermärkte waren voll davon und es gab auch exotische Dinge, Gerichte aus Indien oder Thailand. Kein Vergleich zu früher. Mittlerweile konnte sie sich sogar vorstellen zu verreisen, alleine. Das war der nächste Schritt. Allerdings nicht so weit weg, schließlich wollte sie ihr Hündchen mitnehmen. Nie könnte sie das Tier einem Heim anvertrauen. Vielleicht nach Italien? Wie lange war es her? Über fünfzehn Jahre, sie konnte es kaum glauben. Ich werde alt und ich bemerke es nicht, dachte sie. War es tatsächlich so, wie sie es in einem Roman gelesen hatte? Eines Morgens steht man vor dem Spiegel und realisiert brutal und glasklar, dass man alt ist. Noch aber war sie nicht alt, sah auch nicht aus wie eine Frau, die zum alten Eisen gehörte. Seit es ihr besser ging, schien sie auch den Männern besser zu gefallen. Bei dem Gedanken lächelte sie. Nie in den vergangenen Jahren hatte sie daran gedacht, sich wieder zu verlieben, ja selbst eine leidenschaftliche Affäre erschien ihr undenkbar. Wie auch, bei einer Frau, die all ihre Leidenschaft, jeglichen Antrieb verloren hatte. Ihr Leben bestand nur aus der alltäglichen Mühsal, irgendwie die Stunden verrinnen zu lassen. So, als ginge es nur darum, dumpf und ohne Emotionen auf den Tod zu warten. Sie dachte daran, welch Mühe es ihr bereitet hatte, das Fenster zu öffnen oder wenigstens einige Minuten auf dem Balkon zu sitzen. Immer ängstlich darauf bedacht, dass niemand sie sehen konnte. Das Telefon ignorierte sie wie eine lästige Störquelle. Anderen Menschen, die es gut mit ihr meinten, ging sie aus dem Weg, aufmunternde Worte ignorierte sie genauso wie die mitleidigen Blicke.

Sie ging ein paar Schritte, weil sie ihre Mia nicht mehr sah. Mia spielte mit etwas, rannte um einen Stein herum, war ausgelassen. Der Wind war so stark, dass sie sich dagegenstemmen musste. Den Kopf nach unten, das Kinn auf der Brust. Es war ihr vollkommen unverständlich, weshalb Mia bei diesen erbärmlichen Temperaturen so lange herumtollen wollte. Wahrscheinlich rannte sie nur, damit sie die Kälte nicht spürte. Kein schlechter Instinkt, aber bei etwas mehr Intelligenz würde sie freiwillig sofort nach Hause rennen. Sich im Bett eingraben. Die Decke bis ans Kinn. Keinen Anruf beantworten. Einfach nur daliegen. Monatelang hatte sie derart dahinvegetiert. Unregelmäßig gegessen, wenn überhaupt. Die Tage unterschieden sich nicht, alles war nur eine Abfolge von Zeit, die nicht vergehen wollte. Stundenlang an die Decke starren, stundenlang auf dem Bettrand verharren, unfähig sich aufzurappeln. Stundenlang umherirren in der Stadt, weil sie sich nicht für ein Restaurant entscheiden konnte, um am Ende wieder zuhause zu landen, wo sie sich hungrig hinlegte. Keinerlei Kontakt mehr zur Außenwelt. Zuletzt war sie jedem Blick ausgewichen, bis zum Zusammenbruch. Danach musste sie reden. Es gab keinen Ausweg mehr. Die Wochen in der Klinik waren beängstigend und hoffnungsvoll zugleich. Sie erkannte sich in den Gesichtern anderer, sah aber auch, dass es Menschen gab, die wesentlich schlimmer dran waren. Und vor allem spürte sie, dass sie nicht so enden wollte. Weggesperrt bis ans Ende ihrer Tage, weil sie nicht mehr fähig war, für sich zu sorgen.

Ein Windstoß riss sie aus ihren Gedanken. Sie schaute sich nach Mia um, konnte sie aber nicht entdecken. Aber sie wusste, dass ihr Hündchen nicht einfach weglief, vermutlich scharrte sie in einem Gebüsch und würde gleich wieder auftauchen. Sie sah, wie sich jemand auf der schmalen Straße, die zum Waldrand führte, näherte. Da sie seit einigen Tagen die Kontaktlinsen nicht trug, erkannte sie die Person nicht auf Anhieb. Jetzt hörte sie Mia bellen, was ungewöhnlich war. Sie lachte, als sie sah, wie ein anderer kleiner Hund freudig mit dem Schwanz wedelnd auf ihre Hündin zurannte. Sie hob die Hand und winkte dem Besitzer zu. Dieser winkte zurück und rief ihr etwas zu, das wie Kälte klang. Es waren diese kleinen Begegnungen, die ihr Mut gemacht hatten. Menschen, die sie nicht kannte und die freundlich zu ihr waren. Menschen, die ihr nicht ansahen, wie schlecht es um sie stand. Damals war es so. Damals, das war erst ein paar Monate her. Jetzt stand sie bei eisiger Kälte auf einem Feldweg und genoss es, ihren Atem zu sehen. Der Hundebesitzer ging weiter, nachdem sich sein Hund von Mia abgewandt hatte. Diese rannte in einem großen Kreis und verschwand schließlich im Wald, wo sie oft nach gefrorenen Tannenzapfen suchte, die sie dann freudig wedelnd vor ihre Füße legte. Überrascht stellte sie fest, dass der Wind nachließ, so wie es auch in der Wetterprognose vorhergesagt worden war. In ein paar Tagen sollte es deutlich wärmer werden. Unvorstellbar. Auch wenn sie es schon oft erlebt hatte, ihr fiel es jedes Mal schwer, sich vorzustellen, wieder kurzärmlige Kleider tragen zu können – jetzt, da sie allein schon beim Gedanken daran fror. Seit ein paar Jahren hatte sich das Wetter verändert. In ihrer Kindheit waren extreme Stürme, heiße Sommer oder tagelange Regengüsse seltene Ereignisse gewesen. Mittlerweile waren verrückte Wetterkapriolen normal. Natürlich hatte sie darüber gelesen, die Warnungen der Wissenschaftler, die düsteren Prognosen für die Zukunft. Doch so recht glaubte sie nicht daran. Dass sie sich für die Zukunft interessierte, war wichtiger als das, was mit dem Wetter geschah. Mia kam angerannt und legte ihr einen schmalen Ast vor die Füße. Er war viel zu leicht, und als sie ihn warf, blieb er in der Luft stehen und flatterte wie ein Blatt zu Boden. Mia knurrte, war nicht zufrieden mit ihren Wurfkünsten. Sie rief Mia zu, nach einem besseren Ast zu suchen. Sie zeigte zum Waldrand, woraufhin Mia tatsächlich losrannte.

Nie im Leben hätte sie gedacht, dass ein kleiner Hund ihr Leben derart positiv verändern könnte. Ihre Mutter hatte ihr den Hund geschenkt. Ihr, die immer nur Katzen gemocht hatte. Doch es hatte keine Woche gedauert, bis sie sich in das kleine Geschöpf verliebt hatte. Nach nicht einmal einem Monat war es ihr deutlich besser gegangen. Erste scheue Kontakte, erste Gespräche, andere Hundebesitzer, denen sie regelmäßig begegnete. Eine Nachbarin, die sie kennen lernte und mit der sie einmal wöchentlich Kaffee trank. Mia hatte sie zurück ins Leben gebracht. Am

Morgen, wenn sie manchmal noch immer wie gelähmt erwachte, lag neben ihr dieses kleine Geschöpf, das sich auf den neuen Tag freute. Jeden Tag. Ein Tier, das sich darüber freute, dass es sie gab, das sich freute, mit ihr zusammen zu sein, mit ihr spazieren zu gehen. Manchmal dachte sie, dass es tatsächlich so war. Mia ging mit ihr spazieren und nicht umgekehrt. Sie war es, die an ihr hochsprang, sie herausfordernd ansah und kleine spitze Laute der Begeisterung von sich gab, wenn sie die Jacke oder den Mantel überzog. Wie leicht und wie schön doch alles geworden war. Sie lachte, als sie sah, wie Mia voller Begeisterung auf sie zustürmte, eine neue Beute im Maul. Doch diesmal war es kein Ast, auch kein Tannenzapfen. Sie fasste sich an den Hals und schluckte leer. Verzweifelt versuchte sie dem Hündchen klarzumachen, dass es das, was es im Maul hatte, auf den Boden legen sollte. Doch ihre Hündin missverstand ihre Gesten und glaubte, dass sie mit ihr spielen wollte. Begeistert rannte sie um sie herum, im Maul die Hand, die sie gefunden hatte.

3.

Nachdem er lange ratlos in der Weinhandlung gestanden und sich von Regal zu Regal bewegt hatte, überwand er sich schließlich, einen der Verkäufer anzusprechen. Dieser bot ihm sogleich ein Degustierglas an, was Stauffer dankend ablehnte.

»Ich muss noch arbeiten.«

Er sah, wie ein anderer Mann in einem gut sitzenden Anzug etwas verschämt wegschaute. Stauffer wusste, dass er schon an seinem zweiten Glas saß. Geht dich nichts an, sagte er sich. Dem Angestellten erklärte er, dass er sich für Weine aus der Region interessierte, vor allem Blauburgunder, aber auch typische Rebsorten aus der Gegend. Der Angestellte nickte und führte ihn zu mehreren Regalen. Stauffer nahm überrascht zur Kenntnis, dass viele der Etiketten darauf hinwiesen, dass die Weintrauben ganz in der Nähe gewachsen waren. Flasche um Flasche wurde ihm präsentiert. Er schielte ab und zu auf das Preisetikett, sah, dass einige Flaschen über zwanzig Franken kosteten, es gab aber auch günstigere. Er bat den Angestellten, ihm eine Auswahl von zwölf Flaschen zusammenzustellen. Immer zwei pro Sorte und jeweils für weniger als zwanzig Franken.

»Aber nur Rotweine«, sagte er und zeigte auf die Regale.

Der Mann im Anzug degustierte einen neuen Wein. Er schwenkte das Glas lange, roch noch länger daran, ehe er es mit einigen wenigen Schlucken leertrank. Stauffer hoffte, dass er dem Mann nicht in der Tiefgarage begegnen würde. Es fiel ihm schwer, in solchen Momenten den Polizisten in ihm auszublenden. Aber es ging nicht anders. Die Straßen waren voll mit Leuten, die Alkohol oder Drogen im Blut hatten. Der Angestellte kam mit zwei Kartons auf einem Rollwagen zurück. Zudem drückte er Stauffer eine Flasche aus dem Aktionskorb in die Hand.

»Die ist umsonst«.

Stauffer bedankte sich. Die Rechnung war trotz allem horrend, im Supermarkt hätte er dafür doppelt so viele Flaschen seiner Lieblingsweine kaufen können. Aber er wusste, dass er es genießen würde, die neuen Weine zu kosten, und dieser Genuss war es wert, tiefer in die Tasche zu greifen. Regelmäßig konnte er sich das allerdings nicht leisten. Er war froh, dass der Mann im Anzug keine Anstalten machte aufzustehen. Vielleicht verbrachte er regelmäßig den Nachmittag in der Weinhandlung. In seinem Beruf hatte er schon alles Mögliche erlebt. Arbeitslose, die, um den Schein zu wahren, jeden Morgen außer Haus gingen und dann die Zeit irgendwie totschlugen, ehe sie am Abend wieder so taten, als kämen sie von der Arbeit. Als er wenig später aus der Tiefgarage fuhr, freute er sich bereits darauf, am Abend eine Flasche zu öffnen. Vielleicht gönnte er sich auch schon am Nachmittag einen Schluck, schließlich hatte er einen freien Tag, auch wenn das in seinem Beruf wenig bedeutete. Als er fuhr, betrachtete er die Passanten in ihren dicken Mänteln. Es sah beinahe so aus, als würden alle ihre wärmsten Winterkleider spazieren führen, nur damit diese nicht sinnlos im Schrank hingen. Der Wind schien nicht mehr so heftig zu sein wie am frühen Morgen, als Stauffer einen Spaziergang gemacht hatte, aber rasch wieder umgekehrt war, weil er gefroren hatte. Glaubte man den Meteorologen, so war die Kälte bereits eine der letzten Zuckungen des Winters, obwohl es erst Februar war und schon der Januar viel zu mild ausgefallen war im Vergleich zu anderen Jahren. Es fiel kaum Schnee in Zürich und auch die frostigen Nächte waren erträglich, weil es meist windstill war. Stauffer sah, wie erste Sonnenstrahlen durch die graue Wolkendecke stießen. Als er den Wagen vor seinem Haus abstellte, wehte nur noch ein leichter kalter Wind. Auch gut, dachte Stauffer, der die Jahreszeiten mochte und sich nie über das Wetter beschwerte. Er hob die Kartons mit dem Wein aus dem Kofferraum und trug sie in den schmalen Keller. In einer Ecke hatte er Platz gemacht. Er hörte, wie sein Handy die Ankunft einer Textmitteilung meldete. Bevor er sich darum kümmerte, fuhr er den Wagen vor die Garageneinfahrt. Danach trank er im Haus einen Kaffee und streckte sich. Mit der Tasse in der einen und dem Handy in der anderen Hand stand er an der Verandatür und blickte in den Garten. Er hielt das Handy nahe vors Gesicht und las die Textmitteilung. Zuerst dachte er an einen Scherz. In Wollishofen war eine Hand gefunden worden. Der Absender machte normalerweise keine Scherze. Er wählte die Nummer, und als sich Wenger meldete, machte er keine Umschweife.

»Eine Hand?«, fragte Stauffer verwundert.

»Seltsam genug, um dich an deinem freien Tag zu stören?«, fragte Wenger lachend.

»Wo wurde die Hand gefunden?«

»Im Freien. Von einem Hund. Die Marthaler und Holzer sind vor Ort. Tanja ist unterwegs.«

»Man muss sofort die Gegend absperren und nach der Leiche suchen«, sagte Stauffer.

»So wie es aussieht, liegt sie vermutlich im angrenzenden Waldgebiet. Ich habe Hunde angefordert.«

»Gut«, sagte Stauffer.

»Soll ich dich auf dem Laufenden halten?«

Stauffer überlegte einen Moment.

»Ich werde hinfahren. Schreibst du mir den genauen Fundort?«

»Kann ich machen. Sollte die Leiche gefunden werden, rufe ich dich an.«

»Gut«, sagte Stauffer.

»Muss ja noch nicht viel heißen. Vielleicht ist es die Frau, die aus dem Pflegeheim verschwunden ist. Kann sein, dass Füchse die Leiche entdeckt haben.«

»Ja«, sagte Stauffer, der sich an die Vermisstmeldung erinnerte.

»Trotzdem«, sagte Stauffer nach einer Pause, in der er Wenger zuhörte, der offenbar etwas auf einer Tastatur tippte.

»Was meinst du?«, fragte Wenger.

»Tiere nagen das Fleisch ab, weshalb sollten sie eine Hand vom Arm abtrennen?«

»Wenn sie Junge im Bau haben, bringen sie denen was zu essen.«

Stauffer überzeugte die Antwort vorerst, gleichzeitig fragte er sich aber, ob Füchse im Februar Jungtiere warfen. Machten Füchse keinen Winterschlaf? Er hatte keine Ahnung. Als er sich von Wenger verabschiedete, nahm er sich vor, im Internet nach einer Antwort zu suchen. Er ging zum Kühlschrank und nahm einen Joghurt, den er langsam auslöffelte.

Wie oft kam es vor, dass eine Hand von einem Skelett abfiel oder von einem Tier weggerissen wurde? Er konnte sich nicht daran erinnern, wann zuletzt ein derart makabrer Fund gemeldet worden war. Leichenteile in einem Koffer, das war ein paar Jahre her. Sofort als Gewaltverbrechen erkennbar. Aber jetzt, eine Hand in Wollishofen. In Gedanken ging er die verschiedenen Möglichkeiten durch. Die naheliegende war tatsächlich ein Leichenfund im Wald. Noch konnte er nichts ausschließen, doch sein Gefühl sagte ihm, dass dieser freie Tag mit sehr viel Arbeit zu Ende gehen würde. Er setzte sich an den Computer und fand rasch heraus, dass Füchse keinen Winterschlaf hielten und im Januar und Februar die Paarungszeit war. Vielleicht wollte ein Jungfuchs seine Angebetete mit der Hand überraschen? Die Hand hätte auch ein Hund ausgegraben können. Sogar ein spielendes Kind war denkbar. Oder es handelte sich um Leichenteile, die in einem Müllsack entsorgt worden waren. Die Waldränder waren beliebt bei Menschen, die die Entsorgungsgebühr sparen wollten. Da er schon dabei war, gab er auch gleich eine Straße ein, die in der Nähe des Fundortes war. Als ihm das Programm eine Übersicht präsentierte, hatte er Mühe, sich zurechtzufinden. Die neue Version schien um einiges komplexer geworden zu sein. Ständig wurde noch mehr hineingepackt, ähnlich wie bei der Unterhaltungselektronik, wo man vor lauter Knöpfen nicht mehr wusste, wie man ein Gerät ein- und ausschalten konnte. Schließlich schloss er das Programm und startete es erneut, ein wenig genervt darüber, dass es ihm nicht auf Anhieb gelungen war, sich das Gelände anzeigen zu lassen, auf dem die Hand gefunden worden war. Fasziniert von der Detailgenauigkeit wanderte er auf dem Computer eine Hauptstraße entlang, nur um festzustellen, dass die Seitenstraße, die zum Fundort führte, noch nicht erfasst worden war. Er fragte sich, ob die Mitarbeiter des Internetdienstleisters eines Tages auch durch die Wälder spazierten und alles fotografierten, bis auch der letzte schmale Weg erfasst war. Bei den polizeilichen Ermittlungen war das Programm durchaus hilfreich. Stauffer erinnerte sich an einen Einsatz, bei dem anhand der Fotos im Internet ein Zugriffsplan ausgearbeitet worden war. Die Fülle an Informationen, die für alle zugänglich waren, versetzte ihn immer wieder in Erstaunen. Doch wer nicht gezielt nach etwas suchte, war diesen Informationen hilflos ausgeliefert, so wie einem dicken Lexikon, das nur dem hilfreich war, der wusste, wonach er suchte. Er fand Informationen zu der Frau aus dem Heim, die vermisst wurde. Das Foto zeigte eine gepflegte Person mit rundem Gesicht. Das Heim befand sich in einem anderen Stadtquartier. Aber wenn die Frau umherirrte oder sich in ein Tram oder einen Bus setzte, konnte sie auch in Wollishofen landen. Vielleicht hatte sie früher dort gewohnt oder es gab Verwandte, an die sie sich erinnerte. Eine vermisste Frau, die im Wald erfriert oder an Erschöpfung stirbt, war die einfachste Erklärung. Er versuchte Tanja Locher zu erreichen, doch ihr Anschluss war besetzt. Er ging zu einem

Regal und holte einen Stadtplan. In Gedanken überlegte er sich, welcher der kürzeste Weg zum Fundort war. Er notierte sich die nächstgelegene Straße, damit er sie ins Navigationsgerät eingeben konnte. Danach setzte er sich wieder an den Computer und gab die Straße in die Suchmaschine ein. Er wusste nicht, welche Resultate er erwartete, aber manchmal ergaben sich wie von selbst Zusammenhänge. Manuele Fontini, der Computerspezialist, hatte ihm vor einiger Zeit gezeigt, wie man das Internet besser nutzen konnte, wenn man nach etwas suchte, aber nicht genau wusste, wonach. Er nannte es assoziatives Suchen. Wie bei Gedankenspielen führte eine Seite zu einer anderen, es gab überraschende Verknüpfungen, bis man völlig vom Ursprungsgedanken wegkam und sich in der Weite verlor. Fontini hatte ihm gezeigt, wie er anhand von wenigen Stichworten Informationen zu Personen erhielt, die weit verstreut waren. Zulassen und eingrenzen hatte er es genannt. Zuerst ging es darum, viele Informationen zuzulassen und danach grenzte man wieder ein. Stauffer war nicht sehr geübt darin, wahrscheinlich war er auch zu ungeduldig. Fontini konnte stundenlang suchen und seine Resultate waren fast immer bemerkenswert. Es war eine wichtige Erweiterung der Polizeiarbeit. Und sie ergänzte Stauffers eigene Sicht. Die Informationen waren da, aber allzu oft wurden sie übersehen oder falsch interpretiert. Dies konnte an jedem Tatort geschehen. Deshalb war es wichtig, die Bilder immer wieder anzusehen, da es im Verlauf einer Ermittlung zu Veränderungen in der Wahrnehmung kam. Stauffer faszinierte dieser Aspekt seiner Arbeit. Was aber zeigte das Bild einer Hand irgendwo an einem Waldrand? Er ging wieder zur Verandatür und blickte in den Garten.

4.

Als Tanja Locher aus ihrem Wagen stieg, wirbelten kleine Schneeflocken durch die Luft. Sie wartete einen Moment und schaltete ihr Handy wieder ein. Zuvor hatte sie zwei verstörende Anrufe ihrer Mutter erhalten, die sich sonst praktisch nie bei ihr meldete. Es hörte sich an, als wäre sie betrunken, doch ihre Mutter trank keinen Alkohol – zumindest war sie bis zu diesem Tag davon ausgegangen. Mehrmals erkundigte sie sich nach einer schwarzen Tasche, die sie vor langer Zeit in Lochers Wohnung hatte liegen lassen. Obwohl ihr Tanja versicherte, dass sie die Tasche ein paar Wochen darauf zu ihr zurückgebracht hatte, ließ sie nicht locker und fragte weiter, bis Tanja der Geduldsfaden riss und sie das Gespräch abrupt beendete. Keine zehn Minuten später rief ihre Mutter erneut an. Diesmal beklagte sie sich in einem weinerlichen Ton, dass man sie vergessen hätte und dass sie in ihrer Wohnung tot umfallen könnte, ohne dass dies jemand bemerken würde. Tanja fragte sie, was genau sie mit vergessen meinte, doch sie erhielt keine befriedigende Antwort, nur Klagen und Vorwürfe. Als sie fragte, ob sie sie besuchen solle, wechselte ihre Mutter das Thema und erzählte von einem Nachbarn, der sich offenbar das Bein gebrochen hatte. Dann war es auf einmal still. Sie hörte, wie sich ihre Mutter in der Wohnung bewegte und wie sie das Telefon irgendwo hinlegte. Den Geräuschen nach befand sie sich in der Küche. Obwohl Tanja mehrmals nach ihrer Mutter rief, antwortete diese nicht. Erst nach mehreren Minuten hörte man kratzende Geräusche und dann die Stimme der Mutter, die sich wunderte, wer das Telefon in der Küche liegen gelassen hatte. Danach wurde die Verbindung unterbrochen. Als Tanja Locher zurückrief, meldete sich ihre Mutter, als sei nichts gewesen. Sie müsse das Abendessen vorbereiten. Es sei alles in bester Ordnung. Doch genau das bezweifelte Tanja Locher. Was, wenn es sich nicht um die normalen Aussetzer des Alters handelte, sondern um erste Anzeichen einer Demenz? Dieser Gedanke ließ sie während der Fahrt nicht los und auch jetzt, als sie langsam auf dem schmalen Weg zu ihren Kollegen ging, musste sie immer wieder daran denken, was auf sie zukommen könnte, wenn ihre Mutter die Selbstständigkeit verlor. Vielleicht aber hatte sie tatsächlich zu trinken begonnen, was seltsamerweise in diesem Moment tröstlich gewesen wäre, im Grunde genommen aber genauso verheerend. Es war egal, sie konnte sich weder ihr eigenes Schicksal noch das ihrer Mutter oder Tochter auswählen. Vielleicht war es an der Zeit, mit ihrer Mutter über die Zukunft zu reden. Allerdings befürchtete sie, dass all ihre Fragen und Vorschläge abgeblockt würden, weil ihre Mutter sie bezichtigen würde, sie möglichst bald loswerden und in ein Heim abschieben zu wollen.

Als sie Holzer und Marthaler sah, hob sie den linken Arm. Beide grüßten zurück. Aus dem Wald hörte man Hundegebell. Sie sah zwei Kollegen, die mit den ausgebildeten Schäferhunden nach Leichenteilen suchten. Grotesk, dachte Tanja Locher. Eine Hand, die irgendwo herumliegt.

»Und?«, fragte sie Holzer, während sie Elfie Marthaler beobachtete, die sich mit einer Frau unterhielt, die zitternd einen kleinen Hund auf ihrem Schoß hielt.

»Die Frau hat einen Schock«, sagte Holzer und zeigte auf das kleine Zelt, das am Fundort aufgestellt worden war.

»Und warum ist sie noch hier?«

»Sie ist in Therapie und sie wollte, dass wir eine ganz bestimmte Psychologin hinzuziehen. Die kann aber erst in einer Stunde hier sein.«

»Hört sich nicht gerade professionell an«, sagte Locher vorwurfsvoll.

»Zumindest für das Wetter bin ich nicht verantwortlich«, sagte Holzer, als sich Locher von einem Windstoß abwandte.

»Okay, die Marthaler hat ja wenigstens eine psychologische Grundausbildung.«

»Hat sie das?«, fragte Holzer sarkastisch. Locher reagierte nicht auf Holzers Bemerkung. Sie wusste um seine Stellung im Team. Er fühlte sich als Außenseiter und er tat wenig, um dem entgegenzuwirken. Stauffer hielt viel von seinen Fähigkeiten als Polizist. Locher hatte manchmal ihre Zweifel, ob dies die offensichtlichen anderen Defizite aufwiegen konnte.

»Was ist mit der Hand?«, fragte sie.

»In der Kühlbox. Möchtest du sie sehen?«

Locher schüttelte den Kopf. Absurderweise dachte sie einen

Moment lang an die Hand ihrer Mutter. Wenn sie wieder einmal verwirrt war, konnte sie auch eines Tages irgendwo erfroren aufgefunden werden. Sie verscheuchte den Gedanken.

»Männlich oder weiblich?«

»Mit ziemlicher Sicherheit die rechte Hand eines jungen Mannes.«

Holzer hielt seine rechte Hand in die Höhe und bewegte die Finger.

»Irgendetwas speziell an der Hand?«

»Davon abgesehen, dass sie vermutlich abgehackt wurde, scheint alles in Ordnung zu sein.«

»Abgehackt? Das ist sicher?«

»Nichts ist sicher, aber der Gerichtsmediziner hat sich die Hand kurz angeschaut und danach gesagt, dass sie abgetrennt wurde.«

»Dann wäre es wichtig zu wissen, ob die Person noch gelebt hat, als das geschah.«

»Ja«, sagte Holzer. »Die Hand geht ins Institut und in ein paar Stunden wissen wir mehr.«

»Sonst noch Spuren?«

»Bis jetzt nichts. Auch keine weiteren Leichenteile. Der Wald ist relativ groß, das kann Tage dauern, bis wir die Leiche finden.«

Locher schaute zum Waldrand und sah, wie eine Polizistin in ein Funkgerät sprach.

»Wir müssen mit dem Forstamt eine Lösung finden. Wir sollten möglichst großräumig absperren, damit wir in Ruhe arbeiten können.«

»Weiter oben machen sie gerade Holzschlag. Es wäre am einfachsten, deren Absperrbänder und Hinweistafeln zu benutzen.«

»Gut. Rede mit den verantwortlichen Leuten. Ich will mich kurz mit der Marthaler unterhalten.«

Sie ging in das Zelt, grüßte wortlos die Zeugin und tippte Elfie Marthaler auf die Schulter. Diese nickte und zeigte nach draußen. Die Zeugin klammerte sich an eine Tasse, aus der es dampfte. Elfie Marthaler lächelte ihr aufmunternd zu, als sie zusammen mit Locher das Zelt verließ.

»Die Frau leidet seit Jahren an Depressionen. Ich glaube nicht, dass der heutige Tag besonders hilfreich sein wird.« Sie sagte es emotionslos. Elfie Marthaler war für ihren Sarkasmus berüchtigt. Tanja Locher war sich nicht sicher, ob es ein Schutzwall oder ob es schon immer Teil ihrer Persönlichkeit gewesen war.

»Was genau ist vorgefallen?«

»Ihr Hund hat die Hand gefunden und sie ihr gebracht.«

»Kennen wir den genauen Fundort?«, fragte Locher.

»Mit ziemlicher Sicherheit gleich hinter dem Zelt in dem Gebüsch.«

»Nicht im Wald?«

»Nein, eher am Waldrand.«

»Ziemlich seltsam.«

»Kann gut sein, dass ein anderer Hund zuerst dran war. Man sieht jedenfalls Bissspuren an der Hand. Kann aber auch sein, dass Kinder die Hand gefunden und damit gespielt haben.«

Locher hätte beinahe gelacht, sah aber, dass die Marthaler keine Miene verzog. War das denkbar, dass Kinder mit einer abgetrennten Hand spielten?

»Mutprobe oder irgend so ein Unsinn. Jungs stehen doch auf solchen Quatsch.«

»Spielen hier zu dieser Jahreszeit Kinder?«

»Weiter unten gibt es eine Siedlung. Sieht ziemlich trostlos aus. Viele ausländische Familien.«

»Vielleicht brauchen wir einen Übersetzer. Wir müssen mit den Kindern und wenn möglich auch mit allen Erwachsenen in der Siedlung sprechen.«

»Es gibt auch noch andere Möglichkeiten«, sagte Elfie Marthaler.

»Ja?«

»Ist schon vorgekommen, dass ein Mörder eine Leiche zerstückelt und dann die einzelnen Teile über die Stadt verteilt. Dann bringt es nichts, wenn hier der ganze Wald abgesucht wird.«

»Wir haben vorerst nur eine Hand. Ich denke mal, dass es richtig ist, den Wald abzusuchen.«

Elfie Marthaler zeigte nach hinten zum Zelt und Tanja Locher nickte. Sie suchte nach Holzer und fand ihn rauchend neben einem Forstarbeiter stehen.

»Vor einer Woche gab es weiter oben Holzschlag, da sind Forstarbeiter durchs Gelände gegangen. Niemand hat etwas bemerkt.«

»Die Leiche könnte vergraben sein«, sagte Locher leise.

»Ja«, sagte Holzer, auf seine Armbanduhr blickend.

»Musst du weg?«, fragte Locher.

»Erst in einer Stunde, lässt sich aber auch verschieben.«

»Geht schon«, sagte Locher. »Damian und Walter sind unterwegs.«

Der Forstarbeiter fragte, ob er zu seinem Wagen dürfe, was Tanja Locher bejahte.

»Wir sollten die Vermisstenfälle durchgehen. Der Mann dürfte erst seit ein paar Tagen verschwunden sein. Es sei denn, der Mörder besitzt eine größere Tiefkühltruhe.«

Locher reagierte nicht auf Holzers Bemerkung. Nur noch vereinzelte Windstöße brachten die Kälte zurück, dazwischen war es angenehm, was vermutlich daran lag, dass sie warm angezogen war.

»Gestern hat es geregnet, da waren nicht viele Menschen unterwegs.«

»Die Hundebesitzer sind jeden Tag draußen.«

Locher glaubte, aus Holzers Stimme Bewunderung herauszuhören. Sie hatte sich nie überlegt, wie ein Leben mit einem Hund aussehen könnte. Aber als ihre Tochter klein gewesen war, waren sie auch fast täglich spazieren gegangen.

»Mist«, sagte sie, als sie sah, wie ein Auto mit dem Schriftzug des lokalen Fernsehens weiter unten parkte. Sie rief einen Polizisten zu sich und bläute diesem ein, keine Reporter in die Nähe des Fundortes zu lassen. Der Polizist atmete tief ein. Es sah aus, als würde er sich für die Begegnung mit den Fernsehleuten aufblasen. Locher sah, wie jemand aus dem Wagen stieg, das Fahrzeug verriegelte und wegging, ohne sich um die Polizisten zu kümmern. Als der Polizist zurückkam, meldete er, dass keine Journalisten vor

Ort waren und er die wenigen Schaulustigen aufgefordert habe, nach Hause zu gehen.

Als Stauffer eintraf, stand der Wagen des Lokalfernsehens noch immer auf dem Parkplatz, aber weit und breit waren keine Medienschaffenden zu sehen, was er erleichtert zur Kenntnis nahm. Die Zeugin war mittlerweile von der Psychologin abgeholt worden. Stauffer hatte die Hand lange angestarrt. Sie sah unwirklich aus, wie eine Hand aus dem Fundus eines Theaters, aber wahrscheinlich wirkte das nur so, weil es nicht oft vorkam, dass einem eine abgetrennte Hand gezeigt wurde.

»Wurde sonst noch etwas gefunden?«, fragte er Tanja Locher.

»Nichts was im direkten Zusammenhang mit der Hand steht. Kein Leichnam, auch keine Hinweise auf weitere Körperteile.«

»Eine Hand«, murmelte Stauffer und schüttelte den Kopf. »Wo ist Wenger?«

»Er sollte jede Minute eintreffen.«

Marthaler und Holzer kamen dazu und berichteten über die Suche, die bisher nichts zu Tage befördert hatte.

»Man sollte das Gelände umgraben«, sagte Holzer.

»Dafür kriegen wir keine Bewilligung. Nicht jetzt.« Stauffer schaute auf die Uhr.

»Ihr könnt nach Hause, aber einer soll sich am Abend bereithalten.«

Sie sprachen sich kurz ab und einigten sich darauf, dass Marthaler auf Abruf bereitstehen würde. Danach verabschiedeten sich die beiden. Stauffer ließ sich vom Einsatzleiter vor Ort erklären, wie man vorgegangen war und wie unwahrscheinlich es sei, dass noch weitere Körperteile herumlagen. Er zeigte in Richtung Osten, wo sich ein größeres Waldgebiet erstreckte.

»Wenn einer eine Leiche entsorgt hat, dann eher da drüben. Aber das dauert Tage, wenn wir dort suchen.«

Stauffer bedankte sich für die gute Arbeit. Offenbar hatte einer der Spürhunde jenen Ort gefunden, an dem die Hand gelegen hatte, ehe sie sich der Hund der Spaziergängerin geschnappt hatte. Es war ein immergrünes Gebüsch, in dem die Hand nicht zu sehen gewesen war. Sie begutachteten die Stelle, ohne jedoch näher heranzugehen, da noch immer Techniker nach weiteren verwertbaren Spuren suchten.

»Da kommt Walter«, sagte Tanja und zeigte nach unten. Wenger näherte sich mit großen Schritten und stellte sich neben Stauffer, nachdem sie sich wortlos begrüßt hatten.

»Die Hand eines jüngeren Mannes«, sagte Stauffer.

»Die Frau aus dem Heim scheidet also aus. Keine erfreulichen Aussichten«, sagte Wenger.

»Wie meinst du das? «, fragte Stauffer.

»Abgetrennte Gliedmaßen deuten nicht auf einen normalen Mord hin.«

»Was ist schon ein normaler Mord?«

»Einer, den wir in kurzer Zeit aufklären«, sagte Wenger.

»Wenn die Hand tatsächlich zu einem Mordopfer gehört.«

Lochers Bemerkung sorgte für fragende Blicke.

»Nicht weit von hier gibt es einen Friedhof.«

»Auch keine sehr erfreuliche Aussicht«, sagte Wenger lachend. »Allerdings können wir das so gut wie ausschließen. Man müsste ein Grab ausheben, den Sarg öffnen und danach die Hand abtrennen.«

»Okay«, sagte Stauffer schließlich. »Wir wissen so gut wie nichts. Die Art und Weise, wie die Hand abgetrennt wurde, könnte ein erster Hinweis sein. Dazu müsste die Hand an sich auch noch einige Informationen liefern. Tanja, du bleibst hier und sorgst dafür, dass minutiös weitergesucht wird. Man muss auch mit den Anwohnern reden. Vielleicht ist jemand etwas aufgefallen. Ein Wagen, der hier hochfuhr und anhielt. Allzu lange dürfte die Hand nicht hier gelegen haben.«

»Ich kümmere mich darum«, sagte Wenger und drehte den Kopf leicht in Richtung Wohnsiedlung.

»Nein, die Marthaler soll das erledigen. Wir fahren in die Gerichtsmedizin. Ich will, dass der Fundort gesichert wird und die ganze Nacht Polizisten vor Ort sind.«

Sie besprachen, wie großräumig das Gelände abgesperrt werden sollte. Da aber nur eine begrenzte Anzahl von Polizisten aufgeboten werden konnte, einigte man sich darauf, die natürlichen Grenzen zu nutzen und den Zugang über einen Feldweg und zwei Straßen abzuriegeln. Als Stauffer zum Wagen ging, sah er weiter unten auf den Parkplätzen der Wohnsiedlung einen Mann mit Fotoapparat.

»Also doch«, murmelte er. Er kannte den Mann. Er hatte einige Jahre für eine Fotoagentur gearbeitet und sich danach selbstständig gemacht. Sein Spezialgebiet waren Unfälle im Stadtgebiet und der weiteren Umgebung. Stauffer sah, wie sich der Mann an eine Polizistin wandte. Er hob die Hand und winkte den beiden zu. Gleichzeitig rief er laut »Hallo«, um die Aufmerksamkeit auf sich zu lenken. Als er auf die beiden zuging, versuchte sich Stauffer an den Namen des Mannes zu erinnern, doch er war sich nicht sicher, deshalb beließ er es bei seinem »Hallo«, als er ihn begrüßte.

»Liegt da oben eine Leiche?«, fragte der Fotograf ohne Umschweife.

»Wie kommen Sie darauf?«, fragte Stauffer.

»Es gab einen Anruf bei einer Zeitung. Die Polizei sei vor Ort und man habe einen Toten gefunden.«

»Das kann ich nicht bestätigen«, sagte Stauffer.

»Ich habe Polizeihunde gesehen.«

»Das ist richtig«, sagte Stauffer.

»Sie suchen nach jemand?«

»Das sind laufende Ermittlungen, mehr kann ich nicht dazu sagen.«

»Was wurde gefunden?«

Der Mann war hartnäckig, aber Stauffer wusste, dass er nichts preisgeben durfte.

»Wir wissen nicht genau, wonach wir suchen«, sagte er und ärgerte sich sogleich über den Satz.

»Nicht?«, fragte der Fotograf lächelnd. »Was ist mit dem Zelt?«

»Wir sichern Spuren, können aber nicht sagen, ob es sich tatsächlich um ein Delikt handelt.«

»Ein Selbstmord?«

»Wie bereits gesagt: Ich kann nicht bestätigen, dass eine Leiche gefunden wurde.«

»Okay.«

Stauffer ahnte, dass sich der Fotograf nicht damit zufriedengeben würde. Er würde aus der Ferne fotografieren und in der Umgebung Leute befragen. Doch dann geschah etwas Unvorhergesehenes. Das Handy des Fotografen klingelte. Er nahm den Anruf entgegen. Stauffer bekam mit, dass er zu einem anderen Ereignis bestellt wurde.

»Ein Wagen brennt an der Autobahnausfahrt«, sagte er lächelnd, nachdem er das Gespräch beendet hatte.

»Falls wir etwas finden, werden wir es via Medienstelle bekannt geben«, sagte Stauffer.

»Mal schauen«, sagte der Fotograf. »Lodernde Flammen verkaufen sich besser als ein weißes Zelt.«

So kann man das auch sehen, dachte Stauffer und reichte dem Fotografen die Hand. Als dieser gegangen war, wandte er sich an die Polizistin: »Wenn jemand fragt, sagen Sie, dass ein verdächtiger Gegenstand gefunden wurde.«

»Die Leute wissen doch, was es heißt, wenn da ein Zelt steht.«

»Trotzdem«, sagte er.

Als Stauffer wegfuhr, hörte er im Radio die Lokalnachrichten. Der Fund wurde noch nicht erwähnt, was er erleichtert zur Kenntnis nahm. Er rief kurz bei der Medienstelle an. Es gab keinerlei Anfragen. Noch konnten sie in Ruhe weiterarbeiten.

5.

Holzer lag auf dem Rücken und streckte seine Arme aus. Es war eng, aber vermutlich gewöhnte man sich nach einigen Tagen daran. Wie ein Schneckenhaus, dachte er und lachte vor sich hin. Eigentlich hatte er hier alles, was er zum Leben benötigte. Wozu eine Wohnung, gar ein Haus, wenn die eigentlichen Bedürfnisse mit viel weniger gedeckt werden konnten? Wie aber würde es nach drei oder vier Wochen aussehen? Es war ein Experiment, und er wusste nicht, ob er sich darauf freute. Nie zuvor war er auf die Idee gekommen, sich ein solches Gefährt anzuschaffen. Es war eine plötzliche Eingebung, nein, eine Erkenntnis, als er durch die Fernsehkanäle wanderte und bei einem Bericht über modernes Campieren hängen blieb. Die Leute, die er sah und die über ihre Erfahrungen berichteten, sahen alle nicht aus, wie er sich Camper vorgestellt hatte. Er drehte sich zur Seite und klopfte an die Holzverschalung. Alles wirkte sehr solide und vor allem funktionell. Ein kleiner Tisch und Klappstühle, eine Kochnische, eine Kühlbox, Stauraum, eine kleine chemische Toilette. Man sah zwar überall Gebrauchsspuren, doch insgesamt präsentierte sich der Wagen in einem guten Zustand. Drei Wochen war es her, als ein Gespräch mit seiner Vorgesetzten Holzer tief verunsichert hatte. Die Gasser hatte ihm in deutlichen Worten klargemacht, dass er keinesfalls damit rechnen könne, dass seine Überstunden ausbezahlt würden. Mit den nicht bezogenen Ferien summierte sich sein Guthaben auf acht Wochen. Acht Wochen Urlaub. Worüber andere gejubelt hätten, trieb Holzer den Schweiß auf die Stirn. Er wusste mit Ferien nichts anzufangen, hasste es, an irgendwelchen Stränden zu liegen oder in den Bergen zu wandern. Selbst Städtereisen waren ihm zuwider, vor allem, weil er nicht gerne in Hotels schlief. Nirgendwo sonst war sein Alkoholkonsum derart groß, wie wenn er in einem Hotelzimmer die Stunden langsam die Kehle runterrinnen ließ. Er hätte der Gasser am liebsten ins Gesicht geschrien, ob sie ihn endgültig dem Alkohol ausliefern wolle, doch das hätte vermutlich noch ganz andere Konsequenzen gehabt. Mit keinem Wort hatte sie sein bekanntes Problem angesprochen, vermutlich überließ sie das der Polizeipsychologin, die sich einige Male bei ihm gemeldet hatte, immer ganz unverbindlich und ruhig darauf wartend, dass er über seine Probleme sprach. Gesundheitlich ging es ihm seit Längerem nicht mehr sehr gut, aber er hatte auch keineswegs vor, ein fröhlicher Pensionär zu werden, der sich auf seinen achtzigsten Geburtstag freute. Immerhin gab es noch die Perspektive, nach der Pensionierung für eine Sicherheitsfirma oder Privatdetektei zu arbeiten, aber das war nichts im Vergleich mit der Kriminalpolizei. Und überhaupt, was sollte er sich jetzt schon damit herumplagen, was er später machen sollte, wenn es jetzt erstmal darum ging, zwei Monate ohne Arbeit zu überstehen? Der Camper hatte 140.000 Kilometer auf dem Tacho, schien aber in einem akzeptablen Zustand zu sein. Holzer malte sich aus, damit kreuz und quer durch Europa zu fahren. Zumindest in den Norden, aber auch nach Spanien wollte er, einen ehemaligen Nachbarn besuchen. Zudem hatte er eine Liste mit Polizisten aus anderen Ländern, die er bei Fortbildungskursen kennen gelernt hatte. Sie reichte von Österreich, Deutschland über Luxemburg und Holland bis nach Dänemark. Das war immerhin schon etwas. Und unterwegs dürfte er auch die eine oder andere Frau kennen lernen. Problemlose Abenteuer, da er ja gleich wieder weg war. Eigentlich ganz gute Perspektiven. Die Mietkosten waren zwar happig, aber immerhin wurde ihm die Reise sozusagen von der Polizei gesponsert, denn er rechnete sich aus, dass er mit relativ wenig Geld über die Runden kam. Es schreckte ihn nicht, sich tagelang von Dosen oder Pizzas zu ernähren. Und ab und zu konnte er problemlos ein Restaurant aufsuchen. Klar war, dass er den Sommer nutzen musste, denn frierend durch Europa zu reisen war nicht sein Ding. Der Besitzer des Campers hatte ihm offeriert, den Wagen an einem Wochenende zu testen. Holzer hatte nach einigem Überlegen zugestimmt. Er konnte ja ins Tessin fahren, aber auch da war es im Moment noch arschkalt. Vielleicht konnte er den Camper ja auch irgendwo in einer Garage unterstellen und dort übernachten. In einem Einkaufszentrum vielleicht? Er musste sich erkundigen, ob so etwas möglich war und ob die Höhe des Campers so etwas zuließ. Überhaupt fehlte ihm das Grundwissen, er hatte absolut keine Ahnung vom Campieren oder von Campingplätzen. Aber das konnte er sich anlesen, immerhin hatte er dann abends etwas zu tun, denn das Fernsehprogramm langweilte oder ärgerte ihn nur noch. Er schrak kurz auf, als jemand klopfte, hörte dann aber die Stimme des Besitzers und öffnete die Schiebetüre.

»Und? Schon eingelebt?«, fragte der Mann, als er sah, wie sich Holzer streckte.

»Ist alles sehr ungewohnt«, sagte Holzer und strich über die Front des Wagens.

»Wie gesagt, lassen Sie sich Zeit, fahren Sie ein wenig mit dem Wagen, übernachten Sie ruhig einmal darin. Mit der Standheizung geht das auch in dieser Jahreszeit. Wir hatten nie Probleme, sind weit herumgekommen.«

»Und weshalb vermieten Sie den Camper diesen Sommer?«

»Wir wandern aus. Hier wird es uns zu eng. Eines Tages ersticken hier alle an Bürokratie und Vorschriften. Im Sommer suchen wir uns ein Haus. Im Herbst fahren wir dann noch mal mit dem Camper nach Portugal und danach verkaufen wir ihn. Falls Sie interessiert sind, lassen Sie es mich wissen. Was freue ich mich, endlich all die Bürokratie und die Schikanen hinter mir zu lassen.«

Holzer nickte. Er hatte keine Lust auf eine politische Diskussion, konnte den Mann aber gut verstehen. Ihm selber war es auch zuwider, wie sehr sich die Politiker darum bemühten, die Freiheiten des Einzelnen einzuschränken. Dass er als Polizist durchaus seinen Teil dazu beitrug, akzeptierte er, doch immerhin hatte er es mit richtigen Straftätern zu tun und nicht mit Leuten, die das Auto falsch parkten.

»Dieses Wochenende geht nicht«, sagte Holzer und dachte an die Hand.

»Schon okay. Im Moment gibt es kaum Nachfrage. Sobald es wärmer wird, geht es los. Wir haben ihn schon öfter für eine Woche oder zwei vermietet. Aber wenn wir ihn gleich für zwei Monate vermieten könnten, wäre das natürlich ideal.«

»Wie viel schluckt er auf hundert Kilometer?«

»Kommt ganz darauf an, wie Sie fahren. Gehen Sie mal von acht bis zehn Litern aus.«

»Das wird ganz schön teuer bei den heutigen Spritpreisen.«

»Dafür ist der Mietpreis günstig. Wenn wir ihn dreimal zwei Wochen vermieten, holen wir mehr rein. Allerdings wird dann auch der Aufwand größer. Und an jeden vermieten wir nicht.«

Holzer wusste, was das zu bedeuten hatte. Der Mann ließ nicht mit sich handeln. Immerhin hatte Holzer bereits einen Abnehmer für sein Motorrad gefunden, das seit Jahren unbenutzt herumstand. Damit konnte er die Hälfte des Mietpreises finanzieren.

»Ein Problem für viele ist auch, dass meine Frau und ich rauchen. Und nicht zu wenig.« Er lachte, und als würden seine Bronchien mitlachen, ging das Lachen in ein breites Husten über.

»Alles will man den Leuten vorschreiben. Auch wie sie sich ins Grab bewegen. Dieser Camper ist ein Rauchercamper, weshalb sollte man ihm nach all den Jahren einen Nichtraucher zumuten?«

Holzer ließ sich von dem Mann die einzelnen Funktionen des Campers erklären. Es fiel ihm allerdings schwer, sich alles zu merken, was dem Mann offenbar auch auffiel.

»Ist viel aufs Mal. Wir haben das alles auf ein paar Seiten zusammengefasst. Nehmen Sie das mit nach Hause und schauen Sie es sich an. Es würde mich freuen, wenn wir uns einig würden.«

Er drückte Holzer eine dünne Plastikmappe in die Hand. Auf wenigen Seiten waren mit Fotos und Bemerkungen alle wichtigen Handgriffe erklärt. Der Mann war Holzer sympathisch, deshalb sagte er ihm spontan, dass er den Camper am übernächsten Wochenende gerne testen würde.

»Ich drucke Ihnen eine Liste mit Campingplätzen aus, die im Winter geöffnet sind. Da können Sie sich mit dem Camperleben vertraut machen. Ist alles halb so wild und die Leute sind alle hilfsbereit, ohne aufdringlich zu sein.«

Auch das klang gut in Holzers Ohren. Er hatte ein gutes Gefühl und glaubte eine richtige Entscheidung getroffen zu haben. Der Ausblick auf die acht Horrorwochen wurde dadurch aufgehellt, auch wenn er sie nach wie vor sofort gegen acht Wochen Arbeit eingetauscht hätte. Er malte sich aus, dass es ihm leichter fallen würde, weniger zu trinken, wenn er stundenlang auf der Autobahn fuhr. In dieser Hinsicht war er ganz und gar Polizist. Als er sich verabschiedet hatte, suchte er nach einer Kneipe, fand aber erst einige Straßen weiter eine, die nicht nach Esstempel aussah.

Er setzte sich an einen Tisch, bestellte ein Bier und betrachtete die Bedienungsanleitung.

6.

Stauffer und Wenger saßen in einem Aufenthaltsraum des gerichtsmedizinischen Instituts. Wenger blätterte lustlos in einer Broschüre und Stauffer starrte auf seine Hände. Er hatte diese Warterei nie gemocht. Wie beim Arzt. Egal wann man zu einem Termin erschien, eine halbe Stunde Wartezeit gehörte offenbar zum Berufsethos. Die Ärzte in der Gerichtsmedizin konnten sich Zeit lassen, da es nicht mehr um Leben und Tod ging, sondern nur noch um den Tod. Und doch war auch ihre Arbeit oft ein Wettlauf mit der Zeit, wenn Angehörige darauf drängten, dass ein Toter für die Beerdigung freigegeben wurde. Stauffer dachte an die Hand und an den Toten, der irgendwo herumlag. Er konnte sich nicht vorstellen, dass jemand ohne Hand herumlief.

»Wie ist das im Islam mit dem Hände-Abhacken?«, fragte Wenger unvermittelt.

»Ich glaube, bei Diebstahl kam so etwas früher vor. War das bei uns nicht auch so? Im Mittelalter? Man hackte den Tätern Finger oder die Hand ab und hat sie dadurch als Diebe gekennzeichnet.«

»Und wer bei einem Unfall eine Hand verlor, hatte doppelt Pech.«

Wenger legte die Broschüre zurück auf den Stapel und stand auf. In diesem Moment klingelte sein Handy. Stauffer ahnte, dass es die Medienstelle war. Auf Wengers kurze Fragen und Antworten konnte er sich keinen Reim machen. Als der Anruf erledigt war, lachte Wenger.

»Die haben keine Ahnung.«

»Wer?«, fragte Stauffer.

»Die Medien. Es gab erste Anrufe, aber offenbar hat niemand eine Ahnung, weshalb die Polizei in Wollishofen den Wald absucht.«

»Wir sollten uns eine kurze und unverbindliche Pressemitteilung ausdenken.«

»Vielleicht sollten wir abwarten.«

Stauffer wunderte sich, da Wenger normalerweise darauf drängte, möglichst rasch an die Öffentlichkeit zu gehen. Wenger sah Stauffers verwunderten Blick.

»Da steckt vielleicht mehr dahinter«, sagte Wenger. »Wir sollten vorsichtig sein. Erst wenn wir die Leiche haben, können wir absehen, um was es dabei geht.«

»Und was ist, wenn noch mehr Leichenteile in der Stadt auftauchen?«

»Genau das meine ich«, sagte Wenger. »Das Ganze soll nicht zu einer Schnitzeljagd in der Bevölkerung ausarten.«

»Einverstanden«, sagte Stauffer.

Wenger setzte sich wieder und tippte auf seinem Handy herum. Stauffer war froh, dass sie sich über die Vorgehensweise einig waren. Zuletzt hatte es Spannungen gegeben, weil Wenger oft anderer Meinung war und die größere Erfahrung ins Spiel brachte. Seit Stauffer zum Chef der Ermittlungstruppe ernannt worden war, fühlte sich Wenger übergangen und diese Kränkung schien er noch nicht überwunden zu haben. Es vergingen mehrere Minuten, bis ein hagerer Mediziner erschien und sich kopfnickend vorstellte.

»Sehr viel können wir nicht sagen. Ein junger männlicher Erwachsener. Die Hand war einige Zeit gefroren.«

»Ja? Und wie erklären Sie sich das?«, fragte Stauffer.

»Wir hatten einige sehr kalte Tage und nachts ist sowieso alles gefroren. Man kann aber auch nicht ausschließen, dass die Hand in einer Tiefkühltruhe aufbewahrt wurde.«

»Konnten Sie erkennen, wie die Hand abgetrennt wurde?«, fragte Wenger.

»Vermutlich keine Säge.«

»Eine Axt?«

»Möglich. Die Knochen sind teilweise gesplittert, was auf massive Gewalteinwirkung hindeutet.«

»Irgendwelche Anhaltspunkte zur Identität?«, fragte Stauffer.

»Die Fingernägel sind nicht sehr gepflegt. Keine Abdrücke von Ringen. Geringe Farbrückstände. Der Mann könnte Lackierer gewesen sein oder Maler.«

»Immerhin«, sagte Stauffer und bedankte sich. Als er mit Wenger das Gebäude verließ, rief dieser zuhause bei seiner jungen Frau an. Stauffer blieb stehen und wartete, bis Wenger den Anruf beendet hatte.

»Wir sollten die Vermisstenregister durchgehen. Ein junger Mann, der vermutlich mit Farbe gearbeitet hat. Das sollte nicht allzu schwer sein.«

»Weshalb hackt man einem Toten die Hand ab?«, fragte Wenger mehr zu sich selbst.

»Leichen werden meist zerstückelt, um sie leichter zu entsorgen oder um die Identifizierung zu erschweren. Was aber, wenn er noch gelebt hat?«

»Wir müssen sichergehen, dass in der Nähe des Fundortes alles genau abgesucht wird.«

»Ich fahre noch einmal raus«, sagte Stauffer. Wenger nickte und sagte, dass er ins Präsidium fahre, um die Medienstelle genau zu instruieren, falls weitere Anfragen kommen sollten.

7.

Als es dämmerte, wurde die Suche abgebrochen. Weder die beiden aufgebotenen Hunde noch die zahlreichen Polizisten hatten etwas gefunden. Da es im Verlauf des Nachmittags merklich kälter geworden war, verirrten sich kaum Menschen an den Waldrand und jene, die zu sehen waren, kümmerten sich nicht um die Arbeit der Polizisten. Tanja Locher hatte zwei neugierigen Spaziergängern gesagt, dass es sich um eine Übung handelte, und diese hatten nicht nachgehakt. In einem Kastenwagen, der dazu diente, sich aufzuwärmen, wartete sie auf Stauffer, der von unterwegs angerufen hatte. Elfie Marthaler klopfte an die Schiebetüre und stieg wortlos ein. Nachdem sie aus der Thermosflasche getrunken hatte, rieb sie ihre Hände.

»Wartest du auf Damian?«

»Er ist in zehn Minuten hier.«

»Gut. Viel zu berichten habe ich nicht. In der Siedlung wohnen vor allem Ausländer. Familien mit Kindern. Niemand hat etwas gesehen oder gehört.«

»Da, wo die Hand gefunden wurde, sind eigentlich nur Hundebesitzer unterwegs.«

»So ist es«, sagte Elfie Marthaler. »Wir sollten in den nächsten Tagen Leute vor Ort haben, die die Hundebesitzer ansprechen.«

»Weiter oben am Waldrand liegen zwei Müllsäcke. Wer hier etwas deponieren will, hat keinerlei Probleme.«

»Vielleicht lag die Hand in einem der Müllsäcke?«

»Die Säcke werden untersucht.« Locher öffnete die Seitentür, als sie sah, wie sich ein Polizist näherte. Er wollte wissen, ob seine Leute am nächsten Morgen weitersuchen sollten. Locher war sich nicht sicher und rief Stauffer an, der gerade in diesem Moment um die Ecke bog. Er veranlasste, dass zumindest am Morgen weitergesucht wurde.

»Und?«, fragte er, ohne in den Kastenwagen zu steigen.

»Keinerlei Anhaltspunkte und keine Zeugen«, sagte Locher.

»Die Leute in der Wohnsiedlung kannst du vergessen«, sagte Marthaler. »Aber vor einer Woche wurde in der angrenzenden Schrebergartensiedlung eine Tasche mit Kleidern gefunden.«

Locher schmunzelte. Sie hatte sich gewundert, dass die Marthaler auf Stauffer wartete, obwohl sie angeblich nichts in Erfahrung gebracht hatte. Offenbar hatte sie auf ihren Auftritt gewartet. Stauffer trat ein paar Schritte zurück und suchte mit seinem Blick die Schrebergärten ab. Er sah in der Dunkelheit nur ein paar Fahnen, die schlaff an Masten hingen.

»Wir müssen abklären, ob es einen Zusammenhang zwischen der Tasche und der Hand gibt.«

»Wer hat dir von der Tasche erzählt?«, fragte Locher.

»Ein älterer Mann, der einen Schrebergarten gepachtet hat.

Die Tasche wurde in einem leer stehenden Häuschen gefunden.«

»Soll ich mich morgen bei den Hündelern in der Gegend umhören?«, fragte Marthaler.

»Ja, tu das. Interessant sind Beobachtungen über Einzelpersonen, die man noch nie in der Gegend gesehen hat.«

»Gut, dann mache ich jetzt Feierabend.« Sie hob die Hand und stieg aus dem Wagen. Stauffer kletterte hinein und setzte sich Locher gegenüber.

»Solange wir keine Leiche haben, wird es schwierig«, sagte sie.

»Der Wald ist ziemlich groß. Es kann Tage dauern, ihn zu durchforsten. Und es ist fraglich, ob es etwas bringt.«

»Wenn jemand die Hand absichtlich dahin gelegt hat, dann wird auch bald der Rest der Leiche auftauchen«, sagte Locher.

»Wohl wahr«, sagte Stauffer. »Aber warum sollte jemand die Hand absichtlich da hinlegen, wo sie mit ziemlicher Sicherheit gefunden wird?«

»Um unsere Aufmerksamkeit zu wecken?«

»Das wäre möglich«, sagte Stauffer.

»Aber warum hier? Es gibt spektakulärere Orte. Irgendwo mitten in der Stadt. Das würde für mehr Tamtam sorgen.«

»Wenn die Leiche zerstückelt wurde, könnten weitere Teile auftauchen.«

»Das möchte ich mir lieber nicht vorstellen.«

»Wir sollten zumindest einen Tag warten«, sagte Stauffer. Locher schaute ihn fragend an.

»Ich dachte an eine mögliche Motivation des Täters. Wartet er darauf, dass morgen die Zeitungen voll sind mit der gefundenen Hand? Wie reagiert er, wenn nichts berichtet wird?«

»Die Hand kann schon einige Tage hier draußen gelegen haben«, sagte Locher.

»Du hast Recht. Vermutlich hat er keine Ahnung, dass sie gefunden wurde.«

»Es sei denn, er hat das Aufgebot der Polizei beobachtet.«

»Das können wir nicht ausschließen«, sagte Stauffer.

»Wir können nicht das ganze Gelände sichern. Meinst du, es bringt was, wenn die ganze Nacht jemand vor Ort ist?«

Stauffer überlegte kurz und schüttelte schließlich den Kopf.

»Im Moment haben wir nur die Hand. Die Hunde haben nichts gefunden.«

»Ich habe heute Abend nichts vor. Ich könnte noch eine Weile hierbleiben.«

»Es ist kalt und dunkel. Ich glaube nicht, dass das etwas bringt.«

»Ich bin früher gerne abends am Waldrand spazieren gegangen.«

»Das ist den meisten Menschen unheimlich«, sagte Stauffer. Er erinnerte sich daran, dass er als Jugendlicher bei einem Ausflug die Zeit vergessen hatte und nach Einbruch der Dämmerung mit zunehmender Panik durch den dunklen Wald geeilt war.

»Man kann das Gehör schulen, die verschiedenen Geräusche zu unterscheiden.«

»Wir sollten kein Risiko eingehen.«

»Du denkst an einen Verrückten, der hier nachts mit Leichenteilen unterwegs ist?«

»Diese Person hat die Hand vielleicht herumgetragen, in einer Tasche, einem Plastiksack, und sie dann ins Gebüsch gelegt. Ich denke nicht, dass man das als normal bezeichnen kann.«

»Die meisten Menschen würden den Anblick einer abgehackten Hand nicht lange ertragen«, sagte Locher nachdenklich.

»Auch die meisten Mörder nicht. Aus den Augen, aus dem Sinn. So heißt es doch? Aber es gibt Täter, die gerne an ihre Tat erinnert werden. Das sind die Gefährlichsten.«

»Weil sie gerne töten«, sagte Locher.

»Wir sollten nach Hause gehen.«

Locher nickte, blieb aber sitzen.

Als Stauffer zurück zu seinem Wagen ging, machte er einen Umweg an der Schrebergartensiedlung vorbei. Sie war durch einen Metallzaun gesichert und die Türen waren abgeschlossen, aber es wäre dennoch möglich, über den Zaun zu klettern. Er sah noch einmal nach oben zum Fundort, aber es war mittlerweile so dunkel, dass alles ineinander zu fließen schien. Die Leiche eines jungen Mannes, dachte er. Vielleicht im Wald ausgerutscht und umgekommen. Oder er hat sich das Leben genommen. Wenn aber die Hand von Wildtieren ausgegraben worden war, dann müsste der Leichnam mehr oder weniger freiliegen. Die Hunde hatten nichts gefunden. Stauffer überlegte, was das zu bedeuten hatte. Jemand legt eine abgetrennte Hand in ein Gebüsch. Was soll man damit nur anfangen, dachte er und ging zum Wagen.

8.

Am nächsten Morgen besorgte sich Stauffer zuerst alle wichtigen Zeitungen. Nachdem er die erste durchgeblättert und keinen Hinweis auf die Ereignisse in Wollishofen gefunden hatte, trank er einen Kaffee und aß ein belegtes Brot. Er wärmte beide Hände an der heißen Tasse. Weil die Sonne schien, hatte er nur eine Lederjacke übergestreift und war vom Wind kalt erwischt worden. Er ging zur Verandatür und suchte nach Einauge, doch der Kater war nirgends zu sehen. Es war schon über eine Woche her, seit er ihn zuletzt in seinem Garten gesehen hatte. Das Tier schien ein völlig unabhängiges Leben zu führen und hielt sich immer gerade dort auf, wo es sich am wohlsten fühlte. Vermutlich zeigte sich jemand in der Nachbarschaft großzügiger als Stauffer, der dem Kater eine Schale mit Trockenfutter und einen Wassernapf bereitgestellt hatte. Als er sich wieder setzte, nahm er eine Gratiszeitung und schlug sie in der Mitte auf. Er las das Porträt eines Handwerkers, der sich über die mangelnden Parkplätze in der Innenstadt beschwerte. Als er weiterblätterte, stieß er auf die Meldung. Sie war kurz, aber eindeutig. Makabrer Fund in Zürich-Wollishofen. Anwohner hätten berichtet, dass im Wald eine Hand gefunden worden sei. Die ausgerückte Polizei habe den makabren Fund jedoch nicht bestätigt. Stauffer griff sofort zum Handy und rief bei der Medienstelle an. Eine junge Frau, die er nicht kannte, erklärte ihm, dass es mehrere Anfragen gab und offenbar auch Journalisten vor Ort seien. Damit war klar, dass sie die Bestätigung nicht mehr lange hinauszögern konnten. Er fuhr direkt zur Schrebergartensiedlung, wo Wenger bereits auf ihn wartete.

»Ich habe die Reporter auf zehn Uhr vertröstet«, sagte er und zeigte auf zwei rauchende Männer, die neben einem grauen Van standen.

»Sind es nur zwei?«, fragte Stauffer.

»Drei sind wieder gegangen und kommen um zehn zurück.«

»Die Medienstelle soll das machen. Die können hier informieren.«

»Das wird zu wilden Spekulationen führen.«

»Das lässt sich jetzt nicht mehr verhindern«, sagte Stauffer.

»Es ist wichtig, dass wir alles genau absuchen. Wenn in den nächsten Tagen wieder ein Spaziergänger etwas findet, machen wir uns lächerlich.«

»Das ist meine kleinste Sorge«, sagte Stauffer.

Während sie sprachen, gingen sie einen schmalen Weg entlang, der zu den Schrebergärten führte. Aus einem Schornstein qualmte es, aber es war niemand zu sehen. Wenger zeigte nach vorne und Stauffer hörte Arbeitsgeräusche.

»Was ist mit den Müllsäcken, die am Waldrand standen?«

»Die Abfallsäcke wurden untersucht, aber es scheint sich um normalen Hausmüll zu handeln, den jemand deponiert hat.«

»Und sonst wurde nichts gefunden?«, fragte Stauffer gähnend.

»Keine weiteren Leichenteile, wenn du das meinst.«

»Ist das da der Chef der Schrebergartensiedlung?«, fragte Stauffer und deutete auf einen älteren Mann, der mit einer Zange hantierte. Wenger nickte.

»Schon mit ihm geredet?«

»Er hat die Tasche in einer leer stehenden Hütte aufbewahrt.«

»Dann lass sie uns anschauen.«

Der Mann stellte sich vor, doch Stauffer hatte Mühe, seinen Namen zu verstehen. Er sprach Deutsch mit einem seltsamen Akzent, aber grammatikalisch sattelfest.

»Die Tasche lag ein paar Tage herum, bis ich darauf aufmerksam wurde.« Der Mann fuchtelte mit der Zange, während er sprach.

»Warum haben Sie die Tasche nicht ins Fundbüro gebracht?«, fragte Wenger, der einen Notizblock in den Händen hielt.

»Die sieht nicht aus, als habe sie jemand hier vergessen. Sehen Sie selbst.«

Er zeigte mit der Zange nach rechts. Er ging um eine der Hütten herum und kam mit einer zerschlissenen Stofftasche zurück, die aussah, als hätte sie mehrere Wochen im Freien gelegen.

»Sind nur alte Kleider drin.«

Stauffer sagte dem Mann, dass er die Tasche auf den Boden stellen solle. Er klaubte Gummihandschuhe hervor und streifte sie über. Der Mann schaute ihm skeptisch dabei zu.

»Glauben Sie, dass ich mir eine Krankheit geholt habe?«

»Wir machen das immer so«, sagte Wenger. »Je weniger Fremdspuren an den Dingen dran sind, umso hilfreicher sind sie für uns.«

Der Mann nickte und fuhr sich mit dem Handrücken über die Nase. Stauffer zog die Kleidungsstücke einzeln aus der Tasche und legte sie wieder zurück.

»Stimmt es, dass Sie da drüben eine Hand gefunden haben?«, fragte der Mann und zeigte auf den Waldrand.

»Die Kleider könnten im Zusammenhang mit einer Person stehen, nach der wir suchen«, sagte Stauffer und hielt sich eine Bluse kurz an die Nase. Sie roch nach Moder.

»Übernachten ab und zu Leute in der Siedlung?«, fragte Wenger.

»Die Pächter sind angehalten, die Hütten zu verschließen«, sagte der Mann und es klang wie eine auswendig gelernte Hausordnung.

»Trotzdem übernachten manchmal Obdachlose in Schrebergartensiedlungen.«

Der Mann nickte und ging einen Schritt auf Wenger zu.

»Man muss über den Zaun klettern. Das ist nichts für die Alkis. Aber vielleicht für Jugendliche, die von zuhause abgehauen sind.«

Je länger Stauffer dem Mann zuhörte, umso besser verstand er, was er sagte. Mittlerweile hatte er bemerkt, dass es kein spezieller Akzent war, sondern irgendein Problem mit den Zähnen oder der Zunge, das die Artikulation störte.

»Gab es zuletzt Hinweise auf Eindringlinge?«, fragte Stauffer.

»Nur diese Tasche.«

»Wir nehmen die Tasche mit«, sagte Wenger. Der Mann nickte und reichte ihm die Hand. Dabei legte er die Zange umständlich von einer Hand in die andere. Stauffer entledigte sich der Gummihandschuhe und steckte sie in die Jackentasche, ehe auch er dem Mann seine Hand entgegenstreckte. Er machte mit Wenger einen Spaziergang um die Siedlung. Sie war tatsächlich gut gesichert, aber dennoch wäre es für einen sportlichen Eindringling kein Problem gewesen, auf das Gelände zu gelangen. Wenger zeigte auf zwei Holzbalken, die außerhalb des Geländes lagen.

»Wenn du die aufeinanderlegst, musst du nicht mal richtig hochklettern.«

Stauffer legte die Balken so hin, dass er ohne große Anstrengung über den Zaun klettern konnte.

»Ich glaube nicht, dass uns die Kleider weiterhelfen«, sagte Wenger.

»Hast du eine Theorie zu der Hand?«

»Wenn Sie jemand bewusst da platziert hat, dann, um uns oder anderen etwas mitzuteilen.«

»Ein Mörder, der frustriert darüber ist, dass die Leiche noch nicht gefunden wurde?«

»Denkbar. Es kann aber auch sein, dass sich die Nachricht nicht an uns richtet: Seht her, das geschieht mit Verrätern oder Leuten, die sich in Dinge einmischen, die sie nichts angehen.« Wenger hielt Stauffer eine Handfläche hin, Stauffer hatte keine Ahnung, was er damit ausdrücken wollte, aber den Gedanken, dass es sich um eine Warnung handeln könnte, hatte er auch schon.

»Es ist rätselhaft«, sagte Stauffer, der sich überlegte, ob es wirklich Sinn machte, die Medien über den Fund zu informieren. Würden sie damit nicht unnötig für Unruhe sorgen? Man musste immer an die Folgen denken. Menschen, die jemanden vermissten, zum Beispiel. Er wählte Fontinis Nummer und fragte nach den Vermisstenmeldungen der vergangenen Wochen. Der Computerspezialist hatte sich bereits die entsprechenden Unterlagen besorgt.

»Es kommt eigentlich nur ein junger Mann infrage, der seit drei Wochen an seinem Wohnort in Baar vermisst wird.«

»Gibt es Hinweise darauf, dass er sich in Zürich aufgehalten haben könnte?«

»Er war öfter in Zürich unterwegs«, sagte Fontini. »Ich kann dir ein Foto senden.«

Stauffer sagte, dass er ihm das Foto an seine Mailadresse schicken sollte.

»Was ist er von Beruf?«

»Er arbeitet als Lagerist bei einem pharmazeutischen Unternehmen.«

»Haben die mit Farben zu tun?«

»Das kann ich herausfinden.«

»Mach das.«

»Moment.«

»Ja?«

Es dauerte eine Weile, bis sich Fontini wieder meldete. Stauffer hörte, wie Fontini auf einer Tastatur herumhämmerte.

»Keine Farben. Generika. Das sind Medikamente, deren Patente abgelaufen sind.«

»Ich weiß, was Generika sind«, sagte Stauffer und beendete den Anruf.

»Generika?«, fragte Wenger. Stauffer erzählte gerade von dem vermissten jungen Mann, als sein Handy klingelte. Er schaute auf das Display. Es war nicht Fontini, sondern Tanja Locher.

»Wir haben einen Treffer«, sagte Locher.

»Ja?«

»Wir haben die Fingerabdrücke der Hand genommen und durch unser System abgleichen lassen. Die Fingerabdrücke sind registriert. Der Mann heißt Elvin Kadaric und stammt aus Bosnien. Zuletzt wohnhaft in Dietikon.«

»Und weshalb war er registriert?«

»Bedingte Strafe wegen eines Leasingbetrugs.«

»Hat er Familie in der Schweiz?«

»Scheint nicht der Fall zu sein. Ich habe nur eine alte Adresse. Sieht so aus, als wäre er zuletzt untergetaucht.«

»Gut, wir kümmern uns darum.«

Er kramte seinen Notizblock hervor und notierte sich die Adresse in Dietikon. Den Namen des Mannes ließ er sich von Locher buchstabieren. Er bat sie, ihm möglichst rasch das Polizeifoto des Mannes zu schicken. Wenger zeigte sich erfreut über die Neuigkeiten.

»Jetzt haben wir einen Namen, eine Person, nach der wir suchen können.«

»Was ist mit den Reportern? Sollen wir den Namen erwähnen?«

»Nein«, sagte Wenger nachdenklich. »Wir wissen noch zu wenig.«

»Gut. Wir bestätigen den Fund einer menschlichen Hand und wir erklären, dass wir in eine bestimmte Richtung ermitteln, aber vorerst keine Details nennen können.«

»Das wird die Fantasie der Medienleute beflügeln.«

»Du hast Recht. Wir bestätigen lediglich, dass wir einer Fundsache nachgehen.«

Eine Stunde später gingen sie mit dem Ausdruck eines Fotos und spärlichen Angaben über Elvin Kadaric zur Wohnsiedlung neben dem Fundort. Sie teilten sich die Häuser auf. Stauffer zeigte das Foto drei spielenden Kindern. Eines davon fragte sofort, ob der Mann ein Mörder sei, ein anderes wollte wissen, ob auch im Fernsehen nach dem Mann gesucht werde. Erkannt wurde der Mann von keinem der Kinder. Im ersten Haus begegnete Stauffer misstrauischen Frauen, von denen nur wenige verständliches Deutsch sprachen. Ein Mann um die vierzig zog ihn vom Flur weg in seine Wohnung. Es stellte sich heraus, dass er vor zwei Wochen seinen Job verloren hatte und dies gegenüber den anderen Hausbewohnern verheimlichen wollte. Stauffer dachte sofort an den Mann in der Weinhandlung. Als er die Wohnung verließ, traf er im Treppenhaus auf einen Postboten. Auch ihm zeigte er das Foto.

»Schwierig«, sagte der Postbote. »Männer, die so ähnlich aussehen, gibt es eine Menge. Morgens treffe ich hier fast nur Frauen an.«

»Sagt Ihnen der Name Kadaric etwas?«

Nach einigem Überlegen schüttelte er den Kopf.

»Nicht auf meiner Tour.«

»Wir gehen davon aus, dass er vorübergehend bei jemand gewohnt hat.«

»Wie gesagt, kann sein, dass ich ihn mal gesehen habe, kann aber auch nicht sein. Die Gesichter von Menschen, bei denen ich regelmäßig klingle, merke ich mir. Bei den anderen kenne ich nur den Namen und die Hausnummer.«

In der obersten Wohnung betrachtete eine ältere Frau das Foto eingehend, doch auch sie hatte den Mann noch nie gesehen.

Zwei Stunden waren sie von Tür zu Tür gegangen, ohne ein brauchbares Ergebnis. Sie beschlossen Kadarics letzten Aufenthaltsort aufzusuchen. Stauffer rief während der Fahrt Locher an und bat sie dafür zu sorgen, dass am Abend noch einmal allen Bewohnern der Siedlung Kadarics Foto gezeigt wurde. Als sie in Dietikon aus dem Wagen stiegen, schien die Sonne, wärmte aber nicht. Kadarics letzter bekannter Wohnort war ein düster wirkendes Haus, das mit Dämmplatten versehen war und an den Ostblock erinnerte. Die meisten der kleinen Balkone waren vollgestellt mit Müll oder Gegenständen, die in den Wohnungen keinen Platz fanden. Große Satellitenschüsseln deuteten darauf hin, dass sich viele der Bewohner ein Stück alte Heimat in die trostlose Gegenwart senden ließen. Die Haustür war nur angelehnt und sah aus, als hätte sie schon mehrere heftige Tritte einstecken müssen. Im Haus war es ruhig bis auf einen Fernseher, der überlaut aus einer der Wohnungen schallte. Wenger überflog die Namensschilder an den Briefkästen. Die meisten waren notdürftig aufgeklebt, an einigen war mit Filzstift ein neuer Name über den alten geschrieben worden. Ein Junge stürmte die Treppe hinunter und ging an Stauffer und Wenger vorbei, ohne die beiden auch nur eines Blickes zu würdigen. Sie gingen in den ersten Stock und klingelten an zwei Wohnungstüren, ohne dass ihnen geöffnet wurde. An der dritten Tür erschien eine junge Frau, die ein kleines Mädchen auf dem Arm trug. Wenger stellte sich vor und zeigte seinen Ausweis. Die Frau nickte und sah ihn mit großen fragenden Augen an.

»Wir suchen Informationen über diesen Mann«, er hielt ihr das Foto vors Gesicht. Das Mädchen griff danach, die Mutter zog die winzige Hand weg.

»Der wohnte im dritten Stock. Ist aber eine Weile her.«

»Sie kennen den Mann?«, mischte sich Stauffer ein.

»Elvin? Wir haben uns ab und zu unterhalten. Was ist mit ihm?«

»Wann haben Sie ihn zuletzt gesehen?«

Die Frau hob ihre Augenbrauen und begann gleichzeitig das Mädchen auf dem Arm zu schaukeln. Stauffer sah den Ansatz eines Tattoos an der Schulterpartie. Er sah, wie Wenger eine Hand des Mädchens mit seinen Fingern berührte. Das Mädchen lachte laut auf und zog die Hand zurück.

»Das ist über zwei Monate her. Er sagte mir, dass er die Wohnung gekündigt habe und nach Zürich ziehe.«

»Hat er seine neue Adresse hinterlassen?«

»Nein. Ich habe ihn auch nicht danach gefragt. Hat er was angestellt? Er hat mir erzählt, dass er mal vor Gericht stand, wegen einer Leasinggeschichte mit Autos. Suchen Sie ihn deshalb?«

»Herr Kadaric ist nirgendwo gemeldet«, sagte Wenger, ohne auf die Fragen der Frau einzugehen.

»Er sagte, dass er in Zürich eine Frau kennt, bei der er wohnen könne.«

»Eine Frau?«, fragte Stauffer.

»Er hat mir ihren Namen nicht gesagt.«

»Hat er Ihnen gesagt, weshalb er nach Zürich ziehen wollte?«

»Er hatte Geldprobleme, suchte einen Job.«

»Was für einen Job suchte er?«

»Ich glaube als Lackierer in einer Autowerkstatt. Hat zuvor auch schon in einer gearbeitet, aber die lief nicht gut und ihm wurde gekündigt.«

Stauffer fragte nach dem Namen der Werkstatt, doch die Frau wusste weder Namen noch Adresse, glaubte aber, dass sie in Schlieren war.

»Hat er ein Auto?«, fragte Stauffer.

»Er hat eins gehabt, hat es aber einem Kollegen verkauft. Ich glaube, er hat sich danach einen Roller zugelegt. Er ist gerne Motorrad gefahren.«

Das war ein Anhaltspunkt. Wenn sie das Nummernschild kannten, konnten sie gezielt nach dem Roller suchen.

Sie bedankten sich und klingelten an weiteren Türen. Brauchbare Auskünfte erhielten sie jedoch keine. Schließlich gingen sie in ein Restaurant und aßen zu Mittag.

9.

Er biss sich beinahe auf die Lippen, als er den kurzen Text las. Danach würgte er den Rest des Sandwiches herunter, während er gleichzeitig den Computer startete. Er tat das sonst nie, wenn die Stumme in der Wohnung war, aber diese Nachricht war so elektrisierend, dass er nicht warten wollte. Auf einem Nachrichtenportal fand er einen Hinweis auf eine Mitteilung der Polizei. Als er den Link anklickte, stellte er enttäuscht fest, dass dort nicht mehr zu finden war als in der Zeitungsnotiz. In der Stadt war eine Hand gefunden worden. Immer wieder las er den Satz. Er startete das Mailprogramm, doch außer einigem Werbemüll hatte er keine Nachricht erhalten. Er war sich sicher, dass dies kein zufälliger Fund war. Er hörte ein Geräusch und hielt inne. Die Stumme war in der Küche, er hörte, wie sie den Boden aufwischte. Am Vortag hatte sie angerufen und gefragt, ob es ihm etwas ausmachen würde, wenn sie erst heute kommen würde. Am liebsten hätte er gerufen, dass sie abhauen solle, aber er nahm sich zusammen, griff zum Stock und stand auf. Das Kribbeln im linken Bein war etwas weniger stark, aber er hatte noch immer das Gefühl, dass er umknicken könnte. Noch war der Stock keine Notwendigkeit, aber er fühlte sich sicherer, wenn er sich aufstützen konnte. Er hörte, wie die Stumme mehrmals nieste. Zuvor hatte er ihr geholfen, ein Formular auszufüllen. Dabei war ihm aufgefallen, dass sie keineswegs dumm war, sie benötigte nur einfach dreimal so lang, um etwas zu verstehen, was andere auf Anhieb begriffen. Auch schien sie nach anderen Mustern zu denken, als er es tat. Während ihm Stichworte genügten, um von einer Assoziation zur nächsten zu gelangen und so auch komplexe Abläufe nachzuvollziehen, musste sie sich jedes Detail merken, was wahrscheinlich auch der Grund für ihre Langsamkeit war. Jetzt hörte er, wie sie leise vor sich hinsummte. Das tat sie immer, kurz bevor sie mit Putzen fertig war. Auch das hatte ihn anfänglich genervt, aber es war weniger schlimm als all die anderen, die ständig telefonierten oder lautstark nach ihm riefen, weil sie irgendein Putzmittel nicht fanden.

Er hatte Eugen eine seiner E-Mail-Adressen genannt, die er nur benutzte, wenn er irgendwo im Netz eine Bestellung aufgab. Als er sich mit einem anderen Browser einloggte, erhielt er ein Dutzend Nachrichten über neue Produkte, Aktionen und anderen Müll. Er löschte alles und schloss den Browser wieder. Keine Nachricht von Eugen. Er ärgerte sich darüber, dass Eugen ihn nicht teilhaben ließ, ihm keinen Hinweis darauf gab, dass es tatsächlich losging. Endlich war die Zeit des Redens und Debattierens vorüber. Er spürte den Hass in sich aufsteigen. Noch einmal klickte er auf die Nachricht über die gefundene Hand und diesmal war der Text länger, offenbar hatte die Polizei ausführlicher darüber informiert. Die Hand war in einem Gebüsch an einem Waldrand gefunden worden.

»Alles in Ordnung?«

Er schrak auf, als er ihre Stimme hörte. Vermutlich hätte sie ihn völlig verständnislos angeblickt, wenn sie gewusst hätte, dass er sie in Gedanken immer die Stumme nannte.

»Alles klar. Bist du fertig?«

»Ja. Der Kühlschrank müsste wieder mal enteist werden.«

»Ich weiß. Aber nicht heute.«

»Ich gehe dann.«

»Ja. Danke. Bis nächste Woche.«

Er drehte sich wieder zum Monitor und lauschte, wie die Stumme die Tür hinter sich zuzog. Er startete den Computer neu und loggte sich anonym ein. Er tippte Eugens Namen in eine Suchmaschine, doch es wurden keine neuen Resultate angezeigt.

»Wo steckst du nur?«, fragte er laut.

Noch einmal gab er die Adresse des Newsportals ein. Mittlerweile war die Nachricht durch eine kleine Karte ergänzt worden, auf der der ungefähre Fundort der Hand markiert war. Auch der Text war erweitert worden. Es war, als könnte er dem Texter über die Schulter schauen. Die Polizei habe mitgeteilt, dass sie eine konkrete Spur verfolge, ohne jedoch genauer darauf einzugehen. Er schüttelte den Kopf. Waren sie etwa Eugen bereits auf der Spur? Er konnte sich das nicht vorstellen. Vermutlich ging es nur um die Leiche. Der Journalist lieferte einen Hinweis auf einen jungen Mann, der seit einigen Wochen vermisst wurde, konnte aber auch nicht plausibel erläutern, weshalb die Hand dem jungen Mann gehören sollte. Niemand konnte das plausibel erklären, weil niemand die Zusammenhänge kannte. Es war verrückt, genauso hatten sie es sich immer ausgemalt. Er und Eugen. Es sollte mit einem rätselhaften Fund beginnen. Danach sollten weitere Ereignisse folgen, die vorerst nicht miteinander verbunden schienen. Eugen hatte ein Startsignal gesetzt. Heftig. Jetzt verstand er auch, weshalb es keine Mitteilung von Eugen gab. Die Tat an sich war die Mitteilung. Sie war an ihn gerichtet, vielleicht auch noch an andere, mit denen Eugen in Kontakt stand. Seht her, es geht los. Und er wusste, dass es an ihm war, jetzt ebenfalls aktiv zu werden. So, wie er es sich seit Wochen ausgemalt hatte. Doch da war es immer nur ein Gedanke gewesen, der die Schmerzen verdrängt hatte. Jetzt war es eine Gewissheit. Er drehte sich zur Musikanlage und wenig später schallten harte Rhythmen durch die Wohnung. Am liebsten wäre er aufgestanden und wild in der Wohnung herumgehüpft. Er trommelte mit beiden Händen den Rhythmus auf den Tisch und warf seinen Kopf hin und her, bis er sich jenem Zustand näherte, den er so sehr mochte, weil er alles leichter machte.

10.

Stauffer machte einen Spaziergang an der Sihl entlang, nachdem er sich bei der Medienstelle einen Überblick verschafft hatte, was bis dahin erschienen oder gesendet worden war. Da keine Einzelheiten über die Hand weitergegeben worden waren, gab es Spekulationen darüber, ob es eine skelettierte Hand war und ob es sich möglicherweise um einen antiken Fund handelte, da in der Gegend im Mittelalter Leute hingerichtet wurden. Stauffer hatte sich den Bericht des lokalen Radiosenders zweimal angehört und sich über den Inhalt auch beim zweiten Mal gewundert. Die Anfragen hielten sich in Grenzen, was auch damit zu tun hatte, dass das große Boulevardblatt seit Tagen über die Krebskrankheit einer Sängerin berichtete und dafür die großen Schlagzeilen reservierte. Wahrscheinlich hatten die Medienschaffenden Mühe, den Fund einer Hand richtig einzuordnen. Er erinnerte mehr an Horrorfilme als an reale Verbrechen. Eine Hand war nur ein Körperteil, es fehlte das Gesicht, der Name, alles, was einen Menschen ausmachte. Immerhin waren sie in dieser Beziehung einen Schritt weiter. Sie hatten einen Namen und dank der Befragungen würde daraus schon bald ein Mensch mit all seinen Facetten werden. Stauffer setzte sich ein paar Minuten auf eine Parkbank. Die Bank war zur Mittagszeit meist besetzt, doch heute waren nur wenige Menschen unterwegs, was vermutlich am Wind lag, der Stauffers Beine eisig umklammerte. Nach dem Mittagessen hatte er kurz mit Mirjam telefoniert. Sie hatten sich seit vier Tagen nicht mehr gesehen. Stauffer ahnte den Grund für ihre Zurückhaltung. Es näherte sich der Todestag ihres Mannes. Der erfolgreiche Architekt war mit seinem Privatflugzeug abgestürzt. Als Stauffer Mirjam kennen lernte, dachte er, sie sei darüber hinweggekommen und wieder bereit für eine neue Beziehung. Doch schon bald begann er zu spüren, dass der Tote sie weiterhin in Gedanken begleitete. Er war ihre große Liebe gewesen, eine Liebe, die weiterhin da war und die er versuchte zu akzeptieren, auch wenn es ihm manchmal schwerfiel. Mirjams Tochter Rahel tat ihr Übriges. Zwar hatte sie mittlerweile eingesehen, dass sie ihrer Mutter nicht vorschreiben konnte, mit wem sie Tisch und Bett teilen sollte, doch Stauffer fühlte sich manchmal nur als geduldeter Gast. Diese Momente waren zwar eher selten, aber nach unbeschwerten Wochen waren sie wie ein Stich, ein Rückfall, auf den Stauffer nicht mehr gefasst war. Dass die Tage vor dem Jahrestag schwierig waren, wusste er und er konnte dies auch nachvollziehen. Doch er hatte gehofft, dass es von Jahr zu Jahr einfacher werden würde. Mirjam wollte nicht darüber sprechen, sie wollte ihre Trauer nicht teilen und wahrscheinlich war es das, was Stauffer enttäuschte. Das Gefühl, ausgeschlossen zu werden, keinen Zugang zu erhalten in diese dunkle Kammer, zu der Mirjam den Schlüssel versteckte. Stauffers einziges Rezept war die Arbeit, deshalb war er froh darüber, dass ihn eine Ermittlung auf Trab hielt. Er stand auf und ging eilig zurück, um die Kälte aus seinem Körper zu vertreiben.

Am Nachmittag versammelte sich Stauffers Team im neu eingerichteten Konferenzzimmer, das neben allen erdenklichen technischen Hilfsmitteln und schnellen Internetverbindungen auch einen Kühlschrank vorweisen konnte. Stauffer hatte den anderen im Team telefonisch Arbeiten zugewiesen und auch Manuele Fontini gebeten, weitere Auskünfte über Kadaric einzuholen. Jetzt galt es, die vorhandenen Informationen zu bündeln und daraus Schlüsse zu ziehen. Anna Herold sah müde aus. Sie trug eine in die Jahre gekommene Lederjacke. Es gab seit längerem Gerüchte, dass sie kiffte. Stauffer wusste, dass dies problematisch war, doch er mochte die Art, wie sie sich ins Team fügte. Sie konnte gut Zeugen befragen und ihre Erkenntnisse schriftlich und mündlich präzise zusammenfassen. Sie war in vielem das Gegenteil von

Lukas Bolliger. Der Jüngste im Team wirkte oft ungestüm und ungeduldig. Stauffer musste ihn schon mehrmals rügen, weil er zu Einzelaktionen neigte und sich gegenüber den anderen respektlos zeigte. Dabei war Bolliger so etwas wie die jüngere Ausgabe von Urs Holzer. Der knorrige Einzelgänger hatte schon in mehreren Abteilungen gearbeitet und es war nicht zuletzt Stauffers Bereitschaft, ihn in sein Team aufzunehmen, die ihm die Tür zur Chefstelle öffnete. Holzer hatte es ihm bis anhin mit guter Arbeit zurückgezahlt, auch wenn Stauffer Mühe hatte mit seiner manchmal zu offensichtlichen Fremdenfeindlichkeit.

Holzer tippte mit einem Kugelschreiber auf sein Notizbuch.

»Ich habe drei Adressen von Werkstätten, bei denen Kadaric möglicherweise gearbeitet hat. Aber niemand wollte mir am Telefon eine Auskunft geben.«

»Hast du auch freundlich genug gefragt?« Marthalers Bemerkung sorgte für Heiterkeit.

»Ich fahre nachher nach Schlieren und rede mit den Leuten«, sagte Holzer.

Stauffer nickte.

»Mir ist etwas eingefallen. Ich bin gleich wieder zurück.« Marthaler erhob sich und ging, verfolgt von fragenden Blicken. Stauffer überlegte, ob er sie zurückrufen solle, doch da zog sie bereits die Tür hinter sich zu.

»Was ist mit seinen privaten Kontakten?«, fragte er in die Runde.

»Wir benötigen seine Handydaten«, sagte Anna Herold.

»Haben wir seine Handynummer?«

Herold schüttelte den Kopf.

»Er war vermutlich mit einem Roller unterwegs. Wir benötigen so schnell wie möglich das Kennzeichen.«

»Ein Jugo, der Motorrad fährt?«, fragte Holzer amüsiert und erntete dafür von Stauffer einen verärgerten Blick. Er nickte in Richtung Manuele Fontini.

»Ich habe online nach ihm gesucht. Komplette Fehlanzeige. Er hat keine sozialen Netzwerke wie Facebook benutzt und auch sonst ist sein Name im Internet nicht präsent. Immerhin ist eine Handynummer auf ihn registriert. Ich habe den Anbieter kontaktiert und warte auf die Daten.«

»Was ist mit seiner Bekannten in Zürich, zu der er angeblich ziehen wollte?«, fragte Stauffer Bolliger.

»Wenn es sie gibt, dann habe ich sie bis jetzt nicht gefunden«, sagte dieser. »Seine Spur verliert sich an jenem Tag, als er in Dietikon auszog.«

Bolliger war sichtlich nicht wohl dabei, keinerlei Informationen beitragen zu können. Stauffer nickte ihm zu.

»Das kann genauso wichtig sein wie eine konkrete Spur«, sagte er. »Wenn es keine Hinweise auf den Verbleib eines Menschen ab einem bestimmten Datum gibt, dann kann das ein Hinweis darauf sein, dass diese Person an jenem Tag untergetaucht ist. Wir arbeiten immer in alle Richtungen. Wir finden heraus und wir schließen aus.«

Bolligers Miene hellte sich auf.

»Vielleicht hat das Datum seines Untertauchens irgendeine Bedeutung?«, spekulierte er.

»Was geschah mit seinen Möbeln, hat er die irgendwo untergestellt?«

»Das meiste stand vermutlich am Straßenrand mit dem Vermerk: Gratis, zum Mitnehmen«, scherzte Holzer.

»Gibt es Hinweise, dass er in kriminellen Kreisen verkehrte?«, fragte Wenger leicht ungehalten.

»Sein Gesicht ist in der Szene nicht bekannt«, sagte Bolliger. »Auch den Fahndern nicht.« Es klopfte und Elfie Marthaler betrat wortlos das Konferenzzimmer. Sie hielt eine Aktenmappe in der Hand und machte keine Anstalten, sich hinzusetzen.

»Er muss in den vergangenen Wochen irgendwo gewohnt haben«, sagte Stauffer in die Runde.

»An einem ziemlich kühlen Ort«, sagte Marthaler.

»Du hast etwas?«, fragte Stauffer.

»Ich bin die Todesfälle der vergangenen Wochen durchgegangen.«

»Treffer?«, fragte Wenger.

»Vor einer Woche hat sich zwischen Dübendorf und Schwerzenbach ein Mann vor einen S-Bahn-Zug geworfen. Der Mann wurde bis heute nicht identifiziert.«

»Dann kann es nicht Kadaric gewesen sein, oder ist niemand auf die Idee gekommen, die Fingerabdrücke des Toten abzugleichen?«, fragte Stauffer.

»Der Leichnam war völlig zerschmettert und teilweise zerstückelt. Eine Hand nur noch ein Klumpen Gewebemasse. Der interessante Teil aber ist die andere Hand.«

»Ja?«, fragte Stauffer, der die Antwort bereits zu kennen glaubte.

»Die rechte Hand wurde bis heute nicht gefunden.«

Einen Moment lang schwiegen alle, dann stand Wenger auf und ließ sich von Marthaler die Akte zeigen. Die Fotos vom Leichenfundort zeigten einen Rumpf sowie Knochen und Körperteile, die über eine größere Strecke verteilt waren.

»Wir haben demnach einen Selbstmörder und eine Hand, die sich selbstständig gemacht hat«, sagte Wenger.

»Eine ziemlich weite Reise von Dübendorf bis Wollishofen«, sagte Holzer.

»Sie hat ja auch ein paar Tage gedauert«, sagte Marthaler und zog einen Stuhl zu sich heran. Sie setzte sich verkehrt herum darauf, wie in einem alten Western.

»Wir brauchen so rasch wie möglich Gewissheit, wer der Tote ist. Wie lange dauert ein DNA-Abgleich?«, fragte Stauffer

»Ist schon eingeleitet. Die sind auch froh, wenn sie die Leiche loswerden.« Marthaler grinste sarkastisch. Wenger gab die Fotos weiter an Holzer, der sie nur kurz überflog und an Anna Herold weiterreichte.

»Wenn es Kadaric war, dann müssen wir herausfinden, wie seine rechte Hand von den Bahngleisen nach Zürich kam«, sagte Stauffer.

»Eine Leiche aufs Bahngleis zu legen ist keine schlechte Methode, um einen Mord zu vertuschen«, sagte Wenger. »Allerdings macht es dann keinen Sinn, eine Hand mit sich herumzutragen.«

»Wenn es Mord war, dann hat der Täter die Hand vielleicht als Trophäe mitgenommen«, sagte Herold.

»Wir sollten keine voreiligen Schlüsse ziehen«, sagte Stauffer. »Sobald wir Gewissheit haben, dass der Tote Kadaric ist, schauen wir uns den Leichenfundort an. Und dann müssen wir herausfinden, wo sich Kadaric in den Tagen vor seinem gewaltsamen Tod aufgehalten hat.«

»Wenn er seit einer Woche tot ist, dann muss es Personen geben, die ihn vermissen«, sagte Wenger. »Etwa die Frau, bei der er in Zürich angeblich wohnen wollte.«

»Es gibt keine Vermisstenanzeige«, sagte Holzer. »Entweder hatte er keine Freunde oder diese Freunde haben etwas mit seinem Tod zu tun.«

»Wir müssen diese Frau finden«, sagte Stauffer.

»Was ist mit seinem Roller?«, fragte Herold.

»Was meinst du?«, fragte Stauffer.

»Er muss ihn irgendwo abgestellt haben.«

Stauffer nickte und ermunterte Anna Herold, das Stichwort auf die große Tafel zu schreiben.

»Sollen wir die Medien einschalten?«, fragte Wenger.

»Wir könnten nach Informationen über seinen letzten Aufenthaltsort bitten«, sagte Bolliger.

»Das ist eine Option, wenn wir nicht mehr weiterkommen. Vorerst aber ermitteln wir ohne Öffentlichkeit. Wenn es ein Mord ist, dann würden Medienberichte den oder die Täter warnen.« Stauffer schaute in die Runde, alle schienen einverstanden zu sein. Er zeigte nacheinander auf Marthaler, Herold und Bolliger und wies sie an, sofort mit den Nachforschungen zu beginnen. Tanja Locher, die bis dahin schweigend zugehört hatte, räusperte sich.

»Die Hand könnte auch ein Hinweis für uns sein.«

»Was meinst du damit?«, fragte Stauffer.

»Ein Täter, der uns zeigen will, dass er den perfekten Mord begehen kann.«

»Ja?« Stauffer wusste nicht, worauf Locher hinauswollte. Wenger klopfte anerkennend auf den Tisch.

»Er hat die Hand mitgenommen, um uns auf den Mord aufmerksam zu machen? Das ist eine interessante These.«

»Es würde bedeuten, dass er mit der Polizei spielt«, sagte Locher.

»Und dass er es wieder tun wird«, sagte Wenger ernst.

»Oder vielleicht schon getan hat.«

Stauffer nickte und mischte sich in den Dialog ein.

»Das übernimmst du, Urs«, sagte er und zeigte auf Holzer. »Leute, die sich in den vergangenen Monaten vor einen Zug geworfen haben. Klär ab, ob Leichenteile fehlten, Gliedmaßen.«

»Wir müssen mit dem Lokführer reden«, sagte Herold. »Er muss doch gesehen haben, ob noch jemand am Bahngleis war.«

Stauffer nickte in Richtung Locher, diese nickte ebenfalls.

»Gut, dann legen wir los. Manuele, du suchst weiter die Datenbanken und das Internet ab. Vielleicht findest du doch noch etwas über Kadaric. Und wir müssen so schnell wie möglich seine Handydaten kriegen.«

Nachdem er seine Mitarbeiter verabschiedet hatte, trank Stauffer ein Glas Mineralwasser. Auf seinem Handy erhielt er eine Kurzmitteilung von Mirjam. Er las überrascht, dass sie am Wochenende einen Ausflug plante und fragte, ob er mitkommen wolle. Er antwortete ihr umständlich, dass er nichts versprechen könne, da sie in einem neuen Fall ermittelten. Es dauerte keine zwei Minuten, bis er erneut eine Mitteilung erhielt. Die Hand? Ja, die Hand, antwortete er. Für Mirjam und alle anderen existierte nach wie vor nur die Hand, die in Wollishofen gefunden worden war. Für Stauffer und seine Leute war es ein neuer Fall. Ein Selbstmord, der vielleicht keiner war, eine Hand, die an einem völlig anderen Ort wieder auftaucht und ein Mann, der offenbar untergetaucht war, bevor er durch eine herannahende S-Bahn getötet wurde. Stauffer rief bei der Zentrale an und fragte nach dem Einsatzleiter, der vor Ort gewesen war, als man die Leiche des vermeintlichen Selbstmörders gefunden hatte. Zehn Minuten später rief der Mann an.

»Weshalb hat man uns das mit der Hand nicht gemeldet?«, fragte Stauffer unwirsch.

»Was für eine Hand?«, fragte der Mann.

»Als man die Leichenteile einsammelte, fehlte die rechte Hand.«

»Das hat man erst später bemerkt«, sagte der Mann in einem beinahe fröhlichen Tonfall.

»So etwas hätte auf meinem Tisch landen müssen.«

»Das sehe ich nicht so. Es gibt wirklich nichts, was auf ein Fremdeinwirken hinweist. Klassischer Selbstmord.«

»Gab es keinen Aufruf für die Medien? Immerhin konnte der Tote nicht identifiziert werden.«

»Wir hatten eine Grippeepidemie.«

»Ja?«, fragte Stauffer ungehalten.

»Mehrere Abteilungen waren betroffen. Da kann es schon mal vorkommen, dass etwas liegen bleibt.«

»Die könnten sich wirklich mal impfen lassen«, sagte Stauffer verärgert. Doch er wusste, dass sich auch von seinen Leuten nur wenige impfen ließen.

»Habt ihr etwas gefunden? Wisst ihr, wer der Mann ist?«

»Wir arbeiten daran«, sagte Stauffer.

»Vorbildlich«, sagte der Mann, und Stauffer wusste nicht, ob es sarkastisch gemeint war oder zur angeborenen Fröhlichkeit des Polizisten gehörte.

Es dauerte eine Weile, bis sich Stauffers Verärgerung gelegt hatte. Eine nicht identifizierte Leiche, bei der die rechte Hand fehlt und die in einem Kühlhaus vergessen wird. Das hörte sich wie Dritte Welt an, war aber nur bürokratischer Irrsinn, wie er überall vorkam, wo zu viele Menschen mit zu vielen Zuständigkeiten zu kämpfen hatten. Er griff sich die Mappe und schaute sich die Fotos an. Sich vor einen Zug zu werfen oder von einem Hochhaus zu springen, war eine der brutalsten Selbsttötungsarten. Nicht unbedingt für die Opfer, aber für alle Zeugen und jene, die die Leichenteile aufsammeln. Er rief Tanja Locher an.

»Wir müssen so schnell wie möglich mit dem Lokführer reden«, sagte er.

»Ich bin dran. Adresse und Telefonnummer habe ich, aber ich konnte ihn noch nicht erreichen.«

»Das ging schnell«, sagte Stauffer anerkennend.

»Ich habe Glück gehabt und hatte sofort die richtige Person bei der Bahn am Draht. Soll ich allein mit ihm reden oder möchtest du dabei sein?«

»Wenn es spät wird, kann ich das übernehmen.«

»Nein, kein Problem, ich mach das.«

Er legte die Fotos zurück in die Mappe und nahm den Lift. Als er den Gang entlangging, las er die Namensschilder an den Türen. Fontini hatte bereits seine Jacke übergezogen, als Stauffer an die angelehnte Tür klopfte.

»Ich bin verabredet«, sagte er entschuldigend.

»Ist schon gut«, sagte Stauffer. »Ich kann ja selber ein wenig googeln.«

»Über Kadaric findest du nichts.«

»Ich wollte die Berichte über den Selbstmord lesen.«

»Okay, das ist leicht«, sagte Fontini und setzte sich an seinen Arbeitsplatz. »Wenn es sich vermeiden lässt, gibt es keine Medienmitteilungen über Selbstmorde. Wegen des Nachahmungseffektes.«

»Auch nicht bei solch spektakulären Fällen?«

»Erst recht nicht. Es sei denn, die Person war prominent.«

Stauffer nickte. Er wusste nicht, ob es richtig war, Selbstmorde derart diskret zu behandeln. Immerhin töteten sich jedes Jahr hunderte Menschen in der Schweiz. Und in diesem Fall hatte der Tote keinen Namen.

»Hier«, sagte Fontini und zeigte auf den Monitor. Stauffer bückte sich. Es war eine kleine Mitteilung über Behinderungen im Zugverkehr nach einem Personenunfall. Als Stauffer sich aufrichtete, fiel sein Blick auf einen Stapel Telefonbücher. Er ging zu dem Stapel und nahm eines der Bücher in die Hand. Es war zwanzig Jahre alt.

»Die habe ich am Straßenrand gefunden«, sagte Fontini lachend.

»Im Altpapier?«

»Genau. Schön gebündelt und geschnürt. Die Sammlung ist nicht vollständig. Das Älteste stammt aus dem Jahr 1979.«

»Was machst du damit?«

Stauffer blätterte in einem der Bücher bis zu seinem Namen und schaute ungläubig auf seine alte Adresse und Telefonnummer.

»Geht es bei unserer Arbeit nicht darum, Zusammenhänge zu finden?«, sagte Fontini.

»Zusammenhänge und Schnittstellen«, bestätigte Stauffer.

»Wer wann wo wohnte, kann man auch im Melderegister ausfindig machen. Was man da aber nicht kann, ist eine intuitive Suche. Manchmal zeitigt das Durchblättern erstaunliche Resultate.«

Stauffer nickte. Er nahm ein anderes Telefonbuch in die Hand und suchte nach Mirjam. Er fand ihre alte Adresse. Als dieses Buch gedruckt wurde, war Mirjams Mann noch am Leben. Stauffer erinnerte sich an die Frau, mit der er damals zusammen war. Eine Liebe, die keine zwei Jahre hielt. Auch ihre Adresse fand er in dem Buch.

»Dieser Jahrgang ist doppelt. Du kannst ihn behalten, wenn du möchtest.«

Stauffer bedankte sich und wünschte Fontini einen schönen Feierabend. Er ging mit dem alten Telefonbuch unter dem Arm zurück in sein Büro.

11.

Walter Wenger schaute auf die Uhr. Er hatte über eine Stunde unten bei den Schrebergärten gewartet, ohne dass jemand vorbeigekommen war. Auch die Hundebesitzer schienen die Gegend zu meiden, seit die Meldung über den makabren Fund die Runde gemacht hatte. Wenger hatte sich zuvor den Fundort noch einmal genau angeschaut. Er hielt es für unwahrscheinlich, dass die Hand von einem Tier aus dem Wald geschleppt worden war. Er schaute sich nach der Patrouille um, die er vor einer halben Stunde am Waldrand gesehen hatte. Sie hatten sich darauf verständigt, das Gelände den ganzen Tag über zu beobachten. Die Polizisten wechselten sich alle drei Stunden ab. Sie waren angehalten, alle Vorkommnisse zu rapportieren, verdächtige Personen anzuhalten und deren Personalien zu überprüfen. Der Einsatz wurde von einer Polizistin geleitet, auf die Wenger seit geraumer Zeit wartete. Er ging einige Schritte und schaute nach oben, zu jenem Gebüsch, in dem die Hand gefunden worden war.

»Warum ausgerechnet hier?«, fragte er sich und wie so oft, wenn er sich allein an einem Tatort umsah, sprach er den Gedanken aus. Entweder hatte die Gegend eine bestimmte Bedeutung, oder aber die Person, die die Hand ins Gebüsch gelegt hatte, lebte ganz in der Nähe. Er drehte sich um und schaute zu der Wohnsiedlung. Kadaric könnte hier Bekannte gehabt oder selber einmal hier gewohnt haben. Sie mussten das alles abklären. Er sah die Einsatzleiterin, die mit großen Schritten auf ihn zukam. Sie war breitschultrig und machte auch sonst einen eher männlichen Eindruck. Ihr Name war Züllig. Sie zückte einen kleinen Notizblock und fragte Wenger, ob sie ein paar Schritte gehen sollten, da sie sah, dass ihm fröstelte.

»Die Kälte macht sich erst nach einer halben Stunde richtig bemerkbar«, sagte Wenger, nachdem er auf einen schmalen Weg gezeigt hatte.

»Wir hatten am Morgen einigen Betrieb, aber danach wurde es ruhig«, sagte sie und blätterte in ihren Notizen.

»Neugierige oder Leute von den Medien?«

»Beides. Die Neugierigen verhielten sich wie zufällige Passanten, schauten sich aber um, als könnten sie jederzeit über einen menschlichen Knochen stolpern. Die Reporter suchten vor allem nach guten Fotomotiven. Aber die gibt es hier nicht.«

»Wurde überhaupt nichts gefunden, das im Zusammenhang mit der Hand stehen könnte?«

»Wir haben einige Dinge eingesammelt und zum wissenschaftlichen Dienst bringen lassen.«

»Was für Dinge?«, fragte Wenger.

»Ein Feuerzeug, Papierfetzen, Kaugummi, ein Stück Stoff, ein leerer Plastiksack. Was halt so rumlag.«

Wenger nickte. Alles konnte einen Hinweis auf die Person liefern, die die Hand ins Gebüsch gelegt hatte.

»Was ist mit der Schrebergartensiedlung?«

»Wurde heute Morgen abgesucht. In den Hütten ist nichts.«

»Die Leiche könnte in einem der Beete liegen«, sagte Wenger.

»Ein Spezialist hat sich umgesehen. Er sagte, dass er nichts Auffälliges entdeckt hatte.«

Wenger nickte. Er hatte vor einigen Jahren einen Artikel über umgegrabene und aufgeschüttete Erdhügel gelesen und wie Spezialisten erkennen konnten, ob und wann die Erde umgeschichtet worden war.

»Wir haben auch einige der Spaziergänger befragt. Viele waren es nicht. Am Vormittag war ein Hundebesitzer unterwegs, der sich sicher ist, dass vor zwei Tagen noch nichts in dem Gebüsch lag.«

»Wie kann er so sicher sein?«, fragte Wenger.

»Sein Hund hätte sofort reagiert.«

»Ihr habt ihm den genauen Fundort gezeigt?«

Züllig schüttelte den Kopf.

»Er hat mit seinem Hund gespielt und ein Frisbee geworfen. Wenn da etwas gewesen wäre, hätte er es gerochen. Garantiert. Das sagt jedenfalls der Hundebesitzer.«

»Die Hand war möglicherweise gefroren«, sagte Wenger.

»Das spielt keine Rolle«, sagte Züllig bestimmt. Wenger fragte, ob sie einen Hund habe.

»Früher«, sagte sie.

»Dann kennen Sie sich aus«, sagte Wenger lachend.

»Wenn hier täglich Hundebesitzer unterwegs sind, dann hätte die Hand keinen Tag unbemerkt herumliegen können«, sagte sie überzeugt.

»Habt ihr Personen bemerkt, die sich auffällig benommen haben?«

Sie blätterte in ihrem Notizbuch.

»Das Übliche«, sagte sie.

»Ja?«

»Wir haben alle angesprochen, die sich umsahen. Und wir haben jene beobachtet, die sich dem Gelände nicht näherten, aber von weiter weg einen Blick darauf warfen.«

»Habt ihr Fotos oder Videos?«

»Ein paar Fotos.«

»Gehen wir einmal davon aus, dass die Hand vor zwei Tagen noch nicht in dem Gebüsch lag«, sagte Wenger.

»Ein seltsamer Ort um eine Hand zu entsorgen«, sagte Züllig.

»Ja?« Wenger wollte, dass sie den Gedanken weiter verfolgte.

»Da oben ist man wie auf dem Präsentierteller. Es gibt die Schrebergartensiedlung und die Häuser. Warum legt jemand die Hand in das Gebüsch, wenn es nur ein paar Meter bis zum Waldrand sind?«

Wenger nickte und schaute sich um. Er sah einen Ast, bückte sich und nahm ihn in die Hand.

»Hier«, sagte er, hielt der Polizistin den Ast hin und zeigte nach oben in Richtung Waldrand.

»Okay«, sagte sie und nahm den Ast. »Soll ich warten, bis Sie mir ein Zeichen geben?«

Wenger hielt einen Daumen in die Höhe. Eine gute Polizistin, dachte er, als er eilig nach unten ging. Einige Meter vor dem Parkplatz hielt er erneut den Daumen in die Höhe. Er sah, wie Züllig zum Waldrand hochging. Wie sie einige Meter zurücklegte und dann auf die leicht abfallende Wiese wechselte. Sie befand sich noch zehn Meter vom Gebüsch entfernt und schien auf ein weiteres Zeichen zu warten. Wenger hob die Hand. Er sah, wie sie zum Gebüsch ging. Als sie sich bückte, war sie plötzlich verschwunden. Wenger ging in Richtung der Wohnsiedlung, auch von da konnte er Züllig erst sehen, als sie wieder stand.

»Doch nicht so auf dem Präsentierteller«, sagte er leise. Er gab ihr mit beiden Händen zu verstehen, dass er genug gesehen hatte. In diesem Moment kamen die patrouillierenden Polizisten aus dem Wald. Sie blieben alarmiert stehen, sahen dann aber ihre Einsatzleiterin. Wenger wartete auf Züllig, die sich kurz mit den beiden Polizisten unterhielt.

»Wenn sich jemand hinter dem Gebüsch bückt, dann sieht man ihn nicht«, sagte Wenger.

»Warum aber ausgerechnet dieses Gebüsch?«, fragte Züllig und schaute nach oben zu der Stelle, an der sie den Ast niedergelegt hatte.

»Es kann eine Bedeutung haben«, sagte Wenger. »Muss aber nicht.«

»Eine Hand zu finden ist schlimmer als eine Leiche«, sagte Züllig.

»Ungewohnter«, sagte Wenger.

»Auch eine Leiche zu finden ist ungewohnt.«

»Glücklicherweise«, antwortete er.

»Sollen wir weitermachen?«

»Ja«, sagte Wenger. »Solange wir keine Einzelheiten haben, kann jede Beobachtung wichtig sein. Wenn das Gebüsch und die Gegend eine Bedeutung haben, dann üben sie auf diese Person eine Anziehungskraft aus. Sie überlegt sich vielleicht, wie lange wir die Gegend beobachten. Oder sie beobachtet uns.«

»Wäre kein allzu großes Problem«, sagte Züllig und zeigte in alle Himmelsrichtungen. Tatsächlich gab es genug Möglichkeiten, um einigermaßen unauffällig der Polizei bei der Arbeit zuzuschauen.

»Macht mehr Fotos«, sagte Wenger und Züllig nickte. Er ging zurück zur Schrebergartensiedlung und knipste mit seinem Handy selbst ein paar Fotos. Weiter vorne sah er am Waldrand ein Paar, das Hände haltend in die entgegengesetzte Richtung schlenderte.

»Das könnte es sein«, sagte er leise. Ein Liebespaar am Waldrand, eine Erinnerung. Vielleicht auch spielende Kinder. Wenn der Fundort eine Bedeutung hatte, dann eine emotionale. Das war fast immer so. Die Person verbindet eine Erinnerung oder ein Gefühl mit einem Ort. Es ging um ein persönliches, privates Motiv. Wenger sah, dass sich der Verwalter der Schrebergartensiedlung näherte. Er trug einen Sack Erde, den er mit viel Schwung über den Zaun warf. Er begrüßte Wenger, ohne ihm die Hand zu reichen.

»Stimmt das, was in der Zeitung steht?«, fragte er leicht feindselig. Offenbar hatte es ihm nicht gepasst, dass ihm die Polizei nicht die Wahrheit erzählt hatte.

»Manchmal ist es besser, nicht alles zu wissen«, sagte Wenger vielsagend.

»Wenn man da drüben eine Hand gefunden hat, dann hätte man uns warnen sollen.«

»Warnen?«, fragte Wenger verwundert.

»Auf dem Gelände könnte noch mehr herumliegen.«

»Das Gelände wurde heute Morgen abgesucht.«

»Ich weiß, ich war dabei. Aber schauen sie sich um. Wurde in jeder Regentonne nachgeschaut?«

»Unsere Leute wissen, was sie tun«, sagte Wenger leicht verärgert.

»Trotzdem. Die direkt Betroffenen erfahren immer alles zuletzt.«

»Innerhalb der Schrebergartensiedlung wurde nichts gefunden.«

»Was ist mit der Tasche?«

»Die Kleider und die Tasche werden untersucht.«

»Mich haben heute drei Pächter angerufen. Die kommen erst wieder, wenn alles geklärt ist.«

»Sagt Ihnen der Name Kadaric etwas?«

»Nein. Hat er etwas mit der Sache zu tun?«, fragte er und blickte dabei auf seine linke Hand.

»Es gibt keinen Grund, sich Sorgen zu machen«, sagte Wenger.

»Das sagen die Politiker auch, wenn irgendwo Gift ausläuft.«

»Haben Sie irgendwas entdeckt, das darauf hindeuten könnte, dass sich jemand auf dem Schrebergartengelände aufhielt, der hier nichts zu suchen hat?«

»Die Tasche, aber das wissen Sie doch schon.«

»Ich dachte eher an Spuren eines Besuchers. Jemand, der vielleicht ein Feuer machte.«

»Es ist fast jeden Tag jemand hier. Das wäre uns aufgefallen.« Wenger zeigte zum Waldrand.

»Und da oben? Irgendetwas Ungewöhnliches gesehen?«

»Sie meinen jemand, der eine Hand ins Gebüsch wirft?«

Der Mann klang jetzt aggressiv. Wenger glaubte an seiner Haltung zu erkennen, dass er vor Gewalt nicht zurückschrecken würde.

»Wir wollten vermeiden, dass das Gelände überlaufen wird.«

»Man hätte uns warnen müssen«, wiederholte der Mann, dessen Stimme deutlich leiser wurde.

»Ich kann Sie verstehen«, sagte Wenger. »Aber wir haben gute Gründe, zurückhaltend zu sein.« Doch das war nur die halbe Wahrheit. Mittlerweile dachte Wenger anders. Vermutlich müssten sie jetzt in die Offensive gehen und offen informieren. Aber er wusste, dass er damit bei Stauffer auf taube Ohren stoßen würde.

»Ich kann dafür sorgen, dass morgen nochmals jemand das Gelände absucht.«

»Ich möchte sicher sein, dass da nichts zum Vorschein kommt. Das wäre schrecklich, wenn Familien mit ihren Kindern da sind.«

Wenger nickte, er konnte die Bedenken des Mannes nachvollziehen. Vermutlich hatte die junge Polizistin Recht, wenn sie sagte, dass eine einzelne Hand schlimmer war als ein ganzer Leichnam. Aber hatten sie nicht schon längst den Leichnam gefunden? Sie benötigten so rasch wie möglich die Bestätigung des gerichtsmedizinischen Institutes.

»Wir sind uns ziemlich sicher, dass hier nichts mehr zu finden ist«, sagte Wenger.

»Ziemlich sicher?«, wiederholte der Mann.

»Es geht darum, allfällige Spuren zu sichern.«

»Ist das die Wahrheit?«, fragte der Mann wieder deutlich aggressiver. »Oder soll ich bei der Zeitung nachfragen?«

»Wir werden heute und morgen Leute vor Ort haben. Wir kümmern uns um Ihr Anliegen.«

Der Mann wandte sich ab, ging ein paar Schritte, überlegte es sich anders, kam wieder zurück und hielt Wenger die Hand entgegen. Dieser nahm das Angebot an.

»So etwas ist hier noch nie vorgekommen«, sagte der Mann entschuldigend.

Wenger ging zurück zum Parkplatz. Die Dämmerung sorgte dafür, dass der Waldrand seine Konturen verlor. Dafür erhellte sich die Wohnsiedlung und erste Bewohner kamen von der Arbeit zurück. Keiner interessierte sich für Wenger und keiner schaute nach oben zum Waldrand. Vermutlich lesen sie andere Zeitungen, dachte Wenger. Oder es war ihnen egal, weil sie andere Sorgen hatten. Gerade als er seinen Wagen erreicht hatte, fiel ihm etwas ein. Er eilte noch einmal zurück zur Schrebergartensiedlung und suchte nach dem Verwalter. Er fand ihn bei den Müllcontainern, die er offenbar inspizierte.

»Kann ich eine Liste der Pächter haben?«, fragte Wenger.

»Wozu?«, fragte der Mann.

»Wir sammeln Informationen.«

Der Mann schüttelte den Kopf.

»Ich habe die Adressen nicht bei mir.«

»Sie können Sie uns übermitteln.«

»Ja?«

»Fax oder Mail.«

»Mein Sohn kennt sich damit aus.«

Wenger holte seinen Notizblock hervor und schrieb eine der Mail-Adressen auf, die sie an Informanten weitergaben. Er musste zweimal Anlauf nehmen, weil er zuerst das @-Zeichen falsch hinkritzelte. Der Mann steckte den Zettel ein, ohne einen Blick darauf zu werfen.

»Ich gehe das Gelände ab, bevor es dunkel wird.«

Wenger nickte und hielt sich zurück, denn für ihn war es bereits dunkel. Als er wieder zum Parkplatz zurückging, sah er die Polizistin Züllig, die sich mit zwei Kollegen unterhielt. Er ging auf die drei zu. Sie stellte ihn den beiden jungen Polizisten vor.

»Wir warten noch auf einen Dolmetscher«, sagte Züllig.

»Ich dachte, die Bewohner seien schon gestern befragt worden?«, sagte Wenger.

»Nur ein Teil davon.«

»Gut«, sagte Wenger.

»Die meisten kümmern sich nicht darum, was oben am Waldrand geschieht. Aber alle haben Zimmer und Fenster zum Waldrand hin.«

»Was sagt ihr den Leuten?«

»Die meisten wissen Bescheid. So etwas spricht sich rum.«

Wenger verabschiedete sich und stieg in seinen Wagen. Die Leute wussten Bescheid. Vermutlich verboten sie ihren Kindern, bis auf Weiteres draußen zu spielen. Ehe er losfuhr, ging er noch einmal die Ereignisse durch. Eine Hand und die Leiche eines Mannes, der von einem herannahenden Zug getötet wurde. Jemand will uns ein Rätsel aufgeben, dachte er. Wenn es so war, dann war der Täter nicht nur gefährlich, sondern auch raffiniert.

12.

Die Autowerkstatt befand sich in einem Innenhof. Sie war klein. Holzer sah durch die dreckige Scheibe zwei Wagen, die aufgebockt waren. Vor der Garage standen drei weitere Autos. Der Name der Werkstatt war auf ein gelbes Schild gesprayt. Ein Aufkleber verriet, dass man in der Werkstatt den Abgastest zu einem Sonderpreis machen lassen konnte. Es war ruhig und Holzer konnte niemanden in der Werkstatt erkennen. Vergeblich suchte er nach Angaben über die Öffnungszeiten. Dafür entdeckte er eine Handynummer auf einer Visitenkarte, die in den Rahmen des Fensters gesteckt worden war. Als er nach oben blickte, sah er hinter einer Fensterscheibe im ersten Stock eine Katze, die ihn beobachtete. Holzer machte ein paar Faxen, welche die Katze allerdings nicht beeindruckten. Es war die vierte Werkstatt in Schlieren, die er aufsuchte. Und es war die erste, die einem Schweizer gehörte. Immerhin deutete der Name Grauwiler darauf hin, auch wenn man da heutzutage nicht mehr sicher sein konnte. Hier lebten Menschen aus der ganzen Welt und Holzer fragte sich wieder einmal, ob die Leute sich ihr Paradies tatsächlich so vorgestellt hatten. Eine hässliche Kleinstadt am Rande von Zürich. Ein Job in einer kleinen Autowerkstatt und abends das TV-Programm aus der alten Heimat. Was war daran besser als irgendein Acker in der Pampa, auf dem man Kartoffeln anpflanzte und nachts von den Schönen und Reichen träumte? Er wählte auf seinem Handy die Nummer. Grauwiler brummte zuerst unverständlich. Als Holzer sagte, dass er von der Kriminalpolizei sei, gab es eine lange Pause, dann fragte Grauwiler, was los sei. Holzer sagte, dass er mit ihm über Kadaric sprechen wolle. Grauwiler sagte, er solle fünf Minuten warten. Als Holzer hochschaute, saß die Katze immer noch da, allerdings beachtete sie ihn nicht mehr. Bei der dritten Werkstatt hatte er die Auskunft erhalten, dass Kadaric bei Grauwiler gearbeitet habe. Zuvor hatte er in der anderen Werkstatt gearbeitet, war aber mit seinen Arbeitskollegen nicht klargekommen. Holzer rauchte eine Zigarette. Als er sie mit dem Absatz ausdrückte, wurde die Tür der Werkstatt von innen geöffnet. Grauwiler war groß und kräftig, seine Haare trug er lang, sie waren nach hinten zusammengebunden. Er wischte seine Hände mit einem schmutzigen Tuch ab, ehe er Holzer begrüßte. Holzer trat in die Werkstatt. Sofort nahm er den typischen Geruch wahr, die Mischung aus Motorenöl, Benzin und Metall.

»Die Kaffeemaschine ist kaputt«, sagte Grauwiler entschuldigend.

»Elvin Kadaric«, sagte Holzer knapp.

»Was ist mit ihm?«

»Er hat für Sie gearbeitet?«

Grauwiler nickte. »Hat er ein Ding gedreht?«

»Wie kommen Sie darauf?«

»Er ist vorbestraft.«

»Sie haben ihn trotzdem eingestellt?«

»Ich gab ihm eine Probezeit. Hat gut gearbeitet, war nie krank und hat auch nicht getrunken.«

»Und weshalb haben Sie ihn entlassen?«

»Finanzielle Probleme. Die Werkstatt läuft nicht gut. Neben Kadaric habe ich noch einen anderen Mitarbeiter. Er ist vielseitiger und hat Familie. Ich habe Elvin gesagt, dass ich nicht mehr beide bezahlen kann. Er hat das sofort eingesehen.«

»Wann war das?«

»Vor sechs Wochen.«

»Hatten Sie seither noch Kontakt zu ihm?«

»Was ist mit ihm?«

»Er ist tot«, sagte Holzer. Er wollte Grauwilers Reaktion sehen. Dieser nahm den Lappen und begann sich erneut die Hände abzuwischen.

»So jung«, sagte er kopfschüttelnd.

Grauwiler schaute an Holzer vorbei zur schmutzigen Eingangstür.

»Was ist geschehen?«

»Er wurde von einem Zug überrollt.«

Grauwiler nickte, als hätte er mit dieser Antwort gerechnet.

»Es gibt Menschen, die kommen nicht zurecht mit ihrem Leben.«

»War Kadaric so ein Mensch?«

»Er war so ein Typ.«

»Aha?«

»Einer, der alles in sich rein frisst. Hat bei der Arbeit kaum gesprochen. Ich meine, zwischendurch sollte doch auch mal ein Spruch kommen. Nicht von Elvin. Gelacht hat er ab und zu. Aber das sah nicht echt aus. So von innen.«

»Hatte er Freunde?«

»Elvin? Kann ich mir nicht vorstellen. Wer will schon einen Freund, der nie etwas sagt?«

»Frauen?«

»Keine Ahnung. Ich habe ihn mal gefragt, ob er ins Puff gehe. Er hat den Kopf geschüttelt. Irgendwo muss man doch abschalten. Ich gehe ab und zu ins Puff.«

»Aha?«

»Interessiert?« Grauwiler lachte, ehe er wieder den Lappen nahm und sich die Hände rieb. Sein Gesichtsausdruck verfinsterte sich, offenbar war ihm bewusst geworden, dass Lachen in der jetzigen Situation nicht angebracht war.

»Ich habe ihn nie mit einer Frau zusammen gesehen. Er hat auch nie mit einer telefoniert. Aber eigentlich weiß ich nichts über sein Privatleben. Er war einfach nicht der Typ, mit dem man abends noch was trinken geht.«

»Er muss sich für irgendwas interessiert haben«, sagte Holzer.

»Fußball.«

»Aha?«

»Er hat sich ab und zu Spiele angeschaut. Vereine aus der Umgebung.«

»Wir suchen nach Bekannten und Familienangehörigen.«

»Seine Mutter ist vor ein paar Jahren an Krebs gestorben. Ein Bruder im Krieg. Wahrscheinlich war er deshalb so. Wir können uns das ja nicht vorstellen, wie das ist im Krieg. Er war damals ein Kind. So richtig darüber reden mochte er nicht. Und ich bin keiner, der nachbohrt. Das ist extrem.«

Holzer verstand den Zusammenhang nicht.

»Sich vor einen Zug zu werfen. Ich könnte das nicht. Wahrscheinlich würde ich mich mit Abgasen umbringen. Da spürt man nichts, verliert einfach das Bewusstsein. Aber lebensmüde bin ich nicht.«

Er lachte, nur um Sekunden später mit bitterer Miene den Kopf zu schütteln.

»Irgendwie bringe ich das nicht zusammen. Als mein Vater starb, dauerte es auch lange, bis ich es begriff. Du erhältst einen Anruf und du denkst, okay, der Vater ist tot. Aber so richtig begriffen habe ich es erst bei der Beerdigung.«

»Hatten Sie keinen Kontakt mehr zu ihm?«

Grauwiler runzelte die Stirn.

»Mein Vater lebte in Spanien.«

»Kadaric. Hatten Sie keinen Kontakt mehr, seit Sie ihn entlassen haben?«

»Nein. Er hat sich nicht mehr gemeldet. Glauben Sie, dass er nicht über die Entlassung hinweggekommen ist?«

»Machte er auf Sie einen niedergeschlagenen Eindruck?«

»Nicht mehr als üblich. Ich bot ihm an, in anderen Betrieben nachzufragen. Er war ein guter Lackierer, eigentlich hätte er problemlos einen neuen Job finden können. Er sagte, er wolle sich umschauen.«

»Eine Entlassung ist für einen jungen Mann kein Grund, sich vor einen Zug zu werfen«, sagte Holzer.

»Eigentlich nicht«, sagte Grauwiler. »Gemacht hat er es aber trotzdem.«

»Ja«, sagte Holzer. »Aber wir wissen nicht, was in den sechs Wochen alles geschehen ist.«

»Vielleicht hat er Mist gebaut.«

Grauwiler warf den Lappen auf die Ablage und steckte beide Hände in die blaue Arbeitshose.

»Sie haben vorhin schon eine Andeutung gemacht«, sagte Holzer.

»Da war diese Leasinggeschichte. Eine ziemliche Dummheit. Er hatte Glück, dass er nicht ins Gefängnis musste. Er sagte mir, dass er nie wieder mit der Polizei zu tun haben möchte.«

»Sie haben ihm geglaubt?«

»Ich habe schon viel erlebt.«

»Sie haben ihm also nicht geglaubt?«

Grauwiler zog die Schultern hoch.

»Das sind zwei verschiedene Dinge«, sagte er. »Ich habe ihm geglaubt, dass er die Dummheit bereut hat. Aber auf mich wirkte er labil.«

»Hat er die Leasinggeschichte allein durchgezogen?«

»Das weiß ich nicht.«

»Sie können sich vorstellen, dass er in kriminelle Machenschaften verwickelt war?«

»Das könnte eine Erklärung sein, oder?«

»Eine Erklärung wofür?«

»Wenn etwas schiefgelaufen ist, kann das bei Typen wie Elvin zu einem Kurzschluss führen«, sagte Grauwiler bestimmt.

»Aha?«

»Ich meine nur.«

»Ihr anderer Mitarbeiter. Hatte er Kontakt zu Elvin?«

»Nur bei der Arbeit. Das sind völlig verschiedene Typen. Gab keine Probleme bei der Arbeit, aber zu sagen hatten sie sich nichts.«

»Kadaric hat seine Wohnung gekündigt und war zuletzt nirgendwo gemeldet. Können Sie sich vorstellen, wo er gewohnt hat?«

Grauwiler dachte kurz nach und schüttelte den Kopf.

»Haben Sie Kadarics Handynummer?«

»Die habe ich noch gespeichert, ja.«

Er griff zu seinem Handy, das auf einer Ablage lag. Mit einer Hand tippte er sich durch die Verzeichnisse und las Holzer die Nummer vor.

»Er fuhr ein Motorrad?«, fragte Holzer weiter.

»Ja, einen Roller. Das Auto hat er verkauft. Viel verdient hat er nicht. Ist nicht viel zu holen hier.«

»Ist das nicht seltsam?«, fragte Holzer.

»Was?«

»Einer, der in einer Autowerkstatt arbeitet und kein Auto besitzt?«

»Ja, das ist selten. Aber wenn er einen Wagen gebraucht hätte, wäre das kein Problem gewesen. Ich habe drei. Ich mache in meiner Freizeit das Gleiche wie bei der Arbeit. An Autos rumschrauben. Für etwas anderes bin ich nicht zu gebrauchen.«

»Hat er sich ab und zu ein Auto ausgeliehen?«

»Nein. Er fuhr gerne mit dem Roller, auch wenn es arschkalt war. Wäre nichts für mich. Ich habe die Heizung immer voll aufgedreht.«

Grauwiler kratzte sich am Ohr.

»War es das?«

Holzer nickte und bedankte sich. Als er die Werkstatt verließ, sah er, dass es leicht zu schneien begonnen hatte. Er konnte nicht verstehen, dass jemand bei diesem Wetter mit einem Roller unterwegs war. Er wählte auf seinem Handy eine Nummer und wartete lange, bis sich jemand meldete. Er gab Kadarics Handynummer durch und sagte, dass sie dringend die Verbindungsdaten bräuchten. Als er die Antwort erhielt, dass das nicht so einfach sei und man die Staatsanwaltschaft einschalten müsse, fluchte er und brach die Verbindung ab. Dann tippte er eine Mitteilung in sein Handy, die er an Stauffer schickte. Neben seinem Wagen stand ein kleines Wohnmobil. Noch vor einer Woche hätte Holzer es nicht beachtet, jetzt aber ging er neugierig um den Wagen herum.

So richtig vorstellen konnte er es sich noch immer nicht. Holzer unterwegs im Wohnmobil. Wahrscheinlich würden Stauffer und die anderen lauthals lachen, wenn sie Wind davon bekämen. Er nahm sich vor, sich alles nochmals durch den Kopf gehen zu lassen. Aber was gab es für Alternativen? Sollte er sich zu einem freiwilligen Arbeitseinsatz melden? Behinderte durch die Gegend fahren? Er war verdammt noch mal Polizist. Er dachte an Grauwiler, der nichts anderes tat, als an Autos herumzuschrauben. Wüsste er etwas mit acht Wochen Ferien anzufangen? Der Gedanke machte ihn noch verrückt. Er schüttelte den Kopf, stieg in seinen Wagen und fuhr weg.

13.

Tanja Locher fuhr mit der Straßenbahn, da der Lokführer nur einige Häuserblocks von ihr entfernt wohnte. Es war kurz nach acht, als sie den Lokführer telefonisch erreichte. Er zeigte sich sehr kooperativ, was Locher überraschte, da sie befürchtete, dass er nicht gerne über den Unfall sprach. Während sie im Tram saß, überlegte sie, welche Auswirkungen es auf die Psyche haben konnte, wenn beispielsweise jemand vor ihr Auto laufen würde, in der Absicht, sich töten zu lassen. Etwas Ähnliches konnte einem Polizisten auch im Einsatz passieren. Dann, wenn ein Täter seine ausweglose Situation erkennt und das Feuer eröffnet, weil er sich lieber töten lässt, als abgeführt zu werden. Sie hatten solche Situationen trainiert, aber sie wusste, dass es eigentlich kein Training für so etwas gab. Niemand konnte genau voraussagen, wie jemand unter größtem Stress reagiert. Es war möglich, solche Situationen zu simulieren, aber es war nicht möglich, eine reale Situation nachzustellen. Vor ein paar Monaten hatte sie einen Kurs besucht, in dem ein neuer Simulator vorgestellt worden war. Man war von Monitoren umgeben und es konnte jederzeit jemand mit einer Schusswaffe in der Hand auftauchen. Die Szenarien waren verblüffend realistisch und der Adrenalinschub ähnlich wie bei einer realen Verfolgungsjagd. Sie wusste nicht, ob Lokführer ähnliche Simulatoren benutzten, um beispielsweise einen Selbstmord durchzuspielen. Doch was auch immer man simulierte, in der realen Situation war danach ein Mensch tot oder schwer verletzt. Damit zurechtzukommen war etwas ganz anderes. Sie schaute nach vorn und sah, dass die Straßenbahn von einer Frau gelenkt wurde. Sie erinnerte sich daran, dass es im vergangenen Jahr zwei tödliche Unfälle gegeben hatte. Doch diese Menschen stürzten sich nicht vor das Tram, sie waren unaufmerksam, in Eile oder stolperten. Aber machte das einen Unterschied? War es leichter, damit klarzukommen, dass sich jemand bewusst vor ein Gefährt warf? In Gedanken versunken hatte sie ganz automatisch den Knopf gedrückt und war aufgestanden. Sie nahm sich vor, den Lokführer mit solchen Fragen zu verschonen. Als sie vor dem Haus stand, ging ein Licht an und sie konnte die Namen auf den Türklingeln gut lesen, allerdings fehlte der Name, nach dem sie suchte. Sie machte einen Schritt zurück und sah, dass es die falsche Hausnummer war. Neben dem Haus war eine Metzgerei und weiter vorne ein schmaler Durchgang, der in einen Innenhof führte. Dort entdeckte sie den Eingang und auch das richtige Klingelschild.

Der Lokführer war ein Deutscher, der seit drei Jahren in der Schweiz lebte. Am Telefon hatte er Tanja Locher gesagt, dass er krankgeschrieben sei. Als er sie hereinbat, machte er nicht den Eindruck eines psychisch angeschlagenen Menschen. Er offerierte ihr ein Mineralwasser und sie setzten sich an einen Glastisch, auf dem sich Zeitungen und Zeitschriften stapelten.

»So viel gelesen habe ich schon lange nicht mehr.«

»Sind Sie die ganze Zeit alleine?«, fragte Locher.

»Nein, nein, ich werde gut betreut, kann mich jederzeit an jemand wenden, aber mir fehlt die Arbeit. Sie sagen, es sei schwierig abzuschätzen, wie ich reagiere, wenn ich wieder im Führerstand sitze. Aber wie soll ich das herausfinden, wenn ich hier zuhause herumsitze? Manchmal gehe ich zum Bahnhof, das habe ich schon immer gerne gemacht, deshalb bin ich auch Lokführer geworden.

Tagsüber habe ich keine Probleme. Ich kann damit umgehen. Aber nachts ist es schwierig. Ich hatte nie zuvor Schlafstörungen, konnte mir nichts darunter vorstellen, aber jetzt weiß ich, was es heißt, nicht schlafen zu können oder unvermittelt aufzuwachen, weil man geträumt hat. Wissen Sie, ich träume und wache schweißgebadet auf, aber ich weiß nicht, was ich geträumt habe.«

»War es der erste Vorfall?«, fragte Locher bewusst neutral. Sie wollte nicht zu persönlich werden. Der Mann machte auf sie einen einsamen Eindruck und sie glaubte zu bemerken, dass sie ihm gefiel. Sie wusste, dass sie dadurch leichter an Informationen kam, gleichzeitig machte es eine Befragung schwieriger.

»Man glaubt ja, dass man darauf vorbereitet ist. Man hört, wie es Kollegen ergangen ist. Aber wenn es dann geschieht, ist es trotzdem unfassbar. Vor sieben Jahren gab es einen Unfall, zwei Personen wurden leicht verletzt. Das habe ich problemlos verkraftet.«

»Was genau ist vorgefallen?«

Der Lokführer hob seinen Kopf und strich sich mit den Fingern über den Hals. Es sah aus, als würde er einen imaginären Bart streicheln. Er blickte an Locher vorbei.

»Es ist für mich noch immer schwierig zu begreifen. Ich weiß, was geschehen ist, aber es hat nicht direkt mit mir zu tun.«

Ihre Blicke trafen sich, Locher neigte leicht den Kopf, sie verstand nicht, was er sagen wollte.

»Es ist seitdem über eine Woche vergangen.«

»Ja«, sagte der Lokführer und trank das halbe Glas leer.

»Für uns ist es wichtig zu wissen, was genau geschehen ist.«

»Ja«, sagte der Lokführer und trank auch noch den Rest.

Sie schaute sich in der kleinen Wohnung um. Die Möbel sahen aus, als würden sie schon ewig dastehen, vermutlich war die Wohnung bereits möbliert vermietet worden, weder besonders schön noch hässlich, ähnlich wie ein Hotelzimmer. Der Lokführer schloss die Augen und strich sich über die Augäpfel, als wäre er müde.

»Es ging unglaublich schnell. Zuerst habe ich gar nicht richtig realisiert, was passiert ist. Da war dieser Aufprall, dieser Knall. Alles beinahe gleichzeitig. Der Körper, der Knall.«

Locher wusste nicht, ob er sich die Bilder in Erinnerung rief oder ob er die Augen schloss, weil er nicht vor ihr weinen wollte.

»War der Mann allein oder war jemand bei ihm?«

Der Lokführer öffnete die Augen und sah Locher verdutzt an.

»Ich dachte, der Fall sei abgeschlossen.«

»Es sind neue Fragen aufgetaucht.«

»Das ist jetzt nicht so leicht für mich«, sagte er.

»Es ist wichtig.«

»Ich weiß nichts über den Mann und ich möchte auch nichts über ihn erfahren.«

Locher nickte. Wahrscheinlich konnte er besser mit den Geschehnissen umgehen, wenn der Selbstmörder anonym blieb. Nur ein toter Körper, kein Name, keine Biografie, kein Schicksal.

»Es genügt, wenn Sie möglichst genau beschreiben, was sie gesehen haben«, sagte Locher ruhig.

»Es ging so verdammt schnell.«

»Hat er sich unvermittelt vor den Zug geworfen?«

Wieder schaute er Locher verdutzt an.

»Sie wissen nicht, wie es geschehen ist?«

Locher schüttelte den Kopf.

»Er ist von einer Brücke vor den Zug gesprungen.«

Jetzt war es Locher, die ihn verwundert ansah. Das war ungewöhnlich. Die meisten Selbstmörder sprangen direkt vor den Zug oder legten sich betrunken auf das Gleis.

»Haben Sie ihn auf der Brücke gesehen?«

»Ich habe nicht darauf geachtet.«

»Aber Sie sind sicher, dass er von der Brücke gesprungen ist?«

»Ich sah, wie er runterfiel und dann knallte es.«

»Sie können nicht ausschließen, dass noch jemand auf der Brücke war?«

Der Lokführer überlegte.

»Sie glauben, dass er nicht freiwillig gesprungen ist?«

»Können Sie das ausschließen?«

»Dass er runtergestoßen wurde? Nein, das kann ich nicht ausschließen, aber daran habe ich ehrlich gesagt nie gedacht. Weshalb sollte ihn jemand runterstoßen? Müssten das nicht mehrere Personen gewesen sein?«

»Das kann ich nicht beurteilen«, sagte Locher.

»Das wäre mir aufgefallen. Manchmal stehen Menschen auf einer Brücke und beobachten die Durchfahrt des Zuges. Aber ich habe niemand gesehen. Der Mann fiel sozusagen aus heiterem Himmel vor den Zug.«

Der Lokführer schaute sich um, als würde er nach etwas suchen, dann streckte er den Rücken durch und gähnte. Locher wusste nicht, was für eine Bedeutung es für den Mann haben konnte, dass er möglicherweise keinen Selbstmörder überfahren hatte.

»Jemand, der von einer Brücke vor einen Zug springt, will sichergehen, dass er stirbt. So ist es doch, oder?«

»Ja, so ist es vermutlich«, sagte Locher.

»Und es ist ihm egal, dass sein Körper zerschmettert und zerstückelt wird.« Er nickte langsam.

»Ist Ihnen irgendetwas aufgefallen? Vielleicht kurz vor der Brücke oder dahinter? Ein Wagen, ein Motorrad?«

Der Lokführer stand auf und streckte sich.

»Ich bin total verspannt«, sagte er. Locher schaute sich erneut in der Wohnung um. An einer Wand hingen Fotos, die den Lokführer zusammen mit anderen Menschen zeigten. Sie sah, dass er auf den Fotos lachte.

»Da war jemand auf einem Fahrrad oder Moped«, sagte der Lokführer plötzlich.

»Ja?«

»Das war vor der Brücke. Rechts auf einem Feldweg.«

»Ein Mann oder eine Frau?«

»Ich bin mir nicht sicher.«

»War das weit weg von der Brücke?«

»Einige hundert Meter, vielleicht auch mehr. Es war am Morgen, noch kaum hell und das Wetter war schlecht. Ziemlich düster. Da sind nicht viele Leute unterwegs.«

»Solche Beobachtungen können wichtig sein.«

»Ich verstehe immer noch nicht, weshalb die Polizei den Fall wieder aufgreift.«

»Es gibt gute Gründe dafür.«

»Muss es wohl. Wird in den Medien darüber berichtet?«

»Das kann gut sein, wenn es weitere Verdachtsmomente gibt.«

»Ich wünschte, Sie könnten den Fall abschließen.«

»Unsere Aufgabe ist es, ein Verbrechen auszuschließen.«

Er nickte.

»Für mich war sofort klar, dass es Selbstmord war. Haben Sie viele Leichen von Selbstmördern gesehen?«

»Einige«, sagte Locher.

»Für Sie gehört das zur Arbeit. Menschen, die sich umbringen oder die getötet werden. Meine Arbeit ist es, eine Lok zu steuern. Ich liebe meine Arbeit.«

»Sie werden schon bald wieder im Führerstand sitzen.«

»Ja«, sagte er, wenig überzeugt.

»Informieren Sie mich, wenn Ihnen noch etwas einfällt?«

Er nickte.

»Ich fahre für eine Woche nach Deutschland zu meinen Eltern. Gute deutsche Küche.«

Er lachte und nahm Lochers Karte entgegen. Als sie zur Tür ging, entdeckte sie auf einem der Fotos an der Wand den Lokführer zusammen mit einer älteren rundlichen Frau, die ihm in die Wange kniff.

14.

Stauffer war sich beim ersten Schluck nicht sicher, ob ihm der Wein schmeckte. Er hinterließ einen metallischen Geschmack auf dem Gaumen. Stauffer roch an dem Glas. Vielleicht musste er ein paar Minuten warten, damit sich der Wein entfalten konnte. Er wusste nicht viel über Weine und die blumigen Umschreibungen der Weinkritiker las er jeweils mit einer Mischung aus Befremden und Heiterkeit. Die Reben waren am Zürichsee angebaut worden, vermutlich war er schon daran vorbeigefahren. Das nächste Mal würde er einen kurzen Halt machen und sich die Gegend genauer anschauen. Eigentlich wollte er mit Mirjam anstoßen, doch als er kurz bei ihr vorbeischaute, stellte er fest, dass sie Besuch von ihrer Schwester hatte. Er wurde freudig begrüßt, doch schon nach wenigen Minuten fühlte er sich ausgeschlossen, da er offenbar mitten in ein angeregtes Gespräch geplatzt war. Mirjams Schwester war als Politikerin aktiv und stand auf irgendeiner Liste in einem Nachbarkanton zur Wahl. Stauffer kümmerte sich nicht groß um Politik, trotzdem zwang er sich, jeweils die Abstimmungsunterlagen durchzusehen und seine Meinung kundzutun. Bei den Wahlen beschränkte er sich darauf, jenen Politikern, die am lautesten bellten, seine Stimme zu verweigern. Politische Diskussionen langweilten ihn, weil er fand, dass alle immer zuerst ihre persönliche Eitelkeit in den Mittelpunkt stellten und Sachfragen nur noch für Schlagabtausche benutzt wurden. Er fragte sich, ob er Mirjams Schwester seine Stimme geben würde. Er nutzte einen Moment der Stille, um sich zu verabschieden. Mirjam küsste ihn herzlich, aber er wusste nicht, ob die Herzlichkeit nicht eher damit zu tun hatte, dass er sie und ihre Schwester in Ruhe ließ.

In seinem Haus machte er sich eine kleine Mahlzeit aus Kartoffeln, Zucchini und einem Spiegelei. Danach ging er in den Keller und betrachtete die Weinflaschen. Er entschied sich nach einer Weile für eine Flasche, die ein schlichtes Etikett und eine bauchige Form hatte. Ehe er die Flasche öffnete, zappte er sich durch das Fernsehprogramm. Nach zwanzig Minuten schaltete er wieder ab, da er keine Sendung fand, die ihn länger als ein paar Minuten interessierte. Er wusste, dass dies nicht am Fernsehprogramm lag. Es war die Hand, die alles andere in den Hintergrund rückte. Holzer hatte ihn angerufen und ihm Kadarics Handynummer durchgegeben. Zuvor hatte ihm Tanja Locher mitgeteilt, dass sie noch am Abend mit dem Lokführer reden würde. Walter Wenger hatte ihn ebenfalls angerufen. Aus seinen Worten spürte Stauffer heraus, dass er sich bei dem Fall nicht wohlfühlte. Wenger hatte ein gutes

Gespür, aber er konnte nicht sagen, was genau ihn beunruhigte. Die Medien verhielten sich überraschend ruhig, was aber auch daran liegen konnte, dass die Medienstelle eine Mitteilung versandt hatte, in der man den Fund eines Körperteils bestätigte, gleichzeitig aber darauf hinwies, dass die Polizei nicht von einem Gewaltverbrechen ausging. Stauffer hoffte, dass sie Recht behielten, aber im Moment sah es nicht danach aus. Ein Mann, der sich vor einen Zug wirft. Und eine Hand, die Tage später an einem ganz anderen Ort gefunden wird. Stauffer nahm das Glas und trank einen weiteren Schluck. Diesmal schmeckte der Wein besser, er bemerkte etwas Süße und eine Leichtigkeit, die er mochte. Er saß lange da, ohne an etwas Bestimmtes zu denken. Als er das zweite Glas halb leer getrunken hatte, spürte er den Alkohol. Die Gedanken wurden leicht und der Körper träge und entspannt. Das Telefon klingelte und Stauffer blickte überrascht zu seinem Festnetzanschluss. Es war schon einige Tage her, seit er darauf einen Anruf erhalten hatte. Selbst Mirjam rief fast immer auf seinem Handy an. Er überlegte einen Moment, ob er warten sollte, bis sich der Anrufer auf seinem Beantworter bemerkbar machte, doch schließlich raffte er sich auf und nahm den Anruf entgegen.

»Damian Stauffer?«, fragte eine Stimme, die ihm fremd war.

»Ja«, sagte er nur.

»Tom Reinauer. Du erinnerst dich?«

Stauffer schwieg. Der Alkohol verlangsamte sein Erinnerungsvermögen. Da war etwas, aber Stauffer konnte es nicht einordnen.

»Hallo? Thomas Reinauer, Billard, na?«

»Ich erinnere mich«, sagte Stauffer. Tatsächlich hatte er jetzt die Zusammenhänge gefunden. Es war lange her, fünfzehn Jahre sicherlich. Damals ging er mit Thomas Reinauer ab und zu Billard spielen und ein Bier trinken.

»Ist eine Weile her«, sagte Reinauer.

»Wohl wahr«, sagte Stauffer.

»Wie geht es dir?«

»Gut«, sagte Stauffer, dem diese Art von Smalltalk nicht lag. Er mochte es lieber, wenn die Leute zur Sache kamen.

»Schön«, sagte Reinauer. »Ich habe deine Telefonnummer im Internet gefunden.«

»Sie steht im öffentlichen Verzeichnis.«

»Ja, genau. Ich lebe in Kanada.«

Stauffer wusste nicht, was er mit der Information anfangen sollte. Irgendwie fand er es auch seltsam. Der Anruf klang so, als würde er aus der Nachbargemeinde kommen. Früher hatte es gerauscht und geknackst, wenn jemand von weit her anrief. Heute war das nur noch der Fall, wenn jemand Skype oder einen anderen Internetdienst benutzte.

»Du fragst dich sicher, weshalb ich dich anrufe.«

»Überrascht dich das?«, fragte Stauffer.

»Nein. Es ist ganz normal. Ich hatte einen Unfall.«

»Das tut mir leid«, sagte Stauffer. Seine Stimmung kippte nun vollends. Wahrscheinlich brauchte er Geld und hatte schon alle anderen Bekannten angerufen und war jetzt in seiner Verzweiflung bei ihm gelandet.

»Es geht mir gut«, sagte Reinauer. »Ich hatte Zeit zum Nachdenken.«

»Die fehlt uns meistens«, sagte Stauffer, der das Gespräch am liebsten abgebrochen hätte. Doch mit jeder Minute erinnerte er sich etwas besser an Thomas. Eine Weile waren sie durchaus das, was man Freunde nennen konnte. Sie mochten sich, konnten gut miteinander reden und sie waren beide lausige Billardspieler.

»Damals habe ich alles hinter mir gelassen. Ich wollte weg, alles war mir zu eng. Ich bin einfach abgehauen.«

»Du hast nie gesagt, dass du auswandern wolltest.«

»Du erinnerst dich an Gaby?«

Stauffer erinnerte sich an die hochgewachsene Frau, die auf ihn den Eindruck machte, als stünde sie rund um die Uhr unter Strom.

»Sie hat mich sitzenlassen. Kurz darauf starb mein Vater. Das war alles zu viel. Ich dachte, ich müsse mein Leben neu ordnen. Alles hinter mir lassen. So bin ich in Kanada gelandet.«

»Viele wandern nach Kanada aus.« Stauffer hatte immer wieder davon gehört, kannte aber persönlich niemanden, der so weit ausgewandert war. Leute, die darüber redeten, schon, aber niemanden, der das auch in die Tat umgesetzt hatte.

»Es war verdammt schwierig am Anfang. Du denkst, du kannst gut Englisch und hast was gelernt, das wird kein Problem. Aber dann merkst du, dass die ganz anders reden und dass du das, was du in der Schweiz gelernt hast, hier nur bedingt anwenden kannst.«

»Das wäre nichts für mich.«

»Ich habe mich damals nicht korrekt verhalten.«

Stauffer schwieg. Er hatte noch immer keine Ahnung, was dieser Anruf sollte. Reinauer klang nicht betrunken oder verwirrt.

»Ich hätte mich früher melden sollen.«

»Man kann das Rad nicht zurückdrehen«, sagte Stauffer. Er mochte es nicht, wenn er solche Plattitüden von sich gab, aber sie halfen, das Gespräch in Gang zu halten. Mittlerweile hatte er sich wieder hingesetzt und das Weinglas in die Hand genommen. Er schwenkte den Wein und roch daran.

»Das stimmt schon«, sagte Reinauer. »Und das macht es auch so schwierig. Als ich im Spital lag, da ist mir einiges durch den Kopf gegangen. Freunde von damals. Und Anna. Du erinnerst dich?«

»Anna?«, fragte Stauffer.

»Meine Schwester.«

»Ja«, sagte Stauffer. Er hatte sie einige Male gesehen, Thomas' Schwester. Er versuchte, sich an ihr Gesicht zu erinnern, doch es gelang ihm nicht. Aber er erinnerte sich daran, dass sie ein bezauberndes Lächeln hatte. Seltsam, dachte er. Das Gedächtnis funktioniert seltsam.

»Ich weiß einfach nicht, wie ich das wieder hinbiegen soll.«

Endlich, dachte Stauffer. Er kommt zur Sache. Da war etwas zwischen ihm und seiner Schwester.

»Was ist mit Anna?«

»Ich glaube, es geht ihr gut.«

»Du hast keinen Kontakt zu ihr?«

»Nein.«

Stauffer erinnerte das Gespräch an Verhöre, die er führte. Je kürzer die Antworten wurden, umso mehr steckte dahinter.

»Rufst du deshalb an?«

»Ja«, sagte Thomas Reinauer und Stauffer glaubte zu hören, dass er trocken schluckte.

»Ich verstehe nicht«, sagte Stauffer.

»Als ich im Spital lag, da dachte ich an Anna. Wenn ich jetzt sterbe, dachte ich, dann erhält sie eine Mitteilung. Aber keine Erklärung.«

»Eine Erklärung wofür?«

»Ich bin damals einfach abgehauen.«

»Du stecktest in einer Krise«, wiederholte Stauffer, was Reinauer zuvor gesagt hatte.

»Ja. Ich sah keinen anderen Ausweg. Unser Vater hatte eine Sammlung mit alten Münzen. Anna wusste zwar davon, aber sie hatte keine Ahnung, wie viele es waren.«

Stauffer ahnte, worauf das Gespräch hinauslief.

»Du hast die Münzen an dich genommen und bist abgehauen.«

»Es war nicht fair. Ich habe mich dafür geschämt.«

»Und seither habt ihr keinen Kontakt mehr?«

»Ich habe ihr einmal eine Karte zu Weihnachten geschickt. Aus Kanada, aber ohne Absender. Ich dachte, wenn sie mit mir Kontakt aufnehmen wollte, dann hätte sie einen Anhaltspunkt.«

»Du hast es auf sie abgeschoben«, sagte Stauffer tadelnd. »Weshalb hast du ihr keinen Brief geschrieben und darin alles erklärt?«

»Ich kann das nicht.«

»Und jetzt?«

»Ich habe mich an damals erinnert. Wie gut wir uns verstanden haben.«

»Ja«, sagte Stauffer. »Aber ich spiele schon lange kein Billard mehr.«

»Die Zeit rast nur so«, sagte Reinauer.

»Du möchtest, dass ich vermittle?«

Thomas Reinauer schwieg, Stauffer glaubte, ihn atmen zu hören. Kanada war jetzt nur einen Atemzug entfernt.

»Ich schaffe es einfach nicht.«

Stauffer verstand, was ihm sein alter Freund sagen wollte. Bei seiner Arbeit war er schon einige Male auf dieses Phänomen gestoßen. Menschen, die einfach abgehauen waren und all ihre Freunde und Verwandten vor den Kopf stießen. Und mit jedem Jahr ohne Nachricht wurde es schwieriger, den Kontakt wieder herzustellen. Ein Telefonanruf, der alles geklärt hätte, wurde zu einer gewaltigen Aufgabe, vor der man resignierte.

»Soll ich mit Anna reden?«

»Das wäre fantastisch.«

Stauffer glaubte zu hören, dass Thomas Reinauer kurz davor war loszuheulen.

»Hast du Informationen über Anna?«, fragte er ruhig und sachlich.

»Sie hat geheiratet. Ich habe die Adresse im Internet gefunden.«

Stauffer nahm einen Stift und notierte sich die Adresse. Es war ein kleiner Ort kurz vor der Kantonsgrenze, keine halbe Stunde von Zürich entfernt. Thomas Reinauer diktierte ihm auch seine Telefonnummer, dabei vermischte er englische und deutsche Ausdrücke für die Zahlen.

»Ich werde sie besuchen. Das ist besser als ein Anruf.«

Stauffer sagte nicht, dass er das als Kriminalbeamter gelernt hatte.

»Dir geht es gut?«, fragte Reinauer und Stauffer hörte die Erleichterung.

»Ja. Aber ich bin müde.«

»Verstehe. Ist ja schon spät bei euch. Wenn ich nach Zürich komme, dann spielen wir eine Runde?«

»Warum nicht?«, fragte Stauffer. Wenig später beendeten sie das Gespräch. Stauffer trank das Glas leer und ging zur Verandatür. Er trat in den Garten. Die kühle Luft tat gut. Es war beinahe windstill, deshalb war die Kälte nicht unangenehm. Er ging in Gedanken noch einmal das Gespräch durch, das ihm bereits jetzt unwirklich vorkam. All die Jahre hatte er nichts von Thomas gehört. Die Zeit, die sie zusammen verbracht hatten, gehörte in die

Vergangenheit und Stauffer war kein sentimentaler Mensch. Alles zu seiner Zeit. Freunde, Bekannte, Frauen. Er versuchte sich erneut an Anna Reinauer zu erinnern. Ihr Gesicht nahm Konturen an und Stauffer erinnerte sich, dass sie ihm gut gefallen hatte, aber mit einem sehr sportlichen Typen zusammen gewesen war, mit dem Stauffer nicht hatte konkurrieren wollen. Er hatte sich kurz davor von einer Lehrerin getrennt, mit der er eine Zeit lang sogar Familienpläne geschmiedet hatte. Es ging in die Brüche, weil sie zu verschieden waren. Die Lehrerin wollte dauernd etwas erleben, Konzerte besuchen, Ausstellungen. Stauffer wollte abends am liebsten seine Ruhe haben. Erst als die Trennung vollzogen war, spürte er, wie sehr er an dieser Frau gehangen hatte. Er fiel in ein Loch, aus dem ihn Thomas rauszog. Die gemeinsamen Billardabende waren eine gute Therapie. Es dauerte zwar eine Weile, bis er über die Trennung hinwegkam, aber vermutlich hätte es ohne Thomas noch länger gedauert. Er verschränkte die Arme, weil er zu frieren begann. Anna, so fiel ihm ein, hatte mit ihrem sportlichen Freund nach Tibet fahren und einen Berg besteigen wollen. Sie sparten für die Expedition und Anna erzählte Stauffer, dass der Himalaya das Dach der Welt sei. Stauffer konnte die Begeisterung nicht teilen. Auf die Lehrerin hätte die Expedition zweifellos Eindruck gemacht. Er hörte, wie sein Handy den Eingang einer Nachricht meldete. Er ging ins Haus, griff danach und sah die Mitteilung von Tanja Locher: Noch wach? Er wählte ihre Nummer. Es dauerte eine Weile, bis sie den Anruf entgegennahm.

»Bin gerade am Essen«, sagte sie.

»Du isst noch so spät?«

»Ein Stück Torte.«

Stauffer lachte. Er erinnerte sich daran, wie sie ihm einst bei ihr zuhause spät abends einen riesigen Kuchen serviert hatte.

»Selber gemacht?«

»Nein, diese ist gekauft. Schmeckt aber riesig.«

»Du warst beim Lokführer?«

»Ja. Die Torte dient der Aufheiterung.«

»Muss schwierig sein, so etwas zu verkraften«, sagte Stauffer.

»Er ist sich sicher, dass es Selbstmord war.«

»Urs hat seinen früheren Arbeitgeber befragt. Der scheint auch dieser Meinung zu sein.«

»Schaut sich morgen jemand den Ort an, an dem es geschah?«

»Die Marthaler macht das. Ich habe ihr gesagt, dass sie Fotos mitbringen soll.«

»Der Lokführer sagte, dass er von einer Brücke gesprungen ist.«

»Von einer Brücke vor einen Zug zu springen, ist ungewöhnlich«, sagte Stauffer nach einer Pause, in der er sich den springenden Mann gedanklich ausmalte.

»Da wollte einer auf Nummer sicher gehen.«

»Sieht so aus.«

»Du bist skeptisch?«

»Wir wissen noch zu wenig. Auch über Kadaric. Selbst wenn er depressiv war, dürfen wir einen Mord nicht ausschließen.«

»Wegen der Hand?«

»Ja. Das ist wie bei einem dieser Rätsel, deren Logik sich einem nur ganz langsam erschließt.«

Er wünschte ihr eine gute Nacht und setzte sich an den Computer. Er besuchte die Seiten von drei lokalen Zeitungen und suchte nach Berichten über die Hand, fand aber nichts. Das Boulevardblatt hatte ein neues Traumpaar ausfindig gemacht und die Sängerin machte eine Chemotherapie. Dann gab er den Namen von Anna in die Suchmaschine ein. Nach wenigen Minuten hatte er ihre Adresse und einige Links, bei denen er aber nicht sicher war, ob tatsächlich Anna gemeint war oder eine Frau, die auch so hieß. Er suchte auch auf Facebook nach ihr, fand aber kein Profil. Er stellte sich vor, wie sie heute aussah, und wusste gleichzeitig, dass das unsinnig war. Menschen konnten sich in fünfzehn Jahren verändern. An Gewicht zunehmen, ein anderes Erscheinungsbild haben, eine andere Ausstrahlung. Aber es gab auch Menschen, die sich nach zwanzig Jahren fast nicht verändert hatten. War sie noch immer mit dem Gipfelstürmer zusammen? Er wusste nichts über sie und ohne den Anruf von Thomas hätte er vielleicht nie mehr an sie gedacht. Er versuchte sich vorzustellen, wie das auf Anna wirken musste, wenn er plötzlich im Auftrag ihres Bruders auftauchen würde. Es gab Wunden, die nie verheilten. Stauffer hatte das oft genug erlebt. Kränkungen und Hass konnten Jahrzehnte überstehen. Er schaltete den Computer aus und ging ins Bad.

15.

Walter Wenger war früh unterwegs. Er war fast eine Stunde gejoggt und fühlte sich nach dem Duschen so gut wie seit Tagen nicht mehr. Zuvor hatte er sich mit einem Druckgefühl im Bauch herumgeschlagen. Es war diffus, kein richtiger Schmerz. Eine Irritation, die er nicht mochte. Der Gedanke, dass sein Körper in die Jahre kam, beunruhigte ihn und er fragte sich, ob es Zeit für einen Gesundheitscheck war. Er streckte sich und zog danach die Knie nacheinander an seinen Körper. Kein Druck im Bauch. Vielleicht war es nur eine Verspannung gewesen. Er frühstückte mit seiner Frau und seiner Tochter. Als er in der Morgenzeitung blätterte, fragte er sich, weshalb die Hand nicht interessant genug war für ein paar spekulative Artikel. Im Auto hörte er Musik, doch als ein Moderator einen ihm nicht bekannten Sänger mit idiotischen Fragen löcherte, schaltete er das Radio aus. Im Polizeipräsidium traf er im Flur auf Anna Herold.

»Wir warten auf die Handydaten«, sagte sie und verschluckte sich beim Kaffeetrinken.

»Ist Damian schon da?«

»Er ist auf der Medienstelle.«

»Neuigkeiten?«

»Gestern Nacht hat es in einer Garage gebrannt. Sieht nach Brandstiftung aus.«

»In Wollishofen?«

»Nein. In Seebach.«

»Was hat Damian damit zu tun?«

»Er möchte einen Zusammenhang ausschließen.«

»Gab es anonyme Anrufe oder E-Mails?«

»Wegen des Brandes?«

»Ganz allgemein. Über die Hand wurde fast nichts berichtet, das könnte jemand nervös machen.«

Sie gingen gemeinsam die Treppe hoch. Als sie oben ankamen, trat Tanja Locher aus dem Lift. Sie sah müde aus und grüßte wortkarg.

Damian Stauffer saß derweil vor dem Computer und schaute sich auf einer Grafik alle bemerkenswerten Vorkommnisse der vergangenen drei Tage an. Die gefundene Hand war mit Abstand am spektakulärsten. Er dachte, wenn uns jemand etwas mitteilen wollte, dann musste er es so tun, dass wir zumindest einen Zusammenhang vermuten. Eine Hand und ein Brand in einer Garage passten nicht zusammen. Er winkte dem jungen Mann hinter dem Tresen zu und verließ die Medienstelle. Als er das Konferenzzimmer betrat, spürte er sofort die Spannung. Er setzte sich und legte sofort los.

»Ich habe vorhin mit dem gerichtsmedizinischen Institut telefoniert. Wir können davon ausgehen, dass es sich um Kadarics rechte Hand handelt. Tanja hat gestern mit dem Lokführer gesprochen.«

Sie nickte und fasste das Gespräch zusammen. Anna Herold machte sich Notizen, während sich Lukas Bolliger neben ihr die Schläfen rieb.

»Der Lokführer hat nichts bemerkt, was auf ein Verbrechen hindeuten würde«, sagte Stauffer.

»Das deckt sich mit dem, was sein ehemaliger Chef sagte. Kadaric war ein Grübler, er machte auf ihn einen depressiven Eindruck.« Holzer erzählte von seinem Besuch in der Autowerkstatt. Als er die Handynummer erwähnte, fragte Stauffer, ob die Daten schon verfügbar seien.

»Die sollten jederzeit eintreffen«, sagte Anna Herold.

»Gut, wir müssen sie sofort auswerten. Aber denkt daran, Kadarics Leiche wurde noch nicht offiziell identifiziert, das heißt auch, dass die Leute, mit denen er Kontakt hatte, vermutlich nicht wissen, dass er tot ist. Ihr müsst behutsam vorgehen.«

»Viele dürften es sowieso nicht sein«, sagte Holzer. »Der Typ scheint kein Festbruder gewesen zu sein.«

»Wir sollten die offenen Fragen durchgehen«, sagte Wenger.

»Gut«, sagte Stauffer. »Wir beginnen bei seinem Tod. Wir haben die Aussage des Lokführers. Wir müssen herausfinden, weshalb es auf jener Brücke geschah. Hatte Kadaric irgendeinen Bezug zu der Gegend? Wo ist sein Roller?«

»Ich fahre gleich anschließend los«, sagte Elfie Marthaler. »Ich glaube kaum, dass Kadaric den Bus genommen hat. Der Roller dürfte noch irgendwo herumstehen.«

»Ich möchte, dass du dich genau umsiehst«, sagte Stauffer. Er wusste, dass sich Elfie Marthaler mit Selbstmorden auskannte. Wenn jemandem etwas auffallen würde, dann ihr.

»Die entscheidende Frage ist, wie die Hand da wegkam«, sagte Wenger.

»Es ist nur diese verdammte Hand«, sagte Holzer mürrisch. Stauffer schaute ihn fragend an.

»Wenn der Typ sich ganz normal umgebracht hätte, würden wir keine zehn Minuten mit dem Fall verbringen.«

»Es gibt bei diesem Selbstmord ein Geheimnis«, sagte Wenger. »Wir wissen nicht, was es ist, deshalb sollten wir so viele Informationen wie möglich sammeln.«

Tanja Locher stand auf und nahm einen der Farbstifte. Unter dem Titel Offene Fragen schrieb sie Roller, Fundort Kadaric, Fundort Hand.

»Was noch?«

»Das verdammte Motiv«, sagte Holzer. »Auch wenn der Typ depressiv war, mir fehlt ein zwingendes Motiv oder eine Motivkette.«

»Weshalb hat er die Wohnung gekündigt?«, fragte Locher. »Wollte er untertauchen? Hatte er vor jemand Angst?«

»Wir müssen sein Umfeld befragen«, sagte Stauffer.

»Er muss irgendwo geschlafen haben«, sagte Bolliger.

»Sein Alltag. Wir müssen herausfinden, wie er gelebt hat, bevor er starb. Die Zeit zwischen der Kündigung der Arbeitsstelle, seinem Auszug aus der Wohnung bis zu seinem Tod.«

»Wir sollten noch einmal nach Dietikon fahren«, sagte Wenger. »Wir haben jetzt die Gewissheit, dass die Leiche in der Gerichtsmedizin und die Hand aus Wollishofen zu Kadaric gehören. Wir sollten die ganze Gegend um das Wohnhaus abklappern. Die Läden und Restaurants.«

»Er hat sich ab und zu Fußballspiele der unteren Ligen angeschaut«, sagte Holzer. »Da kommen die Leute ins Gespräch.«

»Ihr habt Recht«, sagte Stauffer. »Die unmittelbare Umgebung. Aber auch in der Nähe seines Arbeitsplatzes.« Er schaute zu Holzer.

»Kein Problem. Schlieren ist eine äußerst attraktive Gegend, in der ich liebend gerne ein paar kalte Tage verbringe.«

In die allgemeine Erheiterung mischte sich Aufbruchstimmung.

»Ihr haltet euch bereit«, sagte Stauffer zu Herold und Bolliger. »Sobald wir die Handydaten haben, legt ihr los. Tanja und Walter fahren nach Dietikon, Urs sieht sich in Schlieren um. Ich werde nochmals nach Wollishofen fahren. Unser Ziel muss es sein, die letzten Tage und Wochen aus Kadarics Leben zu rekonstruieren. So weit das möglich ist.«

Als Stauffer unterwegs nach Wollishofen war, hörte er im Autoradio ein Lied, das er noch nie zuvor gehört hatte und das ihn sofort berührte. Eine Frau sang auf Spanisch. Sie wurde nur ganz karg mit einer Gitarre begleitet. Ihr Gesang war eine Mischung aus Klage und Sehnsucht. Das Lied löste in Stauffer unterschiedliche Gefühle aus. Die Lust zu verreisen oder irgendwo am Ufer zu sitzen und auf einen See oder das Meer zu blicken. Aber auch der Tod mischte sich ein. Stauffer wusste, dass es melancholische Lieder gab, die sich Selbstmörder vor ihrer Tat anhörten. Die ganze Zeit hatte er nie daran gedacht, aber jetzt sah er wieder die Bilder vor sich, die ihn einst wochenlang begleitet hatten. Damals war er nahe dran gewesen, sich einen anderen Job zu suchen. Er wurde zu einem Einsatz gerufen, nur einige Straßen von der Wohnung entfernt, in der er damals wohnte. Im Keller eines Mehrfamilienhauses war ein Mann erhängt aufgefunden worden. Stauffer kannte den Mann nicht, aber er erinnerte sich daran, ihn ab und zu im kleinen Lebensmittelladen gesehen zu haben. Allen vor Ort war sofort klar, dass der Mann sich erhängt hatte, und auch der Arzt teilte diese Meinung. Es war ein ganz normaler Selbstmord, so wie er in der Schweiz dreimal täglich vorkam. Und doch sollte der Tod des Mannes Stauffer über Wochen beschäftigen. Er hatte sich in den Kopf gesetzt, den Grund für die Verzweiflungstat des Mannes ausfindig zu machen. Auch, weil die damalige Lebenspartnerin an einem Freitod zweifelte. Es gab keinen Abschiedsbrief und die Umstände der Tat waren gelinde gesagt mysteriös. Stauffer holte sich die Erlaubnis, sich um die Hintergründe zu kümmern, auch wenn der Fall offiziell keiner war. Nachdem er mit unzähligen Leuten geredet hatte und die letzten Stunden im Leben des Mannes rekonstruiert waren, wusste er zwar minutiös, was abgelaufen war, aber er hatte keine Ahnung, weshalb sich der Mann getötet hatte. Vier Monate vor seinem Tod hatte er eine Frau kennen gelernt. Die beiden planten ihre Heirat und den Einzug in eine gemeinsame Wohnung. Der Mann hatte keine finanziellen Probleme und es deutete auch nichts auf eine Lebenskrise hin. Der Tag, an dem er starb, verlief zuerst ganz normal. Wer mit ihm sprach, sah keinerlei Anzeichen von Verzweiflung. Bei der Arbeit verhielt er sich wie immer und eine Nachbarin, die ihn nach Feierabend sah, beschrieb ihn als ausgeglichen und herzlich. Nach einem kurzen Telefongespräch mit seiner Freundin legte er sich hin, so wie er das jeden Abend tat. Danach muss er seine Wohnung geputzt haben. Ein Nachbar hörte den Staubsauger, was ungewöhnlich war. Irgendwann im Verlaufe des Abends ging der Mann in den Heizungskeller und erhängte sich. Das war alles. Keine Erklärung, kein Hinweis. Seine Freundin wartete eine Woche darauf, dass der Postbote ihr einen Abschiedsbrief zustellte. Stauffer wusste, dass dies öfter vorkam. Offenbar half es den Selbstmördern, ihre Tat konsequent umzusetzen. Von dem Moment an, an dem sie die Abschiedsbotschaft in den Briefkasten warfen, gab es kein Zurück mehr. Die Freundin wartete vergeblich. Ein Psychologe erklärte der Frau, dass es in seltenen Fällen vorkomme, dass sich Männer aus einer Laune heraus das Leben nahmen. Aber fast immer gäbe es eine Vorgeschichte. Stauffer ließ der Fall nicht los. Es war wie ein Verbrechen, für das es keine Erklärung gab. Wahrscheinlich war es genau das, was er damals lernte. Manchmal gab es keine Erklärung, weil Menschen sich nicht rational verhielten. Daran musste er denken, als er nach Wollishofen fuhr.

16.

Elfie Marthaler stellte ihren Wagen auf einem öffentlichen Parkplatz ab, auf dem eine Parkzeit bis zu fünfzehn Stunden erlaubt war. Neben ihrem Wagen stand nur ein kleiner Lieferwagen auf einem Parkfeld. Es war kühl, obwohl die Sonne schien. Ein Junge studierte den Busfahrplan. Marthaler ging am Restaurant vorbei. Es hieß Frohsinn, wie so viele Landgasthöfe, machte aber von außen einen düsteren Eindruck. Links und rechts des Gasthauses gab es zwei Wege, die beide als Sackgassen für Autos markiert waren. Sie sah eine Hundebesitzerin mit einem großen hellen Hund auf einem der Wege. Er führte zur Kirche hoch, während der andere zum Bahnübergang führte. Rechts neben dem Weg stand eine Neubausiedlung, abgeschottet durch hohe Hecken. Der Bahnübergang war von unten nicht zu sehen. Doch als sie sich näherte, erkannte sie das Geländer. Oben angekommen stellte sie sich mitten auf die schmale Eisenbahnbrücke und schaute sich in alle Richtungen um. Sie zückte ihr Handy und fotografierte. Mit jedem Bild drehte sie sich ein wenig, sodass eine Abfolge entstand, die wie ein Rundum-Panorama wirkte. Dann tippte sie eine Kurzmitteilung, wie sie knapper nicht sein könnte. Selbstmord. Sie wusste, dass Stauffer ihrer Erfahrung und ihrem Gefühl traute. Und sie war sich sicher, ganz sicher. Das Brückengeländer reichte ihr nur bis zum Hosenbund, es war ein Leichtes, darüber zu fallen. Doch das allein hätte nicht genügt. Die Brücke war mit zwei Metallplatten gesichert. Wer über das Geländer stieg, stand auf einer Metallplatte und musste einen weiteren Schritt machen, ehe er auf die Bahngleise springen konnte. Wenn jemand nachgeholfen hatte, dann hätte diese Person ebenfalls auf die Metallplatte klettern müssen. Ein Unding, dachte Marthaler. Zudem wäre es unter der Brücke wesentlich einfacher gewesen, jemanden vor den Zug zu stoßen. Sie ging ein paar Schritte zu einer Parkbank und fotografierte von dort aus. Ein Radfahrer überquerte die Brücke und fuhr, ohne Marthaler zu beachten, an ihr vorbei. Kadaric war offenbar zu Fuß zur Brücke gegangen. Sein Roller war nicht gefunden worden. Wieder drehte sich Elfie Marthaler um. Sie kannte sich aus mit Selbstmördern. Sie wusste, dass es verschiedene Typen gab. Menschen, die in einer verzweifelten Situation steckten. Die schwer krank waren, drogensüchtig oder psychisch labil. Und jene, die erfolgreich waren, die alles hatten, die eine Familie und ratlose Freunde zurückließen. Kadaric gehörte vermutlich zu der einsamen und verzweifelten Sorte. Er musste im richtigen Moment springen, beinahe wie ein Sportler, ein Basejumper, der von einem Felsen springt. Nur die Absicht war eine andere. Hier sprang einer, der sichergehen wollte, nicht zu überleben. Einer, der wusste, was die Wucht des Zuges mit seinem Körper anstellen würde. Sie dachte an den Roller. Selbstmörder, die sich aus einer Laune heraus umbrachten, hinterließen alles so, als ob sie nur schnell weggegangen waren. Jene, die sich gezielt umbrachten, hatten meist einen Plan, der sich über Wochen, Monate, vielleicht sogar Jahre konkretisierte. Oft erinnerten sich die Angehörigen daran, dass diese Selbstmörder in den Wochen vor der Tat überraschend ausgeglichen, ja zufrieden wirkten. Einige begannen damit, alles zu regeln. Räumten ihre Wohnung, bezahlten alle offenen Rechnungen, kündigten Abonnements, riefen Bekannte an, bei denen sie sich jahrelang nicht mehr gemeldet hatten. Einmal war sie in ein Haus gerufen worden, in dem sich ein pensionierter Richter erschossen hatte. Der Mann hatte als letzte Tat vor seinem Selbstmord die Steuererklärung ausgefüllt und seiner Frau auf den Küchentisch gelegt. Alles erledigt. Das waren seine letzten Worte, danach ging er auf den Dachboden und erschoss sich.

Er ist nicht zu Fuß hierhergekommen, dachte Elfie Marthaler. Wenn er den Roller bei einer Wohnsiedlung abgestellt hätte, wäre er vermutlich bereits gefunden worden. Obwohl Motorräder weniger auffällig waren als geparkte Autos. Sie klaubte den Notizblock hervor, auf dem sie das Nummernschild und den Rollertyp aufgeschrieben hatte. Als sie zurückging, schaute sie routinemäßig auf die Parkplätze der neuen Wohnsiedlung. Weiter hinten gab es eine Industriezone, die sie genauer abgehen wollte. Sie schaute sich noch einmal um. Warum ausgerechnet hier? Es gab zweifellos höhere Brücken, die weniger gesichert waren. Hatte die Gegend eine Bedeutung für Kadaric? Sie klaubte den Ausdruck des Fotos hervor und ging zum Restaurant. Innen sah es freundlicher aus. Nur zwei Tische waren besetzt. Die Köpfe drehten sich zu ihr, als sie grüßte und sich an einen freien Tisch in einer Ecke setzte. Es dauerte keine Minute, bis sie bedient wurde. Eine rundliche Frau mit einem hübschen Gesicht. Marthaler lächelte und bestellte einen Espresso. Als ihr der Kaffee serviert wurde, hielt sie der Frau das Foto hin.

»Haben Sie diesen Mann schon einmal gesehen?«

Die Frau nahm das Foto, betrachtete es, runzelte die Stirn.

»Ich bin mir nicht sicher«, sagte sie mit einem deutschen Dialekt, den Marthaler nicht einordnen konnte.

»Er war mit einem Roller unterwegs.«

»Vor etwa zwei Wochen war einer da, der ihm ähnlich sieht. Die Haare waren kürzer. Was ist mit ihm?«

»Wir suchen nach seinem Aufenthaltsort.« Sie zeigte ihren Dienstausweis, die Frau schaute sie mit großen Augen an. Elfie Marthaler hätte am liebsten mit ihr geflirtet, sie lenkte sich ab, indem sie den Kaffee austrank und zu einem Nebentisch sah, an dem sich zwei ältere Männer angeregt unterhielten.

»Er saß da drüben und trank eine Cola.« Sie zeigte auf einen schmalen Zweiertisch beim Fenster.

»An welchem Wochentag war das?«

»Mittwoch oder Donnerstag.«

»Vor zwei Wochen?«

»Zwei oder drei.«

»War er vorher schon mal hier?«

Sie schüttelte den Kopf, während sie noch einmal das Foto betrachtete. Marthaler bedankte sich und klaubte Kleingeld aus der Jackentasche. Bevor sie ging, nickte sie der Frau nochmals zu. Wenn er vor zwei oder drei Wochen schon mal hier war, hat er sich die Brücke vielleicht angeschaut. Oder er ist zufällig vorbeigekommen und hat sich gedacht, dass dies ein guter Ort wäre, sich umzubringen. Sie zog den Reißverschluss hoch und ging über den Parkplatz zu der Straße, die ins Industriegelände führte. Frauen töteten sich in ihrer gewohnten Umgebung, Männer suchten sich oft einen geeigneten Ort. Sie hatte nichts übrig für Selbstmörder, das half ihr, die Einzelschicksale nicht an sich rankommen zu lassen. Dass zwei Drittel aller Selbstmörder Männer waren, überraschte sie nicht. Sich einfach davonschleichen, Konflikten aus dem Weg gehen. Darin waren sie gut. Oder zuerst eine Menge Scheiße anrichten und sich dann ins Jenseits schießen. Es hätte sie nicht gewundert, wenn es bei Kadaric ähnlich gelaufen wäre. Irgendeinen Mist bauen und sich dann vor einen Zug werfen. Bravo, die Herren. Sie überquerte eine Kreuzung und sah, dass das Industriegebiet weiträumiger war, als es zuerst den Anschein gehabt hatte. Bevor sie sich weiter umsah, rief sie die Auskunft an und ließ sich mit der Gemeindeverwaltung verbinden. Sie vernahm, dass Autos und Motorräder nur abgeschleppt wurden, wenn sie ein Verkehrshindernis darstellten oder es jemand beantragte. Minuten später sagte man ihr, dass in den vergangenen Wochen kein Motorrad abgeschleppt worden war. Sie schob sich einen Kaugummi in den Mund und ging die erste Straße ab.

Holzer tippte umständlich eine Notiz in sein Handy. Er hatte sich nur mühsam daran gewöhnt, mit der viel zu kleinen Tastatur zu schreiben, aber seit er an zwei Fingern der rechten Hand Arthrose spürte, fiel es ihm immer schwerer, einen Kugelschreiber zu benutzen. In der Kälte spürte er den Schmerz in den Fingergelenken besonders stark. Er musste sich zwingen, sie zu bewegen. Das half ein wenig. Tippen konnte er auch mit der anderen Hand. Wenigstens diesen Vorteil hatte die moderne Technik. Vier Stunden lang hatte er sich mit misstrauischen Menschen unterhalten. Die meisten hatten nicht viel zu berichten über Elvin Kadaric. Nicht einmal seinem Arbeitskollegen in Grauwilers Garage war etwas im Gedächtnis haften geblieben. Immerhin war er in einem kleinen Imbiss fündig geworden. Der Besitzer war ein Türke, der Kadaric auf dem Foto sofort wiedererkannte. Er sagte Holzer, dass er zuerst alles für den Mittag bereit machen müsse, danach habe er Zeit zu reden. Holzer wartete eine halbe Stunde.

»Kommst du hier«, sagte der Türke und zeigte auf eine winzige Ecke, in der ein Stehtisch stand. »Mein Bruder ist Polizist in Türkei. Ugur. Mein Name.« Er reichte Holzer die Hand.

Holzer setzte sich auf einen Barhocker. Ungefragt stellte ihm Ugur eine Tasse Tee hin.

»Wird er gesucht?« Ugur wedelte mit dem Foto in der Hand.

»Er ist tot«, sagte Holzer und stellte die heiße Tasse ab, ohne daran genippt zu haben.

»Viele sterben«, sagte Ugur.

»Hat er regelmäßig hier gegessen?«

»Zwei- bis dreimal die Woche. Hat er Eldin geheißen?«

»Elvin.«

»Ja, Elvin. Wir sagen alle du hier. Du möchtest essen?«

Holzer schaute sich um. Es roch gut in dem Imbiss und er hatte Hunger. Ugur hob die Hand und gab auf Türkisch Instruktionen an eine Frau mit Kopftuch weiter.

»Senja kommt in halbe Stunde. Sie hat mit Elvin geredet. Ich verstehe nur Türkisch und Schwizerdütsch.« Er lachte laut. Die Frau mit Kopftuch servierte ihm einen Teller mit Fleisch und Couscous. Es duftete orientalisch und schmeckte ausgezeichnet. Die Schärfe war angenehm, trotzdem würzte Holzer etwas nach mit dem Chili aus einer kleinen Schale. Der Imbiss füllte sich.

Viele bestellten ihr Essen zum Mitnehmen. Nur wenige hielten sich an den Stehtischen auf. Holzer trank ein Mineralwasser, auch wenn er große Lust auf ein Bier hatte. Als der Teller leer war, nahm Holzer die Zigarettenpackung raus. Ugur hatte dies gesehen und klopfte ihm auf die Schulter.

»Nicht rauchen, sonst kommt Polizei«, sagte er lachend.

»Dann gehe ich nach draußen.« Holzer nahm einen Schluck Tee, doch mittlerweile war er kalt und schmeckte bitter.

»Kein Problem.«

Holzer ging raus. Ein kalter Luftzug erinnerte daran, dass der Winter noch nicht vertrieben war. Trotzdem stand er neben mehreren Männern, von denen die meisten in einen Kebab bissen. Holzer verstand nicht, weshalb sie es vorzogen, in der Kälte zu essen. Er rauchte die Zigarette hastig und drückte den Stummel in einem mit Sand gefüllten Blumentopf aus. Im Inneren herrschte nach wie vor ein emsiger Betrieb. Viele schienen Stammgäste zu sein, die Bestellungen wurden flott erledigt und es wurden nur wenige Worte gewechselt. Der Türke hob die rechte Hand und winkte Holzer zu sich.

»Senja ist traurig. Sie hat nicht gewusst, dass Elvin tot.«

»Wo ist sie?«

Der Türke zeigte nach hinten. Holzer zwängte sich an ihm vorbei in einen winzigen Raum, in dem offenbar die Mahlzeiten vorbereitet wurden. Zwei der drei Frauen sahen nicht einmal auf, eine wischte sich mit dem Handrücken über die Wange. Sie hatte kurze schwarze Haare, trug eine Brille und ihre rechte Gesichtshälfte war voller Pickel. Holzer schätzte sie auf Anfang zwanzig. Sie entkernte Paprikas, deren Teile sie in einen Plastikbottich warf.

»Warum ist er tot?«, fragte sie leise.

»Er hat sich vor einen Zug geworfen.«

Sie hielt kurz inne und schaute zu Holzer hoch.

»Wann?«

»Vor einer Woche.«

Sie schüttelte den Kopf und nahm die nächste Paprika in die Hand. Sie schnitt sie auf und entfernte die Kerne in einem Tempo, das darauf hindeutete, dass sie diesen Job schon eine Weile machte.

»Er ist plötzlich nicht mehr aufgetaucht.«

»Ihr wart befreundet?«

Ein heftigeres Kopfschütteln war die Antwort.

»Elvin kam oft erst um halb zwei. Er hat schnell gegessen und wenig gesagt. Er sah oft traurig aus.«

Sie sagen alle das Gleiche, dachte Holzer. Entweder sie sprechen sich in diesem verdammten Schlieren alle ab oder Kadaric war tatsächlich einfach nur ein trauriger einsamer Typ, der genug hatte.

»Er hatte Pläne.«

Holzer horchte auf. Das war neu. Selbstmörder hatten in der Regel nur noch einen Plan.

»Eine eigene Werkstatt.«

»War er der Typ für so was?«

Sie schüttelte den Kopf und lachte kurz auf.

»Nein«, sagte sie und seufzte. »Ich habe ihm gesagt, wie willst du Chef sein, wenn du nicht redest? Er hat gesagt, er möchte keine Angestellten.«

»War das ein konkreter Plan oder nur eine Spinnerei?« Holzer fiel kein besseres Wort ein, er sah Senjas abschätzigen Blick.

»Wir dürfen auch unsere Träume haben.«

»Klar.«

»Es geht immer nur um Geld.«

»War es so?«, fragte Holzer.

»Elvin hatte Schulden.«

»Bei wem?«

»Zwei Banken. Er war bei Treuhandfirma, sagt man das so?«

Holzer nickte. Er wusste, dass es kleinere Treuhandfirmen gab, die sich darauf spezialisiert hatten, Ausländern Kredite zu vermitteln.

»Der erste Kredit war kein Problem. Aber der zweite war viel zu hoch. Elvin wollte sich nach einer Werkstatt umsehen, aber dann wurde er entlassen.«

»Hat er auch Freunde und Bekannte angepumpt?«

Sie nickte.

»Er hat mich gefragt, aber ich verdiene wenig. Zweihundert Franken habe ich ihm gegeben. Das ist viel Geld für mich.«

»Wen hat er noch um Geld angehauen?«

»Ich weiß nicht. Ist das wichtig? Was macht die Polizei, wenn jemand vor den Zug springt?«

Holzer hatte keine gute Antwort parat. Wahrscheinlich hätte sie einen Schreikampf gekriegt oder wäre in Ohnmacht gefallen, wenn er die Hand erwähnt hätte.

»Es gibt ein paar offene Fragen«, sagte er schließlich.

»Ist er schon beerdigt?«

»Nein. Wir suchen noch nach Angehörigen.«

»Er hat einen Onkel in Bosnien.«

»Der heißt auch Kadaric?«

Sie schaute ihn an wie einen Volldeppen.

»Ist Bruder von Vater.«

»Klar«, sagte Holzer. Sie schwiegen eine Weile. Holzer fiel keine Frage mehr ein. Er starrte auf den Plastikeimer, der sich mit Paprika füllte.

»Essen ist gut hier«, sagte Senja.

»Ja. Sehr gut.« Er hob die Hand, zog sie aber wieder zurück. Senja trug Gummihandschuhe. Er bedankte sich und ging zurück in den Hauptraum. Der Türke war nirgends zu sehen. Holzer griff zu seinem Portmonee, klaubte einen Zwanziger raus und gab ihn der Frau mit dem Kopftuch, die ihn fragend anschaute.

»Ist gut«, sagte er. Die Frau sagte etwas, das Holzer nicht verstand. Er hatte sich früher gewundert, dass es Menschen gab, die nur soziale Kontakte zu ihren Landsleuten pflegten. Dabei hatte Holzer selbst lange zu diesen Menschen gehört. Mit Schweizern konnte er umgehen, deren Mentalität kannte er. Im Beruf aber hatte er es auch mit anderen Nationalitäten zu tun. Er war in seinem Leben genug Schweizern begegnet, die unglaubliche Arschlöcher waren. Aber sie waren für ihn berechenbar. Vermutlich war dies auch der Grund, weshalb sich Kadaric mit Leuten vom Balkan abgab. Bei der Arbeit und privat. Mit diesen Leuten konnte er umgehen. Aber waren es nicht die gleichen Leute, die dafür verantwortlich waren, dass er sich in der Schweiz eine neue Existenz aufbauen musste? Holzer hatte damals die Bilder des Bürgerkrieges in Jugoslawien völlig fassungslos im Fernsehen mitverfolgt. Das war kein Krieg irgendwo in Afrika oder Asien. Und manchmal dachte er, dass dieser Krieg weiterging, dass er in den Städten der Schweiz und überall auf der Welt weitergeführt wurde. Aber da gab es auch all jene, die friedlich lebten, die freundlich und fleißig waren. Doch mit denen hatte er nur zu tun, wenn er Zeugen befragte. Bei Kadaric schien ihm aber alles klar zu sein. Keine Geheimnisse, keine organisierte Kriminalität, keine Drogen. Allenfalls ein kleiner Gauner, der nicht mehr weiterwusste. Holzer dachte an seine Schwiegertochter, die er kaum einmal zu Gesicht bekam. Was hatte er sich zuerst darüber aufgeregt, dass sich sein Sohn in eine Russin verknallt hatte – mit Sicherheit nur darauf aus, möglichst rasch den Schweizer Pass zu kriegen. Zum Glück hatte er sich geirrt. Aber das Verhältnis zu seinem Sohn hatte sich seither nicht mehr gebessert. Warum eigentlich nicht Russland, dachte Holzer und er fragte sich, ob es in Russland Campingplätze gab. Was für eine Schnapsidee. Aber einen Moment lang gefiel sie ihm. Das liegt vermutlich an Schlieren, dachte er und lachte.

Ein getunter Volkswagen raste an Marthaler vorbei und fuhr einem Lieferwagen gefährlich nahe auf. In den Industriezonen gab es keine Radarfallen, das nutzten die Testosteronidioten aus, um ihre Wagen hochtourig zu beschleunigen. Sie hatte einige dieser Idioten eingeklemmt in ihren demolierten Wagen gesehen und keinerlei Mitleid verspürt. Allenfalls mit den ebenfalls eingeklemmten Mädchen im Fond des Wagens oder auf dem Beifahrersitz, die sich den falschen Macker ausgesucht hatten. Dass sich die jungen Typen irgendwo abreagieren mussten, leuchtete ihr zwar ein, aber wenn es nach ihr ginge, würde man die Anzahl der PS vom IQ abhängig machen. Dann würden die meisten Idioten mit Kleinwagen rumfahren. Auf dem großen Industriegelände einen abgestellten Roller zu finden, stellte sich als schwierig heraus. Zwar gab es nur wenige Parkplätze in den Seitenstraßen, aber für einen Roller genügte ein breites Trottoir oder eine Nische zwischen zwei Gebäuden. Immerhin gab es genügend Verpflegungsmöglichkeiten. Sie aß ein Sandwich und ein Stück Kuchen und spülte mit einer Cola nach. Auf ihrem Handy war eine Textnachricht von Stauffer eingegangen. Sie rief ihn an, musste aber ein Gebäude betreten, weil der Lärmpegel zu hoch war.

»Du bist dir ganz sicher?«, fragte Stauffer.

»Wenn du die Fotos siehst, wird es dir auch so gehen. Die Brücke ist gesichert, da kann keiner einfach nur runterfallen. Und wenn ihn jemand gestoßen hat, dann muss er enorm kräftig gewesen sein.«

»Oder es waren mehrere.«

»Das hätte der Lokführer gesehen. Die Brücke ist schmal und nicht sehr hoch.«

»Gut«, sagte Stauffer. »Was ist mit dem Roller?«

»Steht vermutlich irgendwo hier rum. Ich könnte Verstärkung gebrauchen.«

»Soll ich Anna und Lukas vorbeischicken, bis wir die Handydaten haben?«

»Das dauert ja ewig. Muss das neuerdings von hundert Leuten bewilligt werden?«

»Was meinst du? Könnten sie helfen?«

»Ich denke schon. Jemand sollte die ganze Gegend um die Brücke absuchen. Es hat da auch Feldwege. Und jemand könnte von der anderen Seite des Industrieareals aus suchen.«

»Ich komme auch. Wenn er etwas hinterlassen hat, dann am ehesten beim Roller.«

»Sehe ich auch so. Oder auf seinem Handy.«

»Das hat man nicht gefunden, könnte auch beim Roller sein.«

»Wo bist du jetzt?«

»In Wollishofen.«

»Etwas Neues?«, fragte Marthaler.

»Nein. Die Geschichte bereitet mir Kopfzerbrechen.«

»Vielleicht hat jemand die Leichenteile gesehen und die Hand mitgenommen.«

»Ja«, sagte Stauffer nachdenklich. »Aber wer tut so etwas?«

»Ein Zeuge des Selbstmordes könnte unter Schock gehandelt haben.«

»Wohl wahr. Auch wenn es eine seltsame Erklärung ist.«

»Alles andere wäre noch seltsamer«, sagte Marthaler lachend.

Sie beendete das Gespräch und ging in eine Seitenstraße, die als Sackgasse endete. Zwei Motorräder standen neben einem Fahrrad. Sie sah sofort, dass keines davon Kadaric gehört hatte.

Stauffer fuhr die Strecke, die er sich zuvor auf der Karte angeschaut hatte, ohne das Navigationsgerät einzuschalten. Bolliger hatte ihn bereits zweimal korrigiert und dadurch hatte sich Stauffers Laune nicht gebessert. Vermutlich hat die Marthaler Recht, dachte er. Jemand hatte die Hand in einem Schockzustand mitgenommen und danach nicht gewusst, wie er sie wieder loswerden konnte. Hatte die Person Skrupel, die Hand einfach in den Müll zu werfen? Oder Angst davor, dabei ertappt zu werden?

»Wenn du links abbiegst, bist du wieder parallel zur Eisenbahn«, sagte Bolliger.

»Er weiß schon, wie er fahren muss«, sagte Anna Herold.

Stauffer bog wortlos links ab. Auch wenn diese Ermittlungen zu nichts führten, so waren sie doch wichtig für sein Team. Zuvor hatten sie wochenlang offene Fälle analysiert und nach neuen Hinweisen gesucht. Eine mühselige Arbeit, die nur ganz selten mit einem Erfolgserlebnis belohnt wurde. Aber es war ein wichtiger Teil ihrer Arbeit und mit ein Grund, weshalb Stauffers Ermittlungsgruppe existierte. Zwei Gewaltdelikte wurden innerhalb weniger Tage aufgeklärt, es waren Beziehungsdelikte, bei denen rasch klar war, wer der Tat dringend verdächtigt war. Nichts, in das man sich Tage oder Wochen hineinknien musste. Die Hand war immerhin ein Rätsel, etwas, das nach einer Lösung verlangte. Nachdem Stauffer bei einem Kreisel zuerst die falsche Ausfahrt genommen hatte, kamen sie nach einem Umweg auf jenem Parkplatz an, auf dem auch Elfie Marthaler ihren Wagen abgestellt hatte. Sie gingen den Weg hoch zur Eisenbahnbrücke.

»Die habe ich mir ganz anders vorgestellt«, sagte Bolliger unbeeindruckt.

»Deshalb sind wir hier«, sagte Stauffer. »Es geht nichts über eine persönliche Besichtigung.«

»Weshalb ging er auf die Brücke? Er hätte sich genauso gut einfach aufs Gleis legen können.«

Anna Herold schaute auf die Gleise, während Bolliger weiterging, bis er mitten auf der kleinen Brücke stand.

»Er ist über das Geländer geklettert und danach auf dieser Plattform nach vorne gegangen und gesprungen.«

»So sieht es aus«, sagte Stauffer.

»Er muss sich hier ausgekannt haben«, sagte Anna Herold.

»Ja, das ist möglich. Viele Selbstmörder wählen einen Bahnübergang, den sie kennen.«

»Wer so was macht, hat einen Knall«, sagte Bolliger.

»Du warst wohl noch nie verzweifelt?«, fragte Anna Herold.

»Wenn, dann würde ich mir die Kugel geben. Das ist sicherer.«

»Ein Irrtum«, sagte Stauffer. Bolliger schaute ihn fragend an.

»Man muss die Waffe richtig ansetzen und die Hand darf nicht zittern. Es gibt Selbstmörder, die langsam verbluten oder ersticken, andere überleben schwer verletzt oder erwachen als Blinde.«

»Trotzdem«, sagte Bolliger. »Das hier ist ein Blutbad.«

»Wenn der Zug den Mann mit voller Wucht erfasst hat, können die Leichenteile über mehrere hundert Meter verteilt gewesen sein.«

Anna Herold deutete nach vorne.

»Davon können wir ausgehen. Aber wir können auch davon ausgehen, dass das Gelände minutiös abgesucht wurde.«

»Dann hat jemand die Hand mitgenommen, bevor unsere Leute vor Ort waren«, sagte Bolliger.

Stauffer hob die Hand, weil er sah, wie sich zwei Radfahrer näherten. Als sie die Brücke passierten, schauten sie argwöhnisch auf Bolliger und die anderen. Stauffer grüßte freundlich, um eine allfällige Irritation zu beseitigen.

»Sonst rufen die noch die Polizei«, sagte er, als sie außer Hörweite waren.

»Und jetzt?«, fragte Bolliger.

»Wir suchen Kadarics Motorroller. Farbe und Kennzeichen habt ihr.«

»Das kann ich übernehmen«, sagte Anna Herold.

»Und was machen wir?«

»Wir gehen ins Industriegelände.«

»Da ist doch schon die Marthaler«, sagte Bolliger.

»Das ist egal. Auch wenn da schon ein Dutzend Polizisten unterwegs sind.«

»Die Handydaten sind wichtiger.«

»Sobald wir sie haben.«

»Man müsste den Bürokraten eine Rakete in den Arsch schieben«, sagte Bolliger.

»Bis es so weit ist, suchen wir nach dem Motorroller.«

Er rief Marthaler an, diese schrie gegen den Lärm an. Sie befand sich im östlichen Teil des Geländes. Stauffer klappte einen Plan auf und zeigte Bolliger, wo sie sich befanden.

»Die Marthaler ist hier. Das ist die Gegend, die sie abgegangen ist. Du gehst da vorne nach links und suchst diese vier Straßen ab. Ich gehe die Hauptstraße und diese Seitenstraßen entlang. Achte auf öffentliche Tiefgaragen und Parkplätze hinter Geschäftshäusern. Wir suchen so lange, bis wir den Roller gefunden haben.«

»Vielleicht steht er gar nicht hier.«

»Dann suchen wir eben so lange, bis wir mit Sicherheit sagen können, dass der Roller nicht hier steht.«

»Das wäre ein Job für Streifenpolizisten«, sagte Bolliger.

»Das gehört zu unserer Arbeit. Du musst lernen, dass solche Dinge wichtig sind. Wir haben gelernt, worauf wir achten müssen. Und wir haben gelernt, dass man hartnäckig sein muss. Zumindest haben das die meisten von uns gelernt.«

»Okay, ich habe verstanden. Es ist nur so, dass wir fast nur noch Routinezeugs machen. Das entspricht nicht meinem Temperament.«

Bolliger machte sich auf den Weg und Stauffer lachte, als er ihm den Rücken zugewandt hatte. Er ging die Hauptstraße entlang, blieb öfter stehen und drehte sich um seine eigene Achse, ging um die Geschäftshäuser herum und staunte über die riesigen Flächen, die nur teilweise als Parkplätze und Lager genutzt wurden. Es verging fast eine Stunde, dann meldete sich Marthaler, sie hatte den Roller entdeckt. Stauffer rief Bolliger und Herold an und gab ihnen den Standort durch. Danach rief er Marthaler an.

»Wir lassen ihn abschleppen«, sagte Stauffer. »Wir sollten auf Nummer sicher gehen und nichts anrühren.«

»Der Mann hatte Humor«, sagte Elfie Marthaler lachend.

»Humor?«, fragte Stauffer ratlos.

»Er hat ihn auf einem Firmenparkplatz abgestellt. Der gehört der Firma Himmel GmbH.«

Jetzt musste auch Stauffer lachen. Wenig später standen sie um den Roller herum.

»Ob er sich den Parkplatz ausgesucht hat?«, fragte Anna Herold.

»Von hier bis zur Eisenbahnbrücke hat er gut zwanzig Minuten gebraucht«, sagte Bolliger. »Er hätte den Roller problemlos woanders abstellen können.«

»Vielleicht ist die Hand auch nur ein Scherz«, sagte Elfie Marthaler.

»Dann müsste er einen Komplizen gehabt haben«, sagte Stauffer.

»Ein Freund oder Bekannter, der zuschaut, wie er sich vor den Zug wirft, und der danach das Gelände nach seiner rechten Hand absucht?«, fragte Anna Herold.

»Vielleicht hat er ihn dafür bezahlt«, sagte Bolliger. »Irgendein Idiot findet sich immer, wenn man Leute mit Geld ködert.«

Stauffers Handy klingelte.

»Sie haben die Handydaten«, sagte er, nachdem er den Anruf beendet hatte. »Wir fahren am besten zurück und kümmern uns darum.«

»Ich kann hier warten, bis sie das Ding abschleppen«, sagte Elfie Marthaler.

»Ja«, sagte Stauffer. »Kümmere dich um das, was sie unter dem Sitz finden. Und sag den Leuten, dass sie nicht den ganzen Roller auseinandernehmen sollen. Wir benötigen nur, was allenfalls einen Hinweis auf Kadarics Motiv geben könnte.«

Auf der Fahrt zurück nach Zürich redete lange niemand. Bolliger tippte unentwegt auf seinem Handy rum und Anna Herold starrte aus dem Seitenfenster.

»Himmel GmbH«, sagte sie nach einer Weile. »Ist er zufällig darauf gestoßen oder hat er nach so etwas gesucht?«

»Wahrscheinlich werden wir das nie erfahren«, sagte Stauffer.

»Man müsste überall Überwachungskameras aufstellen«, sagte Bolliger. »Oder zumindest eine Webcam. Die Fotos werden doch gespeichert? Wenn bei der Brücke eine Cam installiert wäre, könnten wir uns den ganzen Aufwand ersparen.«

»Interessiert es dich nicht, weshalb sich Kadaric umgebracht hat?«, fragte Anna Herold.

»Er hat es freiwillig getan«, sagte Bolliger. »Selbstmörder sollten uns egal sein.«

»Manchmal steckt mehr hinter einem Selbstmord als nur Verzweiflung«, sagte Stauffer.

»So wie hier? Ein schlechter Scherz mit einer Hand?«

»Wir ermitteln weiter«, sagte Stauffer bestimmt.

Bolliger wandte sich wieder seinem Handy zu und Anna Herold drückte ihren Kopf gegen die Nackenstütze.

17.

Tanja Locher hatte einige der Personen, mit denen Kadaric zuletzt telefoniert hatte, bereits ermitteln können. Auffallend war, dass die letzten Anrufe beinahe drei Wochen zurücklagen. Kadaric hatte offenbar nach einer Unterkunft gesucht, denn bei den meisten Anrufen handelte es sich um Vermittlungsbüros und Immobilienfirmen. Nur gerade zwei Privatnummern waren auf der Liste. Textmitteilungen hatte er keine verschickt. Als die anderen eintrafen, informierte sie ihre Kollegen kurz, während sich Stauffer die Liste anschaute.

»Ihr macht euch auf den Weg«, sagte Stauffer und diktierte Bolliger und Herold die Adresse jener Frau, mit der Kadaric zuletzt telefoniert hatte.

Gemeinsam fuhren sie zur Wohnung, die sich in einem Wohnblock in einem Außenquartier befand. Die Haustür war nicht abgeschlossen und im dritten Stock fanden sie den Klingelknopf mit dem südländischen Namen. Bolliger zog die Augenbrauen hoch, als ihnen eine äußerst attraktive Frau in einem eng anliegenden Kleid öffnete. Herold bemerkte Bolligers Reaktion, gleichzeitig fragte sie sich, ob die Brüste der Frau echt waren, denn sie standen im Kontrast zu den schmalen Schultern und den dünnen Armen. Bolliger hielt seinen Ausweis in die Höhe.

»Wir kommen wegen Elvin Kadaric.«

»Der ist nicht hier.«

»Das wissen wir. Dürfen wir reinkommen?«

Anna Herold hätte ihrem Kollegen am liebsten einen Tritt verpasst, offenbar hatte dieser nicht realisiert, dass die Frau nichts vom Tod von Kadaric wusste. Oder es war ihm egal.

»Ich habe nichts zu verbergen«, sagte die Frau und dabei schob sie ihre Brüste noch etwas weiter nach vorne. Sie gingen in die Wohnung, in der rote Farbtöne vorherrschten und die Bolliger sofort mit dem Wort »Nutte« assoziierte.

»Sie kannten Elvin Kadaric?« Anna Herold sprach den Satz bewusst gedehnt aus und dies zeigte Wirkung.

»Ist er tot?«

Es war eine Frage, mehr nicht, die Frau zeigte sich nicht geschockt.

»Er wurde von einem Zug überfahren«, sagte Bolliger, dem es nicht behagte, dass Anna Herold das Gespräch an sich gerissen hatte.

»Ein Unfall?«

Bolliger setzte zur Antwort an, doch Herold kam ihm zuvor.

»Sie waren seine Freundin?«

Die Frau lachte.

»Ich war alles. Mutter, Schwester, Freundin, Geliebte. Elvin war ein trauriger Mensch.«

»Lebte er hier?«, fragte Bolliger und es war gut herauszuhören, was er von der Wohnung hielt.

»Das ist eine Weile her«, sagte die Frau.

»Wann waren sie mit ihm zusammen?«, fragte Herold.

»Vor einem Jahr. Nicht sehr lange. Er redete nicht. Und er kümmerte sich nicht um mich. Ich bin eine Frau, die einen aufmerksamen Mann braucht.«

Sie lächelte Bolliger an, der verlegen auf den Fußboden starrte.

»Sie sagten, dass er ein trauriger Mensch war«, sagte Herold.

»Unendlich traurig. Er hat sich vor den Zug geworfen, nicht?«

»Es deutet vieles auf einen Suizid hin«, sagte Bolliger.

»Er ist mit dem Leben nicht zurechtgekommen. Er hatte keine Freude. Er lebte in einer dunklen Welt.«

»Trotzdem waren Sie mit ihm zusammen?«, fragte Bolliger ratlos. Er konnte nicht verstehen, weshalb sich eine solche Frau mit einem depressiven Typen abgab.

»Er hat mir gefallen. Und er war gut im Bett.«

Wieder schaute sie Bolliger herausfordernd an. Er mochte ihre Art nicht. Ihr Körper war toll, aber musste sie ihre Sexualität derart in den Vordergrund rücken?

»Und weshalb haben Sie sich getrennt?«, fragte Herold.

»Es ging einfach nicht mehr. Er meldete sich tagelang nicht, nahm keine Anrufe entgegen. Ich habe ihm gesagt, wenn er sich nicht ändert, dann ist es aus. Er wollte sich nicht ändern.«

»Wann haben Sie ihn zum letzten Mal gesehen?«

»Das ist lange her. Aber er hat vor ein paar Wochen angerufen. So als wären wir immer noch zusammen. Er hat gefragt, ob er bei mir wohnen könne. Spinnst du, habe ich ihm gesagt. Er sagte, dass er weg wolle aus der Schweiz. Prima, sagte ich. Und von was willst du leben? Er erzählte von einer Autowerkstatt und dass er sich selbstständig machen wolle. Ich lachte nur. Elvin war nicht fähig mit Menschen zu reden, so einer will sich selbstständig machen?«

»Hat er Ihnen erzählt, dass er vorbestraft war?«, fragte Bolliger.

»Ja, irgendwas mit Autos, die ihm nicht gehörten und die er verkauft hat. Er war jung und er wollte schnell Geld verdienen. Das war bei mir auch so. Nur musste ich keine Autos verkaufen, die mir nicht gehörten.«

Sie drehte ihren Oberkörper so, dass ihre Brüste zu hüpfen begannen. Also doch, eine Nutte, dachte Bolliger.

»Das Geld war so schnell weg, wie ich es verdiente. Seit zehn Jahren bin ich eine seriöse Frau, die im Gastgewerbe arbeitet. Angebote kriege ich genug, auch von jüngeren Männern.«

Sie lachte, doch Bolliger ließ sich nicht provozieren.

»Hatte er noch andere Freundinnen in Zürich?«, fragte Herold.

»Da war noch eine Itsch, mit der er vor mir zusammen war.«

»Eine Itsch?«, fragte Bolliger.

»Wie Kadaric«, sagte die Frau lachend. »Eine Serbin, sie arbeitet im Supermarkt um die Ecke an der Kasse. Er hat sie mir vorgestellt. Eine schüchterne Frau, das genaue Gegenteil von mir. Auch optisch.«

Bolliger nickte. Die Frau hielt sich für eine Offenbarung, langsam hatte er seine Zweifel, ob an ihrem tollen Körper alles echt war.

»Sie arbeitet immer noch da?«, fragte Herold.

»Vor einer Woche war sie noch da.«

Sie überlegte, ob sie die Frau bitten sollte, mitzukommen und ihr die Verkäuferin vorzustellen, entschied sich dann aber für eine genaue Beschreibung.

»Hat er etwas hinterlassen?«, fragte die Frau.

»Schulden«, sagte Bolliger.

Die Frau lachte bitter auf. »Keine Nachricht? Nur Schulden? Aber wenn ich daran denke, dass er manchmal einen ganzen Abend lang nichts gesagt hat, wundert mich das nicht. Männer ersticken an ihrem Schweigen.«

Und Frauen reden unendlich viel Stuss, dachte Bolliger.

Anna Herold beschrieb die Gegend und die Eisenbahnbrücke, doch die Frau schüttelte nur den Kopf.

»Da war ich noch nie. Komme eigentlich nie aus der Stadt raus. Elvin fuhr manchmal in der Gegend herum, aber das langweilt mich. Was soll ich mir Landschaften anschauen, wenn ich im Fernsehen große Gefühle sehen kann? Ich schaue mir all den Mist an, bei dem man losheulen kann. Wir Frauen mögen Happyends. Aber wir mögen das Drama nicht, ohne das es kein Happyend gibt. Ist doch so?«

»Sein Tod scheint Sie nicht zu berühren«, sagte Bolliger grimmig.

»Elvin war schon tot, als er noch lebte. Ich komme aus einem Land, in dem junge Männer sterben, weil sie mit einem Gewehr in der Hand kämpfen oder weil sie mit einer Pistole im Genick getötet werden. Elvin kam aus einem Land, in dem Nachbarn aufeinander losgingen, weil sie auf Politiker hörten anstatt auf ihren Verstand. Man muss diesen Dreck hinter sich lassen und vergessen. Elvin konnte das nicht. Er trug den Dreck mit sich herum, bis er darin erstickte. So sehe ich das. Wenn es einen Gott gibt, wird er sich um Elvin kümmern. Und wenn es keinen gibt, hat er jetzt wenigstens seine Ruhe.«

Als sie die Treppe runtergingen, bemerkte Bolliger, dass es nach dem Parfüm der Frau roch. Oder hatte Anna Herold plötzlich weibliche Duftnoten entdeckt? Sie sah besser aus als sonst und auch die Jeans sah neu aus.

»Wir sollten sie nicht am Arbeitsplatz befragen«, sagte Herold.

»Warum nicht?«

»Sie könnte Schwierigkeiten kriegen.«

»Wenn wir Pech haben, arbeitet sie bis um acht.«

»Das ist kein Problem für mich.«

»Ich habe ein Privatleben«, sagte Bolliger trotzig.

»Du gehst in den Supermarkt und merkst dir den Namen der Frau. Ich warte, bis sie Feierabend hat, und rede mit ihr.«

»Okay«, sagte Bolliger.

Es war ein kleiner Supermarkt mit drei Kassen, von denen nur eine besetzt war. Er sah eine junge Frau mit blondierten Haaren, die ziemlich rundlich war. Als er langsam durch die Regalreihen schlenderte, sah er die Frau, nach der er suchte. Sie stand auf einem Hocker und sortierte Fleisch im Kühlregal. Bolliger fand, dass sie besser aussah als von der Nutte beschrieben, aber alles andere als eine Schönheit. Ziemlich dünn, auch die Haare, und ein käsiges Gesicht mit einigen Pickeln. Solange sie auf dem Hocker stand, konnte er ihr Namensschild nicht lesen, deshalb tat er so, als würde er nach etwas suchen. Als ihn die Frau unvermittelt fragte, ob sie helfen könne, stammelte er herum, weil ihm zuerst nichts einfiel, wonach er suchen sollte.

»Energydrink?«, fragte er schließlich. Die Frau stieg vom Hocker, sie war nur ein wenig kleiner als er. Er starrte auf das Namensschild. Die Frau lächelte verlegen und zeigte um die Ecke. Sie glaubt wahrscheinlich, dass ich auf ihre Titten starre, dachte Bolliger. Mit dem Energydrink in der Hand ging er zur Kasse. Anne Herold wartete vor einem Hauseingang.

»Ena Seferovic?«

Bolliger nickte. Herold tippte den Namen in ihr Handy.

»Willst du tatsächlich warten, bis sie Feierabend hat?«

»Ja.«

»Wenn wir sie unter Druck setzen, wird sie eher reden«, sagte Bolliger.

»Weshalb sollten wir sie unter Druck setzen?«

»Da ist doch etwas faul. Schau dir nur die beiden Frauen an. Unterschiedlicher könnten sie nicht sein. Männer stehen auf einen bestimmten Frauentyp.«

»Du vielleicht.«

»Vielleicht hat sie es nicht überwunden, dass er sie wegen der Nutte verlassen hat. Sie hat ihre Brüder eingeschaltet, die wollten ihm einen Denkzettel verpassen, aber einer hatte die grandiose Idee, ihn vor den Zug zu werfen.«

»Das ist doch Quatsch«, sagte Herold, auch wenn sie insgeheim ein ähnliches Szenario für nicht vollkommen abwegig hielt. Aber Bolliger hatte eine Art, die sie nervte.

»Vor zwei Stunden war es für dich ein Selbstmord, für den es sich nicht zu ermitteln lohnt. Schon vergessen?«

»Die haben doch ein ganz anderes Verständnis von Treue und so. Vielleicht hat er ihr versprochen sie zu heiraten oder sie waren verlobt.«

»Das werde ich herausfinden.«

»Indem du mit ihr von Frau zu Frau sprichst? Vergiss es.«

»Du kannst gerne dabei sein, aber wir warten, bis sie Feierabend hat.«

»Wenn alle Polizisten so arbeiten würden, dann hätte die Stadt ein Problem.«

Anna Herold atmete tief durch. Die Stadt konnte froh sein, wenn es im Polizeikorps nicht ein Dutzend Bolligers gab. Forsche junge Männer mit mehr Vorurteilen als Gehirnzellen.

»Wenn du nichts aus ihr rauskriegst, werde ich sie mir morgen noch einmal vorknöpfen«, sagte Bolliger bestimmt.

»Weshalb warst du bei der anderen mit den großen Titten nicht so forsch?«

Bolliger verkniff sich eine Antwort. Es gab Dinge, die jemand wie Anna Herold nie verstehen würde. Wenn es tatsächlich eine Abrechnung unter Freunden war, dann wusste die Verkäuferin davon. Er schaute auf die Uhr. Es war an der Zeit zu gehen, er musste sich noch umziehen.

»Viel Glück«, sagte er und winkte Anna Herold zu. Diese suchte sich in der Nähe des Supermarktes eine Parkbank. Doch schon nach zehn Minuten stand sie wieder auf, weil die Kälte durch die Jeans drang. Sie entdeckte einen Trödelladen, von dem aus sie einen guten Blick auf den Eingang des Supermarktes hatte. Der Besitzer des Trödelladens war ein alter Mann, der schwer atmend hinter einem riesigen alten Schreibtisch saß und auf einer alten Zählmaschine Zahlen addierte. Anna Herold entdeckte Spielsachen, die ähnlich aussahen wie jene, mit denen sie als Kind gespielt hatte. Sie begutachtete einen Pinocchio aus Holz.

»Können Sie für zehn Franken haben«, schnaubte der alte Mann.

Anna Herold drehte sich um und nickte. Danach blickte sie durch die Fensterscheibe auf den Eingang des Supermarktes. Ein Mann lud zwei Kästen Getränke in einen Kleinwagen.

»Haben Sie Kinder?«

Sie schüttelte lächelnd den Kopf.

»Mein Sohn ist auch schon ein alter Mann«, schnaubte er.

Herold nickte und verabschiedete sich. Sie hatte kein gutes Gefühl dabei, ganz offensichtlich hätte der alte Mann gerne mit ihr ein Gespräch angefangen. Sie ging die Straße entlang, ihr fröstelte. Es dauerte noch eine Weile, bis sie sah, wie eine andere Angestellte begann, die Auslagen einzuräumen. Sie unterhielt sich vor dem Supermarkt mit einem jungen Mann, der scheinbar auf jemanden wartete. Anna Herold näherte sich den beiden. Sie sah, wie die Verkäuferin, auf die sie wartete, das Laufband einer Kasse reinigte. Nachdem der Supermarkt geschlossen wurde, dauerte es nicht lange, bis die Angestellten das Gebäude aus einem Seiteneingang verließen. Anna Herold war erleichtert, als der junge Mann auf eine dritte Verkäuferin zuging. Sie wartete, bis die beiden außer Sichtweite waren.

»Frau Seferovic?«

Die junge Frau schaute sie fragend an und zündete sich eine Zigarette an.

»Mein Name ist Anna Herold. Ich arbeite bei der Polizei.«

Der Gesichtsausdruck der Frau veränderte sich nicht.

»Es geht um Elvin Kadaric.«

»Elvin?«, fragte sie leise.

»Ja.«

»Ich habe ihn lange nicht gesehen.«

Herold nickte. Die Frau wusste nicht, dass er tot war. Und Anna Herold wusste nicht, wie die Frau auf die Nachricht reagieren würde.

»Können wir bei Ihnen weiterreden?«, fragte sie.

» Ist er tot?«

Einen Moment standen sie sich schweigend gegenüber. Frau Seferovic machte keine Anstalten weiterzugehen. Sie zog hastig an ihrer Zigarette und blies den Rauch schräg nach oben. Anna Herold sah, wie sich die Augen der Frau mit Tränen füllten.

»Sie waren mit ihm zusammen?«

Frau Seferovic nickte und wischte sich mit dem Ärmel über die Augen.

»Nicht lange. Wir passten nicht zusammen.«

Sie ließ die Zigarette fallen und suchte in ihrer Handtasche nach einem Taschentuch. Während sie es tat, sagte sie etwas in einer Sprache, die Herold nicht verstand.

»Wir sollten das nicht hier besprechen«, sagte Anna Herold.

Die Frau nickte und zeigte auf die andere Straßenseite. Sie gingen schweigend nebeneinander her. Frau Seferovic hatte sich eine neue Zigarette angezündet. Sie ging schnell und ihre Absätze klapperten laut auf dem Asphalt.

»Ich wohne bei meinen Eltern. Können wir uns da drüben unterhalten?«

Sie zeigte auf das Geschäft eines Pizzakuriers. Anna Herold schaute sie fragend an.

»Ich kenne den Mann«, sagte sie, als sie die Tür öffnete. Sie setzten sich in eine Ecke an einen Tisch, auf dem ein Plastiktischtuch lag. Sie ging zum Getränkeschrank und nahm eine Dose Red Bull. Anna Herold winkte ab, als sie ihr die Dose entgegenstreckte. Plötzlich öffnete sich eine Tür und ein Mann schaute zu ihnen. Frau Seferovic grüßte ihn, der Mann sagte etwas und verschwand dann wieder.

»Er hat davon geredet, dass er sich umbringen möchte«, sagte Frau Seferovic, als sie Herold gegenübersaß.

»Ja?«

»Ich konnte ihm nicht helfen. Für so etwas gibt es Ärzte, habe ich ihm gesagt, aber er hat nichts davon wissen wollen.«

»Wann hat er mit Ihnen darüber gesprochen?«

»Immer. Er sagte, mit dem Roller wäre es leicht. Einfach in einer Kurve geradeaus fahren. Ich bin nicht gerne mit ihm Motorrad gefahren.« Sie lächelte bitter.

»Wann haben Sie zuletzt mit ihm gesprochen?«

»Vor zwei oder drei Wochen. Er hat angerufen und gefragt, ob ich ein Zimmer für ihn wüsste.«

»Hat er gesagt, weshalb er nach einem Zimmer suchte?«

»Er hatte kein Geld.«

»Und danach hat er sich nicht mehr bei Ihnen gemeldet?«

Sie schüttelte heftig den Kopf und zerdrückte die leere Dose. Jetzt weinte sie heftiger.

»Sie können nichts dafür«, sagte Anna Herold. Frau Seferovic nickte und wischte sich Tränen aus dem Gesicht.

»Es gibt einige Unstimmigkeiten«, sagte Anna Herold.

»Was?«

»Wir sind nicht hundertprozentig sicher, dass er sich tatsächlich umgebracht hat.«

»Nicht?«, fragte sie, irritiert und erleichtert zugleich.

»Er ist von einem Zug überrollt worden.«

»Ein Zug?« Frau Seferovic lachte, Anna Herold wusste nicht weshalb.

»Er wollte Lokomotivführer werden. Als kleiner Junge.«

Offenbar unterschieden sich die Träume kleiner Jungen nicht, egal wo sie aufwuchsen.

»Hat er eine Nachricht hinterlassen?«

»Das wissen wir nicht. Es wurde nichts gefunden.«

Frau Seferovic nickte. »Was hätte ich tun sollen?«

»Es war sein Leben. Er ist nicht damit zurechtgekommen.«

»Ich dachte, ich sei die falsche Frau für ihn. Er hat eine andere kennen gelernt. Sie ist ganz anders.«

»Wir waren vorhin bei ihr.«

»Sie konnte ihm auch nicht helfen.«

»Depression ist eine Krankheit.«

Sie wusste, dass dies ein schwacher Trost war. Als sie das Gebäude verließ, formulierte sie in Gedanken ein Protokoll der Gespräche, die sie geführt hatte. Sie fragte sich, was Bolliger vor der jungen Frau aufgeführt hätte. Ein Geständnis erzwingen, sie unter Druck setzen, ganz nach der Methode Bolliger. Die Frau wusste nichts und so wie es schien, gab es keine Hinweise auf ein

Gewaltverbrechen. Sie erinnerte sich daran, dass Stauffer einmal gesagt hatte, dass man bei einem Verbrechen auch auf zu viele Übereinstimmungen achten musste. Wenn Zeugen alle das Gleiche gesehen und gehört haben.

18.

Er war außer Atem, obwohl er nur eine Straße entlanggegangen war. Es war eine Weile her, seit er sich zuletzt im ehemaligen Industriegebiet aufgehalten hatte. Überall waren Wohnblocks und Büros entstanden, fast alle mit Metall verkleidet und mit riesigen Fensterfronten. Die Leute, die hier wohnten, hatten alle Geld und einen guten Job. Das widerte ihn an. Genauso wie die Jungen, die überall zu sehen waren und die nichts Besseres zu tun hatten, als in den Clubs viel Geld auszugeben. Die ganze verdammte Stadt war zu einem gigantischen Konsumtempel verkommen. Die Mieten waren explodiert und die Normalverdiener an den Stadtrand gedrängt worden. Dabei war das hier früher mal sein Quartier gewesen. Hier hatte sein Vater gearbeitet – oder besser gesagt geschuftet –, bis sein Körper so kaputt war, dass man ihn in Frührente geschickt hatte. Keine drei Jahre später war er gestorben. Er lehnte sich an eine Hausmauer und fühlte seinen Puls. Viel zu hoch. Er wusste nicht, ob es mit der scheiß Krankheit zu tun hatte, aber vermutlich hatte alles damit zu tun. Vor der Diagnose hatte er ein Jahr lang die seltsamsten Symptome gehabt und er wurde auf alles Mögliche getestet. Immerhin wusste er dank dieser Tests, dass er sich keine Viren, Bakterien oder Parasiten geholt hatte.

Eine kleine Gruppe junger Leute ging an ihm vorbei. Sie sprachen Hochdeutsch. Es war zum Kotzen. Immer ging es nur darum, dass die Wirtschaft florierte. Was mit Leuten wie ihm geschah, interessierte niemanden mehr. Er ging langsam weiter, spürte den leichten Regen auf seiner Haut. Die Zeit war gekommen: Jetzt wollte er sich nicht mehr verstecken. Eugen hatte ihm die Augen geöffnet. Jetzt musste er Risiken eingehen. Auch auf die Gefahr hin, dass sie nach ihm fahnden würden. Was spielte es für eine Rolle? Gefangen war er so oder so. Gefangen in einem Körper, der ihm nicht mehr gehorchte. Immer wieder hatte er im Internet nachgeschaut. Es gab keine Neuigkeiten über die Hand und die Polizei schien keinerlei Zusammenhänge zu ahnen. Hatte Eugen das so beabsichtigt? Wenn er ihn nur erreichen würde. Aber Eugen war clever, er würde sich bei ihm melden, da war er sich sicher. Sollte er so lange warten? Er hatte gründlich darüber nachgedacht und war zu dem Schluss gekommen, dass er sein eigenes Ding durchziehen musste. Angst säen und Panik ernten. Stundenlang hatten sie darüber gesprochen und sich verschiedene Szenarien ausgedacht. Eugen, so schien es, setzte seine Pläne in die Tat um. Jetzt war es an ihm, nachzuziehen. Auch als Zeichen für Eugen. Deshalb hatte er den Umschlag in den Briefkasten geworfen. Es gab kein Zurück mehr. Morgen wissen sie es. Er konnte es kaum erwarten, fürchtete sich aber gleichzeitig davor. Was, wenn sie es nicht öffentlich machten? Sie würden alles unternehmen, um Panik zu vermeiden. Und er musste alles unternehmen, um Panik zu schüren. Wovor fürchteten sich die Menschen am meisten? Er hatte die Antwort.

Taxis kurvten herum, auf der Suche nach Kunden, die von einem Club in den nächsten gefahren werden wollten. Die jungen Dinger sahen alle aus wie Nutten und vielleicht waren es auch Nutten, das würde passen, denn hier ging es nur noch um Geld und Vergnügen. Mit keinem dieser Idioten konnte man sich noch normal unterhalten. Die Weiber bekamen weiche Knie, wenn einer einen teuren Anzug trug und einen Sportwagen fuhr. Aber es genügte, in ihre leeren Augen zu sehen. Da war nichts, kein Leben, kein Feuer, kein Hass. Gut riechende Zombies, die tagsüber funktionierten und nachts die Batterien aufluden. Mit Eugen hatte er auch über Revolutionen geredet. Und wie sinnlos sie heutzutage waren. Mit einem solchen Pack konnte man keine Revolution mehr anzetteln, die waren genauso tot wie die Politikerärsche, die nur noch Marionetten der Milliardäre waren. Man musste sie aufscheuchen, sie in Panik versetzen. Das war das einzige Mittel, mit dem die Zombies noch erreicht werden konnten. Krankheit, Terror, Tod. Erst wenn sie morgens aufstehen und sich nicht mehr sicher sind, ob sie den Abend noch erleben, werden sie über ihr jämmerliches Dasein nachdenken. Erst dann.

Er setzte sich auf die Holzbank an einer Tramhaltestelle. In solchen Momenten hätte es ihm nichts ausgemacht, sich selbst mit einer Bombe in die Luft zu jagen und möglichst viele dieser Idioten mitzunehmen. Aber das war zu wenig. Eine Bombe genügte nicht, deshalb hatte er sich für die schleichende Angst entschieden. Noch ahnte keiner, was er vorhatte, doch bereits morgen würden einige Herren in Aufruhr versetzt werden. Schade nur, dass er nicht dabei sein konnte. Wie lange wird es dauern, bis eine Sonderkommission eingesetzt wird? Noch hatte er sich zurückgehalten. Es wird ganz leise beginnen, aber so, dass jedem klar ist, dass mehr kommen wird. Ein Tram hielt und gut ein Dutzend Nachtschwärmer stieg aus. Er rümpfte die Nase, als er die Duftwasser roch. Eine junge Frau mit dünnen Beinen trug einen Minirock. Sie blieb einen Moment genau vor ihm stehen. Er sah, wie sich die dünnen Härchen in der Kälte aufstellten, und er spürte eine Erregung. Es war Wochen her, seit er zuletzt bei einer Nutte gewesen war. Irgendeine aus dem Ostblock, die kein Wort Deutsch sprach, aber ihn behandelte, als wäre er der einzige Mann auf der Welt. Was war das für ein Unterschied zu Lisa, mit der er ein paar Monate zusammen gewesen war. Ständig hatte sie ihm vorgeworfen, nichts aus seinem Leben zu machen. Und doch sehnte er sich manchmal nach ihr zurück. Was war das für ein scheiß Leben, in dem man sich nach dem zurücksehnte, vor dem man geflohen ist? Die Frau im Minirock war längst weg und die Erregung hatte sich gelegt. Vermutlich gehörte es zu seinem Fluch, dass ihn ausgerechnet die dümmsten Dinger am stärksten erregten. Er spürte einen Stich oberhalb der Niere. Er streckte den Rücken durch und massierte die Stelle, was aber keinen Einfluss auf den Schmerz hatte. Er verstand manchmal nicht, weshalb er in seinem Alter noch immer mit all den Widersprüchen kämpfen musste. Er schimpfte über die Idioten, mit denen man sich nicht unterhalten konnte, doch wenn er mit Lisa zusammen war, schwieg er auch die meiste Zeit, bis sie genug hatte und mit einem Typen weiterzog, mit dem sie reden konnte. Er hörte einen Laut und sah, wie eine Frau aus einer Gruppe wegsprang und eine Bierflasche hoch hielt, aus der eine Fontäne rausschoss. Immerhin hatten sie begriffen, dass man sich vorher volldröhnen muss, weil die Getränke in den Clubs kriminell teuer sind. Überall standen sie rum und soffen. Einige rauchten einen Joint, aber das schien nicht mehr groß in Mode zu sein. Was war nur mit dieser Jugend los? Wo war der Widerstand, der Hass, die Melancholie? Alles hatten sie an der Garderobe abgegeben und später nicht mehr danach gefragt. Er blickte nach vorne auf einen Wohnblock, der kurz vor der Vollendung stand. Hier hatte die Fabrik gestanden, in der sein Vater arbeitete. Eigentumswohnungen ab 700.000 Franken. Was für ein Hohn. Die Geldsäcke nahmen den Leuten das Land weg, um es ihnen später als Eigentum wieder zu verkaufen. Als er auf das beinahe fertige Gebäude starrte, hatte er plötzlich einen Plan. Was für ein Symbol, dachte er. Verwarf den Gedanken aber sogleich wieder, weil eine Spur zu ihm führen könnte. Etwas in dieser Art, dachte er. Es wimmelte in der Stadt nur so von Neubauten. Und wie immer in Zeiten des Größenwahns wurde auch wieder in die Höhe gebaut. Aber es durfte nicht so leicht einzuordnen sein, woher der Terror kam. Er musste es wie Eugen machen. Sie hatten über Gliedmaßen geredet, Körperteile von unbekannten Leichen, die scheinbar zufällig auftauchen. Aber war eine Hand nicht einfach zu identifizieren? Eugen musste sich etwas dabei gedacht haben. Wenn er ihm doch wenigstens über die E-Mail-Adresse antworten würde, die nur er kannte und die Eugen nur benutzte, wenn er in einem öffentlichen WLAN surfte. Doch Eugen hatte seit Monaten nicht mehr geantwortet. War er vollständig untergetaucht? Ihm fiel wieder ein, dass sich Eugen ein wenig abfällig geäußert hatte, nachdem er ihm von der scheiß Krankheit erzählt hatte. Wahrscheinlich hielt er ihn für ein Risiko. Er schlug mit der Faust gegen eine Reklametafel und erntete dafür einige überraschte Blicke. Er musste sein eigenes Ding durchziehen. Zwei Typen setzten sich neben ihn.

»Möchtest du was kaufen?«, fragte der Dickere, der lange Koteletten hatte und an seinen Händen mehrere Ringe trug.

Er schüttelte den Kopf und stand genervt auf.

»Easy«, sagte der Dünnere, dessen Haare vor Gel glänzten.

Die Stadt ist ein verdammter Marktplatz, dachte er. Jeder will nur noch Geschäfte machen.

»Es wird bald Blut regnen«, rief er den beiden zu.

»Easy«, sagte der Dünnere, während der Dickere nur ratlos glotzte.

Er überquerte die Straße und ging bis zu einem Gebäude, vor dem einige Jungendliche herumstanden. Als er an ihnen vorbeischlenderte, lauschte er den Gesprächsfetzen. Was er verstand, war dummes Gelaber. Weiter vorne wurde er Zeuge eines Streits. Leute aus zwei Gruppen schrien sich gegenseitig an. Offenbar ging es um einen Parkplatz. Zwei Männer reagierten besonders heftig, einer wurde von einer Frau zurückgehalten, der andere trat vor einen südländischen Typen und hielt ihm einen Finger vor die Nase. Er ging weiter, und als er sich umdrehte, waren alle weg, offenbar waren die Drohgebärden verpufft. Die Wut war da, aber sie wussten nichts damit anzufangen. Sie ärgerten sich darüber, dass sie keine Lehrstelle fanden und verprügelten ab und zu jemanden. Aus einem Lokal drang Lärm, er schaute durch die Fenster und sah, wie sich ein Paar umarmte und die Leute um sie herum klatschten. Seine Beine schmerzten und er röchelte wie ein Kettenraucher. Eigentlich hätte er auch wieder mit dem Rauchen anfangen können. Spielte es jetzt noch eine Rolle, woran er letztlich krepierte? Aber es bestand ja Hoffnung. Noch war nicht klar, welchen Verlauf die scheiß Krankheit bei ihm nehmen würde. Es konnte kurz und heftig werden, aber auch langsam und moderat. Er ging bis zu einer Mauer und setzte sich. Er hatte Lust, etwas zu essen, wollte aber keines der Nachtlokale aufsuchen. Weiter vorne gab es Imbissbuden, die auch nach Mitternacht geöffnet waren. Ein Sandwich oder ein Stück Pizza. Mit einem Mal fühlte er sich müde. Es war nicht die normale Müdigkeit, die einen langsam überkommt, es war eine ganz plötzlich auftretende Müdigkeit, die beinahe schon schmerzhaft war. Sie befiel nicht nur den Körper, sondern auch seinen Geist. Wie ein schweres Tuch, das über ihn fiel und ihn nach unten drückte. Bis anhin war die Müdigkeit nach ein paar Minuten wieder verflogen, aber er befürchtete jedes Mal von Neuem, dass sie irgendwann zu seiner endgültigen Bestimmung werden könnte. Er schüttelte den Kopf, konnte die Müdigkeit dadurch aber nicht verscheuchen. Aufstehen war nicht möglich, allein der Gedanke war bereits eine Anstrengung zu viel. Zwei Frauen gingen an ihm vorbei. Es schien ihm, als würden sie ihn keine Sekunde beachten. Er kam sich vor wie ein Gespenst, ein Toter, den niemand mehr wahrnahm und der sich als Einziger darüber wunderte. War das nicht die perfekte Zusammenfassung für sein verdammtes Leben? Er war nur noch Statistik. Für die Ärzte, für die Versicherung, für die Politiker. Minuten vergingen, in denen er einfach nur dasaß, bis er ein Kribbeln im linken Fuß spürte. Ohne sich dessen bewusst zu sein, war er aufgestanden. Die Müdigkeit war weg, dafür spürte er eine Verunsicherung, so als wüsste er nicht mehr, wo er war. Genügte es nicht, dass die scheiß Krankheit seinen Körper vergiftete, musste sie auch sein Gehirn attackieren? Oder bildete er sich das nur ein? Der Arzt hatte ihm geraten, nicht jede Auffälligkeit mit der Krankheit in Verbindung zu bringen, da dies den Stress erhöht. Wie stellte er sich das vor? Seit er die Diagnose kannte, beobachtete er sich unablässig. War das nicht normal? Erleichtert stellte er fest, dass er sich einem Imbissstand genähert hatte. Es war ein Asiate und er hatte keine Lust auf mit Glutamat verseuchtes Hähnchen und Reis. Er sah sich dennoch das Angebot an und entschied sich für einen Wrap, der mit Gemüse gefüllt war. Obwohl er der einzige Kunde war, wurde fleißig in Töpfen gerührt. Eine Asiatin, die beinahe so groß war wie er, telefonierte mit ihrem Handy, während sie Glasnudeln in einer Sauce schwenkte. Sie sprach Schweizer Dialekt und redete über ein Kind, das an Masern erkrankt war. Er ging nach draußen, lehnte sich an einen Lichtmast und aß. Auch hier herrschte Betriebsamkeit, die Stadt schien nicht mehr zur Ruhe zu kommen, alle hatten ständig Angst, etwas zu verpassen.

Sauce tropfte auf seine Hose und er fluchte. Er schaute auf die Uhr. Wenn er noch eins der regulären Trams benutzen wollte, musste er sich beeilen. In einer Viertelstunde wurde auf Nachtbetrieb umgestellt. Ein Tram näherte sich und er beeilte sich, doch es kam ihm vor, als würde er schleichen. Dennoch reichte es. Die Leute im Tram sahen anders aus als jene, denen er vorhin begegnet war. Müde, kaputt, desillusioniert. Sie hatten entweder ihren Spaß schon gehabt oder wussten nicht, was das Wort bedeutete. Er entspannte sich und griff sich eine zerfledderte Gratiszeitung. Er blätterte darin, ohne sich für die Artikel und Fotos zu interessieren. Er dachte an die Botschaft, die er in den Briefkasten geworfen hatte. Und er dachte an das, was er vorhatte. Er lächelte zufrieden, als das Tram losfuhr.

19.

Auch nach einer Stunde hatte Stauffer noch keinen Sender gefunden, dessen Programm er sich länger als fünf Minuten anschauen wollte. Er hatte versucht zu lesen, aber die latenten Kopfschmerzen, die er seit einigen Stunden verspürte, wurden dadurch heftiger. So heftig, dass er schließlich zwei Aspirin schluckte. Auf Wein hatte er an diesem Abend keine Lust. Er trank ein Bier und schaltete den Fernseher stumm, klickte sich aber weiter durch das Programm. Bei einer Dokumentation, die untertitelt war, blieb er eine Weile, war dann aber enttäuscht, als sie schon nach zehn Minuten vorbei war. Eigentlich hätte er Gründe gehabt, um gut gelaunt zu sein, doch die gute Laune wollte ihm nicht gelingen. Mirjam hatte am Telefon müde, aber fröhlich geklungen. Stauffer spielte mit, wagte ein paar Scherze und sie lachten wie frisch Verliebte über jeden Unsinn, den der andere erzählte. Trotzdem war Stauffer nicht wohl dabei. Es kam ihm vor, als versuchte sie die traurige Stimmung, die unweigerlich kommen würde, so lange wie möglich hinauszuzögern. Er wusste nicht, ob das die richtige Strategie war. In seinem Beruf war er vielen Menschen begegnet, die mit dem Verlust ihres Partners oder eines Kindes konfrontiert worden waren. Dabei hatte er gelernt, dass die Menschen ganz unterschiedlich trauerten. Und dass die Trauer auch unterschiedlich lange dauerte. Es gab Menschen, die kamen über den Verlust eines geliebten Menschen nie hinweg und es gab welche, die schon nach ein paar Wochen in einen neuen Alltag aufbrachen. Er hatte am Anfang ihrer Beziehung versucht, Mirjam klarzumachen, dass er kein Problem damit habe, wenn ein Teil ihres Herzens weiterhin bei ihrem verstorbenen Mann sei. Es war ein guter Vorsatz, mehr nicht. Mit einem Nebenbuhler klarzukommen war einfacher als mit einem Toten, der nichts mehr falsch machen konnte. Eine logische Konsequenz. Plötzlich fiel ihm dieser Satz ein, den Tanja Locher verwendet hatte, als sie ihm in einem kurzen Telefongespräch vom Besuch bei Kadarics Exfreundinnen berichtet hatte. Sein Selbstmord sah aus wie eine logische Konsequenz, alles schien beinahe zielgerichtet darauf hinauszulaufen. Wie war so etwas möglich? Gab es niemanden, der zumindest versucht hatte, Kadarics Leben in eine andere Bahn zu lenken? Er schaltete den Fernseher aus und trank das restliche Bier. Dann ging er in die Küche und nahm ein Stück Käse und eine Packung Schinken aus dem Kühlschrank. Die Kopfschmerzen waren weg und jetzt spürte er, dass er noch nichts gegessen hatte, außer einer Banane, deren Schale so jämmerlich braunschwarz gewesen war, dass er sie eigentlich wegwerfen wollte. Doch dann erinnerte er sich daran, dass überreife Bananen einen wunderbar süßlichen Geschmack hatten, den er aus seiner Kindheit kannte, als seine Mutter oft im Preis herabgesetztes Gemüse und Früchte eingekauft hatte. Der Schinken schmeckte fade, dafür war der Käse würzig. Er ging zurück ins Wohnzimmer und blickte auf das Telefon. Der Anruf aus Kanada kam ihm immer unwirklicher vor. Etwas stimmte nicht an dieser Geschichte. Thomas Reinauer hatte er so lange nicht mehr gesehen, weshalb rief er ausgerechnet ihn an? Er hatte eine Idee und setzte sich an den Computer. Als er seinen eigenen Namen eintippte, dauerte es nicht lange, bis er auf einige Zeitungsartikel stieß. Thomas könnte im Internet herausgefunden haben, dass er bei der Polizei arbeitete. War das der Grund, weshalb er sich bei ihm gemeldet hatte? Und was war mit Anna, seiner Schwester? Gab es gewichtigere Gründe, weshalb er sie nicht direkt anrufen wollte? Stauffer öffnete den elektronischen Notizblock, den er oft benutzte, um seine Gedanken zu sortieren. Er schrieb auf, was er über Thomas wusste. Im Internet fand er nichts, war aber auch zu müde, um kanadische Webseiten aufzurufen. Er nahm sich vor, Erkundigungen über Thomas einzuholen, bevor er sich bei Anna melden wollte. Wen würde er in einer ähnlichen Situation anrufen? Thomas? Er hatte bis gestern nicht mehr an ihn gedacht. Ihm fiel ein Referat ein, das er in einem Fortbildungskurs gehört hatte. Es ging um die neuen sozialen Netzwerke im Internet. Der Experte hatte ein wenig umständlich über ein Phänomen berichtet, das Stauffer aus eigener Erfahrung kannte. Die meisten Menschen wandten sich bei Fragen und Problemen in der Regel immer zuerst an ihre Familie und Freunde. Das war einer der Gründe, weshalb Facebook so erfolgreich war. Man konnte mit einer einzigen Statusmeldung all seine Freunde um Rat fragen. Stauffer gehörte demnach zu jener Minderheit, die sich lieber direkt informierte. Konkret hieß das, dass er eher Google benutzte, als einen Bekannten anzurufen oder auf Facebook eine Frage zu formulieren. Die meisten aber fragten ihre Bekannten nach dem besten Notebook, dem schönsten Strand auf Zypern oder ob es sich lohnte, einen bestimmten Film anzuschauen. Das konnte der Grund sein, weshalb sich Thomas bei ihm gemeldet hatte. Aber gab es nicht auch noch andere Bekannte von früher, die er im Internet hätte aufstöbern können? Stauffer erinnerte sich an zwei Namen und tippte sie auf gut Glück ein. Als er auf ein Foto stieß, musste er laut loslachen. Auf den ersten Blick hatte er den Mann nicht erkannt, aber als er genauer hinsah, bemerkte er die Gesichtszüge, die noch immer gleich waren. Der Mann war mindestens fünfzig Kilo schwerer und seine hellen Locken waren einer Halbglatze gewichen. Stauffer fand heraus, dass er für eine christlich-konservative Partei kandidierte. Bevor er sich in der eigenen Vergangenheit verlor, schaltete er den Computer aus. Das Internet machte die Welt nicht nur kleiner, es verwischte auch Vergangenheit und Gegenwart. Gingen einem die Menschen früher aus den Augen und aus dem Sinn, tauchten sie im Internet plötzlich in der gegenwärtigen Form wieder auf. Stauffer wusste nicht, ob das gut war, aber es erleichterte ihre Arbeit, wenn es darum ging, das Umfeld eines Mordopfers auszuleuchten. In Zukunft mussten Täter nicht nur am Tatort, sondern auch im Internet ihre Spuren verwischen. Sie konnten allerdings auch falsche Fährten legen. Er ging noch einmal in die Küche und trank ein Glas Leitungswasser, ehe er nach oben ging.

20.

Als Holzer das Büro verließ, wäre er am liebsten unter die Dusche gegangen. Die Gasser hatte ihn mit ihrem berüchtigten Blick fixiert und wie jedes Mal hatte ihn dies gehörig verunsichert. Zweifellos war es eine Masche, die sich die Frau auf ihrem Weg nach oben antrainiert hatte, aber sie wirkte auch nach Jahren noch. Bei anderen Leuten verkamen solche Dinge zu lächerlichen Marotten, bei der Gasser wirkten sie wie am ersten Tag. Für das Gespräch hatte er sich eine Taktik zurechtgelegt. Er wollte die Gasser überrumpeln. Ungefragt erklärte er sich bereit, die acht Wochen Ferien zu akzeptieren und im Herbst einen Fortbildungskurs zu besuchen. Die Gasser hob erstaunt und argwöhnisch zugleich ihre Augenbrauen, ehe sie zustimmend nickte. Danach folgten Fragen zu seiner Gesundheit und seiner Motivation. Holzer hasste diese Form der Mitarbeitergespräche. Früher hatte sich niemand dafür interessiert, ob er gesund war oder halbtot Wache schob, dafür erledigte er seinen Job mit weitaus weniger bürokratischem Aufwand. Er erzählte den Unsinn, den er jedes Mal erzählte, versuchte möglichst präzise auf Gassers Fragen einzugehen, ohne zu viel zu verraten. Eine ganze Etage im Polizeipräsidium gehörte mittlerweile Leuten, die nichts mehr mit der konkreten Polizeiarbeit zu tun hatten. Psychologen, Gleichstellungsbeauftragte und eine Menge Leute, deren eigentliche Aufgabe er nicht kannte, die aber den ganzen Tag entweder in ihren Büros herumsaßen oder sinnlos im Gebäude herumwuselten.

»Damian Stauffer schätzt Ihre Mitarbeit nach wie vor und er hält Sie für eine Stütze des Teams.«

Dieser Satz verblüffte ihn so, dass er schweigend auf eine Skulptur starrte, die auf einer Ecke des Schreibtisches stand.

»Ich denke, dass ich auch weiterhin meinen Teil beitragen kann«, sagte er schließlich.

»Sie dürfen den Anschluss an die neue Zeit nicht verpassen, Herr Holzer. Daran sind schon viele verdiente Mitarbeiter gescheitert.«

»Computer sind nicht meine Freunde, aber mittlerweile auch nicht mehr meine Feinde.«

»Es geht um mehr als um Maschinen.«

»Ich bin bereit, mich weiterzubilden. Aber es muss für die tägliche Arbeit Sinn machen.«

»Sie sollten auch bereit sein, Ihre Umgangsformen anzupassen.«

»Aha?«

»Frauen und jüngere Mitarbeiter erwarten heute eine andere Ansprache als vor zwanzig Jahren.«

Holzer schaute zum Fenster. Was sollte das denn bedeuten? Hatte sich jemand über ihn beschwert? Vielleicht Bolliger? Oder Anna Herold?

»Wer mich kennt, hat keine Probleme mit mir.«

»Darum geht es nicht. Die jungen Polizistinnen und Polizisten sind unser Kapital. Sie erleben in ihrem Polizeialltag eine Menge frustrierender Momente, umso wichtiger ist es, dass sie von erfahrenen Kollegen aufgefangen werden.«

»Dafür gibt es doch Psychologen und Wohlfühlkurse.«

Einen kurzen Moment glaubte er, in Gassers Gesicht den Anflug eines Lächelns zu bemerken.

»Im Winter starten wir mit einem neuen Kursangebot.«

»Ich weiß nicht, ob zwei Kurse in so kurzer Zeit für meine psychische Verfassung förderlich sind.«

»Es ist ein neuer Kurs, eine Art Experiment.«

»Also gut, wenn ich dafür keine zusätzlichen Formulare ausfüllen muss.«

»Bei dem Kurs geht es darum, den Erfahrungsschatz älterer Kollegen an jüngere Kollegen weiterzuvermitteln. Damian Stauffer hat Sie vorgeschlagen.«

Holzer war so verblüfft, dass er einen Hustenanfall bekam.

»Ich soll einen Kurs leiten?«

»Es geht darum, die klassische Polizeiarbeit und deren Nutzen plastisch zu vermitteln.«

Holzer atmete heftig, aber der Hustenreiz war verflogen.

»Forensik, Computer und Hightech sind das, was junge Leute fasziniert. Dabei geht oft ein wenig verloren, dass sich die eigentliche Polizeiarbeit kaum verändert hat. Sie gelten als Kriminalist der alten Schule.«

»Danke.«

»Im Herbst werden Sie sich weiterbilden und im Winter werden Sie Ihr Wissen anderen weitergeben.«

»Das war's?«, fragte er, nachdem sich die Gasser von ihrem Stuhl erhoben hatte.

»Achten Sie auf Ihre Gesundheit.«

»Solange ich dafür keinen Kurs besuchen muss, gerne.«

Er verabschiedete sich mit einem Händedruck. Gassers Hand fühlte sich kalt an, vielleicht lag es aber auch daran, dass seine Hand verschwitzt war, so wie sich sein ganzer Körper anfühlte. Als er Wenger begegnete, schaute ihn dieser besorgt an.

»Bist du okay?«

»Kann nicht klagen. Ich soll einen Kurs leiten.«

»Das ist gut.«

»Bin mir nicht sicher. Hast du schon mal einen Kurs geleitet?«

»Die haben Profis, mit denen du dich vorbereiten kannst.«

»Dauert ja noch eine Weile. Zuerst mache ich acht Wochen Ferien.«

Wenger lachte und klopfte Holzer auf die Schulter.

»Das ist kein Witz. Zwangsferien.«

»Von der Gasser verordnet?«

»Ich habe mich nicht darum beworben.«

»Du wirst schon damit klarkommen.«

»Jetzt mal ehrlich. Was soll einer wie ich mit acht Wochen Ferien anfangen?«

»Du brauchst einen Plan. Das ist wie bei Kollegen, die pensioniert werden. Ohne Plan drehst du durch.«

»So sehe ich das auch.«

»Dir wird schon etwas einfallen.«

Holzer dachte an den Camper und überlegte sich, ob er Wenger davon erzählen sollte. Doch er fürchtete den Spott seines Kollegen.

»Was ist mit Kadarics Roller? Gibt es schon Erkenntnisse?«

»Die Marthaler hat ihn sich angesehen. Stauffer und Locher haben nachher einen Termin wegen Kadarics Hinterlassenschaft.«

»Wir vermuten alle, dass etwas dahintersteckt«, sagte Wenger.

»Aber wir wissen nicht, was es ist.«

»Wir können uns auf unseren Instinkt verlassen.«

»Das unterscheidet uns von den jungen Leuten, die zuerst alles googeln müssen«, sagte Holzer lachend.

»Das wäre ein Ansatz für deinen Kurs.«

»Aha?«

»Die Grundlagen unserer Arbeit verändern sich nicht, nur die Techniken. Wir haben es immer mit Menschen zu tun. Mit Motiven, Gefühlen, Trieben. Heute benutzt ein Sexualstraftäter das Internet, um sich mögliche Opfer auszusuchen, aber sein Trieb unterscheidet sich nicht von dem des Triebtäters vor hundert Jahren.«

»Und wir stellen Fragen. Bis wir die richtige Frage an die richtige Person stellen.«

»Und wenn wir nicht mehr weiterkommen, beginnen wir wieder von vorn.«

»Das verstehen viele Junge nicht«, sagte Holzer. »Dass man zu unterschiedlichen Resultaten kommen kann, wenn man zum Beispiel ein Verhörprotokoll zwei Wochen später erneut liest.«

»Das ist ein guter Ansatz«, sagte Wenger.

»Ich sollte das alles in den verdammten Computer tippen«, lachte Holzer.

»Du darfst den Fortschritt nicht als Feind sehen.«

»Hilft das?«

»Das ist wie bei Leuten, die abnehmen möchten.«

Holzer schaute Wenger ratlos an. Was hatte ihre Arbeit mit einer Diät gemein?

»Im Zentrum steht die Waage. Sie ist ein Messinstrument. Neutral und unbestechlich. Wer Übergewicht hat, sieht die Waage als Feind an. Dabei ist sie der Freund, der dir hilft, das Gewicht zu kontrollieren.«

»So kann man das sehen«, sagte Holzer.

»Genauso ist der Computer unser Freund. Wir können ihn für unsere Zwecke benutzen.«

»Und er lässt sich jederzeit abschalten.«

Holzer entspannte sich. Gleichzeitig hatte er Lust auf eine Zigarette. Manchmal hatte er das Gefühl, der letzte Raucher weit und breit zu sein. Doch dann hatte er bemerkt, dass vor den Gebäuden auffällig viele junge Raucher herumstanden. Es gab Nachwuchs, das beruhigte ihn.

»Die jungen Leute denken vernetzter als wir«, sagte Wenger und überlegte kurz. »Vernetzter ist vielleicht nicht das richtige Wort. Sie suchen rascher nach Zusammenhängen, wollen einen Sinn erkennen. Wir wissen, dass offene Fragen manchmal wertvoller sind als eine dürftige Theorie.«

»Besser keine Antwort als eine dürftige«, sagte Holzer. »Aber erklär das mal den Katholiken.« Er lachte laut und Wenger stimmte in das Lachen ein.

»Was war dein spontaner Gedanke, als du von der Hand gehört hast?«

»Mist.«

Wenger klopfte ihm auf die Schulter.

»Es wäre falsch, den Fall zu den Akten zu legen, auch wenn nichts gegen einen Selbstmord spricht.«

»Ich könnte mich während meines Zwangsurlaubs darum kümmern«, sagte Holzer im Scherz, aber insgeheim erhoffte er sich, dass Wenger den Gedanken aufnahm.

»Jeder muss ab und zu abschalten«, sagte dieser.

»Aber acht Wochen?«

»Du kannst dir Gedanken über den Kurs machen.«

»Das ist doch auch Arbeit?«

»Hast du keine Hobbys?«

Holzer antwortete nicht. Es gab in den vergangenen Jahren immer wieder Momente, in denen er bereit war, ein Hobby auszuprobieren. Aber er hatte nichts gefunden, das ihn mehr als zwei Stunden begeistert hätte.

»Ein Mensch braucht mehr als nur eine Aufgabe«, sagte Wenger.

»Darf ich dich in meinem Kurs zitieren?«

Sie lachten erneut. Holzer stand auf, jetzt war das Verlangen nach einer Zigarette so groß, dass er dafür sogar freiwillig das Büro der Gasser aufgesucht hätte. Als er unten stand und sich die Zigarette ansteckte, schaute er sich vergeblich nach Komplizen um. Also doch der letzte Raucher. Gerade als er die Zigarette weggeschnippt hatte, kamen zwei junge Polizisten aus dem Gebäude und kramten ihre Packungen hervor. Er nickte ihnen zu und sie nickten zurück.

21.

Stauffer staunte über den Verkehr und die Baustellen. Es sah aus, als wäre innerhalb kürzester Zeit ein neues Stadtquartier entstanden. Er hatte zwar immer wieder über die Stadtentwicklung im Norden gelesen, kannte sich aber in der Gegend nicht gut aus. Fasziniert schaute er auf die Glastürme, Hochhäuser, die das Sonnenlicht reflektierten und in denen tausende Menschen arbeiteten. Dazwischen gab es kahle Plätze, die auf den nächsten Sommer warteten. Es waren nur wenige Passanten zu sehen, dafür umso mehr Autos und Fahrräder. Eine Katze saß am Straßenrand und beobachtete interessiert den Verkehr. Als Stauffer vor dem Rotlicht hielt, sah er im Rückspiegel, wie die Katze langsam wegtrottete. Er dachte an Einauge, der vermutlich täglich Straßen überquerte. Im Wagen auf der Parallelspur saß ein junger Mann im Anzug. Nachdem die Ampel auf Grün geschaltet hatte, erkannte Stauffer den Schriftzug einer Firma, bei der ein Verdächtiger gearbeitet hatte, den er vor langer Zeit tagelang observiert hatte. Irgendwann würde die ganze Stadt nur noch aus Tatorten bestehen. Wie viele Mordermittlungen hatte er noch vor sich? Er verscheuchte den Gedanken, weil er nicht hierher gehörte. Darüber kannst du nachdenken, wenn du irgendwo am Strand liegst und über den Sinn des Lebens nachdenkst. Er schüttelte den Kopf und konzentrierte sich auf den Verkehr. Als er in eine Straße abbog, deren Name an eine verstorbene Person erinnerte, von der er nicht wusste, weshalb sie geehrt wurde, dachte er an Kadaric. Vielleicht war ja tatsächlich etwas dran an der Theorie, dass er seinen Selbstmord inszeniert hatte, um so wenigstens bei der Polizei auf Interesse zu stoßen. Wenn es so war, musste er einen Komplizen gehabt haben, jemanden, der die Hand aufbewahrt hatte. Eine absurde Vorstellung. Die Hand eines Selbstmörders im Tiefkühlfach aufzubewahren, um sie dann so zu platzieren, dass sie für Aufregung sorgt. Stauffer hielt auf einem Parkplatz vor einem Bürogebäude, weil er sich nicht mehr sicher war, ob er noch auf der richtigen Route unterwegs war. Er schaute auf den Zettel, den er ans Armaturenbrett geklebt hatte, und gab den Namen der Straße ins Navigationsgerät ein. Er befand sich nur wenige Straßen vom Ziel entfernt. Als er dort ankam, stellte er fest, dass es keine oberirdischen Parkplätze gab. Schließlich entdeckte er auf der anderen Straßenseite einen freien Platz neben einem Lieferwagen. Er ging zurück. In einem fünfstöckigen Gebäude war jene Firma untergebracht, die Lagerräume jeglicher Größe vermietete. Er sah, wie sich Locher mit einem jungen Mann im tadellosen Anzug unterhielt und ihr dieser auf einer Karte etwas zeigte. Sie blickte kurz zu Stauffer und nickte. Er überquerte die Straße, was nicht einfach war, da keiner der Autofahrer anhielt. Erst als er resolut die Hand ausstreckte, bremste eine junge Frau. Sie sprach in ein Handy und Stauffer schüttelte mahnend den Kopf, was die Frau aber nicht zu beachten schien. Als er mit Locher und dem jungen Mann die Lagerhalle betrat, wunderte er sich darüber, dass es in dem Raum nach Zitronen roch. Der junge Mann erklärte Locher etwas über die Eigenart des Lagersystems, doch Stauffer bekam zu wenig mit, um den Ausführungen folgen zu können. Er dachte darüber nach, dass alles, was von Elvin Kadarics Dasein übrig geblieben war, sich hier in einem klimatisierten Raum befand. Die Quittung für den Lagerraum hatte im Behälter unter dem Sitz des Rollers gelegen, zusammen mit Ausweispapieren, einem Handy und Kleingeld. Kadaric hatte den Raum für drei Monate im Voraus bezahlt. Stauffer fragte, ob die Kunden gefragt werden, was sie lagern möchten. Der junge Mann antwortete, dass sie dafür keine Verantwortung übernähmen, aber die Kunden darauf hinwiesen, dass gewisse Dinge nicht gelagert werden dürften.

»Was für Dinge?«

»Waffen und explosive Stoffe zum Beispiel.«

»Drogen und Diebesgut?«

»Wenn Sie eine Garage mieten, fragt man Sie auch nicht, ob sie darin Drogen verstecken möchten.«

»Dann kann hier jeder verstecken, was er zu verstecken hat?«

»Die Räume werden zur Lagerung verschiedenster Güter benutzt. Es gibt Menschen, die ihre komplette Wohnungseinrichtung hier einlagern, weil sie ein Jahr weg sind.«

»Was geschieht, wenn keine Miete mehr bezahlt wird?«, fragte Locher.

»Die Mieter werden ermahnt. Danach wird geräumt. Das steht auch so in den Vertragsbedingungen.«

»Wie teuer ist so ein Raum?«, fragte Stauffer.

»Das hängt von der Größe ab. Von zwei bis hundert Kubikmetern ist alles möglich.«

»Dann zeigen Sie uns den Raum, den Elvin Kadaric gemietet hat.«

»Eigentlich benötigen wir dafür eine richterliche Verfügung.«

»Ich kann Sie gerne mit einem unserer Staatsanwälte verbinden«, sagte Stauffer und hielt dem Mann sein Handy hin.

»Es genügen Ihr Name und Ihre Unterschrift.«

Als sie kurze Zeit später die wenigen Möbel und Kartons erblickten, fühlte sich Stauffer elend. Er kannte dieses Gefühl von früher, es überkam ihn jedes Mal, wenn er die Hinterlassenschaft eines Menschen sortierte. Und genau das hatten sie jetzt vor. Alles, was von einem übrig bleibt. Locher hatte sich bereits schweigend ans Werk gemacht. Obwohl es keinen besonderen Grund gab, benutzten sie Handschuhe. Die Möbel waren einfach und billig, die elektronischen Geräte neueren Datums, bis auf ein altes Radiogerät und ein Handy der ersten Generation, das vielleicht bereits einen gewissen Sammlerwert hatte. In zwei Koffern und einigen Kartons hatte Kadaric Kleider und Schuhe verstaut. Stauffer fiel vor allem auf, was nicht da war.

»Keine Bücher, keine CDs. Ist das normal?«

»Was ist schon normal?«, fragte Locher. »Vielleicht hat er Dinge verkauft oder weggegeben. Machen wir das nicht alle, wenn wir umziehen?«

»Wohl wahr«, sagte Stauffer. »Aber selbst wenn er radikal ausgemistet hätte, ein paar Bücher und CDs würden immer übrig bleiben.«

»Die jungen Leute haben keine CDs mehr, die laden alles direkt auf ihren iPod«, sagte Locher.

»Ohne etwas dafür zu bezahlen. Machst du das auch so?«

»Meine Tochter hat ihr Gerät voll mit Musik, die sie runtergeladen hat. Sie sagt, das machen heute alle so.«

Stauffer wusste, dass auch Rahel Musik hörte, für die sie nie etwas bezahlt hatte. Tanja Locher betrachtete schweigend einige Papiere. Sie sortierte sie und legte sie neben sich ab. Sie dachte daran, dass sie vielleicht schon bald die Hinterlassenschaft ihrer Mutter regeln würde. Es war ein unsinniger Gedanke, ihre Mutter war nicht krank, aber seit dem seltsamen Anruf war sie verunsichert.

»Es gibt keine Briefe, nur Rechnungen und Verträge. Siehst du? Er hat bei mehreren Banken Privatkredite aufgenommen.«

»Ich wusste nicht, dass das heute noch geht, wenn man keinen Job hat.«

»Die Verträge hat er teilweise vor einem Jahr abgeschlossen. Gemahnt wurde er erst in den vergangenen Wochen. Bis dahin scheint er seinen Verpflichtungen nachgekommen zu sein.«

»Das passt alles ins Bild«, sagte Stauffer.

»Ins Bild eines Selbstmörders?«

»Zweifelst du noch daran?«

»Niemand würde zweifeln, wenn das mit der Hand nicht geschehen wäre.«

Stauffer nickte.

»Es muss dafür eine Erklärung geben.«

»Ich glaube nicht, dass wir die hier finden«, sagte Locher.

»Egal. Wir schauen uns alles an. Das sind wir ihm schuldig.«

Er sagte es so bestimmt, dass Tanja Locher zu ihm aufschaute. Sie wusste, dass er keine Ruhe geben würde. Während sie mit offenen Fragen gut umgehen konnte, nagten sie an Stauffer, trieben ihn an und um. Ungesund, dachte sie. Aber wahrscheinlich musste man so sein, um die große Karriere zu machen. Stauffer war so, Wenger war so. Und bis zu einem gewissen Grad auch Holzer und Bolliger. Ihre eigene Hartnäckigkeit hätte sie als zielgerichtet beschrieben. Aussichtslose Fälle sollten auch als solche behandelt werden. Und hier hatten sie es vermutlich mit einem aussichtslosen Fall zu tun.

»Wenn wir herausfinden wollen, was mit der Hand geschehen ist, dann müssen wir die Medien einschalten«, sagte sie.

»Ich wäge das Für und das Wider seit Tagen ab«, sagte Stauffer. »Aber sogar Walter bezweifelt, dass es sinnvoll ist. Die Geschichte ist zu makaber.«

»Gab es nicht schon Fälle, bei denen jemand zum Selbstmord gezwungen wurde?«

»Wie meinst du das?«

»Man kann jemand foltern und ihm dann einen Strick geben. Damit er sich von den Qualen selbst erlösen kann.«

»Und wie soll das mit dem Zug funktionieren?«, fragte Stauffer.

»Wenn er mit einem Messer oder einer anderen Waffe bedroht und verletzt wurde, könnten ihn die Angreifer zum Sprung animiert haben.«

»Der Lokführer hat niemanden auf der Brücke gesehen.«

»Ich versuche, mögliche Szenarien zu entwickeln«, sagte Locher.

»Das ist gut, mach weiter, aber wir dürfen die Fakten nicht ignorieren. Kadaric war selbstmordgefährdet. Er war in finanziellen Schwierigkeiten und er war vermutlich einsam.«

»Und wenn er einen Helfer hatte?«

»Ein Selbstmordhelfer?«

»Das ist schon vorgekommen. Dass jemand einen anderen darum bat, ihm zu helfen. Es gab einen Fall, bei dem jemand dafür bezahlt hat, dass der andere ihn erschoss.«

Stauffer nickte, er erinnerte sich an den Fall. Das Opfer war drogensüchtig und an Aids erkrankt gewesen.

»Er muss aus eigenem Antrieb gesprungen sein. Anders ist das auf der Brücke gar nicht möglich.«

»Vielleicht hatte der Helfer eine andere Aufgabe«, sagte Locher.

»Ja?«

»Ohne die Hand wäre Kadaric längst beerdigt und vergessen.«

Stauffer nickte. Er hatte unterwegs ebenfalls daran gedacht. Eine Inszenierung.

»Er hat jemand beauftragt, die Hand aufzubewahren? Würdest du so etwas tun?«

»Ich glaube nicht, dass er einen Freund oder eine Freundin darum gebeten hat. Wenn, dann hat er jemand dafür bezahlt.«

»Jemand, der zuschaut, wie er sich vor den Zug stürzt?«, fragte Stauffer.

»Es gibt Menschen, die sind vom Tod fasziniert. Man kann DVDs kaufen, auf denen Unglücksfälle zu sehen sind. Echte Leichen. Auch Selbstmörder.«

»Aber wo findet man solche Leute? Hat er ein Inserat aufgegeben?«

»Im Internet vielleicht? Denk nur an den Fall des Kannibalen, der sein Opfer im Internet kennen gelernt hat.«

Stauffer nickte. Er hielt den Gedanken zwar für abwegig, aber er wusste, dass es kaum etwas gab, das sich Menschen vorstellen konnten, das nicht irgendwo und irgendwann auch umgesetzt wurde. Selbst die unglaublichsten Gräueltaten.

»Wenn es so war, dann hat er den Selbstmord vielleicht gefilmt«, sagte Tanja Locher.

»Und ihn eventuell sogar ins Internet gestellt. Ich werde Fontini anrufen, er soll im Netz danach suchen. Ich glaube, hier können wir abbrechen.«

Sie stimmte ihm zu und zeigte auf die Kartons, als sie die Handschuhe abstreifte.

»Wem gehört das jetzt eigentlich?«

»Wenn es keine Erben gibt, wird es verschrottet. Vielleicht landen der Fernseher und der Roller auch auf einer Versteigerung. Bis dahin werde ich veranlassen, dass alles sicher eingelagert bleibt.«

»Der Mietvertrag läuft noch ein paar Wochen.«

»Das ist gut«, sagte Stauffer. »Jemand soll sich das alles in aller Ruhe anschauen. Vielleicht haben wir ja etwas übersehen. Einen Hinweis auf einen möglichen Helfer.«

Sie sprachen kurz mit dem Lagerverwalter, der damit einverstanden war, Kadarics Hinterlassenschaft bis auf Weiteres im Lager zu belassen. Danach gingen Stauffer und Locher etwas essen, ehe sie ins Präsidium fuhren. Um vierzehn Uhr waren alle versammelt, außer Fontini, der im Internet nach Selbstmordvideos suchte. Stauffer fasste kurz zusammen, was sie im Lagerraum vorgefunden hatten, Tanja Locher erläuterte ihre Theorie.

»Das ist sehr gut, Tanja«, sagte Walter Wenger anerkennend. »Das ist die erste einleuchtende Theorie für die abhandengekommene Hand.«

»Ich weiß nicht«, sagte Urs Holzer. »Heutzutage glaubt man, im Internet für alles eine Antwort zu finden. Zudem wissen wir nicht einmal, ob Kadaric das Internet nutzte.«

»Ich möchte, dass ihr alle eure Meinung zu dem Fall erläutert. Auch zu der Hand. Bolliger, fang du an.«

Lukas Bolligers Oberkörper bewegte sich nach hinten, als wäre er angeschossen worden.

»Ich denke immer noch, dass mehr dahintersteckt. Es sieht alles perfekt nach einem Selbstmord aus. Bis auf die Hand. Und die ist für mich der entscheidende Hinweis. Wir sollten nicht fragen, wie die Hand von der Bahnlinie in die Stadt kam, wir sollten fragen, wer hat sie weggenommen und weshalb?«

Stauffer nickte. Bolliger hatte sich in einer E-Mail über Anna Herold beklagt, die seiner Meinung nach zu nachsichtig mit der ehemaligen Freundin Kadarics war. Stauffer hatte Herolds Bericht gelesen und fand, dass sie genau die richtigen Fragen gestellt hatte. Er zeigte auf Holzer, der an einem Kugelschreiber sog wie an einer Zigarette.

»Kadaric war ein verschlossener und einsamer Typ, vermutlich mit einer gewissen kriminellen Energie, wenn es darum ging, zu Geld zu kommen. Er wird von den Leuten, die mit ihm zu tun haben, einhellig als depressiv beschrieben.«

»Stimmt das? Haben alle dieses Wort benutzt?« Stauffer kam das suspekt vor.

»Das ist meine Interpretation«, sagte Holzer. »Die Leute benutzten Worte wie traurig oder ohne Freude, was für mich eine Umschreibung eines depressiven Charakters ist.«

»Du gehst demnach von einem Selbstmord aus?«

»Ja und nein.«

Stauffer schaute ihn fragend an. Holzer hielt die Hand vor den Mund und hustete.

»Ich denke, wir wissen noch nicht genug.«

»Und was denkst du über die Hand?«

»Da habe ich keine Idee. Das ist für mich ein Rätsel. Tanjas Theorie erscheint mir noch am ehesten möglich. Auch wenn ich mir nicht vorstellen möchte, dass jemand auf dem Bahngleis die zerstückelten Überreste eines Menschen absucht, um dann eine Hand mitzunehmen. Aber wir leben in einer verdammt kranken Welt.«

Stauffer hob den Kopf in Richtung von Elfie Marthaler.

»Selbstmord, keinerlei Zweifel. Ich glaube, dass die vom Erkennungsdienst geschlampt und die Hand in einem Gebüsch übersehen haben. Irgendein Trottel hat sie eingesteckt und vielleicht damit rumgeprahlt, ehe er sie endgültig entsorgt hat.«

»Die Trotteltheorie gefällt mir«, sagte Holzer lachend.

»Anna?«, sagte Stauffer.

»Kadaric muss tatsächlich ein trauriger Typ gewesen sein. Es scheint so, als habe er zuletzt noch den Kontakt zu seinen ehemaligen Freundinnen gesucht. Er hat seine Wohnung aufgelöst und sein Zeug in eine Lagerhalle gestellt. Wir wissen nicht, wo er in den Nächten vor seinem Tod geschlafen hat. Vielleicht irgendwo unter Pennern. Für mich gibt es auch keine Zweifel. Kadaric hat sich vor den Zug geworfen. Wir sollten Tanjas Theorie nachgehen. Wenn es einen Helfer gibt, dann ist das ein kranker Typ, der jetzt vielleicht auf den Geschmack gekommen ist.«

»Das ist sehr gut möglich«, sagte Wenger. »Es dauert oft Jahre, bis jemand seine Fantasien in die Tat umsetzt. Der Tod übt auf gewisse Menschen eine fast magische Kraft aus. Videos von Hinrichtungen oder Enthauptungen werden im Internet verbreitet. Wer darin einen Reiz sieht, der wünscht sich irgendwann dabei zu sein, zuzusehen, wie jemand gequält oder getötet wird. Oder wie sich jemand selbst tötet. Ich möchte Tanjas Theorie weiterdenken. Es gibt das Phänomen von Selbstmordpakten. Menschen, die sich gegenseitig schwören gemeinsam in den Tod zu gehen. Auch diese Menschen treffen sich im Internet in einschlägigen Foren. Auch das könnte eine Erklärung sein für die Hand.«

»Sie waren zu zweit, aber der oder die Zweite ist nicht gesprungen?«, fragte Stauffer.

»Lass es uns einmal durchspielen. Kadaric denkt an Selbstmord. Vielleicht möchte er in den letzten Minuten nicht allein sein. Er sucht deshalb nach einem anderen Lebensmüden. Sie verabreden sich, gehen auf die Brücke. Der andere sagt, dass er nach ihm springen werde. Vielleicht war er zum Zeitpunkt von Kadarics Selbstmord gar nicht auf der Brücke, vielleicht stand er unten und hat sich alles aus der Distanz angesehen. Danach geht er zu den Bahngleisen und sieht die zerstückelten Überreste des

Mannes, der gerade noch gelebt hat. Er sieht die Hand, nimmt sie an sich. Ein Schockzustand, Ekel und Faszination gleichzeitig. Anstatt Kadaric in den Tod zu folgen, nimmt er die Hand mit.«

Es war vollkommen still, als Walter Wenger seine Ausführungen beendet hatte. Stauffer hatte beobachtet, wie Wenger einige Male die Augen schloss, so als würde er in Gedanken genau sehen, was auf den Bahngleisen geschehen war.

»Das sind zwei Theorien, denen wir nachgehen sollten«, sagte Stauffer.

»Ist das nicht ein bisschen viel Aufwand für einen Selbstmörder?«, fragte Elfie Marthaler.

»Die Hand macht aus diesem Selbstmord ein Rätsel«, sagte Stauffer. »Es ist unsere Aufgabe, solche Rätsel zu lösen.«

»Und wie sollen wir vorgehen?«, fragte Tanja Locher.

»Es gibt zwei Dinge, die wir wissen müssen. Hat Kadaric das Internet genutzt? Wenn ja, hat er Spuren hinterlassen?«

»Im Lagerraum war kein Computer.«

Stauffer nickte.

»Wenn er ihn verkauft hat, werden wir das herausfinden. Zuerst aber müssen wir wissen, ob er überhaupt einen Computer hatte.«

»Der zweite Teil ist dann Fontinis Sache?«, fragte Wenger.

»Er arbeitet bereits daran. Wenn Kadaric im Internet Kontakt zu einem Helfer suchte, oder so etwas wie einen Selbstmordpakt, dann kann Fontini vielleicht herausfinden, wer die zweite Person war. Oder zumindest, wie sich die beiden kennen lernten.«

»Wer von euch surft gerne?«, fragte Wenger in die Runde. Holzer hob die Hand und alle lachten.

»Du kümmerst dich um andere Dinge«, sagte Stauffer und Holzer hob freudig den Daumen in die Höhe.

»Ich kenne mich gut aus«, sagte Bolliger.

»Ich werde auch mein Glück versuchen«, sagte Locher.

»Gut«, sagte Stauffer. »Ihr sucht zusammen mit Fontini nach Spuren im Internet. Du, Anna, versuchst herauszufinden, ob Kadaric einen Computer benutzte. Wenn er einen hatte, dann hatte er sicher auch eine E-Mail-Adresse.«

Stauffer beendete die Sitzung und bat Tanja und Walter ihre Ideen aufzuschreiben. Er selber würde dies auch noch tun, um seine Gedanken zu vertiefen.

22.

Obwohl sie schon zweimal durch die Gänge geschlendert war, hatte sie Frau Seferovic nicht angetroffen. Da sie keine Lust hatte, nach ihr zu fragen und sie dadurch vielleicht in Schwierigkeiten zu bringen, blieb ihr nichts anderes übrig, als die unentschlossene Käuferin zu spielen oder später noch einmal vorbeizuschauen. In den schmalen Gängen war sie bereits zweimal einem jungen Mann begegnet, der jedes Mal sein Handy zückte und so tat, als würde er etwas darauf ablesen. Sie wusste nicht, ob er etwas klauen wollte und wenn, dann stellte sich der Typ ziemlich dämlich dabei an. Gerade als sie aufgeben wollte, öffnete sich der Plastikverschlag, der zum Lager führte, und Frau Seferovic schob einen Wagen mit Getränken in den Laden. Sie erkannte Anna Herold nicht auf Anhieb, dafür aber den jungen Mann, der jetzt freudig strahlte. Die beiden wechselten kein Wort, doch es schien so, als würden sie sich regelmäßig sehen und hätten einen schüchternen Flirt begonnen. Anna Herold blieb stehen und wartete, bis Frau Seferovic den Wagen um die Kurve gelenkt hatte. Frau Seferovic nickte, als sie sie erkannte. Sie machte mit dem Kopf eine Bewegung zur Kasse hin. Anna Herold zeigte zur Kasse, doch Frau Seferovic hob die Hand und zeigte über die Kasse hinweg, offenbar wollte sie vor dem Geschäft mit ihr reden. Nachdem Frau Seferovic den Wagen vor das Getränkeregal gestellt hatte, ging sie zu einer Arbeitskollegin und wechselte mit ihr ein paar Worte. Wenig später ging sie nach draußen, wo Anna Herold bereits auf sie wartete.

»Wenn ich störe, können wir uns auch telefonisch unterhalten«, sagte sie.

»Immer noch wegen Elvin?«

Anna Herold nickte.

»Ich habe gestern von ihm geträumt. Glauben Sie, dass das eine Bedeutung hat?«

»Glauben Sie es?«

Sie schüttelte den Kopf.

»Ich habe über uns nachgedacht. Man macht immer Fehler. Aber ich glaube nicht, dass ich ihm hätte helfen können. Ich bin traurig, dass er tot ist, aber vielleicht war es für ihn die richtige Entscheidung.«

»Es gibt in solchen Situationen meistens kein Richtig oder Falsch. Nur eine Entscheidung, die nicht mehr rückgängig gemacht werden kann.«

»Meine Mutter hat oft gesagt, dass sie sich umbringen wird, weil sie Angst davor hat, alt zu werden.«

»Wie alt ist ihre Mutter?«

»Über fünfzig. Und sie lebt noch.« Sie sagte es so, dass es beinahe ein wenig vorwurfsvoll klang. »Kann man leben, wenn man keine Träume mehr hat?«

»Ich weiß es nicht.«

»Elvins Träume hielten immer nur einen Tag, manchmal nur eine Stunde. Er sagte, dass alles schwarz um ihn wird, wenn er sich nicht dagegen wehrt. Und wenn er sich wehrt, hat er keine Kraft mehr für etwas anderes.«

»Was sind Ihre Träume?«

»Das interessiert Sie?«

Anna Herold lächelte. Gleichzeitig forderte sie Frau Seferovic zu einer Antwort heraus.

»Ein Mann, Kinder, ein Haus, keine Sorgen.« Sie blickte verschämt zu Boden. »Keine speziellen Träume, nicht?«

»Mann, Kinder und Haus können auch eine Menge Sorgen bedeuten.«

Frau Seferovic lachte. »Andere möchten berühmt werden. Oder einen berühmten Mann kennen lernen. Ich kann nicht lange hier sein.« Sie zeigte zum Eingang. Anna Herold nickte.

»Besaß Elvin Kadaric einen Computer?«

»Er hat meinen ab und zu benutzt, um darauf zu spielen.«

»Was für Spiele?«

»Einfache Spiele im Internet.«

»Schickte er Ihnen E-Mails?«

»Nein. Nur manchmal SMS. Er schrieb nicht gerne.«

»Er besaß keine E-Mail-Adresse?«

»Doch, ich glaube schon, aber er benutzte sie fast nie.«

»Kennen Sie seine E-Mail-Adresse?«

»Nein, wir haben nur auf dem Handy getextet.«

»Hat er sich für bestimmte Internetseiten interessiert?«

Frau Seferovic dachte einen Moment nach und schüttelte dann den Kopf.

»Fußball in seiner Heimat. Nachrichten in seiner Sprache, sonst nichts.«

»Danke«, sagte Anna Herold und reichte ihr die Hand. Frau Seferovic nickte und ging wortlos an ihr vorbei zurück in den Supermarkt. Anna Herold fragte sich, weshalb sich die junge Frau überhaupt für Kadaric interessiert hatte. Doch dann fiel ihr ein Typ ein, mit dem sie vor ein paar Jahren einige Nächte verbracht hatte. Attraktiv und mit einem umwerfenden Blick. Aber langweilig wie das Nachmittagsprogramm im Fernsehen. Sie konnte sich gut vorstellen, dass ein trauriger Typ wie Kadaric gewisse Instinkte bei Frauen ansprach. Wollten sie ihm helfen aus dem psychischen Loch rauszukommen oder wollten sie sich hineinziehen lassen? Sie ging weiter und schaute sich die Auslagen eines Ladens an, dessen Schaufenster mit Krimskrams vollgestopft war.

Bolliger schüttelte heftig den Kopf und gab abschätzige Laute von sich. Auf der Suche nach Onlineforen, in denen sich Selbstmörder verabredeten, war er auf eine Seite gestoßen, auf der sich junge Frauen darüber austauschten, wie sie noch mehr abmagern können. Manche kotzten sich buchstäblich zu Tode.

»Wenn es mit dem Finger nicht geht, dann trink Salzwasser. Das ist doch krank!«, rief er ungläubig aus. »Ich verstehe das nicht. Wie kann es sein, dass sich diese Knochengerüste schön finden? Ich würde nie mit so einer ins Bett gehen.«

»Aber schlank soll sie schon sein, oder?«, hakte Locher nach.

»Das hat nichts mit Magersucht zu tun. Ich schaue doch auch, dass ich keinen Ranzen kriege.«

»Die Mädchen sind krank, die sehen sich nur noch durch ihre eigene Brille.«

»Kann man so etwas nicht verbieten? Die geben sich Tipps, wie sie den Eltern vorschwindeln regelmäßig zu essen, dabei spucken sie das meiste wieder aus oder kotzen mehrmals am Tag.«

»Darüber sollen andere urteilen. Wir suchen etwas anderes.«

»Es kann doch nicht sein, dass man sich im Internet darüber berät, wie man sich sein Leben und die Gesundheit versaut.«

»Es erleichtert uns die Arbeit. Früher mussten wir in irgendwelchen Vereinen oder in düsteren Clubs ermitteln, heute können wir das am Computer machen.«

»Wenn man sich zu lange damit abgibt, bekommt man den Eindruck, dass es nur noch Verrückte und Perverse gibt.«

»Das ist der Unterschied zu früher. Du kannst noch so abwegige Gedanken oder Fantasien haben. Im Internet findest du früher oder später Gleichgesinnte.«

Bolliger las weitere Forumseinträge und zitierte daraus, bis es Locher nicht mehr hören konnte.

»Lass es, Lukas. Du wirst diese Mädchen nicht retten können.«

»Will ich das denn? Sollen die sich doch die Kloschüssel runterspülen.«

»Schon ein Forum gefunden, in dem sich Selbstmörder treffen?«

»Keine härteren Sachen. Es gibt diese Pseudoforen, bei denen es vordergründig darum geht, über Selbstmord zu reden, wenn dann aber einer etwas Konkretes fragt, wird der Thread geschlossen.«

»Du solltest dich anmelden, vielleicht erhältst du dann eine Nachricht.«

»Was soll ich denen erzählen? Dass ich ein lebensmüder Polizist bin, der sich freuen würde, wenn man ihn dabei filmt, wie er sich vor einen Zug wirft?«

»Warum nicht? Den Beruf würde ich aber weglassen.«

»Hast du etwas gefunden?«

»Bei den meisten Foren muss man sich anmelden. Die Leute interessieren sich für sichere und schmerzfreie Methoden.«

»Ich glaube, an die echt perversen Sachen kommen wir nicht ran. Oder es dauert Tage, bis man die richtigen Kontakte gefunden hat.«

»Wir müssen einen Köder auswerfen«, sagte Tanja Locher.

»Du könntest ein Foto von dir ins Netz stellen. Wer will mit mir in den Tod springen?«

Tanja Locher warf Bolliger einen kleinen Schreibblock zu, den dieser mit einer Hand abwehrte.

»Du suchst nach Selbstmordvideos und ich suche nach einem Selbstmordpakt. Hast du eine anonyme E-Mail-Adresse?«

»Klar. Hab ich für magersüchtige Mädchen eingerichtet.«

»Wir melden uns in einigen Foren an und platzieren unsere Anfrage und dann warten wir ab.«

»Manchmal frage ich mich, ob ich nicht die Abteilung wechseln soll. Wir sollten verdammt noch mal Mörder jagen und uns nicht um Idioten kümmern, die ihr Leben beenden möchten. Wie viele ungelöste Mordfälle gibt es in Zürich? Ist es nicht unsere Aufgabe, uns darum zu kümmern?«

»Stauffer glaubt, dass es wichtig ist.«

»Wenn die Leute wüssten, womit wir unsere Zeit verschwenden, würden sie Sturm laufen.«

»Dir ist es egal, wie Kadarics Hand nach Wollishofen kam?«

»Das ist doch was für Polizeiaspiranten. Die sollen sich um solchen Kram kümmern. Die Hand ist doch kein Thema. Nicht mal in den Medien.«

»Wenn das Lokalfernsehen darüber berichtet, würde es dich auch interessieren?«

»Das wäre immerhin ein Grund.«

»Wichtig ist nur, worüber alle reden?«

»Wir haben doch einen öffentlichen Auftrag. Was kümmert die Leute die Hand eines Selbstmörders, wenn nicht einmal darüber berichtet wird?«

»Ich glaube, es geht Damian darum, dass wir nicht aufgeben. Dass wir nach Antworten und Lösungen suchen.«

»Und wenn die Lösung so ist, wie du es beschrieben hast? Zwei Verrückte hecken einen Plan aus, der eine wirft sich vor einen Zug, der andere sammelt einen Körperteil ein und legt ihn zuhause in die Tiefkühltruhe. Nach ein paar Tagen versteckt er die Hand in einem Gebüsch. Hurra, wir haben die Polizei vor ein Rätsel gestellt.«

»Das ist eine Möglichkeit«, sagte Tanja Locher trocken.

»Alles andere wäre noch abstruser.«

»Wir sollten abwarten, ob es aus den Internetforen eine Reaktion gibt.«

»Das kann Tage dauern.«

»Wir haben Ausdauer.«

»Wir sollten noch einmal die beiden Frauen befragen.«

»Weshalb?«

»Die Herold nimmt viel zu viel Rücksicht«, sagte Bolliger.

»Was sollten uns seine Exfreundinnen verheimlichen?«

»Na, was wohl? Dass er in irgendwelche kriminellen Machenschaften verstrickt war. Balkanmafia. Die sind doch darauf spezialisiert, Leute so umzulegen, dass es wie ein Unfall oder Selbstmord ausschaut.«

»Woher hast du das?«

»Das weiß doch jeder.«

»Ja?«

»Den Frauen wurde das vermutlich zu heiß, deshalb haben sie ihn sitzenlassen.«

»Es gibt keinen einzigen Hinweis auf eine Verbindung zum organisierten Verbrechen«, sagte Locher bestimmt.

»Das wurde alles vernichtet. Glaubst du, die kämen nicht an das Zeugs in dem Lagerraum ran?«

»Wenn es so wäre, hätten wir irgendeinen Hinweis gefunden.«

»Nicht wenn die Herold Zeuginnen befragt.«

»Sie arbeitet schon länger als du bei der Kriminalpolizei.«

»Und?«

»Was hättest du die Exfreundin gefragt?«

»Ist das jetzt ein Test, oder was?«

»Es interessiert mich.«

»Zuerst hätte ich sie vorgeladen. Da werden die Leute schon mal nervös und fragen sich, ob wir etwas herausgefunden haben. Dann hätte ich gezielt in Richtung Balkanmafia gefragt.«

»Vorhin hast du dich darüber aufgeregt, dass wir die Zeit mit einem Selbstmörder vertun, und jetzt konstruierst du eine große Verschwörung.«

»Wenn man nicht fragt, kriegt man auch keine Antworten. Das ist von Wenger. Und der ist auch schon eine Weile dabei.«

»Deshalb fragen wir jetzt im Internet nach Selbstmordpakten. Du kannst meinetwegen auch nach der Balkanmafia fragen.«

Bolliger murrte, aber schließlich fügte er sich und meldete sich in verschiedenen Foren an, in denen Suizid ein Thema war. Dazwischen suchte er nach Hinweisen, die den Namen Kadaric mit kriminellen Machenschaften verknüpften. Die Minuten verstrichen zäh und er spürte Unruhe aufkommen, die er am liebsten mit einem Lauf außerhalb des Gebäudes gebändigt hätte. Nie würde er sich mit der Büroarbeit anfreunden und er verstand nicht, weshalb Stauffer nicht erkannte, dass er ihn falsch einsetzte. Er war ein Mann der Tat, einer, der die Konfrontation benötigte. Als Locher den Raum verließ, stand Bolliger auf und tigerte herum.

Tanja Locher stand im Flur und betrachtete ihr Handy. Sie hatte den Anruf seit Tagen hinausgeschoben. Wie sollte sie reagieren, wenn ihre Mutter erneut einen verwirrten Eindruck machte? Insgeheim hatte sie gehofft, dass ihre Mutter sie anrief, aber sie wusste, dass dies nur selten vorkam und sie die Initiative übernehmen musste. Glücklicherweise lebte ihre Mutter in einem Haus, in dem sie Kontakt zu ihren Nachbarn hatte. Wenn etwas vorgefallen wäre, hätte sie es erfahren. Sie überwand sich und wählte die Nummer. Schon nach kurzem Warten meldete sich ihre Mutter und sie klang weder verwirrt noch abwesend. Sofort fragte sie, wann Tanja gedenke, sie wieder einmal zu besuchen. Ohne darauf einzugehen, fragte Locher, was sie zu Mittag gegessen und ob sie am Vorabend ferngesehen habe. Ihre Mutter antwortete gelangweilt, aber mit klarem Verstand. War es nur ein Aussetzer gewesen, hatte sie einen schlechten Tag erwischt oder hatte sie getrunken? Sie wusste, dass auch Medikamente Verwirrtheit auslösen konnten. Möglichst neutral fragte sie deshalb, ob ihre Mutter kürzlich beim Arzt gewesen sei. Sie fühlte sich nicht gut dabei, sie kam sich vor wie bei einem Verhör. Darin hatte sie eine gewisse Übung, aber war es nicht schäbig, diese Technik bei der eigenen Mutter anzuwenden? Sie unterhielten sich noch einige Minuten, dabei fand sie heraus, dass ihre Mutter keine neuen Medikamente nahm und sich in letzter Zeit auch nicht unwohl gefühlt hatte. Den seltsamen Anruf schien sie vergessen zu haben. Andere Ereignisse, auf die sie ihre Mutter ansprach, hatte sie präsent und auch an den Namen einer ehemaligen Nachbarin erinnerte sie sich problemlos. Das Gespräch endete mit der neuerlichen Aufforderung, sie endlich wieder einmal zu besuchen. Tanja Locher war erleichtert, doch sie blieb nachdenklich und fragte sich, ob jetzt die Zeit gekommen war, in der sie sich Sorgen um ihre Mutter machen musste. Dieser eine Anruf hatte die Unsicherheit geweckt. In Zukunft würde sie die Bewegungen und Sätze ihrer Mutter anders beobachten und beurteilen. Sie fragte sich, ob ihre eigene Tochter dereinst auch bei ihr solche Überlegungen anstellen würde. Vermutlich kamen Kinder nicht mehr darum herum. Außer sie hatten die Begabung, alles einfach so hinzunehmen, wie es war. Sie dachte an Bolliger und ging zurück in den Raum.

23.

Am Abend saß Stauffer vor dem Computer und schaute sich Filme an, die Leute ins Netz gestellt hatten. Er stieß auf Raserfahrten, selbstmörderische Sprünge von hohen Felsen mit einem Fallschirm, der sich im letzten Moment öffnete. Er fand auch Fotos von Selbstmorden, offenbar schien dieses Thema viele zu faszinieren. Er erkannte meist sofort, ob ein Foto gestellt oder echt war. In der Realität sahen die Leichen anders aus als im Kino, wo selbst der gewaltsame Tod stilsicher umgesetzt wurde. Was die Fotos nicht wiedergeben konnten, war der Gestank, der nicht selten Übelkeit verursachte. Der Tod hatte oft etwas Schäbiges, Dreckiges, gerade dann, wenn er in Villen Einzug hielt. Dass sich Menschen deswegen bevorzugt im Dachgeschoss oder in der Garage umbrachten, mochte damit zu tun haben. Er suchte auch nach Selbstmördern, die sich vor einen Zug geworfen hatten, fand aber nur ein paar Zeitungsartikel sowie Hinweise auf einen Filmregisseur und einen Theaterdirektor, die sich so von ihrem Publikum verabschiedet hatten. Er schaute in den Garten. Obwohl es kühl war, saß Mirjam in einem Stuhl und hörte auf ihrem iPod Musik. Klassische Musik, wie Stauffer vermutete. Er selbst konnte damit nicht viel anfangen. Doch immer wenn sie ihm in ihrem Schlafzimmer etwas vorspielte, gefiel ihm die Musik. Aber allein konnte er sich keine klassische Musik anhören. Wahrscheinlich fehlten ihm ihr Wissen und ihre Begeisterung. Immerhin gab es ein paar Rockmusiker, die ihnen beiden gefielen. Er trank einen Schluck Wein und streckte sich. Zuvor hatten sie sich im Schlafzimmer geliebt, beinahe stumm, so wie sie es immer taten, wenn er bei ihr war und ihre Tochter nichts mitbekommen sollte. Dabei war Rahel mittlerweile in einem Alter, in dem sie selbst bald die ersten sexuellen Erfahrungen machen würde. Vielleicht war Mirjam genau dies peinlich. Er hatte bemerkt, dass Mirjam manchmal sehr nachdenklich wurde, wenn Rahel sich aufreizend bewegte, etwas, das sie immer öfter tat. Auch ihr Kleidungsstil hatte sich verändert. Weg vom bequemen lässigen Stil hin zu engeren Jeans und T-Shirts, die ihre Brüste betonten. Als sie noch im Bett lagen, seufzte Mirjam, doch Stauffer wagte es nicht, sie darauf anzusprechen. Ihr Blick war abwesend, und obwohl sie in seinen Armen lag, hatte er das Gefühl, dass sie weit weg war. Dachte sie an ihren verstorbenen Mann? Der Gedanke gefiel ihm nicht, aber was sollte er dagegen tun? Wenn sie mit ihm darüber reden wollte, dann hätte sie das getan. So gut glaubte er sie zu kennen. Dabei hatte er in seinem Beruf gelernt, dass es eine Illusion war zu glauben, dass sich Liebende wirklich kannten. In jedem Menschen steckte ein Fremder, der entweder geheimnisvoll, albern, faszinierend oder auch erschreckend sein konnte. Und vielleicht steckte auch in jedem Menschen ein Selbstmörder. Fontini hatte ihm einige Internetadressen gemailt, die ihm eine Welt zeigten, die er nicht kannte. In dieser Welt hatten die Menschen nur ein gemeinsames Interesse, den Freitod. Er traf auf verzweifelte, schwer kranke Menschen oder deren Angehörige, aber er traf auch auf lebensmüde junge Menschen, die darüber diskutierten, welche Methode die sicherste war. Die Menschen, die sich hier trafen, hatten längst eine Entscheidung getroffen. Wie Leute, die ihr Land verlassen wollten und jetzt nur noch darüber diskutierten, welches neue Land infrage kommt. In einigen Foren tummelten sich auch Menschen, die andere davon abhalten wollten, ihrem Leben ein Ende zu setzen. Stauffer konnte sich vorstellen, dass auch potenzielle Mörder im Internet nach willigen Opfern suchten. Er suchte nach Beiträgen von Menschen, die einen gemeinsamen Selbstmord planten, aber vermutlich wurden solche Beiträge gelöscht oder die Interessenten fanden sich auf der entsprechenden Seite, um danach in privaten E-Mails zu korrespondieren. Es war schwierig, sich der morbiden Faszination der Unterhaltungen zu entziehen. Genauso schwierig war es zu deuten, wem es wirklich ernst damit war. Wenn er all das, was er über Kadaric wusste, in Betracht zog, fiel es ihm schwer, ihn mit solchen Foren in Verbindung zu bringen. Wenn es einen Komplizen gab, wo hatten sich die beiden kennen gelernt? Stauffer gab andere Adressen ein und landete in einem amerikanischen Forum, in dem suicide videos getauscht wurden. Die meisten Verweise landeten im Nichts oder waren gelöscht worden, aber er fand zwei Videos, die er sich auf seinen Computer lud. Das eine war auf einem Motorrad aufgenommen worden. Es zeigte, wie jemand mit hoher Geschwindigkeit auf eine Mauer zuraste. Das zweite Video zeigte das, wonach er gesucht hatte. Eine Gestalt saß scheinbar auf einer Wiese.

Doch plötzlich donnerte ein Zug heran und traf den Körper mit einer unbeschreiblichen Wucht. Jemand hatte diesen Selbstmord gefilmt. Offenbar stammte das Video aus Japan und vermutlich war es bereits einige Jahre alt. Gab es tatsächlich einen Markt für solche Aufnahmen? Nachdem er eine halbe Stunde erfolglos nach weiteren Videos gesucht hatte, schaute er sich noch einmal den japanischen Selbstmörder an. Von einer Sekunde auf die andere war dieser Mensch nur noch ein zerschmetterter Körper. Als er seine E-Mails abrief, hatte er das Glas geleert. Mirjam kam aus dem Garten und sagte, dass sie rüberginge. Sie lebte mit ihrer Tochter in einem Haus in der unmittelbaren Nachbarschaft. Sie umarmten sich.

»Ich dachte, wir könnten wieder einmal wegfahren.«

»Ich glaube nicht, dass ich am Wochenende arbeite.«

»Vielleicht ein Ausflug ins Elsass. Nur wir zwei.«

»Das klingt gut.«

»Können wir aber auch kurzfristig entscheiden. Sind ja nicht mal zwei Stunden Fahrzeit.«

»Passieren kann immer etwas«, sagte Stauffer.

»Arbeitest du an einem älteren Fall?«

Mirjam wusste, dass Stauffers Gruppe neben aktuellen Mordfällen auch alte Fälle bearbeitete.

»Immer wieder«, sagte Stauffer lächelnd. Er wollte mit ihr nicht über seine Arbeit reden, auch wenn sich dies oft nicht verhindern ließ, vor allem, wenn in der Zeitung darüber berichtet wurde.

»Ist alles okay bei dir?«, fragte er so beiläufig wie möglich.

»Ich sollte vielleicht öfter wegfahren«, sagte sie.

»Wie geht Rahel damit um?«, fragte Stauffer. Er war sich sicher, dass Mirjam wusste, worauf er anspielte.

»Sie hat sich damit abgefunden.«

Stauffer nickte. Es klang so, als würde Mirjam ihre Tochter darum beneiden.

»Es soll uns nicht daran hindern wegzufahren.«

»Ja«, sagte Stauffer.

Sie küsste ihn und ging. Dabei wischte sie sich über die Augen.

Ich werde nie Teil dieser Trauer sein, dachte Stauffer. Er schenkte sich Wein nach und schaute im Garten nach Einauge. Er war nirgends zu sehen, dafür spritzte eine Amsel im Vogelbad wild um sich.

24.

Die Resultate waren ernüchternd. Anna Herold hatte herausgefunden, dass Elvin Kadaric keinen PC besessen hatte, nur eine Playstation, auf der er vornehmlich Rennsimulationen spielte. Wenn es tatsächlich einen Komplizen gab, dann hatten sich die beiden mit ziemlicher Sicherheit nicht im Internet kennen gelernt. Trotzdem saß Stauffer am Morgen über eine Stunde mit Manuele Fontini zusammen, der in rasendem Tempo Dutzende von Seiten und Foren auf den Bildschirm klickte, die sich allesamt mit Selbstmord beschäftigten.

»Hast du die alle heute Nacht ausfindig gemacht?«, fragte Stauffer.

»Diejenigen, die ich dir gemailt habe, waren leicht zu finden. Andere sind Teil einer größeren Community, da findet man das kranke Zeug in Unterforen.«

»Und diese hier?« Stauffer zeigte ihm die Adressen jener Foren, in denen sich Bolliger registriert hatte.

»Harmlos. Aber natürlich ist es denkbar, dass sich zwei Gleichgesinnte auf einer solchen Seite kennen lernen.«

»Und die weniger harmlosen Seiten?«

»Die Betreiber solcher Seiten sind vorsichtig geworden. Sie überwachen die Inhalte und löschen gewisse Einträge.«

»Was ist mit Videos? Ich habe eines gefunden, das einen Selbstmörder zeigt, der sich vom Zug überrollen lässt.«

»Es ist weniger die Frage, ob es so etwas gibt, es geht nur darum, wo man es findet. Heutzutage läuft so was in geschlossenen Foren.«

»Aber wo finden sie sich, bevor sie in den geschlossenen Foren landen?«

»Das läuft meist nach dem gleichen Schema ab. Zum einen gibt es persönliche Empfehlungen und Referenzen. Meist werden aber Leute in offenen Foren rekrutiert. Das läuft auch bei der rechtsradikalen Szene ganz ähnlich, auch bei Kinderpornografie. Extremisten benutzen fast immer ähnliche Strategien.«

»Und wie sieht das konkret aus?«

»Hier zum Beispiel.« Fontini öffnete die Seite eines Forums. Stauffer las den Titel, er erinnerte ihn an etwas, aber es fiel ihm nicht ein.

»Werther. Einer der bekanntesten literarischen Selbstmörder. Die Leiden des jungen Werther von Goethe. Damals nahmen sich Dutzende von jungen Menschen das Leben, nachdem sie das Buch gelesen hatten.«

»Heute sind es vermutlich eher Rocksongs, die zu solchen Taten animieren«, sagte Stauffer.

»Nicht unbedingt«, sagte Fontini, »die Literatur regt die Fantasie an wie kein anderes Medium. Filme sind vielleicht zu plastisch. Bücher lassen Raum, um sich selber einzubringen.«

Stauffer nickte und war gleichzeitig erstaunt darüber, dass sich Fontini für Literatur interessierte. Er hatte immer geglaubt, dass er in einer rein elektronischen Welt lebte.

»Über was wird in diesem Forum geschrieben?«

»Über Selbstmord. Vordergründig geht es um Selbstmord in der Literatur. Aber die Leute, die hier mitschreiben, interessieren sich für Selbstmord aus existenziellen Gründen.«

»Und wie kommen die Leute in den geschlossenen Bereich?«

»Du kannst dir das so vorstellen. Es gibt jemand, der ein geschlossenes Forum hat, in dem beispielsweise drastische Schilderungen, Fotos und Videos von Selbstmorden getauscht werden. Diese Person tummelt sich in diesem Forum und liest mit. Ab und zu wird jemand auftauchen und nach Fotos oder Filmen von Selbstmorden fragen. Wahrscheinlich wird der Eintrag rasch gesperrt oder gelöscht, aber derjenige, der regelmäßig mitliest, hat sich sofort den Namen gemerkt. Danach wird er alle anderen Beiträge dieser Person lesen, um sicherzugehen, dass es sich nicht um einen Provokateur oder einen verdeckten Ermittler handelt.«

»Wie kommen wir an solche Leute heran?«, fragte Stauffer.

»Du musst eine Vertrauensbasis schaffen, was gerade im anonymen Internet sehr schwierig ist.«

»Und was geschieht, wenn sich der andere sicher ist, einen neuen Interessenten gefunden zu haben?«

»Er wird ihn in das geschlossene Forum einladen.«

»Hast du versucht in solch ein Forum reinzukommen?«

»Das geht nicht in ein paar Stunden. Dazu müsste ich wochenlang in den einschlägigen Foren aktiv sein, um keinen Verdacht zu erregen. Es gibt vermutlich hunderte von Seiten und Foren, die sich mit Selbstmord beschäftigen. Die Interessantesten sind jene, die man nicht in den Suchverzeichnissen findet. Wenn du willst, kann ich weiter daran arbeiten, aber es wird mehrere Tage in Anspruch nehmen.«

»Ich weiß ehrlich gesagt nicht, ob es etwas bringt.«

»Die Informatikabteilung ist unterbesetzt. Eine Festplatte liefert heute mehr Informationen über den Besitzer als die Ordner und Papiere, die man in seinem Schreibtisch findet.«

Stauffer gab Fontini Recht, wies aber auch darauf hin, dass es bereits eine Abteilung Computerkriminalität gab und dass einige der besten Spezialisten mittlerweile für die Polizei arbeiteten.

»Was ist mit Kadaric? Hat er irgendwelche Spuren im Internet hinterlassen?«

Fontini schüttelte den Kopf.

»Absolut nichts. Auch seine letzte Wohnadresse gibt nichts her.«

»Was ist mit der Hand? Hast du da etwas gefunden?«

»Eine abgehackte Hand hat in vielerlei Hinsicht einen symbolischen Charakter. Ich habe ein Dutzend Kriminalromane und Horrorfilme gefunden, in denen eine abgetrennte Hand eine wichtige Rolle spielt.«

»Und eine abgetrennte Hand, die gestohlen wird?«

»Das ist ungewöhnlich«. Fontini lachte laut und schüttelte gleichzeitig den Kopf. Er war froh, dass Stauffer ihm keine Fotos der Hand gezeigt hatte. In der Theorie konnte er gut mit solchen Horrorvorstellungen umgehen, aber praktisch hätte er danach wahrscheinlich Albträume gehabt. Stauffer bedankte sich und bat ihn weiterzumachen, ohne dieser Arbeit erste Priorität einzuräumen.

Als er Walter Wenger und Tanja Locher antraf, bemerkte er sofort, dass etwas Wichtiges geschehen war.

»Ein anonymer Brief. Ist heute angekommen.« Tanja Locher hielt ihm ein Papier hin, das in einem Plastikumschlag steckte. Es waren nur wenige Sätze.

Die Hand ist nur der Anfang. Das Feuer nur ein Zeichen. Es wird Leichen regnen in der Stadt. Die rechte Hand.

»Beinahe poetisch«, sagte Wenger.

»Was ist mit dem Feuer gemeint?«, fragte Stauffer.

»Es gab in den vergangenen Tagen zwei kleinere Brände im Stadtgebiet«, sagte Locher.

»Wo?«

»Eine Garage in Seebach und ein Gartenhaus an der Limmat.«

»Brandstiftung?«

»Die zuständigen Ermittler sind auf dem Weg zu uns.«

»Gut«, sagte Stauffer. »Was meinst du, Walter? Ist das ein Bekennerschreiben?«

»Schwierig zu sagen.«

Wenger streckte die Hand aus und Stauffer reichte ihm den Brief. Walter Wenger strich sich über das Kinn, als er die Sätze noch einmal las.

»Die letzte Zeile ist bemerkenswert«, sagte er nachdenklich.

»Ja«, sagte Stauffer. »Die Signatur ist der entscheidende Hinweis.«

»Die rechte Hand«, sagte Locher. »Davon war nirgendwo die Rede.«

»Na ja«, sagte Stauffer, »eine fünfzigprozentige Chance.«

Wenger tippte mit dem Zeigefinger auf den Zettel.

»Wer auch immer das geschrieben und an die Polizei adressiert hat, diese Person ist ein Risiko eingegangen. Wir haben jetzt etwas, das uns zu ihr führen könnte.«

»Gibt es verwertbare Spuren?«, fragte Stauffer.

»Keine offensichtlichen«, antwortete Wenger.

»Jemand sucht Aufmerksamkeit«, sagte Tanja Locher.

»Wir müssen dem nachgehen. Glaubst du, dass es noch andere Briefe gibt?«

Wenger bewegte den Kopf langsam hin und her.

»Es würde durchaus Sinn machen.«

»Wenn es so wäre, hätten sich die anderen Adressaten sicher bei uns gemeldet«, warf Locher ein.

»Oder sie beraten noch darüber«, sagte Wenger lachend.

»Die Journalisten wissen nicht, dass eine rechte Hand gefunden wurde«, sagte Stauffer.

»Aber sie können eine Verbindung herstellen. Das ist guter Stoff für große Buchstaben.«

»Ich frage bei der Medienstelle nach, ob es entsprechende Anfragen gibt«, sagte Tanja Locher und setzte sich.

»Was ist mit den Brandermittlern?«, fragte Stauffer.

»Konrad sollte jeden Moment hier sein.«

Stauffer nickte. Er kannte Konrad von früheren Einsätzen.

»Lass uns ins andere Büro gehen«, sagte Stauffer zu Wenger. Als sie auf dem Flur standen, kam ihnen Konrad entgegen. Stauffer zeigte auf eine Tür, Konrad nickte und folgte ihnen. Sie begrüßten sich und setzten sich um einen kleinen Tisch, in dessen Mitte eine Puppe lag, wie sie Kindern nach sexuellen Übergriffen gezeigt wurde, damit diese andeuten konnten, was mit ihnen geschehen war. Wenger nahm die Puppe wortlos und legte sie auf ein Sideboard, das an der Wand stand.

»Wir interessieren uns für die beiden Brände im Stadtgebiet«, sagte Stauffer.

»Der eine ist aufgeklärt«, sagte Konrad und kratzte sich dabei hinter dem Ohr.

»Wie aufgeklärt?«, fragte Wenger.

»Der Brand in der Garage entstand nach einem technischen Defekt an einem Wagen.«

»Keine Brandstiftung?«, fragte Stauffer.

»Nein«, sagte Konrad und kratzte sich erneut. Er bemerkte, dass es Stauffer und Wenger störte. »Ein Ausschlag. Juckt wie verrückt.«

»Was ist mit dem Gartenhaus?«, fragte Wenger.

»Da sieht es anders aus.«

»Gesichert?«, fragte Stauffer, ein wenig genervt, weil Konrad zu den Leuten gehörte, bei denen man jeden Satz einzeln einfordern musste.

»Ein simpler Brandsatz, der durch ein Fenster geworfen wurde. Wenn er nicht auf einen alten Teppich gefallen wäre, hätte es vermutlich gar nicht gebrannt. Die Feuerwehr war rasch vor Ort und hat das Feuer sofort gelöscht.«

Stauffer wartete, weil er den überraschenden Wortfluss nicht unterbrechen wollte. Doch Konrad beschäftigte sich wieder mit seinem juckenden Ausschlag.

»Wo und wann hat es gebrannt?«, fragte Wenger.

»In der Nacht auf gestern«, sagte Konrad. »Eine Schrebergartensiedlung direkt an der Limmat.«

Stauffer horchte auf und auch Wenger schien angespannt.

»Können wir uns den Brandort anschauen?«, fragte Wenger.

»Dürfte kein Problem sein. Nach was sucht ihr?«

Stauffer überlegte, ob er Konrad einweihen sollte, entschied sich dann aber vage zu bleiben.

»Wir verfolgen eine Spur«, sagte er nur.

»Das war ein Anfänger«, sagte Konrad. »Vielleicht gab es einen Streit mit dem Mieter der Parzelle. Warum seid ihr so sehr an aktuellen Brandmeldungen interessiert?«

»Wir wissen nicht, ob es einen Zusammenhang mit einem Fall gibt, den wir bearbeiten. Aber wie du müssen wir manchmal zuerst so manches ausschließen, um weiterzukommen.«

»Das war ein leichter Job. Wenn ihr was Raffiniertes habt, bin ich gerne dabei«, sagte Konrad.

Wenger tippte die Adresse des Schrebergartens in sein Handy, während Stauffer Konrads Handynummer und die Nummer des Vorstehers der Familiengartensiedlung eintippte. Beide verzichteten darauf, den Kollegen mit Handschlag zu verabschieden, was diesen nicht zu irritieren schien.

»Juckt es schon?«, fragte Wenger lachend, als sich Stauffer über die Nase strich.

Sie hörten, wie sich Konrad auf dem Flur unterhielt, wenig später betrat Tanja Locher den Raum.

»Keine Anfragen«, sagte sie knapp.

»Gut«, sagte Stauffer. »Sag ihnen, dass sie sich sofort bei dir melden sollen, falls es doch noch welche gibt.«

»Schon erledigt. Habt ihr was?«

»Vielleicht«, sagte Wenger. »Ein Brand in einem Schrebergarten.«

»Könnte passen«, sagte Locher.

»Wir schauen uns das gleich an«, sagte Stauffer.

Wenger nickte, als Stauffer den Autoschlüssel zeigte. Unterwegs zum Wagen rief Stauffer den Verwalter an. Er sagte, ohne zu zögern, dass er zur Verfügung stehe.

»Ich glaube, ich weiß, wo das ist«, sagte Stauffer, als sie wenig später im Wagen saßen. Er benutzte trotzdem das Navigationsgerät, was Wenger mit einem müden Spruch quittierte.

»Was hältst du von Schrebergärten?«, fragte Stauffer während der Fahrt.

»Ist das eine ernsthafte Frage?«

»Warum nicht?«

»Ich konnte Gartenarbeit noch nie etwas abgewinnen. Und du?«

»Die Idee gefällt mir. Sie heißen ja offiziell Familiengärten und das trifft es besser. Wenn du in einer Vierzimmerwohnung lebst und zwei oder drei Kinder hast, kann so was eine Oase sein, fast wie ein Ferienhaus.«

»Und dazu wächst Gemüse direkt vor deiner Nase«, sagte Wenger lachend. »Trotzdem wäre das nichts für mich. Du hast gleich zweimal Nachbarn. Und viele, viele Vorschriften.«

»Die Hand lag ganz in der Nähe einer Schrebergartensiedlung.«

»Darüber wurde berichtet«, sagte Wenger. »Das könnte sich ein Trittbrettfahrer zu Nutze machen.«

»Und wenn da auch irgendwo ein Leichenteil rumliegt?«

»Du kannst Spürhunde anfordern.«

»Zuerst schauen wir uns um.«

»Bis auf die rechte Hand ist Kadarics Leiche vollständig geborgen worden.«

»Hast du dich nach ähnlichen Fällen erkundigt?«, fragte Stauffer.

»Es wirft sich mehrmals pro Jahr jemand vor einen Zug, aber es gibt nichts Vergleichbares, keine Leiche, bei der ein ganzer Körperteil fehlt.«

Sie schwiegen und Stauffer ließ sich von der elektronischen Stimme leiten. Sie führte ihn präzise zur eingegebenen Adresse. Er parkte den Wagen neben einem hohen Stapel von abgeholzten Ästen. Wenger seufzte leise, als sie den Verwalter erblickten. Er hatte einen Hund bei sich. Stauffer war sich nicht sicher, zu welcher Rasse er gehörte, konnte sich aber daran erinnern, schon einmal einen ähnlichen Hund gesehen zu haben. Er hatte langes, zotteähnliches Fell, das auch die Augen bedeckte. Wenger blieb einen Schritt hinter Stauffer, als sie den Mann begrüßten. Er hieß Utzinger. Die Mitte seines Schädels war kahl, doch an den Rändern wuchsen noch Haare, die wie ein Vorhang am Kopf hingen.

»Sachbeschädigungen gibt es ab und zu, aber das geht zu weit, das war ein regelrechter Anschlag.«

»Wie meinen Sie das?«, fragte Wenger.

»Mit Feuer spielt man nicht«, sagte Utzinger bestimmt.

»Haben Sie das Feuer entdeckt?«, fragte Stauffer.

»Nein, nein. Es brannte am frühen Morgen, da war niemand hier. Jemand hat die Feuerwehr verständigt, aber als die eintraf, war der Brand schon fast von selber erstickt.«

»Kann ich mir das Gartenhaus anschauen?«, fragte Wenger. Utzinger nickte und zeigte auf einen schmalen Weg.

»Die vierte Parzelle links.«

Wenger vermied es, zu nahe am Hund vorbeizugehen.

»Sind Sie täglich hier?«, fragte Stauffer.

»Nein. In dieser Jahreszeit ist nicht viel los. Nächste Woche soll es einen markanten Temperaturanstieg geben, da wird die Anlage rasch wieder bevölkert. Aber es ist viel zu früh für Setzlinge, da geht es nur darum, aufzuräumen und die Sonne zu genießen.«

»Wird das Areal mit Videokameras überwacht?«

»Ich hoffe, dass es nie so weit kommt. Eine private Sicherheitsfirma schaut jeden Abend vorbei. Mehr Überwachung braucht es nicht.«

»Gab es kürzlich Streit zwischen Pächtern oder mit Spaziergängern?«

»Nicht dass ich wüsste.«

»Können wir mit dem Pächter der Parzelle reden?«

»Es gibt derzeit keinen Pächter.«

»Dann stand das Gartenhaus leer?«

»Mehr oder weniger. Ein alter Teppich hat Feuer gefangen. Es stinkt. Ich glaube nicht, dass man den Geruch rauskriegt. Wahrscheinlich muss man das Haus abreißen und ein neues bauen.«

»Wer hatte die Parzelle zuletzt gepachtet?«

»Özdemir, ein Türke. Seine Frau ist schwer erkrankt und er selber hat Mühe mit dem Gehen, deshalb haben sie den Vertrag gekündigt.«

»Gibt es viele freie Parzellen?«

»Überhaupt nicht. Wir haben eine Warteliste. Aber unter der Parzelle verläuft eine Leitung, die saniert werden muss. Die Stadt hat uns gebeten, die Parzelle vorerst nicht auszuschreiben.«

»Gab es in den vergangenen Tagen oder Wochen Vorkommnisse, die mit dem Brand in Verbindung stehen könnten?«

»Wie meinen Sie das?«

»Irgendwelche Beschwerden oder Anzeigen?«

»Davon weiß ich nichts.«

Stauffer nickte und bedankte sich bei Utzinger. Als er den Weg betrat, der zur Parzelle führte, folgte ihm Utzinger mit dem Hund.

»Ist die Spurensicherung abgeschlossen?«, fragte Stauffer.

»Keine Ahnung. Ich bin nicht vom Fach.«

»Haben die Kollegen gesagt, dass man das Gartenhaus betreten könne?«

Utzinger nickte.

»Ich habe gefragt, ob ich was gegen den Gestank machen dürfe.«

Als sie bei der Parzelle eintrafen, sah Stauffer, wie Walter Wenger neben dem Fenster kauerte, durch das der Brandsatz in das Haus geworfen worden war.

»Wir schauen uns ein wenig um«, sagte Stauffer. »Falls wir noch Fragen haben, rufen wir Sie an.«

Utzinger nickte und verabschiedete sich. Der Hund trottete hinter ihm her.

»Und?«, fragte Stauffer, nachdem er sich vergewissert hatte, dass Utzinger nicht mehr in Hörweite war.

»Der Täter musste nicht mal über einen Zaun klettern. Das Haus ist direkt am Spazierweg.«

Stauffer schaute sich um. Tatsächlich lag das Gartenhaus ideal für einen Brandanschlag. Das Fenster an der Rückseite war genauso hilfreich wie die Fluchtwege, die genug Sichtschutz boten, um schon nach wenigen Sekunden unerkannt fliehen zu können.

»Da hat sich jemand die einfachste Variante ausgesucht«, sagte Wenger.

»Das deckt sich mit dem, was Konrad sagte. Da war kein Profi am Werk.«

»Wenn nicht jemand die Feuerwehr alarmiert hätte, wäre der Brand vielleicht nicht einmal bemerkt worden.«

Stauffer horchte auf. Er griff zum Handy und rief Utzinger an. Dieser meldete sich nach einer Weile und Stauffer glaubte zu hören, dass er in einem fahrenden Auto saß.

»Sie können einfach gehen, ich komme nachher noch einmal vorbei und schließe ab«, sagte Utzinger unaufgefordert.

»Uns interessiert, wer die Feuerwehr verständigt hat.«

»Das war jemand aus der Wohnsiedlung.«

»Kein anonymer Anruf?«

»Nein. Ich kenne den Mann, er ist jeden Abend mit seinem Hund unterwegs.«

Stauffer bedankte sich. Wenger hatte in der Zwischenzeit die Tür des Gartenhauses geöffnet. Beißender Gestank drang nach draußen.

»Die Fensterscheibe wurde eingeschlagen.«

Stauffer nickte.

»Ich sehe das so«, sagte Wenger und schloss die Tür zu. »Jemand wollte, dass es brennt, gleichzeitig wollte diese Person ein möglichst geringes Risiko in Kauf nehmen und auch niemand gefährden.«

Stauffer nickte.

»Das hört sich nicht nach einer Person an, die eine abgetrennte Hand mit sich herumträgt.«

»Nein«, sagte Wenger. »Aber es kann der Auftakt zu einer Brandserie sein.«

»Wir sollten das im Auge behalten«, sagte Stauffer.

»Ja«, sagte Wenger nachdenklich.

»Ist noch was?«, fragte Stauffer.

»Gestern Abend dachte ich, dass wir die Sache mit der Hand abschließen können, weil sich niemand gemeldet hat. Und jetzt haben wir diesen seltsamen Brief.«

»Die rechte Hand«, sagte Stauffer.

»Das ist kein Zufall«, sagte Wenger. »Das ist ganz bewusst so formuliert.«

»Es wird Leichen regnen in der Stadt. Was kann damit gemeint sein?«

»Wenn es wörtlich gemeint ist, ein Anschlag auf ein Flugzeug zum Beispiel.«

Stauffer schauderte bei dem Gedanken.

»Wir sollten das Schreiben von einem Fachmann analysieren lassen«, sagte Wenger.

»Darf es auch eine Fachfrau sein?«, fragte Stauffer lachend, der dies bereits veranlasst hatte. »Wenn wir zurück sind, werden wir mehr wissen.«

»Wir sollten uns noch ein wenig umschauen«, sagte Wenger. Stauffer pflichtete ihm bei. Er fotografierte das Gartenhaus mit seinem Handy und betrachtete überrascht das gute Ergebnis. Danach gingen sie getrennt weiter. Sie sahen sich einige Gebüsche an, suchten aber auch nach Hinweisen, die mit dem Brandanschlag zu tun haben konnten. Stauffer bemerkte, dass es wärmer geworden war, offenbar lagen die Meteorologen richtig, die milde Tage vorausgesagt hatten. Es verging eine gute halbe Stunde, bis sie sich wieder an einem der Eingangstore zur Schrebergartensiedlung trafen.

»Man müsste das ganze Gelände absuchen«, sagte Wenger.

»Wenn ich das veranlasse, müsste ich schon bald bei der Gasser antraben.«

»Jemand versucht, uns etwas mitzuteilen.«

»Oder uns auf Trab zu halten.«

»Was schlägst du vor?«, fragte Wenger.

»Es gibt keine Indizien, dass wir es mit einem Mordfall zu tun haben. Im Gegenteil, alles spricht für einen Selbstmord. Wenn auch mit seltsamen Begleitumständen.«

»Wenn es einen Helfer gab, könnte er auf den Geschmack gekommen sein.«

»Wie meinst du das?«

»Auf einen normalen Menschen hat ein Selbstmord traumatisierende Auswirkungen. Er kann aber auch ganz andere Gefühle auslösen.«

»Faszination und Lust?«

»Wir sollten uns die Protokolle aller Selbstmorde im Kanton genau anschauen.«

»Und auf seltsame Begleitumstände überprüfen«, sagte Stauffer.

»Genau. Wenn sich diese Woche jemand vor einen Zug wirft, müssen wir uns das ansehen.«

»Das lässt sich machen«, sagte Stauffer.

»Und wir sollten dafür sorgen, dass der anonyme Briefeschreiber weiß, dass seine Botschaft angekommen ist.«

»Wie stellst du dir das vor?«

»Es war nur so ein Gedanke. Wenn er weiß, dass seine Botschaft auf dem richtigen Tisch gelandet ist, wird er sich erneut melden. Bis er einen Fehler macht.«

»Wir können damit nicht an die Medien gehen, das würde nur für Spekulationen sorgen. Wir müssten dann auch die Hand erwähnen.«

»Vielleicht fällt uns ja noch etwas ein«, sagte Wenger.

»Lass uns jetzt zurückfahren. Vielleicht haben die anderen noch was rausgefunden.«

Sie hielten unterwegs vor einem Supermarkt und kauften sich Sandwiches, da sie beide keine Lust auf ein ausgiebiges Mittagessen hatten. Wenger kaute auf dem Beifahrersitz und Stauffer wurde hungrig, als sich im Auto der Geruch des knusprigen Brotes und des Schinkens ausbreitete. Als sie im Präsidium ankamen, fanden sie die Räume auf ihrem Stockwerk leer vor. Wenger holte sich eine Cola aus einem Automaten, während sich Stauffer ein Glas Leitungswasser einschenkte. Er hatte den Mund voll mit Putenbrust, als sein Handy klingelte. Er würgte den Bissen runter und trank einen Schluck, nachdem er den Anruf bereits entgegengenommen hatte.

»Hallo?«, hörte er eine weibliche Stimme.

»Ja, Stauffer.«

»Sie wollten eine Analyse des anonymen Briefes.«

»Genau.«

»Kann ich raufkommen?«

»Ja, warum nicht. Wie war Ihr Name?«

»Ungricht.«

Stauffer hatte den Namen noch nie gehört. Sie fragte nach dem Stockwerk und der Büronummer. Stauffer beschrieb ihr den Konferenzraum. Er sah, wie Locher das Zimmer betrat. Wenger hatte seine Cola geleert. Stauffer aß hastig den Rest des Sandwichs.

»Wir gehen rüber«, sagte er mit vollem Mund.

Priska Ungricht war eine zierliche Frau um die vierzig mit einem irritierenden Silberblick. Stauffer war sich nicht sicher, ob nur ein Auge schielte oder ob es eine Kombination war. Er sah, dass auch Tanja Locher verwirrt war, während Wenger sich zumindest nichts anmerken ließ.

»Es ist wenig, aber es gibt ein paar Ansätze«, sagte sie ohne Umschweife.

»Uns interessiert vor allem, ob der Brief ernst zu nehmen ist«, sagte Stauffer.

»Das lässt sich nicht so leicht sagen.«

»Was lässt sich über den Verfasser sagen?«, fragte Wenger.

Priska Ungricht lächelte. Stauffer bemerkte, dass seine Irritation einer gewissen Anziehung wich. Er musste sich bemühen, ihr nicht ständig in die Augen zu schauen.

»Wie sie richtig vermuten, dürfte es sich um einen Mann handeln. Gebildet, vermutlich älter als dreißig. Die Sätze sind durchdacht. Es geht ihm darum, Aufmerksamkeit zu erregen, ohne zu viel zu verraten. Er handelte nicht impulsiv, sondern überlegt.«

»Das passt nicht zu seiner Ankündigung«, sagte Wenger.

»Das sehen Sie richtig«, sagte Ungricht anerkennend.

»Und was heißt das für uns?«, fragte Stauffer, dem das alles sehr theoretisch vorkam.

»Es kann sein, dass er an Informationen gekommen ist und diese für seine Zwecke benutzt, ohne selber aktiv geworden zu sein. Es kann aber auch sein, dass er einen genauen Plan hat. Dann wäre er gefährlich.«

»Was fällt Ihnen zur rechten Hand ein?«, fragte Stauffer.

»Das könnte eine politische Anspielung sein. Die Hand, die aufräumt. Oder er bezieht sich darauf, dass man Linkshändern eher eine musische Begabung zuordnet. Es wäre wichtig zu wissen, ob es einen konkreten Verdacht oder einen Zusammenhang gibt, zwischen bereits begangenen Straftaten und diesem Schreiben.«

»Das wissen wir nicht«, sagte Wenger.

»Aber Sie vermuten es?«, fragte Ungricht.

»Im Stadtgebiet wurde eine Hand gefunden«, sagte Locher, »aber es gibt keinen Hinweis auf ein Verbrechen.«

»Wie das?«, fragte Ungricht verwundert.

»Wir haben den Fund nie offiziell bestätigt, aber es wurde in einigen Medien darüber spekuliert«, sagte Stauffer.

»Und das Feuer?«

»Vor zwei Tagen wurde ein Gartenhaus angezündet«, sagte Wenger.

»Das könnte passen. Der Verfasser dieser Zeilen versucht, möglichst kein Risiko einzugehen.«

»Ein anonymer Brief ist ein Risiko«, warf Stauffer ein.

»Eine anonyme E-Mail auch«, sagte Ungricht. »Ganz zu schweigen von einem Anruf. Derjenige, der das geschrieben hat, versucht die Kontrolle zu behalten. Er hat den Brief selber eingeworfen, vermutlich auf einer Poststelle weit weg von seiner Wohnadresse. Oder hat er ihn direkt bei der Polizei eingeworfen?«

»Bei der Post«, sagte Locher.

»Er wird sich wieder melden«, sagte Ungricht bestimmt.

»Wird er auch handeln?«, fragte Stauffer.

»Es kann sein, dass die rechte Hand mehr ist als eine Person. Eine Gruppierung könnte sich so nennen.«

Stauffer nickte.

»Wir sollten dem nachgehen. Aber sonst bleibt uns nur abzuwarten.«

Sie bedankten sich bei Ungricht, die sich von allen umständlich mit einem Händedruck verabschiedete.

»Und?«, fragte Stauffer.

»Viel Theorie und wenig Konkretes«, sagte Locher.

»Wir sollten uns auf unser Gespür verlassen«, sagte Wenger. »Uns ist es doch allen genau gleich ergangen, als wir die Zeilen gelesen haben, oder?«

Locher nickte, während sie eine Textmitteilung auf ihrem Handy las.

»Wir können im Moment nicht viel tun«, sagte Stauffer.

»Vielleicht doch«, sagte Locher. »Es hat sich noch jemand gemeldet. Er hat angeblich Informationen über die Hand.«

»Adresse?«

Locher nannte ihm einen Ort an der Kantonsgrenze.

»Ruf den Mann an und frag ihn, ob ich zu ihm kommen kann.«

Locher nickte.

»Ich schaue mir nachher noch einmal das angezündete Schrebergartenhaus an«, sagte Wenger, ehe er das Konferenzzimmer verließ. Tanja Locher schien den Mann nicht auf Anhieb telefonisch erreichen zu können, deshalb ging Stauffer in sein Büro. Auf dem Schreibtisch lag eine dünne Mappe. Als er sie öffnete, sah er das Foto eines Mannes. Er überflog den Text und schaute sich die anderen Papiere an. Es waren die Fotos und Personalien der Selbstmörder, die sich in den vergangenen zwei Jahren im Kanton Zürich vor einen Zug geworfen hatten. Stauffer betrachtete eingehend die Fotos. Dieser Fall ist nicht abgeschlossen, dachte er. Auch wenn sich der anonyme Hinweis als Angeberei entpuppen sollte. Noch fehlte etwas. Jene Person, die die Hand in das Gebüsch in Wollishofen gelegt hatte. Durch die angelehnte Tür sah er Locher. Sie klopfte kurz, ehe sie eintrat.

»Jederzeit. Hat er gesagt.«

»Ja?«

»Der Mann mit dem Hinweis.«

»Klar«, sagte Stauffer, der einen Moment lang keine Ahnung hatte, wovon Locher redete.

»Fährst du zu ihm?«, fragte Locher. »Er klingt am Telefon ein wenig wunderlich.«

»Wunderlich?«

»Du weißt schon.«

Sie machte eine eindeutige Handbewegung zum Kopf hin.

»Wer das mit der Hand gemacht hat, ist vermutlich etwas wunderlich«, sagte Stauffer.

»Dann solltest du vorsichtig sein«, sagte sie scherzend.

Sie schrieb ihm die Adresse auf einen Zettel. Stauffer kannte den Namen der Ortschaft, wusste aber nicht, wo sie genau lag.

»Rede noch mal mit den Leuten in der Telefonzentrale. Ich möchte sicher sein, dass kein Hinweis verloren geht. Und kümmere dich um Bolliger. Auch wenn bei der Suche im Netz nichts herauskommt, ist es wichtig, dass er weitermacht, bis ich die ganze Aktion offiziell abbreche.«

Sie nickte und ging. Stauffer schaute aus dem Fenster. Noch

während er dies tat, begann es zu regnen. Sehr gut, dachte er. Regen und ein wunderlicher Mann, das passt.

25.

Trotz Navi hatte Stauffer Mühe, das Haus zu finden. Es lag an einer Straße am Dorfrand, leicht nach hinten versetzt, und die Hausnummer war von Efeu überwachsen. Der Regen hatte nicht nachgelassen, und obwohl es vom Parkplatz bis zur Haustüre nur wenige Meter waren, wurde Stauffer völlig durchnässt. Es gab kein Namensschild, und als er die Klingel drückte, hörte er nichts. Er drückte erneut und lauschte an der Tür, doch auch diesmal war nichts zu hören. Da sich im Haus nichts regte, klopfte Stauffer an die Tür, was aber auch zu keiner Reaktion führte. Ein Scherzbold, dachte er und fluchte innerlich. Doch dann wurde im ersten Stock ein Fenster geöffnet. Als Stauffer nach oben sah, ging das Fenster wieder zu, ohne dass er jemanden gesehen hatte. Wunderlich, dachte Stauffer.

»Herr Püntener?«, rief er in Richtung Fenster. Es regte sich nichts. Stauffer wartete noch einige Minuten, immerhin war das Vordach so groß, dass er vom Regen geschützt war. Als er genug hatte und zum Auto gehen wollte, klingelte sein Handy.

»Er hat angerufen und gefragt, wie du aussiehst«, sagte Locher, hörbar amüsiert.

»Was soll der Blödsinn?«

»Er beobachtet dich. Ich habe ihm gesagt, dass du als Zeichen jeweils drei Finger deiner Hand nach oben streckst.«

»Drei Finger?«

»An beiden Händen.«

Stauffer bedankte sich und steckte sein Handy ein. Er schaute sich um, er wollte nicht, dass ihn jemand bei diesem idiotischen Schauspiel beobachtete. Er hob beide Hände in die Höhe, Daumen, Zeige- und Mittelfinger ausgestreckt. Dabei prasselte ihm der Regen ins Gesicht.

»Herr Püntener?«

Wiederum öffnete sich ein Fenster. Stauffer gelang es gerade noch, auszuweichen, als ein schwerer Schlüsselbund auf seinen Kopf zugeflogen kam. Er hob ihn auf. Es war ein Holzklotz, an dem ein einziger Schlüssel befestigt war. Stauffer öffnete damit die Tür und ging die Holztreppe nach oben. Püntener saß auf einem breiten Sessel am Fenster, eine Hand auf eine Krücke gestützt.

»Das Knie«, sagte er mit heiserer Stimme.

»Herr Püntener?«

»Haben Sie unten abgeschlossen?«

Stauffer schüttelte den Kopf.

»Sind Sie bewaffnet?«

»Sie haben einen Hinweis für uns«, sagte Stauffer, ohne auf Pünteners Frage einzugehen. Er betrachtete ein Foto an der Wand, auf dem eine Frau mit grimmigem Blick an einem Esstisch saß.

»Meine Frau wurde entführt.«

Stauffer wusste nicht, was er darauf antworten sollte. Püntener sprach den Satz so aus, dass er wie eine Feststellung klang und nicht wie ein Hilferuf.

»Sie sollten die Tür abschließen.«

Er zeigte mit der Krücke zur Zimmertür. Stauffer wartete einen Moment. Püntener schlug mit der Krücke leicht an die Wand.

»Bitte«, sagte er, ohne dass es freundlich klang.

Stauffer nickte, stand auf und ging aus dem Zimmer, die Treppe nach unten. Eigentlich sollte ich jetzt gehen, dachte er. Der Mann war nicht wunderlich, er schien ein ernsthafteres Problem zu haben. Trotzdem schloss Stauffer die Haustüre von innen ab und ging wieder nach oben. Er war neugierig, was Püntener über die Hand zu erzählen hatte. Als sie sich wieder gegenübersaßen, wirkte Püntener ein wenig entspannter. Die Krücke lehnte links am Sessel und er hatte das linke Bein weit ausgestreckt.

»Vor vier Jahren«, sagte Püntener und nickte dazu.

»Was geschah vor vier Jahren?«, fragte Stauffer.

»Ich kam nach Hause und die Tür stand halb offen. Ich rief nach meiner Frau, aber niemand antwortete. Ich wusste sofort, dass etwas geschehen war. Der Luftzug.«

»Der Luftzug?«

»Meine Frau erkältete sich leicht, deshalb vermied sie Durchzug im Haus.«

»Ihre Frau war nicht zuhause?«

»Wir sind seit über zwanzig Jahren verheiratet.«

Stauffer nickte. Was hätte er darauf antworten sollen? Püntener strich mit den Fingern über sein unrasiertes Kinn.

»Interessieren Sie sich für Münzen?«

Stauffer starrte ihn fassungslos an.

»Münzen?«

»Ich sammle seit vielen Jahren. Münzen behalten ihren Wert. Was einem die Banken sonst so verkaufen, ist nur Ramsch. Papiere, auf denen Zahlen stehen, die nichts wert sind. Meine Frau hat sich von einem Bankberater Papiere andrehen lassen. Zwei Jahre später waren sie nichts mehr wert. Dem Bankberater war das nicht mal peinlich. Diese Arschlöcher wissen doch gar nicht, was es bedeutet, wenn sich echte Ersparnisse in Luft auflösen. Geld, für das man Jahre gearbeitet hat.«

Stauffer schaute sich in dem Zimmer um. An den Wänden hingen keine weiteren Fotos, dafür vergilbte Zeitungsausschnitte. Eine Schlagzeile war so groß, dass Stauffer sie gut lesen konnte. Die Flüsse trocknen aus. Wozu nur hatte er diesen Artikel ausgeschnitten und an die Wand geklebt?

»Sie sagten mir, dass es keine Spuren gab.«

»Wie bitte?«

»Ihre Kollegen. Sie schauten sich um und stellten ein paar Fragen. Danach hörte ich nichts mehr von der Polizei.«

»Ihre Frau ist nicht mehr aufgetaucht?« Vermutlich hatte sie das einzig Richtige getan und war abgehauen, dachte Stauffer.

»Sie sagen, dass sie jetzt in einer anderen Stadt lebt. Aber das ist eine Lüge. Man hat sie ausgetauscht.«

»Ihre Frau wurde ausgetauscht?«

»So etwas geschieht ständig. Überall auf der Welt. Sie entführen jemand und tauschen ihn aus. Mir kann man nichts vormachen.«

Stauffer nickte. Seine Frau hatte ihn verlassen und offenbar war er nie darüber hinweggekommen. Als Polizist hatte er einige Male mit Menschen zu tun gehabt, die an Paranoia litten. Sie fühlten sich ständig beobachtet, einige auch von einer unsichtbaren Macht gesteuert. Egal was geschah, alles wurde von ihren Wahnvorstellungen gesteuert. Einige wirkten so glaubwürdig, dass sie andere dazu brachten, an ihrem Wahn teilzuhaben. Sie gründeten eine Sekte oder einen Zirkel, in dem wirre Verschwörungstheorien ausgetauscht wurden.

»Haben Sie Kinder?«, fragte Stauffer.

Püntener nickte.

»Unser Sohn lebt in Frankreich. Wir haben keinen Kontakt mehr.«

Stauffer fiel der nächtliche Anruf ein. Thomas Reinauer, der nach seiner Schwester Anna gefragt hatte. Befand er sich nicht ganz in der Nähe jener Ortschaft, in der Anna lebte? Vielleicht hat es ja doch sein Gutes, dass ich hier bin, dachte er. So kann ich die andere Geschichte auch gleich erledigen.

»Ich werde weiter kämpfen«, sagte Püntener bestimmt.

»Sind Sie pensioniert?«, fragte Stauffer, der Pünteners Alter nicht richtig einschätzen konnte. Früher sahen Rentner wie Rentner aus. Heute trugen alle Jeans und Turnschuhe.

»Seit fünf Jahren.«

Stauffer stellte sich vor, wie sich das Leben von Pünteners Frau veränderte, als ihr wunderlicher Mann plötzlich rund um die Uhr zuhause war.

»Sie haben uns wegen einer Hand angerufen«, sagte Stauffer, der ein Ziehen im Rücken spürte und am liebsten auf und ab gegangen wäre. Stattdessen drückte er das Kreuz durch und veränderte die Sitzposition.

»Ich sammle nicht nur Münzen. Ich sammle auch Informationen. Eines Tages wird man mir Recht geben. Mir kann man nichts vormachen. Und diese Person, die vorgibt, meine Frau zu sein, werde ich entlarven.«

»Menschen verändern sich. Sie sollten nach vorne schauen.«

»Das tue ich«, sagte Püntener bestimmt. Der Klang in seiner Stimme war bedrohlich. Stauffer fragte sich, ob der Mann gefährlich war. Ich sollte mich erkundigen, ob er auffällig geworden war. Menschen wie Püntener fochten oft jahrelange Kriege mit Behörden oder Nachbarn aus, ehe sie explodierten.

»Die Hand ist ein Zeichen.«

Stauffer beugte sich vor. War Püntener der Verfasser der anonymen Mitteilung?

»Wissen Sie, was das größte Problem der Nazis war?«

Stauffer schüttelte den Kopf. Was hatte die Hand mit den Nazis zu tun?

»Die Entsorgung der Leichen. Menschen zu töten ist das eine. Die Leichen zu entsorgen, das ist viel komplizierter. Selbst wenn man sie verbrennt, gibt es Überreste. Davor fürchten sie sich.«

»Die Nazis?«, fragte Stauffer.

Püntener schüttelte energisch den Kopf.

»Heute sind ganz andere Mächte am Werk. Aber die Deutschen gehören auch dazu. Haben Sie sich die Deutschen angesehen?«

»Welche Deutschen?«

»Die, die zu uns kommen. Angeblich, um zu arbeiten. Eine große Lüge. So viel Arbeit gibt es doch gar nicht. Man holt sie zu uns und trainiert sie. Mit den Türken und den Albanern war das nicht möglich. Aber die Deutschen sehen aus wie wir. Wissen Sie, wie viele Schweizer jedes Jahr spurlos verschwinden?«

»Wir kümmern uns darum«, sagte Stauffer, der ahnte, worauf Püntener hinauswollte. Deutsche Einwanderer, die trainiert wurden, um Schweizer zu ersetzen, die man entführte und vermutlich ermordete. Eine ganz neue Variante. Er fragte sich, ob Paranoia ein Wohlstandsproblem war, da sie sich immer weiter ausbreitete. Der Islam, die Globalisierung und jetzt die Deutschen. Alle schienen nur eines vorzuhaben, die Schweizer auszulöschen oder zu ersetzen.

»Niemand kümmert sich darum«, sagte Püntener. »Das System ist derart perfide, dass jeder, der es anprangert, für verrückt erklärt wird. Würde ich in den Medien darüber berichten, was ich weiß, man würde mich umgehend in eine Anstalt stecken.«

»Was wissen Sie über die Hand?«, fragte Stauffer, der keine Lust hatte, weiter in Pünteners Wahnwelt vorzudringen.

»Ich verfolge die Nachrichten im Internet und im Fernsehen. Die Zeitungen sind längst alle gekauft.«

»Sie haben im Internet über eine Hand gelesen?«

»Die Entsorgung ist das Problem.«

»Ja?«

»Es ist nicht das erste Mal, dass Leichenteile gefunden wurden. Ist es nicht so?«

Stauffer schwieg.

»Seien Sie vorsichtig«, mahnte Püntener. »Wenn Sie zu intensiv ermitteln, wird man Sie versetzen. Oder es stößt Ihnen etwas zu.«

»Sie glauben, dass Ihre Frau entführt und ermordet wurde?«

»Ich weiß, was mit meiner Frau geschah.«

»Ja?«

»Hunderte von Schweizern verschwinden jedes Jahr.«

»In der Schweiz verschwinden auch Ausländer«, sagte Stauffer kraftlos, ahnend, dass seine Einwände auf eine Mauer der falschen Gewissheit prallen würden.

»Das System will es so«, sagte Püntener.

»Welches System?«

»Sie sind daran interessiert?«

Stauffer nickte und bereute es sogleich. Püntener griff seine Krücke und stand umständlich auf. Er ging zu einer Tür und öffnete diese, dann zeigte er mit der Krücke an, dass Stauffer ihm folgen solle. Im Zimmer stand ein großer Holztisch, auf dem unzählige Klarsichtmappen lagen, die mit Zeitungsausschnitten gefüllt waren. An der Wand mit dem Fenster waren Zeitungsbündel aufgestapelt, mindestens einen Meter hoch. Nur der Raum vor dem Fenster war ausgespart.

»Das ist mein Archiv«, sagte Püntener.

»Sie sammeln Zeitungsartikel, obwohl sie nicht an das glauben, was in den Zeitungen steht?«

»Sie können nicht alles unterdrücken. Das würde auffallen. Ich glaube auch nicht, dass die einfachen Journalisten wissen, dass alles manipuliert wird. Wenn man aber bemerkt, was NICHT in der Zeitung steht, dann erfährt man einiges.«

Stauffer überflog einige Zeitungsartikel, die lose auf dem Tisch lagen. Ein Wirrwarr an Themen, einige Schlagzeilen und Sätze mit Buntstift markiert, ohne dass er darin einen Sinn erkennen konnte.

»Menschen verschwinden. Es wird darüber berichtet. Aber dann hört man nichts mehr. Plötzlich gilt jemand nicht mehr als vermisst. Wie bei meiner Frau. Und dann tauchen Leichenteile auf. Oder eine unbekannte Tote. Hier.«

Püntener nahm eine der Mappen und zog einen Zeitungsausschnitt hervor. Darin wurde über eine unbekannte Tote berichtet, die am Seeufer gefunden worden war. Stauffer erinnerte sich an den Fall. Die Frau wurde Wochen später identifiziert.

»Ich sammle so lange, bis ich genug Beweise habe«, sagte Püntener.

Stauffer hatte genug erfahren. Püntener hatte eine Meldung über den Fund einer Hand gelesen, die perfekt in seine Wahnwelt passte. Menschen, die entführt und ermordet wurden. Deren Überreste ab und zu auftauchten, weil die Mörder das gleiche Problem wie die Nazis hatten. Und danach wurden die Toten durch gut trainierte Deutsche ersetzt. Um Himmels willen, dachte Stauffer. Vermutlich würde jeder, der sich einen Tag lang mit Püntener befasste, ebenfalls verrückt werden. Stauffer legte den Zeitungsartikel zurück. Püntener hielt bereits einen anderen in der Hand und zitierte daraus.

»Ich werde es im Auge behalten«, sagte Stauffer.

»Seien Sie vorsichtig.«

Stauffer schaute auf die Uhr und nannte die Ortschaft, in der die Schwester von Thomas Reinauer lebte.

»Ist das nicht hier in der Nähe?«

»Schon«, sagte Püntener. »Aber das ist fast im Aargau. Was wollen Sie denn da?«

»Eine private Angelegenheit«, sagte Stauffer.

»Na dann«, sagte Püntener beleidigt.

»Wenn Sie es wünschen, kann ich mit Ihrer Frau reden.«

»Meine Frau wurde entführt.«

»Ja«, sagte Stauffer und drehte sich um, ohne Püntener ganz aus den Augen zu verlieren. »Wie machen wir das mit dem Schlüssel?«

»Warten Sie unten.«

Als Stauffer die Tür hinter sich geschlossen hatte, hörte er, wie oben ein Fenster geöffnet wurde. Püntener war nicht zu sehen, aber ein kleiner Korb, der an einem Seil nach unten gelassen wurde. Stauffer legte den Holzklotz mit dem Schlüssel in den Korb.

»Wunderlich«, sagte er leise, als der Korb langsam nach oben gezogen wurde.

Der Ort war winzig und schien nur aus einer Hauptstraße und einigen schmalen Nebenstraßen zu bestehen. Stauffer sah mehrheitlich Einfamilienhäuser, nur im hinteren Teil gab es einige Wohnhäuser in einem hässlichen Braunton. Anna Washburn. Stauffer hatte auf seinem Handy nochmals den Eintrag kontrolliert. Er war bereits zweimal langsam an dem Haus vorbeigefahren. Er wusste nicht, ob Washburn ein amerikanischer Name war. Britisch schien er nicht zu sein, aber vielleicht Australisch? Das Haus war neueren Stils, viele Fensterfronten, klare Linien und ein gepflegter Garten. Lange hatte er mit sich gerungen, ob er zuerst anrufen solle, doch in seinem Beruf hatte er gelernt, dass Menschen, die überrumpelt werden, anders reagieren als Menschen, die man telefonisch vorwarnt. Was, wenn sie einfach den Anruf beendet hätte, weil sie nichts mehr über ihren Bruder hören wollte? Jemandem die Tür vor der Nase zuzuschlagen war schwieriger. Er hatte keine Ahnung, ob sie überhaupt zuhause war. Aber nach dem wunderlichen Herrn Püntener war er in der Stimmung, einen ganz normalen Menschen zu besuchen. Allerdings waren so viele Jahre vergangen, dass er sich vorstellen konnte, auch hier auf eine wunderliche Person zu stoßen. Oder auf eine frustrierte Hausfrau. Wenn Herr Washburn einer Arbeit nachging, war die Chance groß, dass er Anna alleine antraf, vielleicht mit einer Kinderschar, aber zumindest ohne Ehegatten, der vermutlich auch nicht viel vom verschwundenen Bruder hielt. Stauffer gab sich einen Ruck und stieg aus seinem Wagen. Vor der Garage der Washburns stand ein roter Mini. Vermutlich der Zweitwagen, dachte Stauffer. Er stellte sich Washburn in einem Jaguar vor, unterwegs zu wichtigen Terminen. Als er vor der Haustür stand, fühlte er sich ähnlich wie bei der Überbringung der traurigen Nachricht bei einer Hinterbliebenen. Er klingelte und schaute nach oben, dabei musste er schmunzeln, war es doch kaum anzunehmen, dass hier ebenfalls ein Schlüssel geflogen kam.

»Ja?«, sagte Anna Washburn, geborene Reinauer, als sie die Tür einen Spalt öffnete. Stauffer wartete einen Moment. Wenn es ihr ging wie ihm, dann würde sie ihn wiedererkennen.

»Damian?«

Er lächelte. Sie schaute ihn ungläubig an, den Kopf leicht hin und her bewegend, die Augen weit offen. Stauffer war überrascht, wie leicht er sie wiedererkannte. Die Augen, die Nase, die Wangen etwas rundlicher, aber der gleiche Gesichtsausdruck. Sie war nur wenig kleiner als er. Früher hatte sie deshalb meist flache Schuhe getragen, um nicht zu groß zu wirken.

»Ich verstehe ehrlich gesagt nicht …«

»Ich war gerade in der Gegend«, sagte Stauffer lachend.

»Ich bin verwirrt«, sagte Anna.

»Das steht dir gut«, sagte Stauffer.

»Wie lange ist das her?«, fragte sie und zupfte ihr T-Shirt zurecht.

»Eine Ewigkeit. Störe ich?«

»Wie? Nein. Ich wollte gerade ein wenig Yoga machen.«

»Yoga?«

»Es entspannt.«

»Schön habt ihr's hier«, sagte Stauffer und blickte die Hausfassade hoch.

»Komm doch rein.«

Er setzte sich im Wohnzimmer in einen Sessel. Anna räumte umständlich einige Zeitschriften weg.

»Was möchtest du trinken?«

»Wasser ist okay.«

Sie ging zum Kühlschrank und erzählte von einer Mineralwasserflasche, die ihr neulich auf den Fußboden gefallen war. Stauffer amüsierte sich über ihre Nervosität.

»Du siehst gut aus«, sagte er, als sie ihm das Glas reichte. Es war aufrichtig gemeint. Sie lächelte verlegen und bedankte sich.

»Du hast dich auch gut gehalten. Was machst du eigentlich?«

Stauffer zögerte einen Moment. Er wusste, dass seine Antwort die Atmosphäre völlig verändern würde. Aber zu lügen schien ihm unangebracht.

»Ich arbeite bei der Polizei.«

Sie schaute ihn mit ihren großen Augen an und wartete. Warum denken die Leute, dass man einen Scherz macht, wenn man sagt, man arbeite bei der Polizei? Stauffer hatte sich schon oft darüber geärgert. War es derart anrüchig, bei der Polizei zu arbeiten?

»Und du?«, fragte Stauffer. Er bemerkte, wie sie schluckte. Sie hob beide Hände und zeigte auf das Wohnzimmer.

»Verheiratet. Eine Tochter, die aber schon fast erwachsen ist.«

Ihr Blick schweifte einen Moment zum Fenster. Stauffer glaubte Traurigkeit zu spüren. Anna fing sich wieder und lächelte.

»Ich habe Hobbys.«

»Bergsteigen?«

Sie nickte.

»Du erinnerst dich? So oft haben wir uns nicht gesehen, oder?«

»Meist nur, wenn Thomas dabei war.«

»Ja«, sagte sie und ihr Blick verdüsterte sich. Sie trank einen Schluck Mineralwasser.

»Du bist aber nicht beruflich hier?« Stauffer sah die Unsicherheit in ihrem Blick. Der Überbringer einer schlimmen Botschaft. Wie oft hatte er das getan? Aber heute war es etwas anderes.

»Nein. Es ist nichts passiert.«

»Gut«, sagte sie und Stauffer spürte die Erleichterung. »Mein Mann ist gerade in den USA.«

»Er ist Amerikaner?«

»Ja. Oft unterwegs.« Sie lächelte verlegen und schaute auf ihre Fingernägel. Sie ist schön, dachte Stauffer. Weshalb ist mir das damals nicht so aufgefallen? Oder hatte er es einfach verdrängt, weil sie bereits mit einem Mann zusammen war? Vielleicht gehörte sie zu den Frauen, die erst mit vierzig schön wurden.

»Thomas«, sagte Stauffer. »Wir waren damals oft zusammen.«

»Ich weiß«, sagte sie knapp und schaute ihn dabei eindringlich an. Sie versucht in meinem Gesicht zu lesen, ob ich Bescheid weiß, dachte er.

»Er lebt in Kanada«, sagte Stauffer.

»Ja?« Sie lehnte sich zurück, das Glas dicht vor ihren Busen haltend.

»Ich bin nicht ganz so zufällig hier«, sagte Stauffer schließlich. Es gefiel ihm nicht, wie sie zumachte, sich innerlich von ihm abwandte.

»Was will er?«, fragte sie mit vibrierender Stimme.

»Was ist damals geschehen?«

»Ich rede nicht gerne darüber.«

»Er hat mich angerufen. Er möchte sich mit dir aussprechen.«

»Möchte er das?«, fragte sie verächtlich. Sie hasste ihn, nach all den Jahren hasste sie ihn noch immer. Er musste sie ganz fürchterlich gekränkt haben. Anna stand auf und ging zum Esstisch. Ihr Gesicht war von Stauffer abgewandt. Sie ist eine schöne Frau, dachte Stauffer erneut. Und: Was mache ich hier eigentlich? Geht mich das alles etwas an?

»Ich wollte nicht, dass du dich aufregst«, sagte er ruhig. »Der Anruf kam völlig überraschend. Wir hatten keinen Kontakt mehr. Ich bin nicht sein Anwalt oder sein Komplize. Verstehst du? Wenn du nicht über ihn reden möchtest, dann lassen wir das. Wir können über andere Dinge reden. Deine Tochter. Oder Yoga.«

Er sah, wie sie lächelte.

»Du machst auch Yoga?«

»Nicht wirklich«, sagte er.

Sie ging wieder zum Sofa und setzte sich. Einen kurzen Moment verzog sich ihre Miene wie bei einem plötzlichen Schmerz. Sie bewegte ihre Schultern und drückte den Kopf in den Nacken. Stauffer beugte sich vor, er wollte näher bei ihr sein. Das ist gefährlich, dachte er. Sie erinnert mich an eine Zeit, in der noch alles möglich schien. Warum hatte er sich nie für sie interessiert? Wegen der Typen, mit denen sie in den Bergen herumkraxelte? War Washburn auch Alpinist?

»Es ist schwierig nach all den Jahren«, sagte sie nach einer Pause. Stauffer sagte nichts. Entweder beginnt sie jetzt zu erzählen oder ich bin in fünf Minuten draußen.

»Nachdem unser Vater gestorben war, haute Thomas einfach ab.«

»Vielleicht war er überfordert.«

»Darum ging es nicht.«

»Nein?«

»Du bist die falsche Person für ein solches Gespräch.«

»Warum?«

»Du bist Polizist.«

»Ja. Aber nicht jetzt.« Also doch, dachte er. Es steckte mehr dahinter. Irgendein krummes Ding.

»Unser Vater machte einige illegale Geschäfte. Sie haben ihm viel Geld eingebracht. Das war alles schwarz. Offiziell hatte er fast nichts hinterlassen.«

»Ich glaube, ich verstehe.«

»Thomas war eingeweiht. Ich wusste, dass es Schwarzgeld gab, habe mich aber nie darum gekümmert. Thomas hatte Zugriff auf die Konten. Als er weg war, war auch das Geld weg. Alles.«

»Viel Geld?«, fragte Stauffer.

»Über eine Million.«

Stauffer atmete hörbar aus.

»Er hat sich nie mehr bei mir gemeldet. Er ist einfach abgehauen mit all dem Geld.«

»Das wusste ich nicht«, sagte Stauffer. Hatte ihm Thomas

nicht etwas von Münzen erzählt? Erst jetzt fiel ihm ein, dass auch Püntener etwas von einer Münzsammlung erzählt hatte. War das so üblich? Hatten alle Leute eine Münzsammlung, nur Damian Stauffer nicht?

»Weshalb hast du ihn nicht angezeigt?«

Anstelle einer Antwort schüttelte sie heftig den Kopf. Sie stand erneut auf. Stauffer erinnerte sich, dass sie früher einen nervösen Eindruck auf ihn gemacht hatte. Jetzt kam sie ihm ruhiger vor, obwohl sie sich heftig aufregte. Stauffer stand ebenfalls auf, er ging zum Fenster, während sie wieder am Tisch stand.

»Was will er?«

»Er sagte, dass er eine Operation hinter sich habe. Da seien ihm verschiedene Dinge durch den Kopf gegangen. Ich denke, er möchte wieder Kontakt zu dir aufbauen.«

»Ich weiß nicht, ob ich das will.«

»Das kann ich gut verstehen.«

Er sah, wie sie ihr Gesicht abwandte, und er glaubte eine Träne zu erkennen, die sie hastig von der Wange strich. Er ging vorsichtig auf sie zu, berührte ihren Arm. Sie ließ es sich gefallen, schaute ihn verlegen an, lächelte. Eine Ewigkeit verging. Jetzt war es Stauffer, der sich verschämt abwandte. Was war nur los, dachte er, sollte er vielleicht einfach gehen?

»Und du?«, fragte sie übertrieben laut. »Verheiratet? Kinder?«

»Weder noch«, sagte Stauffer. »Auf Facebook würde es heißen, in einer Beziehung.«

»Bist du auf Facebook?«

Stauffer nickte.

»Aber eigentlich nur, um andere Profile anzuschauen. Beruflich.«

»Was machst du bei der Polizei?«

»Kriminalpolizei. Ich ermittle in Mordfällen.«

»Ja?«, sagte sie überrascht. »Wie in den Krimis?«

»Wie in den Krimis«, sagte er lachend.

»Ich wollte damals, dass wir unseren Vater nachträglich anzeigen«, sagte sie leise.

»Wegen der krummen Geschäfte?«

Sie nickte.

»Ein paar Tage später war Thomas weg. Es hat mich kaputtgemacht.« Jetzt war es mehr als eine Träne. Stauffer strich ihr über die Schulter, ging etwas näher, er spürte ihren Körper, der sich an seinen lehnte.

»Es ist schön, dass du gekommen bist.«

»Ja?«

Verweinte Augen und ein Lächeln im Gesicht. Stauffer hatte Mühe zu atmen und er glaubte zu spüren, wie seine Beine zitterten. Was ist los, was geschieht mit mir?

»Hast du Lust auf ein Glas Wein?«

Sie löste sich von ihm und ging zum Kühlschrank. Noch ehe Stauffer antworten konnte, füllte sie Weißwein in ein Glas. Sie sah zu ihm, er nickte. Danach setzten sie sich auf das Sofa, nahe, aber nicht zu nahe, dachte Stauffer. Sie erzählte von früher, von ihren Bergtouren. Es war, als hätte sie schon lange nicht mehr mit jemandem geredet, Stauffer hörte nur zu, kommentierte ab und zu, betrachtete ihr Gesicht, ihre Hände, die kleinen Brüste, die sich unter dem T-Shirt abzeichneten.

»Hört sich doch gut an«, sagte Stauffer. Sie nickte, Stauffer sah, dass sie an etwas anderes dachte.

»Hast du seine Telefonnummer?«, sagte sie plötzlich.

»Ja. Zuhause. Ich kann sie dir mailen. Du hast doch eine E-Mail-Adresse?«

Sie nickte und nannte ihm die Adresse. Stauffer tippte sie unbeholfen in sein Handy.

»Gut«, sagte er, erleichtert, dass sich die Situation entspannt hatte. Auch das Atmen fiel ihm wieder leichter. »Deine Tochter kommt sicherlich bald nach Hause.«

»Nein«, sagte sie knapp und schüttelte dazu den Kopf. »Nicht bald.« Stauffer verstand den Satz nicht. Sie schaute ihn an. Waren ihre Augen größer geworden? Sie kamen Stauffer vor wie Saugnäpfe, die ihn langsam einsogen.

»Dann gehe ich jetzt wieder«, sagte er und stand auf. Sie nickte und erhob sich ebenfalls. Er reichte ihr das leere Weinglas, sie nahm es und stellte es auf den Beistelltisch. Er berührte ihre Schulter und lächelte. Sie legte eine Hand auf seine Hand. Stauffer blieb stehen und verlor sich in ihren Augen.

Als er wegfuhr, roch er an seiner Hand. Er glaubte, dass alles an ihm nach ihr roch, eine Wolke, die ihn begleitete. Es war Abend geworden, zwei Stunden hatte er mit Anna auf dem Bett verbracht. Im Gästezimmer, nicht im Schlafzimmer. Es war wie ein Traum, wie ein Anruf aus der Vergangenheit, eine Erinnerung, die unwirklich schien, die aber gut roch. Er lächelte und schüttelte gleichzeitig den Kopf. Unfähig zu entscheiden, ob er erschrocken sein sollte über sein Verhalten oder erfreut, dass er sich noch immer selber überraschen konnte.

26.

Er atmete schwer, sein Blick war auf den Boden gerichtet. Er hasste es, wenn andere ihn so sehen konnten. Es war, als würde er öffentlich verrecken, wie einer dieser Pseudoprominenten, der vor laufender Kamera immer kränker wird und tapfer winkt, wenn er halb tot im Krankenhaus liegt. Er wollte das nicht. Abhängig sein, egal von wem, war ein grauenhafter Gedanke. Und trotzdem musste er sich damit befassen, sich fügen. Was war denn die Alternative? Früh genug Schluss zu machen? Diese ewig gleichen Gedanken kotzten ihn an. Weshalb war es ihm nicht möglich, sich auf eine Sache zu konzentrieren? Er hatte gehofft, dass er Energie hatte, genug Hass, der alles andere nichtig machte. Um ihn herum dieses Gewusel, diese globalisierte Geschäftigkeit, bei der es nur um Profit ging. Seine Mutter hatte darauf bestanden, sich mit ihm hier zu treffen. Mittendrin. All diese ekelhaften Gesichter, die aussahen, als wären sie frisch operiert. Hier müsste man eine Bombe zünden, genau hier. In der Ecke sah er zwei jüngere Frauen, die eine schlank mit spitzen Brüsten, die andere rundlich mit großen

Titten. Ein wunderbares Duo, vielleicht sollte man sie verschonen, bis er sie richtig rangenommen hatte. War es überraschend, dass er jetzt daran dachte? An Bomben dachte er die ganze Zeit, aber jetzt hatte er das Bedürfnis, wieder mal eine jener Frauen flachzulegen, an die er sonst nicht rankam. Die schönen, teuren, exklusiven. Die gab es auch gegen Cash, aber sie sprengten sein Budget, denn er wollte sich nicht mit einer halben Stunde begnügen, es musste schon mindestens eine Stunde sein, bei der wenigstens ein wenig Vertrautheit entsteht. Seine Mutter grinste, als sie ihn sah. Er bemerkte sofort, dass sie wieder ein paar Kilos zugelegt hatte. Da half auch die weit geschnittene Kleidung nichts. Sie setzte sich und die Kellnerin sprintete beinahe zum Tisch, an den er sich schon vor einer Viertelstunde gesetzt hatte, mit dem Hinweis, dass er auf jemanden warte. Seine Mutter bestellte Kuchen und eine Kanne Kaffee, er bestellte einen Espresso, dabei mied er es, der Kellnerin ins Gesicht zu schauen. Eine Deutsche, die so professionell freundlich klang, dass er sie garantiert nicht verschont hätte. Das wäre es doch. Eine Bombe in einem Café.

»Du siehst abgemagert aus«, sagte seine Mutter, während sie sich in einem Schminkspiegel betrachtete.

»Früher war ich viel dünner«, sagte er und versuchte dabei so wenig genervt wie möglich zu klingen, obwohl seine Mutter diesen Tonfall sowieso zu überhören schien.

»In der Zeitung habe ich von einem neuen Therapieansatz gelesen.«

»Das sind Wissenschaftler, die sich wichtig machen und Pharmakonzerne, die nur an ihren Profit denken.«

»Viele Krankheiten können heute geheilt werden.«

»Diese Krankheit nicht.«

»Du solltest regelmäßig essen.«

»Ich esse regelmäßig, aber nicht um diese Zeit.«

»Klappt es mit der Spitex?«

Er schüttelte den Kopf. Seine Mutter hielt ihn bereits jetzt für einen Vollinvaliden, der auf die Hilfe dieser Organisation angewiesen war.

»Ich habe jemand, der bei mir sauber macht. Das genügt.«

»Unsere Nachbarn, die Halters, kriegen fast jeden Tag Besuch von der Spitex. Die haben auch den Mahlzeitendienst bestellt. Das wäre doch auch was für dich.«

»Ich koche gerne. Und ich esse, wenn ich Hunger habe.«

»Wenn man krank ist, muss man darauf achten, dass man nicht verwahrlost.«

»Sehe ich verwahrlost aus?«

»Es ist wichtig, auf sein Äußeres zu achten, auch wenn man krank ist.«

Am liebsten wäre er aufgestanden. Noch lieber hätte er den Kuchen, der seiner Mutter serviert wurde, in eine Ecke geschmissen. Er stellte sich den Kuchen als Bombe vor. Die beiden jüngeren Frauen hatten gezahlt und gingen hintereinander an ihnen vorbei. Dafür würde ich Geld ausgeben, dachte er, als er den Arsch der Rundlichen sah. Seine Mutter kaute an einem Stück Kuchen.

»Ich habe ein Projekt«, sagte er vage.

»Hmpf?«

»Eine Idee«, sagte er.

Seine Mutter tupfte sich die Mundwinkel ab.

»Du hast Arbeit? Darfst du das? Wird dir nicht die Rente gestrichen?«

»Keine Arbeit. Ein Projekt.«

»Was für ein Projekt?«

Ich zünde diese scheiß Stadt an, dachte er.

»Es geht um die Wohnungsnot in der Stadt.«

»Hat man dir die Wohnung gekündigt?«

»Nein. Aber ich finde, man sollte etwas dagegen machen. Gegen die Wohnungsnot.«

»Du möchtest Wohnungen bauen? Ich verstehe dich nicht.«

Du hast mich noch nie verstanden. Du wirst mich nie verstehen. Du wirst den Reportern sagen, dass du dir nicht vorstellen kannst, dass dein Sohn so etwas getan hat. Das sagen alle scheiß Mütter, deren Söhne Leute töten.

»Es ist mehr eine kulturelle Aktion.«

»Wie soll ich das verstehen?«

Er wusste es selbst nicht. Er hasste kulturelle Aktionen, er hasste diese miesen Künstler, die sich beim Staat bedienten und dann jammerten, dass sich ihre Kunst nicht rechnet. Wenn das Opernhaus geschlossen würde und all die Theater, wäre genug Geld vorhanden, um Häuser zu kaufen und die Wohnungen günstig zu vermieten.

»Ich möchte mit Darstellern zusammenarbeiten.«

»Mit Schauspielern? Sind die nicht teuer?«

»Es gibt genug, die froh sind um jeden Job.«

»Sind das Leute, die man im Fernsehen sieht?«

»Nein.«

»Schade. Ich könnte damit angeben, wenn mein Sohn mit berühmten Schauspielern arbeitet.«

Du kannst mit mir angeben, wenn diese scheiß Stadt brennt. Wenn Eugen und ich für Chaos sorgen. Wenn die Politiker sich in die Hosen scheißen und nach der Armee rufen.

»Es ist erst ein Projekt«, sagte er und trank den Espresso aus.

»Ich weiß nicht. Ist das gut für deine Gesundheit? Solltest du dich nicht schonen?«

»Ich schone mich die ganze Zeit.«

»Was ist mit deiner Freundin?«, wechselte seine Mutter das Thema.

»Ich habe keine Freundin.«

»Ich fand sie nett.«

»Du hast kein Wort mit ihr gesprochen, du hast sie nur mal kurz gesehen.«

»Das genügt doch, um jemand nett zu finden.«

»Ich bin gerne allein«, sagte er. Aber eine dieser teuren Nutten möchte ich zu mir nach Hause bestellen. Deshalb brauche ich Geld. Warum war das verdammt noch mal so schwierig? Seiner Mutter konnte es doch egal sein, was er mit dem Geld machte. Sie hatte genug davon.

»Man sollte sich nicht immer gleich trennen. Manchmal geht es nach einer Krise besser als zuvor.«

»Wir hatten keine Krise. Wir gingen uns auf die Nerven.«

»Aber das ist doch normal«, sagte sie lachend. Der Teller war leer und sie hatte sich bereits die zweite Tasse Kaffee eingeschenkt.

»Das Projekt«, sagte er vieldeutig.

»Die Doblers sind wieder zusammen. Nach über einem Jahr. Sie wohnt jetzt sogar wieder in dem Haus. Ich habe ja nie verstanden, weshalb sie weg ist. Dobler ist ein anständiger Mann. Vielleicht hatten sie Geldprobleme. Man gewöhnt sich an vieles, aber an nichts so gerne wie an Luxus.«

»Für mich wäre es schon ein Luxus, hier ein Stück Torte zu essen.«

»Du hast Hunger? Sag doch etwas.«

Sie schaute sich nach der Kellnerin um. Er tippte an ihren Arm.

»Keinen Hunger. Das war nur ein Beispiel. Das mit dem Luxus.«

»Du hast dir doch nie viel aus Luxus gemacht?«

»Ich mache mir auch heute nichts aus Luxus. Aber wenn man ein Projekt hat, muss man auch an die Finanzierung denken.«

»Gibt es dafür kein Geld von der Stadt? Ich habe in der Zeitung gelesen, dass ein Schriftsteller 20.000 Franken erhalten hat. Kannst du dich da nicht bewerben?«

»Ich bin kein Schriftsteller. Und die Preise kriegen immer die gleichen Leute. Das ist eine Mafia.«

»So?«

»Leute wie ich kriegen von der Stadt kein Geld.«

»Hast du dich erkundigt, ob du Hilflosenentschädigung beantragen kannst?«

»So krank bin ich noch nicht.«

»Du siehst mager aus.«

»Ich habe keinen Krebs. Es ist eine Nervenkrankheit.«

»Es gibt Teemischungen, die gut sind für die Nerven.«

Er atmete tief ein, jetzt hätte er gut eine Teemischung brauchen können. Oder eine Bombe. Oder den Arsch, der das Café längst verlassen hatte.

»Hast du dich nach einer Teilzeitstelle umgesehen?«

»Leute wie ich finden keine Stelle. Die holen lieber einen Deutschen, der sich für halb so viel Lohn zum Deppen macht.«

»Es muss doch auch Jobs für Leute mit gesundheitlichen Problemen geben.«

»Die gibt es auch. Aber nur wenn man Manager oder Konzernchef ist. Da kannst du auch Millionen garnieren, wenn du ein Wrack bist.«

»Früher war das undenkbar, dass einer Millionen verdient und alle anderen ganz wenig.«

»Früher gab es auch fast keine Superreichen. Heute lacht man nur noch, wenn einer weniger als fünf Millionen Vermögen hat.«

»Die schlafen auch nur in einem Bett und machen sich Sorgen um ihre Gesundheit.«

»Eines Tages wird ein Superreicher dieses Land kaufen und keiner wird es bemerken. Vielleicht ist es ja schon geschehen.«

»Lass uns nicht über Politik reden«, sagte seine Mutter bestimmt.

Er ärgerte sich darüber, dass er sich in Rage geredet hatte. Seine Mutter beteiligte sich nie an Abstimmungen und Wahlen, sie fand, dass man die Politik den Politikern überlassen solle. Er schmiss die Abstimmungsunterlagen auch weg, aber aus einem ganz anderen Grund. Er fand, dass man die Politik in die eigene Hand nehmen müsste. Die Stadt anzünden, um endlich die Leute wachzurütteln. Weshalb nur hatte sich Eugen noch nicht bei ihm gemeldet? Jetzt endlich war er bereit und zu zweit hätten sie eine Strategie ausarbeiten können.

»Mein Projekt«, sagte er und schaute ihr dabei direkt in die Augen.

»Du kennst meinen Standpunkt.«

Er nickte. Seine Mutter fand, dass jeder für sich selber schauen sollte. Und wenn jemand Probleme bekam, sollte er sich an die zuständigen Stellen wenden.

»Ich dachte an eine Art Darlehen.«

»So?«

»Mit Ratenzahlung.«

»Ja?«

»Viertausend. Ich würde innerhalb von zwei Jahren alles zurückzahlen.«

»Wie stellst du dir das vor?«, fragte sie verwundert. Tausend sind für die Nutte, den Rest brauche ich eigentlich nicht, aber wenn ich dich um einen Tausender bitte, wirst du mir nur fünfhundert geben. Oder zweihundert. Was war dieses scheiß Leben kompliziert. Jeder hatte seine eigenen Codes, und wenn man sich mit den anderen verständigen wollte, musste man all diese verdammten Codes knacken. Einzig Eugen hatte keine Codes. Bei ihm galt immer das, was er sagte. Eigentlich kam er nur mit solchen Leuten klar. Aber ausgerechnet Frauen hatten unzählige Codes, selbst jene, die sich unkompliziert gaben. Es war hoffnungslos, weil er jede früher oder später verletzte, da es immer einen Code gab, der ihm so fremd war, dass er ihn nicht bemerkte. Immerhin hatten Nutten einen einfachen Code, er bestand nur aus Angebot und Nachfrage.

»Monatliche Raten. Ich lebe sparsam.«

»Du sollst nicht beim Essen sparen«, mahnte ihn seine Mutter.

»Ich koche selber, das ist günstig.«

»Kochen lenkt ab«, sagte sie nickend.

»Ich koche, weil es günstig ist, nicht um mich abzulenken.«

»Es ist wichtig, dass man sich beschäftigt.«

»Deshalb habe ich das Projekt.«

»Günstige Wohnungen? Es gibt doch günstige Wohnungen in der Stadt. Genossenschaftswohnungen.«

»Ja, aber eine normale Wohnung können sich die Leute bald nicht mehr leisten. Das ist pervers, Wohnen sollte ein Grundrecht sein.«

»Das sollte man den Politikern überlassen. Die werden dafür bezahlt, dass sie sich Gedanken machen.«

»Mein Projekt ist nicht politisch. Es geht nur darum, auf etwas aufmerksam zu machen.«

»Lisa. So hieß doch deine Freundin? Ich fand sie nett.«

»Sie ist nett. Aber es ging nicht. Du lebst ja auch allein.«

»Das ist etwas anderes.«

Sie streckte ihm ihr Kinn entgegen, er kannte die Geste, er hatte einen wunden Punkt getroffen, was ihm leidtat, denn es war nicht hilfreich.

»Wie geht es den Katzen?«, versuchte er abzulenken.

»Sie sind meine größte Freude«, sagte seine Mutter strahlend.

Sehr gut, dachte er. Ich muss sie bei Laune halten. Aber lange halte ich es hier nicht mehr aus. Er schaute sich um. Neben den schicken älteren Damen hatten jetzt auch einige Pärchen Platz genommen. Er sah auch zwei Schwule, der ältere um die fünfzig, der jüngere vermutlich knapp über zwanzig, beide herausgeputzt. In Gedanken zündete er erneut eine Bombe.

»Wir machen das so«, sagte seine Mutter nach einer längeren Pause, in der sie in ihrer Handtasche gewühlt hatte. »Ich gebe dir zweitausend Franken. Dafür wirst du im Frühling, wenn ich zwei Wochen weg bin, nach den Katzen schauen.«

Er schluckte. Was war das für ein elender Vorschlag. Er hatte absolut keine Lust, täglich die Wohnung seiner Mutter aufzusuchen.

»Ich weiß nicht, ob es zeitlich geht.«

»Ich bitte dich. Zweimal täglich schaust du vorbei. Dafür musst du mir nur tausend Franken zurückzahlen.«

Was für ein scheiß Angebot. Aber was blieb ihm anderes übrig? In seiner Situation waren zweitausend Franken ein Vermögen. Und vielleicht reichte es ja, wenn er sechshundert oder achthundert in die Nutte investierte. Projekt Triebbefriedigung. Finanziert von der Mutter. Er lachte.

»Was ist daran so lustig?«

»Nichts. Mir ist nur gerade etwas eingefallen.«

»Es ist wichtig, dass man seinen Humor nicht verliert.«

Er nickte. Laut lachen werde ich, wenn die scheiß Stadt brennt und es Leichen regnet. Das war gut formuliert. Vielleicht hatte er ja tatsächlich das Talent zum Schriftsteller. Aber hatte er das nicht irgendwo aufgeschnappt? Vermutlich in einem Actionfilm, die ihm besser gefielen, seit er von seiner Krankheit wusste. Er musste vorsichtig sein mit dem, was er preisgab. Die haben Psychologen bei der Polizei, die aus einem einzigen Satz ein Phantombild ableiten können. Auch wenn er sich nicht vorstellen konnte, dass all das, was in den Fernsehserien zu sehen war, auch tatsächlich zutraf.

»Gleich um die Ecke hat es eine Postfiliale. Soll ich dir das Geld überweisen?«

»Das dauert immer so lange.«

»Gut. Aber zuerst gehen wir einkaufen.«

Er schaute sie entgeistert an.

»Ich möchte, dass du was im Kühlschrank hast. Gemüse und Früchte und auch Fleisch. Du hast doch ein Tiefkühlfach, oder?«

»Das ist nicht nötig. Echt.«

»Ach was. Wenn du möchtest, kannst du dir auch ein paar Flaschen Wein kaufen.«

»Ich trinke fast nie Wein.«

»Das ist aber gesund, wenn man ein gewisses Alter erreicht hat.«

Er spürte die Wut. Sie kochte noch ganz leise, aber seine Mutter war drauf und dran, die Herdplatte zu heizen. Ein Mann in seinem Alter, der sich von der Mutter den Einkaufswagen vollpacken lässt. Was für eine Demütigung. Vielleicht sollte er einfach eine dieser scheiß Banken überfallen. Er redete auf seine Mutter ein. Schließlich hatte er sie so weit, dass sie auf den Einkauf verzichtete. Dafür kaufte sie ihm zwei Einhundert-Franken-Gutscheine für einen Supermarkt. Besser, dachte er. Als sie sich verabschiedeten, wollte sie ihn umarmen, doch er ging einen Schritt zurück und murmelte etwas von Schmerzen. Sie schaute ihn traurig an, doch die Traurigkeit verflog sofort wieder, als sie auf einer Fensterbank eine junge Katze sah. Er winkte seiner Mutter zu, bevor er um die Ecke bog. Er fuhr mit dem Bus einige Stationen bis zum großen Supermarkt. Dort kaufte er alles ein, was er benötigte, um die Stadt anzuzünden. Oder immerhin eine Baracke oder einen Neubau. Aber die brannten kaum, weil alles nur Beton und Glas war. Er zahlte mit einer Gutscheinkarte und reagierte nicht, als die Verkäuferin nach seiner Kundenkarte fragte. Dafür schaute er nach oben und suchte die Decke nach Videokameras ab, konnte aber keine entdecken. Ich muss verdammt noch mal vorsichtiger sein, dachte er. Eugen hatte garantiert einen perfekt durchgedachten Plan. Da konnte er nicht mithalten. Auch sonst war Eugen viel strukturierter in seinen Gedanken. Und seinem Hass. Für Eugen waren es die Linken und die Ausländer, die schuld am Niedergang des Landes waren. Er hatte vergeblich darauf hingewiesen, dass es auch Probleme mit den Reichen gäbe, gab aber zu, dass ihm die Linken und die Multikultis ebenfalls auf den Sack gingen. Eugen hatte keine Probleme damit, sich politisch ganz rechts anzusiedeln. Er selber hatte eigentlich keine Richtung, er fand, dass die ganze Politik versagt hatte und nur eine Katastrophe zu einem Umdenken führen konnte. Eugen sagte, man dürfe keine Rücksicht auf die Schwachen nehmen. Das war, bevor bei ihm die scheiß Krankheit ausbrach. Jetzt gehörte er auch zu den Schwachen und er war sich fast sicher, dass dies der Grund war, weshalb Eugen sich nicht bei ihm meldete. Er musste ihm zeigen, dass er nicht schwach war. Wahrscheinlich hätte Eugen über seine Pläne gelacht. War das nicht alles viel zu harmlos? Ein bisschen zündeln reichte nicht. Er musste größere Risiken in Kauf nehmen.

»Darf ich Sie etwas fragen?«

Er schaute verdattert auf den Mann, der ihn angesprochen hatte. Dunkler Anzug, schmales Gesicht. Der Mann trug einen kleinen Rollkoffer bei sich.

»Was denn?«, entgegnete er barsch.

»Was geht in Ihnen vor, wenn Sie hören, dass Menschen verhungern?«

»Was?«

»Glauben Sie, dass Gott einen Plan hat?«

»Das interessiert mich nicht. Ich habe meine eigenen Pläne.«

»Das ist interessant. Möchten Sie darüber reden?«

»Nein.«

Der Mann war um die dreißig und sah nicht aus wie ein

Frömmler. Eher wie ein Typ, der einem eine Versicherung andrehen wollte.

»Ich höre gerne Menschen zu.«

»Ich habe nichts zu erzählen.«

»Jeder Mensch hat etwas zu erzählen.«

Du willst nicht hören, was ich zu erzählen habe, dachte er.

»Lassen Sie mich in Ruhe.«

»Sie suchen nach Antworten, das spüre ich.«

»Idiot«, sagte er leise und ging weiter.

»Ich wünsche Ihnen einen schönen Tag«, sagte der andere ungerührt.

Er schaute nicht zurück, als er die Straße überquerte. Was war nur los in dieser verdammten Stadt? Die einen rannten dem Geld nach und die anderen lauerten mit dem Herrgott im Gepäck auf Passanten. Und alle verkleideten sich. Bei niemandem konnte man mehr sicher sein, was er dachte und fühlte. Der Typ im Anzug ist ein Frömmler und der Freak in zerschlissenen Jeans programmiert bei einer Bank. Langhaarige Typen werben für die Rechtspopulisten und Weiber in Designerklamotten hocken für die Sozis im Parlament. Wahrscheinlich war auf dem Land alles einfacher. Aber er war ein Stadtmensch, er konnte mit den Kuhglockengesichtern nichts anfangen. Wahrscheinlich brauchte es wieder so etwas wie einen Urknall, der die ganze Suppe auseinanderriss. Die Verunsicherung musste so groß sein, dass jeder dazu gezwungen war, sich Gedanken zu machen. Ihm fiel ein, dass Eugen vor einiger Zeit ein Internetforum erwähnt hatte, auf dem sich Rechte aus ganz Europa austauschten. Während er ging, versuchte er sich an die Adresse des Forums zu erinnern. Irgendwas mit Thor. War es denkbar, dass sich Eugen von ihm abgewandt hatte, weil er Leute gefunden hatte, die konsequenter als er dachten und handelten? Er spürte, dass er wütend wurde bei dem Gedanken. Viele Freunde hatte er nie gehabt, mit Eugen fühlte er sich verbunden, selbst dann, wenn sie sich wochenlang nicht sahen. Es war schon auffällig, dass sich Eugen nach dem Beginn der scheiß Krankheit kaum noch bei ihm meldete. Während er sich über diesen Gedanken ärgerte, fiel ihm der Name des Forums wieder ein. Er schaute sich um und überlegte, wo das nächstgelegene Internetcafé zu finden war. Ganz in der Nähe war ein Hotel, in dem man gratis surfen konnte. Er blieb eine Weile stehen, bevor er die Straßenseite wechselte. War es klug, mit den gekauften Artikeln herumzuspazieren? Jeder für sich war harmlos, doch aus der Summe konnte ein Kenner durchaus seine Schlüsse ziehen. Was soll's, dachte er. Noch waren sie ihm nicht auf den Fersen. Im Hotel musste er in der Lounge warten, weil eine junge Frau in einem Jogginganzug am einzigen Computerterminal saß. Er sah von weitem, dass sie sich auf Facebook eingeloggt hatte. Das konnte dauern. Es dauerte tatsächlich. Fast eine halbe Stunde. Er tat so, als würde er auf jemanden warten. Als er endlich am Computer saß, musste er frustriert feststellen, dass die Adresse des Forums nicht mehr gültig war. Stattdessen klickte er auf die Seite des anderen Forums. Erst jetzt kam ihm der Gedanke, fahrlässig gehandelt zu haben. Die rechte Hand. Irgendein gelangweilter Polizist könnte ihm im Internet bereits auf der Spur sein. Er überlegte, welche Beiträge er mit den drei Worten beendet hatte. Es konnten nicht viele sein. Er las einen Beitrag des Studenten. Theoretisches Gewäsch. Er fand die zwei Beiträge und war froh, dass er sie nachträglich editieren konnte, was nicht in allen Foren möglich war. Einige Tage würden die Originalbeiträge theoretisch noch auf Suchmaschinen zu finden sein, aber er hatte sich schon vor Wochen versichert, dass man einzelne Beiträge mit den gängigen Suchmaschinen nicht fand. Ab jetzt würde er das Internet nur noch benutzen, um an Informationen zu kommen und um den Kontakt zu Eugen wieder herzustellen. Er loggte sich aus und besuchte einige Seiten, die er sonst nie aufsuchte. Niemand sollte auf ein Benutzerprofil schließen können. Er lachte, als er sich mehrere Seiten mit Nachrichten zu Synchronschwimmern auf den Monitor holte. Danach schaute er sich in der Lobby um und wählte die Adresse eines Escortservices. Zweifellos etwas, was in Hotels öfter vorkam. Er betrachtete die Auswahl an Frauen und sah, dass es nur wenige

Schweizer Frauen gab, die seinen Wünschen entsprachen. Weitersuchen, er hatte keine Lust, eine Niete zu ziehen. Ich werde dein Geld richtig gut anlegen, dachte er und sah seine dicke Mutter vor sich. Als sich zwei Teenager näherten, die sich auf Englisch unterhielten, beendete er die Session und überließ den beiden den Platz.

27.

Als er Wenger sah, wollte er zuerst umkehren, doch dieser hatte ihn bereits entdeckt. Er wird es sofort bemerken, dachte Stauffer, der noch immer das Gefühl hatte, am ganzen Körper nach Anna zu riechen. Die Irritation war noch immer da, gleichzeitig erschien ihm die Begegnung unwirklich.

»Ich habe mir die Schrebergartensiedlung noch einmal angeschaut«, sagte Wenger.

»Ja?« Stauffer war überrascht, denn Wenger schien überhaupt nichts zu bemerken.

»Das ist ein Anfänger, einer, der das noch nie zuvor gemacht hat.«

»Aber er wird es wieder tun?«

»Ich habe bei der Zentrale hinterlegt, dass uns jeder Brand in der Stadt und der Umgebung sofort gemeldet wird.«

»Das ist sinnvoll«, sagte Stauffer.

»Abendbesprechung?«, rief Locher fröhlich, als sie Wenger und Stauffer auf dem Flur sah.

»Wenn wir schon dabei sind«, sagte Stauffer und zeigte auf seine Bürotür. Er hatte keinen Zweifel, dass Tanja Locher es sofort merken würde. Schließlich hatten sie auch einmal miteinander geschlafen. Meine Güte, wie lange das schon her ist, dachte er. Als sie direkt neben ihm stand, wurde ihm unangenehm warm. Er schaute sie an, sie lächelte unsicher, Stauffer nickte und das war es auch schon. Sie haben keine Ahnung, nichts, dachte Stauffer. Musste sich so ein Verbrecher fühlen, der nicht ertappt wird? Er verdrängte den Gedanken, was bitte schön hatte das mit einem Verbrechen zu tun? Er sah Anna vor sich. Was war bloß geschehen? Ein kurzer Gedanke an Mirjam ließ ihn schwitzen.

»War dein Ausflug erfolgreich?«, fragte sie, scheinbar ohne Hintergedanken, doch Stauffer zuckte kurz zusammen.

»Wunderlich«, sagte Stauffer und entlockte damit Tanja Locher ein Lachen.

»Hat er etwas zur Hand sagen können?«

Stauffer fasste Pünteners Theorie zusammen, was bei den anderen für Heiterkeit sorgte.

»Wir werden demnach alle früher oder später durch Deutsche ersetzt«, sagte Wenger lachend.

»Was ist mit Bolliger? Hat sich schon jemand mit ihm zum Selbstmord verabredet?«, fragte Stauffer, dem die entspannte Atmosphäre wohltat.

»Hat alles nichts gebracht. Auch Anna hat nichts gefunden.«

Stauffer spürte, wie sein Herz kurz stillstand. Musste er jetzt jedes Mal an Anna denken, wenn er mit Anna Herold zusammenarbeitete?

»Fontini glaubt nicht, dass wir im Internet etwas finden, das im Zusammenhang mit der Hand steht.«

»Dann sind wir jetzt an einem Punkt, an dem wir den Deckel zumindest vorübergehend drauf machen können«, sagte Stauffer nachdenklich.

»Das sehe ich auch so«, sagte Wenger. »Wenn sich aber herausstellt, dass es zu weiteren Brandstiftungen kommt, dann sollten wir aktiv werden.«

»Wie stellst du dir das vor?«, fragte Locher.

»Brandstifter sind unberechenbar.«

»Walter hat Recht«, sagte Stauffer. »Aber es macht momentan nicht viel Sinn, den Selbstmord von Kadaric weiterzuverfolgen. Ich glaube, wir gehen alle davon aus, dass es Selbstmord war.«

Er sah kurz zu den anderen, sie stimmten ihm zu.

»Gut. Dann haben wir nur ein Rätsel nicht gelöst. Wie die Hand von den Bahngleisen in das Gebüsch kam.«

»Das ist etwas für die Rätselecke«, sagte Wenger. »Aber faszinierend.«

»Die Gasser hat übrigens angefragt, ob sie Bolliger und Herold für ein Fußballspiel einteilen könne.«

»Die beiden spielen Fußball?«, fragte Wenger belustigt.

»Eines dieser Hochrisikospiele«, sagte Locher. »Sie brauchen Leute, die im Stadion unauffällig filmen.«

»Ich habe nichts dagegen«, sagte Stauffer. Sie gingen auseinander. Stauffer blieb noch eine Weile vor seinem Computer sitzen und las einen Bericht von Anna Herold. Warum nur musste sie auch Anna heißen? Als er nach Hause fuhr, drehte er das Radio laut, um sich abzulenken. Er trank ein Glas Wein, bevor er Mirjam anrief. Sie klang müde oder deprimiert. Er gab sich keine besondere Mühe, sie aufzuheitern. Als sie sagte, dass sie bald schlafen ginge, war er erleichtert. Wie wird das nur enden?, dachte er und starrte in den Garten. Einauge hatte ihn bemerkt, kam laut miauend auf ihn zu und strich ihm um die Beine. Er fragte sich, was jetzt in Anna vorging. Einen Moment lang dachte er daran, sie anzurufen, doch gleich darauf schüttelte er den Gedanken aus seinem Kopf. So geht das nicht, dachte er. Er hoffte, dass Thomas ihn nicht anrief, das hätte ihm gerade noch gefehlt. Was sollte er ihm antworten? Ich war bei Anna, sie war nicht besonders erfreut, aber wir haben miteinander geschlafen. Vielleicht meldet sie sich bei dir, vielleicht auch nicht. Ich weiß nicht, ob ich noch einmal mit ihr schlafen werde. Das stimmt nicht, dachte er. Ich weiß es. Es geht nicht. In seinem Beruf hatte er dauernd mit Dreiecksgeschichten zu tun. Zumindest mit jenen, die nicht gut ausgingen. Es geht nicht. Ich kann das nicht. Zudem war Anna verheiratet. Was wusste er eigentlich über sie? Wahrscheinlich war er genau zum richtigen Zeitpunkt bei ihr gewesen. Es hätte auch ein anderer Mann sein können. Es war ihr einfach danach. Doch dieser Gedanke gefiel ihm auch nicht. Es war schon schön zu glauben, dass es nur wegen ihm geschehen war. Was aber hatte sie in ihm gesehen? Was er in ihr? Nach all den Jahren? Um zehn hätte er am liebsten Mirjam angerufen und ihr alles gestanden.

Um elf dachte er mit einem sanften Lächeln an Anna. Um Mitternacht saß er vor dem Fernseher und versuchte gar nichts zu denken. Ein fröhlicher Mann erklärte, dass die nächsten Tage frühlingshaft warmes Wetter mit viel Sonnenschein bringen würden. Stauffer hatte beinahe eine Flasche Wein getrunken. Der Alkohol beruhigte ihn, und als er schlafen ging, wünschte er sich einen tiefen traumlosen Schlaf.

28.

Er lächelte, als sie ihre Jacke auszog und sich um die Hüften wickelte. Hatte er ihr nicht gesagt, dass es warm war? Fast wie im Sommer. Tatsächlich spürte man die Sonne auf der Haut. Wenn man aber im Schatten ging, fröstelte man in der kühlen Luft. Trotzdem war es ein fantastischer Tag. Der erste seit langem, an dem sie gemeinsam einen Spaziergang machten.

»Stell dir vor, das wäre unser Grundstück«, sagte er und zeigte auf die Felder, die sie umgaben.

»Viel zu groß«, sagte sie lachend. »Wer soll sich jeden Tag darum kümmern, wenn wir auf unserer Yacht sind?«

Beide lachten. Es gehörte zu ihrem Spiel. Sich vorzustellen reich zu sein, alles zu besitzen, was sie schon immer besitzen wollten. Es war eine Illusion, aber sie machte den Alltag erträglicher. Erst seit sie zusammengezogen waren, war es ihnen möglich zu sparen. Er arbeitete als Hilfskoch in einem großen Restaurant. In der Natur erholte er sich von der Hitze und dem Lärm. Sein Verdienst war lausig und die Chancen auf eine Karriere gering. Er war ein guter Hilfskoch, aber man musste ihm alles genau erklären, sonst war er überfordert. Dass sich Jana überhaupt für ihn interessiert hatte, wunderte ihn manchmal. Die anderen Mädchen, die er kennen gelernt hatte, suchten alle einen Freund, der gut verdiente oder der zumindest gute Aussichten hatte. Er hatte keine guten Aussichten, musste froh sein, überhaupt einen Job zu haben. Aber vielleicht gefiel es ihr, dass sie mit ihm gemeinsam träumen konnte. Sie schauten sich auch gerne romantische Filme an, in denen eine graue Maus zum Star wurde, oder in dem sich ein Millionär in ein unscheinbares Mädchen verliebte. Jana hatte ihm gesagt, dass sie nur einen Millionär wollte, der ähnlich sei wie sie. Und solche Leute finde man nicht bei den Millionären. Er wusste nicht so recht, was sie damit meinte, aber wahrscheinlich hatte es damit zu tun, dass sie zwar gerne davon träumten, reich zu sein, dass sie aber trotzdem so bleiben wollten, wie sie waren. Sie halfen sich gegenseitig, so wie sie bei der Arbeit anderen halfen. Er als Hilfskoch und sie als Hilfspflegerin. Gemeinsam ging es.

»Ende des Monats überweise ich achtzig Franken auf unser Ferienkonto«, sagte er.

»Und ich hundert«, sagte Jana.

»Dann haben wir bald tausendfünfhundert«, sagte er.

»Das ist noch viel zu wenig«, sagte Jana.

»Ich weiß, aber ich muss noch die blöde Zahnarztrechnung bezahlen.«

»Ich bezahle jetzt nur noch halb so viel fürs Handy«, sagte Jana. Sie hatte den Anbieter gewechselt, wie sie das schon öfter getan hatte, um wieder ein paar Franken zu sparen.

»Ich sollte aufhören zu rauchen«, sagte er, als er sich eine Zigarette anzündete.

»Ich würde dir dabei helfen.«

»Wie denn?«, fragte er.

»Ich könnte dich belohnen.«

»Wenn ich mit dir zusammen bin, geht es. Aber in den Pausen, da geht es nicht. Fast alle rauchen.«

Im Gegensatz zu anderen fuhren sie diesen Sommer nicht weg. Sie planten Ferien zuhause, kleinere Ausflüge, grillieren auf dem Balkon. Dafür wollten sie sich im Winter einen richtigen Luxus leisten. Eine Woche in St. Moritz, bei den Reichen. Nicht in irgendeinem Hotel, es musste eines der besten sein. Sie wussten, dass ihr Erspartes nicht reichte.

»Und wenn es nur ein Wochenende ist«, sagte Jana. »Stell dir vor, ein riesiges Zimmer und alle behandeln uns wie Könige.«

»Ein solches Zimmer kostet achthundert Franken oder mehr«, sagte er.

»Bis zum Winter haben wir noch mehr gespart.«

Er wusste, wie sehr sie sich darauf freute. Sie hatte sich in den vergangenen Jahren ein paar Kleider gekauft, die sie nie anzog, weil es keinen Anlass gab, zu dem sie sie anziehen konnte. Ihn hatte sie dazu überredet, einen schönen Anzug zu kaufen. Und zwei Pullover, die so viel kosteten, wie er an drei Tagen verdiente. Der Anzug immerhin war im Preis heruntergesetzt. Trotzdem war es das teuerste Kleidungsstück, das er je gekauft hatte.

»Die Schuhe sind wichtig«, sagte Jana. »Vor allem bei Männern. Ich sehe sofort, ob jemand teure Schuhe trägt. In diesen Hotels achten sie auf so etwas.«

»Wenn wir für die Kleider so viel ausgeben wie für das Hotel, dann reicht es nur für eine Nacht. Ich könnte einen Kredit aufnehmen. Die Zinsen sind niedrig im Moment.«

»Vielleicht haben wir ja Glück«, sagte Jana. »Hast du gelesen, wie hoch der Jackpot ist?«

Er lachte. Jana spielte jede Woche Lotto. Sie tippte immer die gleichen Zahlenreihen, er kannte sie auswendig und verglich sie manchmal mit den Zahlen, die gezogen wurden. Er glaubte nicht an dieses Glück. Leute wie er und Jana gehörten nicht zu den Glückspilzen. Sie mussten sich alles erarbeiten und vermutlich würde es trotzdem nicht reichen.

»Ohne Kredit reicht es nicht«, sagte er bestimmt. »Außer wir gehen in ein günstigeres Hotel.«

Sie schüttelte vehement den Kopf.

»Es muss alles stimmen«, sagte sie. »Das Hotel, die Kleider, das Essen. Ich möchte nie daran denken, ob wir uns etwas nicht leisten können. Ich spare lieber noch ein Jahr.«

»Wir könnten dieses Jahr eine Woche Campingurlaub in Italien machen«, sagte er, ohne auf Zustimmung zu hoffen.

»Warum nicht?«, sagte Jana. Er umarmte sie.

»Wenn wir das Essen mitnehmen, dann kostet es nicht viel. Das Zelt und alles andere können wir uns ausleihen.«

Er dachte an seine Schwester, die früher oft campieren war, aber seit ihr Mann besser verdiente, machten sie Strandferien im Hotel.

»Auch wenn es wenig kostet, gratis ist es nicht.«

Er rechnete im Kopf die Ausgaben durch, hatte aber Mühe, sich zu konzentrieren. Warum fiel ihm das so schwer? Er wusste, dass er nicht der Hellste war, was ihn aber mehr störte, war, dass er bei solchen Dingen der Langsamste der Welt zu sein schien.

»Fünfhundert Franken«, sagte er, ohne dass er diesen Betrag tatsächlich berechnet hatte.

»Bist du sicher? Wie kommen wir dahin? Mit dem Auto? Das könnten wir ausleihen, aber das Benzin ist teuer. Das allein kostet doch schon zweihundert Franken, oder? Und die Bahn ist auch teuer.«

»Wir könnten mit dem Car reisen.«

»Ja?«

»Stipe kennt jemand, der bei einem Carunternehmen arbeitet. Da gibt es ganz billige Fahrten nach Kroatien. Da ist es auch schön.«

»Da machen alle meine Kolleginnen Ferien, das ist uncool.«

Er schaute sie fragend an, sie lachte über das Wort, das sie sonst nie benutzte.

»Wir müssen doch nicht cool sein. Es genügt doch, wenn wir Spaß haben.«

Er sah, wie sie nachdachte. Er wusste, dass die Traumferien in St. Moritz für Jana wichtig waren. Er streichelte ihr die Haare aus dem Gesicht. Sie schaute ihn an, gab ihm einen flüchtigen Kuss.

»Eine Woche Italien. Das finde ich mega«, sagte Jana.

»Du bist einverstanden?«

»Wir schauen uns das zusammen an, auch die Kosten.«

»Wir könnten einen Plan machen. Für nächstes oder übernächstes Jahr. Bis wir genug Geld haben für ein paar Luxustage.«

Sie nickte langsam, doch er glaubte zu sehen, dass sie enttäuscht war.

»Gut. Aber dann sparen wir weiter für nächstes Jahr. Bis wir uns eine Woche in St. Moritz leisten können. Eine Luxuswoche. Lass uns weitergehen. Da vorne hat es einen Weiher.«

Sie gingen schweigend. Weit und breit war niemand zu sehen. Als sie beim Weiher ankamen, bemerkte Jana das Fahrrad zuerst. Es sah neu und teuer aus und war an einen Baum gelehnt. Sie gingen an dem Fahrrad vorbei und bogen auf den Weg, der um den Weiher führte.

Plötzlich blieb Jana stehen und hielt ihm die Hand hin. Er nahm sie, drückte sie, ohne zu ahnen, was los war.

»Was ist los? Du frierst doch nicht?«

Er sah, wie sie sich mit der anderen Hand über den Brustkorb rieb.

»Da unten liegt einer«, sagte Jana und zeigte auf einen schmalen Steg, der in den Weiher führte.

»Erzähl keinen Scheiß«, sagte er, doch als er in die gleiche Richtung schaute, sah auch er den Körper. Er lag gekrümmt da. Ein Mann in Jeans und Turnschuhen. Er kriegte kaum noch Luft, der Anblick schnürte ihm die Kehle zu.

»Wir müssen ihm helfen«, sagte Jana, die den Anblick anscheinend besser verkraftete. Trotzdem fühlte sie sich unsicher.

»Wie willst du ihm helfen?«, fragte er.

»Vielleicht hatte er einen Infarkt oder einen Schwächeanfall.«

»Wir sollten die Sanität rufen.«

»Nein«, sagte Jana und ließ seine Hand los. Sie ging runter zum Steg. Er blieb zuerst reglos stehen. Doch dann überwand er seinen Schockzustand und ging hinter Jana her, blieb aber einige Meter vom Steg entfernt stehen.

»Was hat er?«, fragte er, als er sah, wie sich Jana zu dem Mann bückte. Er wäre am liebsten weggegangen, mit solchen Situationen kam er nicht zurecht. Er wartete darauf, dass sie ihm zurief, was er tun sollte.

»Er ist tot«, rief Jana. Er nickte nur, ohne einen Schritt näher zu kommen. Jana kannte sich mit Toten aus. Im Pflegeheim starb fast jede Woche jemand. Es kam ihm unendlich lange vor, bis sie zu ihm zurückkam. Er nahm sie in die Arme, während sie mit zitternden Händen auf ihrem Handy eine Nummer wählte.

»Was ist mit dem Mann?«

»Er hat Wunden am Körper.«

»Was für Wunden?«

»Hier und hier.« Sie zeigte auf seinen Brustkasten. Er überlegte noch, was das zu bedeuten hatte, als sie bereits mit der Notrufzentrale redete. Ein Mann, der vermutlich getötet worden war. Sie beschrieb den Weiher und nannte die beiden Ortschaften, die in der Nähe waren.

»Sie möchten, dass wir warten«, sagte sie zu ihm, nachdem sie den Anruf beendet hatte.

So ein schöner Tag, dachte er und vermied es, auf den leblosen Körper zu schauen.

»Ich werde ihm noch mal den Puls fühlen«, sagte Jana.

Er nickte, weiterhin unfähig einen klaren Gedanken zu fassen. Er drehte sich um und sah, wie Jana neben dem Körper kauerte. Sie ist viel stärker als ich, dachte er. Als sie zurückkam, sah er ihrem Gesichtsausdruck an, dass dem Mann nicht mehr zu helfen war. Er wusste nicht, was er sagen sollte. Er umarmte sie. Er spürte, wie ihr Körper zuckte und er hörte sie schluchzen. Er hielt sie fester, doch eigentlich klammerte er sich an sie, wollte sie spüren, sich sicher sein, dass ihr Herz schlug, dass sie atmete. Nicht so wie der fremde Mann, der auf dem Steg lag und für den es kein Glück mehr gab. Nie mehr.

29.

Stauffer ging zurück zu seinem Wagen und zog die Jacke an, die auf dem Rücksitz lag. Eine Wolke verdeckte die Sonne und sofort war es wieder kühl geworden. Es war genau jenes Wetter, bei dem man sich ganz leicht erkälten konnte. Er sah, wie sich Walter Wenger mit einer Frau von der Spurensicherung unterhielt. Der Weiher war nicht besonders groß, und da die Bäume noch kein

Laub trugen, war alles sehr übersichtlich. Einzig einige Gebüsche sorgten dafür, dass der schmale Steg nicht von überall einsehbar war. Als der Anruf einging, kümmerte sich zuerst die Besatzung eines Streifenwagens um den Fall. Ein Fahrradfahrer, der mit unklaren Verletzungen tot bei einem Weiher lag. Das hörte sich nach einem Unfall an. Doch die Beamten bemerkten sofort, dass dieser Mann nicht verunglückt war. Stauffer war aus einer Sitzung gerufen worden, bei der über eine Neuorganisiation bei der Drogenfahndung berichtet wurde. Ein Thema, das ihn nicht interessierte und das keinen Einfluss auf seine Arbeit hatte. Doch weil er offiziell einer Abteilung vorstand, auch wenn sie noch so klein war, wurde er zu all den öden Meetings eingeladen. Meist blieb er fern, doch wenn gerade kein aktueller Mordfall anstand, hatte er keine guten Argumente, um nicht teilzunehmen. Erleichtert hatte er die SMS gelesen, die jenen Code enthielt, den sie polizeiintern für ein Tötungsdelikt verwendeten. Er rief sofort Wenger und Locher an und kurz darauf auch Holzer, der die Aufgabe hatte, im Konferenzraum die notwendigen Installationen vorzubereiten, damit der Raum als Zentrale genutzt werden konnte. Locher kam auf ihn zu, sie hatte sich mit dem anwesenden Arzt unterhalten.

»Mehrere Stichverletzungen, zumindest eine davon tödlich.«

»Todeszeitpunkt?«

»Nicht länger als zwei bis drei Stunden.«

Stauffer nickte. Bei dem Wetter lag es nahe, dass der Tote nicht allzu lange unentdeckt geblieben war.

»Wissen wir schon, wer der Mann ist?«

»Es wurde ein Portmonee sichergestellt. Darin eine Bank- und eine Kreditkarte sowie eine Kundenkarte. Alle sind auf den Namen Clemens Stadelmann ausgestellt.«

»Hast du Fontini bereits informiert? Der Tote dürfte hier in der Gegend gewohnt haben.«

Locher nickte.

»Wir haben eine Adresse. Wenn es die richtige ist, dann lebte der Tote alleine.«

»Wir brauchen möglichst rasch Angaben zu seinem persönlichen Umfeld. Wie alt ist der Mann?«

»Anfang fünfzig.«

»War er selbstständig? Oder arbeitslos?«

»Vielleicht hatte er einen freien Tag. Es gibt Angestellte, die haben so etwas ab und zu.« Sie lachte, doch Stauffer ließ sich nicht aufheitern.

»Er ist von da drüben gekommen.«

Sie zeigte auf die größere der beiden Ortschaften.

»Wie viele Kilometer sind das?«

»Sechs oder sieben. Keine große Anstrengung.«

Stauffer nickte. Der Mann trug Freizeitkleidung, kein Renndress. Wenn er zu Fuß unterwegs gewesen war, waren sechs oder sieben Kilometer eine weite Strecke, vor allem, wenn das Wetter unbeständig war.

»Was ist mit dem Fahrrad?«

Stauffer zeigte auf das Rad, das an dem Baum lehnte.

»Wird überprüft. Die Wahrscheinlichkeit ist groß, dass es ihm gehörte.«

»Ja?« Stauffer hielt nicht viel von solchen Spekulationen. Spekulieren sollte man nur, wenn man keine Möglichkeit hatte, Fakten zu überprüfen. Das war hier nicht der Fall.

»Außer den beiden, die den Toten entdeckt haben, war niemand hier.«

»Wir dürfen keine voreiligen Schlüsse ziehen. Der Weiher ist tief genug für Überraschungen.«

Locher schaute ihn verwundert an.

»Du glaubst, dass noch jemand getötet wurde?«

»Ich glaube gar nichts. Wir müssen den Weiher absuchen lassen, allein schon wegen der Tatwaffe. Oder wurde die sichergestellt?«

Locher schüttelte den Kopf. Stauffer drehte sich um und ging einige Schritte zum Fahrrad hin.

»Sieht neu und teuer aus.« Locher stimmte ihm zu.

»Habt ihr schon Videos gemacht?«, fragte Stauffer.

»Ja. Sollen wir das Fahrrad abtransportieren lassen?«

»Alles, was hier herumsteht und herumliegt«, sagte Stauffer.

»Was denkst du?«, fragte Locher, als sie sah, wie sich Stauffer am Kinn kratzte und dabei konzentriert in Richtung Tatort blickte.

»Was wollte er am Weiher?«, sagte er mehr zu sich selbst.

»Er war nicht allein«, sagte Locher.

Stauffer nickte.

»Er hat hier entweder seinen Mörder getroffen oder er ist mit ihm hierhergekommen.«

»Es könnte einen Streit gegeben haben.«

Er schaute hoch. Zwei Spazierwege führten zum Weiher, einer davon war breit genug für Autos, auch wenn er nicht befahren werden durfte.

»Wir brauchen gesicherte Informationen«, sagte er. Locher nickte und ging zu einem der Einsatzwagen, aus dem man Funkverkehr hörte. Stauffer schaute zu Wenger, der scheinbar teilnahmslos neben dem Toten unter dem Zelt stand. Als er auf ihn zuging, achtete er auf die Markierungen, die von der Spurensicherung angebracht worden waren.

»Ungewöhnlich«, sagte Wenger, als er Stauffer bemerkte.

»Was fällt dir spontan auf?«

Wenger zeigte auf den Toten. »Es sieht so aus, als wollte er fliehen. Zum Fahrrad oder einfach auf den Weg da oben. Er muss völlig überrascht gewesen sein.«

»Wie kommst du darauf?«

»Es fehlen die typischen Abwehrverletzungen an den Händen. Der erste Stich muss so heftig gewesen sein, dass er sich nicht mehr wehren konnte. Er hat die Flucht als die einzige Überlebensmöglichkeit gesehen.«

»Wie sieht es mit Spuren aus?« Stauffer drehte sich um die eigene Achse und blickte auf einige der wenigen Markierungen.

»Wenig. Ich denke, dass wir am ehesten an der Leiche etwas finden. Täter und Opfer sind sich sehr nahe gekommen. Es könnte ein Gerangel gegeben haben.«

»Eine Schlägerei, die ausartete?«

»Es gibt Schürfspuren, die können aber auch daher rühren, dass er nach dem ersten Stich zu Boden ging und auf allen vieren zu fliehen versuchte.«

Stauffer nickte und ging zwei Schritte zurück. Er versuchte sich vorzustellen, was genau geschehen war, doch es fiel ihm schwer, eine Logik zu entdecken. Dass dem Mann jemand aufgelauert hatte, schien unwahrscheinlich, dazu war das Gelände zu offen. Zwar verdeckten die Büsche die Sicht ein wenig, doch wenn man sich dem Weiher näherte, konnte man darüber oder dadurch etwas erkennen. Am ehesten denkbar war, dass sie zu zweit unterwegs oder sich hier erst begegnet waren.

»Ist das Anna?«

Stauffer erschrak und schaute Wenger an, der auf eine Frau zeigte, die Anna Herold ähnlich sah.

»Nein. Aber sie sieht ein bisschen so aus.«

»Ich brauche eine Brille«, sagte Wenger lachend.

Stauffer dachte an die andere Anna. Gut eine Woche war vergangen. Er hatte nichts mehr von ihr gehört und auch nichts unternommen, um den Kontakt aufrechtzuerhalten. Nachdem er anfänglich davon ausgegangen war, dass Mirjam ihn früher oder später fragen würde, was mit ihm los sei, überraschte sie ihn mit einer Herzlichkeit, die sie seit Wochen nicht mehr gezeigt hatte. Der Todestag ihres Mannes war vorübergegangen und mit ihm die schwere Last. Ihre Tochter Rahel war die meiste Zeit bei Freunden gewesen und Mirjam hatte zwei Tage allein im Haus verbracht. Nur zwei kurze Anrufe, die Stauffer beruhigen sollten. Dabei war er ganz froh über die Distanz, da er sich tagelang nicht schlüssig gewesen war, wie er die Geschichte mit Anna einordnen sollte. Es gab Momente, da spürte er heftige Gefühle und es zog ihn zu Anna, aber es gab auch Stunden der Nüchternheit, in denen ihm bewusst war, dass er sie nie wiedersehen würde und dies vermutlich auch das Beste für alle Beteiligten war. Doch es blieb eine Irritation, die an ihm nagte. Wie gut kannte er sich wirklich? Welcher Stauffer war das, der mit einer Frau ins Bett ging, die er fast zwanzig Jahre nicht gesehen hatte?

»Viel können wir hier nicht tun«, sagte Wenger.

»Ja«, sagte Stauffer. Er rief Holzer an und bat ihn für alle ein Mittagessen zu organisieren.

»Nicht schon wieder Pizza«, sagte Holzer genervt.

»Meinetwegen etwas aus einem Restaurant. Wir treffen uns um zwölf.«

Er schaute auf die Uhr und zu Wenger, dieser nickte.

30.

Auf der Leinwand waren Tatortfotos zu sehen. Es war deutlich zu erkennen, dass der Tote mehrere Stichverletzungen aufwies, zwei davon im Rücken und im Bereich des Nackens. Wer auch immer ihn erstochen hatte, er hatte ihm nicht den Hauch einer Chance gelassen. Als Locher den Raum betrat, machte sie Gesten, die eine Entschuldigung andeuteten, doch außer Stauffer bemerkte das niemand, weil alle Blicke auf die Fotos gerichtet waren.

»Wir sind so weit«, sagte Stauffer. »Wir werden gemeinsam alle derzeit verfügbaren Fakten aufbereiten und uns danach unverzüglich an die Arbeit machen. Tanja?«

»Der Tote heißt Clemens Stadelmann, dreiundfünfzig Jahre alt, arbeitete bei der städtischen Verwaltung. Dort war er seit sechs Monaten krankgeschrieben wegen eines Burn-outs.«

»Die Leute erfinden immer neue Krankheiten. Früher hat man einfach den Job gewechselt, wenn man ausgebrannt war.«

Elfie Marthaler grinste, außer ihr reagierte niemand auf Holzers Kommentar.

»Das Fahrrad am Tatort gehörte Stadelmann. Er hat es sich gekauft, als er freigestellt wurde. Nachbarn berichten, dass er oft damit gefahren ist, auch bei Regen. Die Strecke, die von zwei Seiten zum Weiher führt, ist beliebt als Spazier- und Fahrradweg. Stadelmann soll regelmäßig dort langgefahren sein.«

»War er immer allein unterwegs?«, fragte Stauffer.

»Ich habe nur die Aussage eines Nachbarn. Er hat Stadelmann

nie mit jemand zusammen gesehen, wenn er mit dem Rad wegfuhr oder zurückkam. Stadelmann lebte allein, seine Frau hatte sich vor einem Jahr von ihm getrennt. Aus der Ehe stammt ein erwachsener Sohn.« Locher hob den Kopf und blickte zu Anna Herold.

»Sven Stadelmann. Zweiundzwanzig Jahre alt, arbeitslos. Gehört zur Hooliganszene. Hat Stadionverbot im Letzigrund und auch im Hallenstadion. Galt eine Zeit lang als extrem gewaltbereit. Die Beziehung zu seinem Vater wird als zerrüttet beschrieben. Sven Stadelmann hat derzeit keinen festen Wohnsitz.«

»Da hätten wir ja schon unseren ersten Tatverdächtigen«, sagte Holzer.

»Weiter«, sagte Stauffer und zeigte zu Anna Herold.

»Der Kontakt zu seiner Mutter ist normal. Sie hat allerdings seit Wochen nichts mehr von ihm gehört. Die Mutter lebt in einer neuen Beziehung mit einem Lehrer. Sie hat nach eigenen Angaben ihren Exmann vor drei Monaten zuletzt gesprochen.«

Anna Herold nickte, was Bolliger zum Anlass nahm, weitere Fakten beizusteuern.

»Bei der städtischen Verwaltung arbeitete Stadelmann zuletzt als Sachbearbeiter im Sozialdepartement. Er verwaltete mehrere Dossiers von Sozialhilfebeziehern. Nach einem psychischen Zusammenbruch mit Herzkreislaufproblemen wurde er krankgeschrieben.«

»Was ist mit den Dossiers? Hast du die Namen?«, fragte Stauffer.

»Es sind über ein Dutzend Fälle, die er zuletzt bearbeitet hat. Möchtest du die Namen?«

»Nicht jetzt. Aber wir müssen dem nachgehen. Es gab Fälle von Sozialhilfebetrug, die aufgedeckt wurden. Auch wenn er krankgeschrieben war, könnte das Motiv mit seiner Arbeit zu tun haben.«

»Soll ich mich darum kümmern?«

»Ja, mach das, aber Elfie soll dir dabei helfen.«

»Es ist mir immer eine Ehre, mit aufstrebenden Talenten zusammenzuarbeiten«, sagte Elfie Marthaler, was für allgemeine

Heiterkeit sorgte. Sogar Bolliger steuerte ein eher gequältes Lächeln bei.

»Zuerst das private Umfeld, dann das geschäftliche. Wir wissen, dass dies bereits den Großteil aller Tötungsdelikte abdeckt.«

»Ist der Sohnemann zur Fahndung ausgeschrieben?«, fragte Holzer.

»Es wird nach ihm gesucht«, sagte Stauffer.

»Der Tatort«, sagte Wenger und wartete einen Moment, bis er die Aufmerksamkeit aller auf sich gezogen hatte.

»Er ist wichtig. In mehrerlei Hinsicht. Wenn wir von einer gezielten Attacke ausgehen, dann kommen nur Menschen als Täter infrage, die wussten, dass er dort öfter mit seinem Fahrrad unterwegs war.«

»Es sei denn, jemand ist ihm gefolgt«, sagte Locher.

»Das dürfen wir nicht ausschließen, auch wenn es unwahrscheinlich ist«, sagte Wenger. »Die Täterschaft hatte die Tatwaffe dabei. Wie wir gleich erfahren werden, handelt es sich um ein ziemlich langes und scharfkantiges Messer, nichts, was man einfach so in der Hosentasche mit sich trägt. Entweder wurde Stadelmann am Teich ganz gezielt attackiert, oder die Täterschaft trägt ständig ein solches Messer mit sich.«

»Ein Jagdmesser?«, fragte Locher.

»Die Klinge ist achtzehn Zentimeter lang«, sagte Elfie Marthaler. »So etwas liegt normalerweise in der Küchenschublade. Das Messer hat eine scharfe und eine stumpfe Schneide, was ebenfalls auf Küchenmesser zutrifft. Jagdmesser sind meist doppelschneidig.«

»Wir sollten abklären, ob jemand aus einer psychiatrischen Klinik abgängig ist«, sagte Wenger. »Die Art des Mordes deutet für mich auf jemand mit psychischen Problemen hin.«

»Trifft das nicht auf alle Mörder zu?«, fragte Holzer sarkastisch.

»Kliniken melden uns, wenn jemand, der potenziell gefährlich ist, abgehauen ist. Das lässt sich mit einem Anruf klären.« Marthaler hielt ihr Handy in die Höhe und Stauffer nickte ihr auffordernd zu. Sie wandte sich ab und wählte eine Nummer.

»Der Sohn steht im Zentrum«, sagte Stauffer. »Wir müssen ihn so rasch wie möglich finden.«

»Wenn er untertauchen will, benötigt er Geld. Wir sollten seine Mutter im Auge behalten.« Locher starrte auf eines der Tatortfotos.

»Gut. Wir müssen auch mit der Exfrau reden. Bolliger und Marthaler, ihr kümmert euch um die Dossiers, die er vor seiner Krankheit bearbeitet hat. Herold und Holzer, ihr klappert die Nachbarschaft ab. Ich will wissen, wie regelmäßig Stadelmann zu dem Weiher gefahren ist und ob ihn doch manchmal jemand begleitet hat. Versucht möglichst viel über seine Lebensumstände herauszufinden. Wenn er krankgeschrieben war, dann war er vermutlich in psychologischer Betreuung. Versucht auch herauszufinden, ob er eine Freundin hatte. Wir kümmern uns um die Frau und den Sohn.«

Er zeigte auf Locher und danach auf Manuele Fontini, der angespannt wirkte.

»Wir benötigen Informationen aus seinem Computer und seinem Handy. Kontakte, E-Mails, SMS, irgendwo könnte ein Hinweis zu finden sein.«

»Sobald die Geräte bei mir sind, lege ich los. Es kann aber eine Weile dauern, wenn ein Passwort oder ein Pincode nötig sind. Manchmal findet man auf externen Festplatten, die für Backups benutzt werden, leichter Zugang.«

»Im Fernsehen sieht das so leicht aus. Vielleicht solltest du mal bei denen nachfragen, wie die das machen.«

Holzers Anmerkung löste leises Gelächter aus, nur Wenger blieb diesmal ungerührt. Als Stauffer ihn anschaute, nickte er. Obwohl ihm keine Aufgabe zugewiesen worden war, ahnte er, was Stauffer ihm vorschlagen würde.

»Du schaust dir den Tatort genau an. Ich will wissen, wie sich die Tat abgespielt hat. Versuch zusammen mit den Leuten von der Spurensicherung herauszufinden, wo der Täter auf Stadelmann gewartet hat und wie er ihn attackiert hat.«

»Eines kann ich schon anhand der Fotos sehen. Er ist weggerannt. Das Fahrrad steht da, als habe er es abgestellt, um eine Rast zu machen. Ein Fahrrad stellt man fast immer in Fahrtrichtung ab. Sein Körper wurde einige Meter entfernt gefunden. Es sieht aus, als ob er versucht hat zu flüchten und vom Täter eingeholt wurde.«

»Finde heraus, ob das Spurenbild mit deinen Eindrücken übereinstimmt. Das könnte sehr wichtig sein.«

»Wäre er vor seinem Sohn weggerannt?«, fragte Anna Herold.

»Der Sohn ist gewalttätig«, sagte Stauffer, »er wäre nicht der erste Vater, der Angst vor dem eigenen Sohn hat.«

»Ich würde nicht wegrennen«, sagte Holzer. »Nicht vor meinem Sohn. Es sei denn, er wäre nicht allein.«

»Im Moment können wir nichts ausschließen«, sagte Stauffer. Er sah, wie Elfie Marthaler die Hand hob, und nickte ihr zu.

»Keine Abgänge aus Kliniken oder Gefängnissen. Bei der Medienstelle gibt es Anfragen zum Leichenfund.«

Stauffer schaute auf die Uhr.

»Was meinst du?« Er schaute Wenger an. »Sollen wir in zwei Stunden informieren?«

»Ich kann das übernehmen«, sagte Wenger.

»Wir dürfen jetzt keine Zeit verlieren. Holt euch Verstärkung für die Befragungen der Nachbarn und der Arbeitskollegen.«

Innerhalb von Sekunden leerte sich der Raum. Locher rief jene Beamten an, die sich um die Exfrau des Mordopfers kümmerten, und kündigte ihren baldigen Besuch an. Stauffer überprüfte sein Diensthandy, löschte einige Kurzmitteilungen und vergewisserte sich, dass der Akku voll aufgeladen war. Danach fuhren sie los.

31.

Stadelmanns Exfrau hieß Claire und lebte in einer Gemeinde im Furttal. Am Straßenrand sah Stauffer auf den Äckern im Abstand von wenigen hundert Metern Plakate einer populistischen Partei, die für eine Volksinitiative warb. Es sah beinahe aus wie früher in einem kommunistischen Land, in dem nur noch eine Partei Werbung machte. Auch an Bauernhöfen hingen Plakate. Stauffers Begeisterung für die Politik hielt sich in Grenzen. Je mehr Plakate er sah, umso angewiderter reagierte er. Er staunte, als er nach rechts unten schaute.

»Ist das ein Golfplatz?«

»Sieht so aus«, sagte Locher ungerührt.

Sie fuhren an mehreren Reihenhaussiedlungen vorbei, die offenbar in großer Eile in den vergangenen Jahren hochgezogen worden waren. Die Vegetation sah kümmerlich aus und auch die Bewohner schienen noch keine Zeit gehabt zu haben, individuelle Akzente zu setzen. Sie stellten den Wagen auf einen Besucherparkplatz. Stauffer blieb einen Moment stehen und blickte sich um, während Locher bereits vor dem Haus mit der Nummer 42c stand, in dem die Exfrau von Stadelmann mit ihrem neuen Lebensgefährten wohnte. Es war niemand zu sehen, nicht einmal Katzen. Es schien, als hätten sich alle Lebewesen versteckt. Stauffer wunderte sich, dass auch die Gärten wie ausgestorben wirkten, dabei war es angenehm warm. Als er einige Schritte auf die 42c zuging, bemerkte er in einem Garten eine Wäschestange, die aufgespannt war. Ein Flugzeug war zu hören und in weiter Entfernung Kirchenglocken. Locher wies mit dem Kopf zur Tür und Stauffer nickte. Sie klingelte und gemeinsam warteten sie, bis geöffnet wurde. Claire Stadelmann war eine schmale, zerbrechlich wirkende Frau mit einer sehr hellen Haut. Ihre Stimme war fest und auch ihr Blick verriet keine Trauer. Stauffer wusste, dass dies nichts zu bedeuten hatte. Sie wurden in ein Wohnzimmer geführt, in dem Möbel standen, die aussahen, als seien sie stilsicher in Antiquariaten zusammengekauft worden. Auch wenn das Mobiliar klassisch war, machte der Raum einen offenen und modernen Eindruck, was vermutlich am Grundriss lag. Der Raum war sehr groß und hoch und die Küche nur durch eine Arbeitstheke vom Wohnraum getrennt. Stauffer und Locher saßen nebeneinander auf einem breiten Sofa. Claire Stadelmann saß ganz am Rand eines Sessels, ihre Beine berührten einen Salontisch aus Glas.

»Was genau ist geschehen?«

»Das können wir im Moment noch nicht sagen. Herr Stadelmann ist mit einem Messer attackiert und getötet worden.«

»Wir waren zweiundzwanzig Jahre verheiratet«, sagte Claire Stadelmann nachdenklich.

»Hatten Sie noch regelmäßig Kontakt zu Ihrem Mann?«

Stauffer wollte sich gerade korrigieren, doch Frau Stadelmann winkte ab.

»Wir sind nicht geschieden. Wir haben uns getrennt, aber das mit der Scheidung eilte für beide nicht. Auch mein neuer Partner drängt mich nicht dazu.«

Stauffer wartete, aber sie machte keine Anstalten weiterzureden.

»Sie blieben in Kontakt?«

»Wir hatten telefonisch Kontakt. Vielleicht alle zwei oder drei Wochen. Ja, ich glaube, es war vor drei Wochen. Er hatte Probleme, schon seit Längerem.«

»Wir wissen, dass er krankgeschrieben war.«

»Er hatte einen Zusammenbruch.«

»Lebte er allein?«, fragte Locher.

Claire Stadelmann schaute sie überrascht an.

»Über so etwas haben wir nicht gesprochen. Er hat auch nie nach meinem jetzigen Partner gefragt. Ich glaube, es hat ihn verletzt.«

Sie griff sich ein Kleenex und tupfte sich damit die Augenpartie.

»Hatte er gehofft, dass Sie wieder zu ihm zurückkehren?«, fragte Stauffer.

»Das kann sein«, sagte Claire Stadelmann und atmete tief durch. »Für mich war das keine Option mehr.«

Stauffer hob die Augenbrauen. Was war das für eine Formulierung? Die Frau machte keinen derart rationalen Eindruck, aber vielleicht hatte er sich wieder einmal getäuscht.

»Hat er Sie bedrängt?«, fragte Locher und Stauffer bemerkte sofort, dass Frau Stadelmanns Augen nervös zuckten. Sie schüttelte den Kopf.

»Nein. Aber er hat mich immer wieder darauf angesprochen. Er ist aus unserer alten Wohnung ausgezogen. Er sagte, wir könnten etwas Neues suchen, vielleicht sogar eine Wohnung kaufen. Er sagte, dass es keine Rolle spiele, was im Moment sei, wenn es ihm besser ginge, könnte wieder alles sein wie früher. Ich wollte das aber nicht. Vermutlich hat er es verdrängt. Oder er dachte, mein neuer Partner, das sei nur ein Flirt.«

Sie lächelte verlegen.

»Wie ging Ihr neuer Partner mit der Situation um?«, fragte Stauffer. Konnte hier ein Motiv zu finden sein? Wer war dieser neue Partner? Er glaubte sich zu erinnern, dass von einem Lehrer die Rede war.

»Er hat sich nicht eingemischt.«

Sie knüllte das Kleenex zusammen, schaute plötzlich ganz ernst zu Stauffer und danach zu Locher.

»Nein«, sagte sie bestimmt. »Er hat nichts damit zu tun.«

Wir werden das abklären, dachte Stauffer. Er sah, wie sich Tanja Locher eine Notiz machte.

»Sie haben einen Sohn«, sagte Stauffer möglichst neutral. Frau Stadelmann nickte und ihr Blick wanderte zu einem Sekretär, auf dem Fotos standen. Locher stand sofort auf und kam mit einem Foto in der Hand zurück.

»Ist er das?«

Frau Stadelmann nickte, Locher hielt das Foto Stauffer hin. Er sah einen kräftigen jungen Mann, der in die Kamera winkte.

»Clemens konnte nicht verstehen, in welche Richtung sich Sven entwickelt hatte.«

»Ihr Sohn gilt als gewalttätig.«

Stauffer war froh, dass sie rasch auf dieses Thema zu sprechen kamen. Frau Stadelmann wand sich um eine Antwort. Sie hielt die Hand hin, bis Locher ihr das Foto gab. Sie nahm es und blickte darauf, als sie antwortete.

»Ihm fehlen die Perspektiven. Er empfindet sein Leben als leer. Er kam früh mit anderen in Kontakt, für die Schlägereien ein wichtiger Bestandteil ihres Lebens sind. So absurd das auch klingen mag. Es ist für sie wie ein Sport. Ich riet ihm, einen Kampfsport auszuüben, doch er hatte Probleme mit den strikten Regeln. Bei dem, was er machte, hatten sie ihre eigenen Regeln.«

»Er prügelte sich mit anderen Fußballfans?«, fragte Stauffer.

»In den Zeitungen steht nicht die Wahrheit. Die Gruppe, in der Sven war, hatte ihren eigenen Codex. Das hat nichts mit brutalen Schlägern zu tun.«

»Sie sagten, er war in der Gruppe. Gehört er heute nicht mehr dazu?«

Sie schüttelte den Kopf. »Glauben Sie, dass Sven der Täter ist?«

Locher glaubte zu spüren, dass Svens Mutter sich diese Frage wahrscheinlich unmittelbar nach Erhalt der Nachricht gestellt hatte.

»Wir wissen es nicht. Aber wir würden gerne mit Sven reden.«

»Ich weiß nicht, wo er steckt.«

»Haben Sie seine Handynummer nicht?«, fragte Locher erstaunt.

»Doch. Aber er meldet sich nicht. Ich habe ihm eine Kurzmitteilung geschickt, dass er sich bei mir melden soll. Dass etwas mit seinem Vater sei.«

»Wann haben Sie zuletzt mit Ihrem Sohn gesprochen?«

»Das ist zwei Wochen her. Nur ein kurzer Anruf. Er sagte, dass er eine neue Unterkunft habe.«

»Wo?«, fragte Stauffer.

»Im Kreis 4. Ein Zimmer, das zu einem Laden gehört, in dem Fahrräder repariert werden.«

Locher zückte ihr Handy und tippte etwas ein.

»Sven hat nie eine Waffe benutzt. Immer nur seine Fäuste. Er sagte, das seien ehrliche Kämpfe. Clemens konnte oder wollte das nicht verstehen. Für ihn war es Gewalt, und Gewalt lehnte er ab.«

»Wie war die Beziehung zu seinem Vater?«

»Sie gingen sich aus dem Weg.«

»Gab es Streit zwischen den beiden?«

»Clemens hat gesagt, dass er sich nicht mehr bei ihm blicken lassen sollte, solange er nicht mit den Schlägereien aufhörte.«

»Hat sich Sven daran gehalten?«, fragte Locher.

»Er hielt Clemens für einen dieser Gutmenschen, die keine Ahnung haben.«

»Einen Gutmenschen?«, hakte Stauffer nach. Er kannte den Begriff aus politischen Debatten.

»In der Szene, in der sich Sven bewegte, gab es auch Leute mit rechtsextremen Ansichten.«

»Gehörte Sven nicht dazu?«

»Sven ist eigentlich unpolitisch. Ich glaube auch nicht, dass er rechtsextrem ist. Oder linksextrem. Was ja manchmal kaum voneinander zu unterscheiden ist.«

Nach einer Pause sagte sie: »Ich habe es aufgegeben, mit Sven über seine Ansichten zu reden. Ich nehme ihn, wie er ist. Er ist mein Sohn. Egal was er tut. Clemens konnte das nicht. Er verstand nicht, wie es möglich war, dass sein Sohn zu einem gewaltbereiten jungen Mann werden konnte. Ich sagte Clemens, dass das eine Entwicklungsphase ist. Er sagte, auch wenn es nur eine Phase ist, ich möchte nichts damit zu tun haben. Es war schwierig für ihn. Bei seiner Arbeit hatte er oft mit Gewalt zu tun. Und mit dem, was sie anrichtete. Er sagte, er wolle seinen Sohn nicht im Gefängnis besuchen.«

»Ist es so weit gekommen?«, fragte Locher.

»Er wurde zweimal festgenommen«, sagte Claire Stadelmann. Nicht das, was man sich von seinem Sohn erwünscht, dachte Stauffer.

»Wurde er gegenüber seinem Vater oder Ihnen gewalttätig?«, fragte Locher.

»Nein. Uns hat er nie angegriffen. Er ist auch nie grundlos auf jemand losgegangen. Diese Hooligans organisieren ihre Treffen, die Gruppen kennen sich, es läuft alles viel organisierter ab, als es in den Medien geschildert wird. Oft bekommt man gar nichts davon mit, da sie sich auf irgendeinem Parkplatz oder einem Feld treffen.«

Stauffer überlegte, ob er jemanden kannte, der Einblick in die Hooliganszene hatte, doch es fiel ihm niemand ein. Es gab unter

Jugendlichen mittlerweile so viele verschiedene Szenen, dass ein Einzelner den Überblick längst verloren hatte. Doch er wusste, dass es bei der Polizei Hooliganexperten gab.

»Ich kann mir nicht vorstellen, dass Sven so etwas tun würde«, sagte Claire Stadelmann. Es klang jedoch nicht so überzeugt. Tanja Locher dachte an ihre Tochter. Was konnte man als Mutter machen, wenn die Kinder in eine Szene abrutschten, in der sie gewalttätig wurden? Gab es nicht sogar Eltern, denen das lieber war, als wenn ihre Kinder Drogen nahmen?

»Welche Gruppierung ist das, in der sich Sven aufhielt?«, fragte Stauffer ungelenk.

»Die Gruppe existiert nicht mehr«, sagte Claire Stadelmann. »Sven sagte mir, dass die Luft raus sei.«

Stauffer nickte. Was macht ein Schläger, wenn ihm Schläge zu langweilig werden? Greift er zu einem Messer und sticht zu? Je länger das Gespräch dauerte, umso klarer wurde ihm, dass sie Sven Stadelmann so rasch wie möglich finden mussten.

»Die Schweiz ist nur vordergründig eine friedliche Gesellschaft«, sagte Claire Stadelmann.

»Ja?« Stauffer hatte keinen Schimmer, was sie damit andeuten wollte.

»Dieses Land ist stark geworden durch Werte wie Toleranz, Solidarität, Konsens und gegenseitigen Respekt. Früher rebellierte die Jugend gegen starre Strukturen und konservative Politik. Wer heute rebellieren will, muss sich andere Gegner suchen.«

Noch immer fragte sich Stauffer, worauf Frau Stadelmann hinauswollte. Die Taten ihres Sohnes rechtfertigen?

»Sie versuchen, Ihren Sohn zu verstehen?«, fragte Tanja Locher.

»Welche Mutter tut das nicht?«

»Hat er eine Freundin?«, fragte Stauffer.

»Ich glaube nicht. Obwohl …«

»Ja?«

»Er klang anders, als ich das letzte Mal mit ihm telefonierte. Frauen können auf junge Männer einen sehr positiven Einfluss haben.«

Oder auch nicht, dachte Stauffer. In seinem Beruf hatte er gelernt, dass Menschen dazu neigten, aus Banalitäten positive Signale herauszulesen, sei es zur Beruhigung oder zur Bestätigung.

»Hat Ihr Sohn eine Ausbildung gemacht?«

»Ja, bei einer Bank, aber ohne Abschluss. Er ging danach jobben, oft auf dem Bau, da bezahlen sie gut und Sven hat bei der Bank gemerkt, dass er nicht der Bürotyp ist.«

»Gibt es noch andere Geschwister?«, fragte Locher, die zwischendurch immer wieder auf ihr Handy blickte.

»Nein. Sven ist ein Einzelkind.« Es klang beinahe wie eine Entschuldigung.

»Das letzte Telefongespräch«, sagte Stauffer. »Sie sagten, er klang anders. Wie meinen Sie das?«

»Sven ist keiner, der viel redet. Aber beim letzten Mal war das anders.«

»Worüber redete er?«

»Er fragte nach einem Ort in Frankreich. Ein kleines Dorf oberhalb von Brest. Das ist in der Bretagne. Wir waren dort schon mal in den Ferien. Es hat ihm da sehr gut gefallen und er überlegte, dorthin zu fahren.«

»Wann?«, fragte Stauffer.

»Im Sommer.«

»Das war alles?«

»Wir unterhielten uns über die Ferien damals. Wie das so ist, wir hüpften von einem Thema zum anderen. Er machte einen lockeren und aufgeräumten Eindruck.«

»Redete er auch über seinen Vater?«, fragte Locher.

»Ja, er hat ihn im Gespräch erwähnt. Glauben Sie, dass dieses Gespräch wichtig ist?«

»Das wissen wir nicht«, sagte Stauffer, »aber manchmal erhalten wir auf diese Weise Informationen, die uns weiterbringen. Was hat er über seinen Vater gesagt?«

»Clemens hatte sich damals den Fuß verstaucht, als er mit Sven Fußball spielte. Wir hatten in den Ferien immer einen Ball dabei.

Sven war ein Talent, aber er trennte sich nur ungern vom Ball. Anstatt abzuspielen, wartete er auf einen Zweikampf.«

Sie hielt inne. Vielleicht war ihr gerade bewusst geworden, dass sie ihren Sohn als jemanden beschrieb, der auf Konfrontation aus war.

»Wie wollte er nach Frankreich reisen?«, fragte Locher.

Frau Stadelmann hob ratlos die Schultern an.

»Mit dem Zug? Ich weiß es nicht. Die meiste Zeit ist er mit dem Fahrrad unterwegs.«

Stauffer horchte auf. War das ein Ansatzpunkt? Suchten Sie nicht nach einem Täter auf einem Fahrrad?

»Wir benötigen die Namen und Kontaktadressen seiner Freunde«, sagte Stauffer.

»Da kann ich Ihnen nicht weiterhelfen«, sagte Frau Stadelmann. »Das ist eine Welt, an der er mich nicht teilhaben ließ.«

»Sie sagten, dass es keinen Kontakt zu seinem Vater mehr gab?«, fragte Stauffer und Frau Stadelmann nickte.

»Schon seit Monaten. Clemens hatte zuerst versucht, Sven aus der Szene rauszuholen, aber da war es schon viel zu spät. Anfänglich wussten wir nur, dass er regelmäßig zu Fußballspielen ging. Er war auch während seiner Banklehre nicht auffällig. Dann aber wurde er in Kopenhagen verhaftet. Zusammen mit anderen Fans des FC Zürich. Sie sollen zwei gegnerische Fans krankenhausreif geprügelt haben. Es gab einen Prozess, Sven wurde zu einer Geldstrafe verurteilt. Damals wurden wir zum ersten Mal mit seiner gewalttätigen Seite konfrontiert. Clemens versuchte es mit Gesprächen, es gab auch psychologische Betreuung. Aber Sven blockte alles ab. In der Szene hat er ein gewisses Ansehen, da ist er wer. Wir wollten ihm einen Auslandsaufenthalt finanzieren, aber wir erreichten ihn nicht mehr mit unseren Ideen.«

»Wovon lebt Ihr Sohn?«, fragte Stauffer.

»Wie ich schon sagte, er jobbt, mehr weiß ich nicht«, sagte Frau Stadelmann.

»Sie wissen nicht, ob er momentan arbeitet?«, fragte Locher verwundert.

»Er sagte, dass er sich durchschlägt und dass er nicht viel Geld benötigt. Mich hat er nie um Unterstützung gebeten.«

»Wir müssen mit ihm sprechen. So rasch wie möglich.«

Frau Stadelmann nickte. Sie schrieb etwas auf einen Zettel und reichte ihn Stauffer.

»Das ist seine Handynummer.«

Stauffer gab den Zettel Locher, diese tippte die Nummer umgehend in ihr Handy. Sie hielt es Stauffer in Hörweite hin. Er nickte, als die Stimme meldete, dass der Teilnehmer derzeit nicht erreicht werden konnte.

»Können Sie das Handy lokalisieren?«, fragte Frau Stadelmann und Stauffer war sich nicht sicher, ob ihre Stimme Verunsicherung oder Hoffnung ausdrückte.

»Nur wenn es eingeschaltet ist«, sagte Stauffer, der sich allerdings nicht sicher war, ob dies auch zutraf. Die Techniker verblüfften ihn manchmal mit Dingen, die er sich nicht einmal hätte träumen lassen.

»Er ist nicht so stark, wie er sich gerne gibt.«

»Befürchten Sie, dass er sich etwas antun könnte?«, fragte Locher.

»So etwas kann man bei jungen Menschen leider nie ausschließen«, sagte Frau Stadelmann, als wisse sie, wovon sie spreche.

»Wir benötigen ein neueres Foto von Sven und möglichst genaue Angaben zu den Leuten, mit denen er in Kontakt steht«, sagte Stauffer.

»Dazu kann ich leider kaum etwas sagen.«

»Was auch immer Ihnen einfällt, es könnte wichtig sein.«

Sie verabschiedeten sich, nachdem ihnen Frau Stadelmann mehrere Fotos überreicht hatte. Locher betrachtete die Fotos und versuchte sich vorzustellen, ob ihre Tochter von Sven Stadelmann fasziniert sein würde. Er hatte kein schönes Gesicht und es gab nichts an ihm, das ihn wirklich interessant machte. Doch sie wusste, dass übertrieben männliches Gehabe, gepaart mit Brutalität, durchaus anziehend wirkte auf gewisse Frauen. Bis sie diese Brutalität am eigenen Leib zu spüren bekamen.

»Was geht in einem Vater vor, wenn sein Sohn sich derart anders entwickelt, als er sich das gewünscht hat?«, fragte Stauffer, als sie im Wagen saßen.

»Er bleibt sein Sohn, auch wenn er sich von ihm entfernt.«

»Ist das so? Gibt es diese Normalität zwischen Eltern und Kindern, auch wenn die Kinder brutale Schläger sind?«

»Ich würde meine Tochter nie verstoßen«, sagte Locher.

»Auch nicht, wenn sie dich bedroht?«

»Eltern haben ein Urvertrauen, sie können sich nicht vorstellen, dass ihnen die eigenen Kinder gefährlich werden könnten.«

»Wir wissen, dass es geschehen kann«, sagte Stauffer.

»Er wurde nicht in seiner Wohnung erstochen.«

»Was willst du damit sagen?«

»Nachdem was wir wissen, ist es eher unwahrscheinlich, dass Stadelmann mit seinem Sohn zum Weiher fuhr. Und weshalb sollte Sven ihm da auflauern?«

»Wenn er ihn in seiner Wohnung getötet hätte, wäre er sofort verdächtigt worden.«

»Das wird er jetzt auch.«

»Ja«, sagte Stauffer, der sich den Tathergang nicht richtig vorstellen konnte. Tanja Locher hatte natürlich Recht, die meisten Familiendramen spielten sich in den eigenen vier Wänden ab.

»Wir sollten das Alibi des neuen Lebensgefährten von Frau Stadelmann überprüfen.«

Stauffer nickte. »Und ihres? Wir haben sie nicht gefragt. Die Tat könnte auch von einer Frau begangen worden sein.«

Tanja Locher wiegte den Kopf hin und her. »Kommt sie dir suspekt vor?«

»Eigentlich nicht«, sagte Stauffer. »Stadelmann ist ziemlich kräftig gebaut. Er muss überrascht worden sein oder es mit einem ebenfalls kräftigen Widersacher zu tun gehabt haben.«

»Jemand, der ein Küchenmesser bei sich trägt«, sagte Locher. Sie schaute ihn an, es dauerte einen Moment, bis Stauffer begriff.

»Es soll jemand vorbeigehen und sich in der Küche umschauen«, sagte er. Locher rief bei der Einsatzzentrale an. Danach wählte sie Fontinis Nummer.

»Hast du schon was?«

»Der Computer ist von der Spurensicherung noch nicht freigegeben«, sagte Fontini.

»Hast du meine SMS nicht erhalten?«

»Moment«, sagte Fontini, danach hörte sie es rascheln.

»Hallo?«

Sie schüttelte den Kopf und hielt Stauffer ihr Handy hin.

»Was ist?«

»Unser Computergenie mag es gerne kompliziert.«

Stauffer wusste nicht genau, was vorgefallen war, aber dass Fontini manchmal Mühe hatte, Wichtiges von Unwichtigem zu unterscheiden, war auch ihm aufgefallen. Locher wollte gerade die Verbindung beenden, als sie Fontinis Stimme hörte.

»Sorry, ja, die SMS ist angekommen. Eilt es?«

»Immer«, sagte Locher grimassierend. Stauffer grinste und fuhr los.

»Okay, sollte machbar sein. So viele Fahrradläden gibt es nicht in der Stadt«, sagte Fontini.

Täusch dich mal nicht, dachte Locher, der spontan zwei einfielen, die sich in der näheren Umgebung ihrer Wohnung befanden. Nachdem sie den Anruf beendet hatte, wählte sie erneut Sven Stadelmanns Handynummer.

»Es kann auch sein, dass er schläft und keine Ahnung hat, was mit seinem Vater geschehen ist«, sagte sie.

»Wir müssen ihn so rasch wie möglich finden.«

»Sollten wir nicht eine Fahndung einleiten? Vielleicht ist er schon unterwegs in die Bretagne.«

»Dann wüssten wir, dass er es war.«

»Aha.«

Stauffer schmunzelte. »Es gibt zwei Varianten, wie man eine Tat gestehen kann«, sagte er, »man legt ein Geständnis ab oder man flieht. Denk daran, wie seine Mutter ihn beschrieben hat.«

»Jemand, der den Zweikampf sucht«, sagte Locher.

»Genau. Wir wissen nicht viel über ihn, aber er scheint jemand zu sein, der keine Konfrontation scheut.«

Als sie von der Autobahn wieder ins Stadtgebiet fuhren, klingelte Lochers Handy.

»Es gibt drei Läden, die infrage kommen, der eine steht allerdings seit zwei Monaten leer«, sagte Fontini.

»Saubere Arbeit«, sagte Locher.

»Soll ich dir die beiden Adressen simsen?«, fragte Fontini.

»Sehr gut. Wir fahren sofort hin.«

»Vielleicht sollten wir die Bereitschaft anfordern?«, sagte Stauffer, der sich nicht sicher war, ob Sven Stadelmann für sie eine Gefahr darstellte.

»Leute wie er reagieren auf Uniformen aggressiv«, sagte Locher.

»Trotzdem. Sie sollten sich in der Nähe bereithalten. Wir sollten kein Risiko eingehen.«

Locher nickte und las laut die beiden Adressen. Sie einigten sich darauf, welchen Veloshop sie als ersten aufsuchen wollten. Danach rief Locher in der Zentrale an.

32.

Der erste Laden gehörte einem jungen Schweizer, der ihn zusammen mit einem Freund vor zwei Jahren eröffnet hatte. Bereitwillig zeigten sie Stauffer und Locher die Lagerräume und den Aufenthaltsraum. Es sah nicht danach aus, als würde in dem Geschäft jemand übernachten. Nach einem kurzen Gespräch war Stauffer klar, dass die beiden nichts mit Sven Stadelmann zu tun hatten. Der zweite Laden befand sich nahe der Militärstraße. Da er in einem Hinterhof lag, dauerte es eine Weile, bis sie ihn lokalisiert hatten. Es war ein kleines Gebäude, das eher wie ein Schuppen aussah. Aus dem Laden drang Hip-Hop-Musik.

»Treffer«, sagte Locher und Stauffer nickte. Sie schauten sich beide um. Keiner schien sie zu beobachten und auch im Laden konnten sie niemanden sehen.

»Wir warten«, sagte Stauffer und rief bei der Zentrale an. Der Wagen der Bereitschaft sei unterwegs, aber es gebe Probleme in der Innenstadt wegen eines Tramunfalls. Stauffer schüttelte den Kopf.

»Wir benötigen dringend eine Bereitschaft auf Fahrrädern, die kommen immer durch.«

»Soll ich reingehen und mich umschauen?«, fragte Locher.

Stauffer ermahnte sie zu warten. Doch mit jeder Minute, die verging, wurde auch er ungeduldiger. Schließlich nickte er ihr zu und sie gingen beide in Richtung Laden.

»Soll ich hinten rum?«, fragte Locher.

»Ja, aber sei vorsichtig.«

Er wartete, bis sie um die Ecke gegangen war. Als er die Tür öffnete, dröhnte ihm die Musik entgegen. Es roch nach Schmierfett und Schweiß. In einer Ecke kauerte ein kahlköpfiger Mann und schraubte am Rad eines Mountainbikes herum. Stauffer ging auf den Mann zu. Erst als er unmittelbar hinter ihm stand, nahm dieser ihn wahr. Er stand auf und sagte etwas, ohne dass Stauffer auch nur eine Silbe hörte. Er zeigte auf seine Ohren. Der Mann nickte und stellte die Musikanlage leiser. Am Hals hatte er eine Tätowierung, die aus mehreren Zacken und einem Halbmond bestand.

»Ja?«, fragte der Mann.

»Gehört Ihnen der Laden?«, fragte Stauffer.

»Ja. Gibt es Probleme? Wegen der Musik?«

Stauffer schüttelte den Kopf. Er zog eines der Fotos hervor, die er von Frau Stadelmann erhalten hatte.

»Kennen Sie ihn?«

Der Mann senkte den Kopf und starrte auf das Foto wie ein Kurzsichtiger.

»Was ist mit Sven?«

»Ist er hier?«

Der Mann blies seine Backen auf und zeigte Stauffer seine Handflächen.

»Polizei?«

Stauffer nickte. Er hatte kein gutes Gefühl. Die Bereitschaft war noch immer nicht da. Der Mann ging zu einem Durchgang, der in den hinteren Teil des Gebäudes führte. Er rief nach Sven, erhielt aber keine Antwort. Als er sich wieder Stauffer zuwendete, rieb er sich die Hände.

»Ist nicht da.«

»Wohnt er hier?«

Der Mann schüttelte den Kopf.

»Ich will keinen Ärger. Sven ist in einer Notlage. Ein paar Wochen, nicht länger. Das habe ich ihm auch gesagt. Was will die Polizei von ihm?«

»Ich möchte mit ihm reden.«

»Ich werd's ihm ausrichten.«

Er wandte sich ab und drehte die Musik lauter. Stauffer unterdrückte die Wut und versuchte sich nichts anmerken zu lassen. Er winkte dem Mann zu, was dieser aber nicht zur Kenntnis nahm, dann verließ er den Laden. Locher stand zwei Meter von den beiden Fenstern auf der Rückseite des Gebäudes entfernt. Sie schüttelte den Kopf, als sie Stauffer sah.

»Er ist da drin«, sagte er bestimmt. Es war ein Gefühl, mehr nicht, aber darauf konnte er sich fast immer verlassen. Er wählte noch einmal die Nummer der Bereitschaft, als ihn ein lautes Geräusch aufschreckte. Locher rannte sofort los, Stauffer folgte ihr. Vor dem Laden lag ein großes Stück Blech, auf das der Tätowierte mit einem Hammer einschlug. Als Stauffer realisierte, was vorgefallen war, sah er einen Mann, der auf einem Fahrrad an ihnen vorbeiflitzte.

»Das ist er«, rief Stauffer und er sah, dass Locher versuchte, Sven Stadelmann am Weiterfahren zu hindern, doch dieser stieß sie mit dem Fuß weg und steuerte geschickt aus dem Innenhof. Stauffer rannte ihm nach und rief ihm zu, dass er anhalten solle, doch da war er bereits außer Sichtweite. In diesem Moment bog der Wagen der Bereitschaft um die Ecke. Locher gestikulierte in Richtung des Fahrers, dieser schaute sie argwöhnisch an. Erst als Stauffer seinen Ausweis zückte und ihm unter die Nase hielt, begriff er. Er erklärte ihm atemlos, was vorgefallen war. Der Fahrer wollte zurücksetzen, doch Locher winkte ab.

»Die kriegen ihn nicht«, sagte Locher.

»Ist nur eine Frage der Zeit«, sagte Stauffer. »Bist du okay?«, fragte er, als er sah, wie sich Locher den Oberschenkel rieb.

»Gibt einen blauen Fleck.«

Stauffer tätschelte ihre Schulter. Er ärgerte sich darüber, dass er die Geduld verloren hatte. Und er ärgerte sich noch mehr darüber, dass er sich derart hatte übertölpeln lassen. Er sagte dem Fahrer, dass er warten solle.

»Das war abgesprochen«, sagte Locher. »Wir sollten uns den Typen vorknöpfen.«

»Nichts lieber als das«, sagte Stauffer.

Im Innenhof hatte sich nichts verändert. Die Tür zum Laden war zu und die Musik brummte durch das Glas. Der Mann kauerte in der Ecke und werkelte am Rad. Stauffer ging auf die Musikanlage zu und drehte den Ton ab. Der Mann stand abrupt auf und starrte auf Locher, die sich vor ihn stellte.

»Das kann Sie teuer zu stehen kommen«, sagte Locher emotionslos.

»Was?«, fragte der Mann.

»Soll ich Ihnen eine Liste machen?«, fragte Stauffer und stellte sich dicht neben den Mann.

»Ich will keinen Ärger.«

»Zu spät«, sagte Locher.

»Es sei denn, Sie kooperieren mit uns. Herr …«

»Nabholz. Kurt Nabholz.«

»Sven Stadelmann«, sagte Stauffer bestimmt.

»Ja?«

»Sie haben ihm vorhin zur Flucht verholfen«, sagte Locher.

»Moment«, sagte der Mann. »Ich habe gar nichts.«

»Sie haben mich angelogen«, sagte Stauffer.

»Ich habe nach ihm gerufen, er hat nicht geantwortet, deshalb ging ich davon aus, dass er nicht da war.«

»Geht er immer durch das Fenster ein und aus?«, fragte Locher.

Der Mann schaute sie ratlos an.

»Wenn er durch diese Tür rein und raus geht, dann geht er immer an Ihnen vorbei.«

»Moment«, sagte der Mann. »Er hat ab und zu hier gepennt, aber ich habe ihm gesagt, dass er am Morgen immer abhauen soll. Ich will keinen Ärger.«

»Wo hat er geschlafen?«, fragte Locher und ging zu dem Durchgang.

»Dürfen Sie das?«, fragte der Mann laut.

»Wir dürfen«, sagte Stauffer.

»Da ist nichts. Nur ein altes Bettsofa.«

Stauffer nickte Locher zu, diese ging in den hinteren Teil.

»Wo ist er hin?«, fragte Stauffer.

»Keine Ahnung.«

»War das eines Ihrer Räder?«

»Nein. Das gehört ihm. Was ist eigentlich los? Was hat Sven verbrochen?«

»Hat er es Ihnen nicht erzählt?«

»Was soll er mir erzählt haben?«

»Wir können diese Befragung auch auf der Wache weiterführen«, sagte Stauffer.

»Moment. Ich weiß von nichts. Sven ist ein Kumpel von früher. Er war in Schwierigkeiten, er hat hier einige Male übernachtet. That's it. Ich habe ihn kaum gesehen und wir haben nicht viel gesprochen.«

»War er heute den ganzen Tag hier?«

»Er kam und ging, ich habe ihn nicht kontrolliert. Meist war er aber tagsüber weg. Ich habe ihm gesagt, dass ich weder den Sound leiser stelle noch sonst irgendwelche Kompromisse eingehe. Wir sind ja nicht verheiratet.«

Er lächelte gequält über seinen Scherz. Als Locher wieder erschien, hielt sie eine Plastiktüte in der Hand.

»Kennen Sie die?«

»Die ist aus dem Lebensmittelgeschäft um die Ecke.«

»Gehört der Inhalt Sven oder Ihnen?«

»Was für ein Inhalt?«

»Beantworten Sie meine Frage.« Locher schaute ihm direkt in die Augen, was Nabholz verunsicherte. Sie wusste, dass viele Männer nicht damit klarkamen, wenn sie von einer Frau derart fixiert wurden.

»Gehört mir nicht«, sagte er leise.

»Wir werden den Inhalt auf Fingerabdrücke überprüfen«, sagte Locher.

»Okay.«

Sie hielt Stauffer die Tüte hin. Dieser erkannte sofort, dass sie mit kleineren Plastiksäcken gefüllt war. Und in denen steckten Pillen. Er nahm ein Papiertaschentuch aus seiner Jacke und fischte eine der kleinen Plastiktüten hervor.

»Moment«, sagte Nabholz und machte einen Schritt zurück. »Damit habe ich nichts zu tun. Dieser Idiot. Wenn ich das gewusst hätte.«

»Was sind das für Pillen?«, fragte Stauffer.

»Sehen aus wie Thai-Pillen. Die Dinger sind gefährlich. Verdammter Idiot.«

»Wussten Sie, dass Sven Stadelmann mit diesen Pillen gedealt hat?«, fragte Locher.

»Nein. Ich hätte ihn rausgeschmissen. Mit Drogengeschäften will ich nichts zu tun haben. Dieses Pack kann mir gestohlen bleiben.«

»Wir schicken jemand von der Spurensicherung vorbei. Bis dahin rühren Sie nichts an.«

»Okay.«

Stauffer sagte den Bereitschaftspolizisten, dass sie auf Nabholz aufpassen sollten. Danach rief er bei der Zentrale an und gab ein Signalement des Gesuchten durch.

»Ein geschickter Radfahrer ist kaum zu fassen«, sagte Locher.

»Mein Fehler«, sagte Stauffer grimmig.

»Weshalb hat er den Plastiksack nicht mitgenommen?«, fragte Locher.

»Es musste schnell handeln.«

»Er ist nicht wegen der Drogen geflohen«, mutmaßte Locher.

»Das wissen wir nicht«, sagte Stauffer. Aber er wusste, was Tanja Locher andeutete. Die Pillen würden ihn als Drogenhändler entlarven. Sie zurückzulassen bedeutete, dass er entweder in Panik gehandelt hatte oder dass er aus einem anderen Grund vor der Polizei geflüchtet war. Beides war denkbar.

»Bleib du hier, bis die Spurensicherung da ist«, sagte Stauffer. »Und sorg dafür, dass der Laden überwacht wird.«

Er gab ihr den Autoschlüssel, sie nickte und ging zurück. Stauffer ging zu Fuß und rief noch einmal in der Zentrale an. Er versuchte Stadelmann und das Fahrrad so exakt wie möglich zu beschreiben, doch es fiel ihm genauso schwer wie den meisten Zeugen eines Verbrechens oder eines Unfalls. In höchster Anspannung schaltete das Gehirn gewisse Funktionen ab oder reduzierte sie, damit sich der Mensch ganz auf die unmittelbare Gefahrensituation konzentrieren konnte. Das Kurzzeitgedächtnis litt darunter und selbst trainierte Personen hatten Mühe, sich in solchen Momenten wichtige Details zu merken. Er hielt sich noch einmal vor Augen, was er falsch gemacht hatte. Bolliger hätte er für diese Verhaltensweise zusammengestaucht. Er rief Wenger an und fasste zusammen, was geschehen war.

»Wo bist du jetzt?«, fragte Stauffer.

»Am Tatort.«

»Ich bin mir nicht sicher, ob wir die Medien mit einschalten sollten.«

»Inwiefern?« Er hörte, wie Wenger heftig atmete, so als würde er bergauf gehen.

»Es gibt nur einen Verdacht gegen den Sohn.«

»Er ist auf der Flucht«, sagte Wenger.

»Ja. Aber es kann durchaus sein, dass er unschuldig ist und noch nicht einmal weiß, was mit seinem Vater geschehen ist.«

»Ich habe nicht viel verraten, die stochern rum. Einige Reporter sind hier aufgetaucht, aber wir haben alles großräumig abgesperrt. Ich denke, dass der Name des Opfers bereits bekannt ist.«

»Gut. Wir geben das offiziell durch und machen einen Zeugenaufruf«, sagte Stauffer.

»Wenn der Sohn das mitkriegt und er unschuldig ist, wird er sich stellen.«

»Und wenn er ganz abtaucht, dann wissen wir Bescheid.«

Er beendete den Anruf, denn er spürte, dass Wenger sich auf etwas anderes konzentrieren wollte. In den Straßen war es kühl, da die Sonne nicht hoch genug stand, um über die Dächer zu strahlen. Es waren nicht viele Passanten unterwegs, aber der Verkehr staute sich auch in den Nebenstraßen und einigen Fahrern war anzusehen, wie sie sich darüber aufregten. Stauffer versuchte sich zu entspannen, doch es gelang ihm nicht. Er rief bei der Medienstelle an und instruierte Sara Hugentobler, wie sie den Zeugenaufruf formulieren sollte.

33.

Der Weg direkt am Weiher war nach wie vor abgesperrt, aber es gab einen anderen, der in einem größeren Radius um den Weiher verlief. Walter Wenger war seit fast zwei Stunden in der Nähe des Tatorts. Vor ein paar Minuten hatte sich ein pensionierter Polizist zu ihm gesellt. Er kannte den Mann nicht, doch dieser hatte ihn mit seinem Namen angesprochen und sich als Hofstetter vorgestellt.

»Je nach Jahreszeit und Wetter bin ich fast täglich hier. Um diese Zeit ist fast so viel los wie am Wochenende. Jetzt hat es wenige Fahrradfahrer. In ein paar Wochen sieht das anders aus.«

Wenger hatte ihm Clemens Stadelmann beschrieben, doch Hofstetter konnte sich nicht an ihn erinnern.

»Bei Fahrradfahrern achte ich nur darauf, nicht über den Haufen gefahren zu werden. Die sehen auch alle ähnlich aus. Vor allem, wenn sie einen Helm tragen.«

Wenger horchte auf. Einen Helm hatten sie am Tatort nicht gefunden.

»Clemens Stadelmann war wahrscheinlich mehrmals in der Woche auf seinem Fahrrad unterwegs. Er trug keinen Helm und er dürfte auch nicht sehr schnell gefahren sein.«

»Wie ich schon sagte, bin ich oft hier unterwegs, und trotzdem kenne ich nicht mehr als ein Dutzend Leute, die regelmäßig hier sind. Der Weiher liegt im Einzugsgebiet von drei Gemeinden. Da kommen Leute aus verschiedenen Richtungen.«

Er zeigte in die Gegend und zählte die Namen der Gemeinden auf. Sie waren unterschiedlich weit entfernt, die nächste war zu Fuß in vielleicht fünfzehn Minuten erreichbar, aus den anderen beiden Gemeinden kamen vermutlich eher die Fahrradfahrer.

»Kommen hier auch ab und zu Autofahrer vorbei?«, fragte Wenger.

»Eigentlich nur landwirtschaftliche Fahrzeuge. Die Wege sind schmal und die Ränder abschüssig, da muss man vorsichtig fahren. Da vorne hat es beispielsweise keinen Wendeplatz. Man muss entweder auf dem Acker wenden oder den Rückwärtsgang einlegen.«

»Schnell wegfahren kann man hier nicht.«

»Das würde ziemlich viel Staub aufwirbeln«, sagte Hofstetter lachend. »Nicht der Ort, um eine Leiche loszuwerden.«

»Haben Sie bei der Kriminalpolizei gearbeitet?«

Hofstetter schüttelte den Kopf.

»Was für Leute leben hier?«

Wenger zeigte in Richtung der Gemeinde, in der Stadelmann gelebt hatte.

»Viele Familien sind aus Zürich hergezogen. Häuser sind hier noch erschwinglich, auch wenn es in den vergangenen zwei Jahren angezogen hat. Es ist ruhig hier, man kennt sich, nicht so viele Ausländer.«

Wenger kam es vor, als würde ihn Hofstetter prüfend anschauen.

»Der Tote lebte allein.«

»Im Zentrum hat es viele Mietwohnungen. Im Umland wurde eine Siedlung nach der anderen gebaut. Wir wohnen im Grundacker.«

Muss ich den Grundacker kennen?, dachte Wenger.

»Ab und zu hat's hier einen Autounfall, sonst geschieht hier nichts. Die Straße dahinten ist stark befahren.« Er zeigte in eine bestimmte Richtung, doch Wenger sah nur ein paar Häuserzeilen.

»Ist das da drüben Ackerland?« Wenger zeigte in die entgegengesetzte Richtung.

»Ja, da wird Mais angepflanzt.«

Wenger sah, wie sich ein Mann und eine Frau näherten. Er kannte die Frau aus einem früheren Einsatz. Sie war Taucherin.

»Danke, dass Sie sich Zeit genommen haben«, sagte Wenger zu Hofstetter.

»Davon habe ich genug.« Als Hofstetter sah, dass sich Wenger den beiden Neuankömmlingen zuwandte, schlenderte er weiter. Ein Mann, der sich langweilt, dachte Wenger. In zehn Jahren bist du auch so weit. Plötzlich fragt dich keiner mehr nach deiner Meinung und die Morde werden ohne dich aufgeklärt. Er begrüßte die Taucherin, diese stellte ihren Kollegen vor. Wenger hatte den Namen nicht richtig mitbekommen.

»Ihr seid spät dran.«

»Heute tauchen wir nicht mehr«, sagte die Frau. »Wir wollten uns das etwas genauer anschauen. Solche Weiher sind nicht tief und meist sieht man kaum etwas wegen der Algen.«

»Möglicherweise liegt die Tatwaffe im Weiher. Vielleicht auch ein Fahrradhelm.«

»Kaum«, lachte der Mann. »Der würde oben auf schwimmen.«

»Das Messer aber nicht«, sagte Wenger leicht verärgert.

»Nein, eher nicht«, sagte der Mann. Wenger wandte sich von dem Mann ab, indem er seine Position ein wenig veränderte.

»Wann geht ihr rein? Morgen Früh?«

»The early bird catches the worm«, sagte die Frau fröhlich.

»Gut«, sagte Wenger. »Achtet auf die Markierungen.«

Sie nickte und ging. Der Mann folgte ihr, dabei berührte er sie leicht am Unterarm. Die sind nicht nur unter Wasser zusammen, dachte Wenger. Er ging in die andere Richtung und lehnte sich an einen Baum. In seinem Notizbuch hatte er sich mehrere Varianten des Tathergangs aufgeschrieben, doch nur wenige erschienen sinnvoll.

Stadelmann war überrascht worden und der oder die Täter stachen mehrmals auf ihn ein. Bei einem Streit, der eskalierte, gab es oft Stichverletzungen, meist aber nur eine oder zwei. Täter, die mehrfach zustachen, waren in Rage oder hassten das Opfer abgrundtief. Doch wenn es sich bei der Tatwaffe tatsächlich um ein Küchenmesser handelte, stellte sich die Frage, wer mit einem Küchenmesser in der Tasche zu einem Weiher fährt. Ein Picknick im Grünen? Hatte sich Stadelmann mit einer Frau verabredet? Oder mit einem Mann? Auch ein Picknick mit seinem Sohn war denkbar. In entspannter Atmosphäre ließ es sich besser reden, auch über heikle Themen. War es das, was den Streit auslöste? Wie kam der Täter zum Tatort? Zu Fuß? Auch auf einem Fahrrad? Wartete er hier auf Stadelmann? Der Weiher war nicht unbedingt ein Ort, an dem man sich traf. Es war ein Ort, zu dem man fuhr, um eine Pause einzulegen. Ein Sonnenbad zu nehmen oder etwas zu essen. Von all den Varianten, die ihm durch den Kopf gingen, schien eine am wahrscheinlichsten zu sein. Opfer und Täter fuhren gemeinsam zum Weiher. Dort kam es zum Streit, in dessen Verlauf Stadelmann getötet wurde. Danach fuhr der Täter mit dem Fahrrad weg. Wenger sah, wie sich eine Gruppe auf Fahrrädern näherte. Der Mord geschah am späten Morgen an einem sonnigen Tag. Jemand musste die beiden gesehen haben. Es bestand eine gute Chance, dass sich Zeugen meldeten. Die Fahrradfahrer grüßten Wenger. Als sie auf der Höhe des Absperrbandes ankamen, blickten alle schweigend zum Tatort, ohne jedoch anzuhalten. Wenger folgte ihren Blicken und sah den Abfallkorb, der in der Nähe des Leichenfundortes lag. Er wandte sich an die Kollegen von der Spurensicherung: »Habt ihr den schon untersucht?«

Der Angesprochene nickte. »Ist alles schon im kriminaltechnischen Institut.«

»Gut«, sagte Wenger. »Sucht nach Überresten eines Picknicks. Und sammelt jeden Zigarettenstummel ein, den ihr finden könnt.«

»Da hinten lagen drei Dosen eines Energydrinks.« Der Mann zeigte auf einen Baum.

»Fundort fotografieren und alles einsammeln und beschriften.«

»Schon klar.«

Wenger nickte. Es gab Dinge, die man nicht oft genug betonen konnte. Sein Handy klingelte, es war Tanja Locher.

»Der Zeugenaufruf ist kaum raus und schon gibt es eine Erfolgsmeldung. Ein Toni Schläpfer sagt, dass er sich noch gestern am Weiher mit Stadelmann unterhalten habe.«

»Hast du seine Adresse?«

Wenn er schon vor Ort war, konnte er sich gleich mit dem Mann treffen, vorausgesetzt er war zuhause. Einen Anruf später hatte er die Gewissheit, dass der Mann erreichbar war. Er fuhr durch die Dörfer, die nur durch Ortstafeln voneinander getrennt waren. Als er ausstieg, schaute er sich um, der Weiher war nicht zu sehen, aber die Baumallee, durch die der Weg zum Weiher führte. Toni Schläpfer war ein muskulöser Mann mit einem stechenden Blick. Sein Händedruck war überraschend sanft. Er bot Wenger sofort einen Kaffee an, doch dieser schüttelte den Kopf. Wenger bemerkte, dass Schläpfer einen Fuß nachzog.

»Ein Unfall«, sagte er auf Wengers Frage. »Es ist alles zusammengeflickt, aber ich muss wieder lernen, richtig zu gehen. Bin noch ein paar Wochen krankgeschrieben und langweile mich zu Tode. Irgendwann hat man alles aufgeräumt und alle alten Zeitschriften durchgeblättert. Das, was im Fernsehen tagsüber läuft, ist nichts für mich. Ich muss mich bewegen, darf aber keinen Sport treiben. Nur Spaziergänge, stundenlang.«

»Sie wissen, was drüben beim Weiher geschehen ist?«

»Fürchterlich. Und wenn man bedenkt, dass es jeden hätte treffen können.«

»Wie kommen Sie darauf?«

»Wurde Stadelmann nicht überfallen?«

»Die Ermittlungen laufen noch«, sagte Wenger.

»An so einem Ort trifft es einen völlig unvorbereitet. An so etwas denkt man doch nicht, wenn man spazieren geht.«

»Gehen Sie jeden Tag zum Weiher?«

»Nein, nur bei schlechtem Wetter.«

Wenger schaute ihn fragend an, er war sich nicht sicher, ob Schläpfer einen Scherz machte.

»Wenn die Sonne scheint, kommen die Radfahrer. Der Weg ist eng, man muss dauernd stehen bleiben und ausweichen. Wenn es regnet, sind nur Hündeler unterwegs.«

»Stadelmann war mit einem Hund unterwegs?«

Schläpfer lachte und schüttelte den Kopf.

»Auf dem Fahrrad. Deshalb kamen wir auch ins Gespräch. Er war ganz durchnässt. Es war gestern auch ziemlich kalt gewesen. Ich fragte ihn, weshalb er sich das antue. Er sagte, zuhause halte er es nicht aus. Dem geht es wie mir, dachte ich. Ich erzählte ihm von meinem kaputten Fuß und er erzählte von seiner kaputten Seele. Er hatte einen Zusammenbruch. Machte aber einen vernünftigen Eindruck.«

»Wie wirkte er auf Sie?«

»Ganz normal. Unfassbar sich vorzustellen, dass der Mann jetzt tot ist. Und ein Mord? Daran muss man sich erstmal gewöhnen.«

»War es das erste Mal, dass Sie Stadelmann angetroffen haben?«

»Wir haben uns schon im Dorf gesehen, aber da kannte ich seinen Namen nicht.«

»Er hat Ihnen gestern seinen Namen genannt?«

»Wir haben uns gut unterhalten. Das war ein Schock, als ich vorhin den Aufruf im Radio hörte. Das zeigt einem wieder, wie schnell alles gehen kann.«

»Worüber haben Sie sich mit ihm unterhalten?«

»Über dies und das.«

»Was kann ich mir darunter vorstellen?«

»Er ist zwanzig Jahre lang fast nie mit dem Rad gefahren.«

»Aha.«

»Bei mir steht das Fahrrad auch rum. Mit dem Hund geht das nicht.«

Er zeigte nach oben, wo sich offenbar der Hund aufhielt. Wenger war froh, dass Schläpfer nicht nach ihm rief.

»Es ist wichtig, dass Sie sich an möglichst viele Details der Unterhaltung erinnern.«

»Wir haben auch über die Bautätigkeit im Dorf geredet.«

Schläpfer dachte nach und rieb sich dabei die Nase.

»Das ist erst einen Tag her, aber ich erinnere mich an fast nichts mehr. Ich habe ihm gesagt, dass ich ihn schon im Dorf gesehen hätte. Darauf hat er mir seinen Namen genannt und mir die Hand gereicht.«

»Hat er vielleicht erwähnt, dass er manchmal mit jemand anderem unterwegs war oder sich am Weiher mit jemand traf?«

»Er sagte, dass er das Radfahren wie seinen Beruf angehe. Methodisch, wie eine Aufgabe. Das kam mir bekannt vor. Ich rede mir auch ein, dass die Spaziergänge zu meinem Job gehören. Anders kommt man wahrscheinlich nicht damit klar. Wir Menschen sind einfach nicht fürs Nichtstun geboren.«

»Er hat über seine Krankheit gesprochen?«

»Jetzt fällt mir ein, dass sein Handy klingelte. Er nahm den Anruf entgegen und winkte mir gleichzeitig zu.«

»Sie wissen nicht, mit wem er sich unterhielt?«

Schläpfer schüttelte den Kopf.

»Er sagte, dass er in der Verwaltung arbeite. Ich dachte mir insgeheim, wie man da einen Zusammenbruch kriegen kann.«

Er grinste leicht, wurde aber sogleich wieder ernst.

»Hat er gesagt, um welche Zeit und wie oft er mit dem Fahrrad an den Weiher fuhr?«

»Jeden Morgen. Natürlich nicht, wenn es schneite oder eiskalt war, aber der Winter ist ja ziemlich mild. Kommt nicht oft vor, dass man jetzt schon mit einer dünnen Jacke unterwegs sein kann. Stadelmann sagte, dass es wichtig für ihn sei, seinen Tag zu strukturieren. Mir ging das genauso. Zuerst lebte ich in den Tag hinein, dann kam die Langeweile.«

»Gut«, sagte Wenger. Schläpfer machte keine Anstalten, ihm die Hand zu reichen. Es kam Wenger vor, als würde er auf eine weitere Frage warten.

»Ist noch etwas?«

Schläpfer wand sich.

»Sehen Sie, Stadelmann wohnt da drüben, aber gestern am

späteren Nachmittag habe ich sein Fahrrad hier im Dorf gesehen.« Er zeigte mit der Hand in die Richtung, die zum Dorfzentrum führte.

»Und was ist daran ungewöhnlich?«, fragte Wenger.

»Vielleicht hat er ja hier im Dorf was laufen.«

»Was laufen?«

»Na mit einer Frau oder so. Wenn es kein Überfall war, dann vielleicht eine Eifersuchtsgeschichte.«

»Gibt es Gerüchte im Dorf?«

»Gerüchte gibt es viele. Da hinten, also da, wo ich das Fahrrad sah, hat es ein Studio. Sie wissen schon.«

Wenger schaute ihn fragend an.

»Ein Puff.«

»Stadelmanns Fahrrad stand vor einem Bordell?«

»Nicht direkt davor, aber am gleichen Gebäude.«

»Sie waren mit dem Hund unterwegs?«

»Ich? Ja klar, ich nehme den Hund mit, wenn ich einkaufen gehe.«

»Das Bordell befindet sich neben einem Supermarkt?«

»Nein, aber auf dem Weg zum Supermarkt. Ich dachte jetzt bloß, wenn er da verkehrt, könnte das was mit dem Mord zu tun haben, oder? Ich habe gelesen, wie all die Ungarinnen reingeschleust werden und dass da brutale Zuhälter dahinterstecken.«

»Wir werden dem nachgehen«, sagte Wenger und erntete dafür einen etwas festeren Händedruck.

Die Liegenschaft, in der sich angeblich das Erotikstudio befand, war leicht zu finden. Im zweiten Stock eines Hauses, in dem sich ein Malergeschäft und zwei weitere Gewerbebetriebe befanden. Es war ruhig und es gab auch keine neugierigen Nachbarn. Er sah, wie ein Mann mit Stoppelbart und weißem Arbeitsanzug aus der Tür des Studios kam. In der rechten Hand trug er einen weißen Farbeimer.

»Ist geschlossen«, sagte der Mann zu Wenger.

»Gehört Ihnen das Studio?«

»Was?«

»Das Erotikstudio, aus dem Sie gerade gekommen sind.«

»Die sind weg, schon seit einer Woche. Ist ein ziemliches Loch, wenn Sie mich fragen. Ich arbeite für das Malergeschäft, dem das Haus gehört.«

»Am Weiher ist ein Toter gefunden worden«, sagte Wenger.

»Hab davon im Radio gehört. Bin nie am Weiher. Sind Sie Polizist?«

Wenger nickte.

»Hier ist es ruhig«, sagte der Maler.

Was soll ich mit solchen Aussagen anfangen?, dachte Wenger.

»Gestern Nachmittag stand da drüben ein Fahrrad.« Er zeigte auf die Hausmauer.

»Da stehen öfter mal Fahrräder. Unten im Parterre hat es eine Toilette. Die wird manchmal auch von Radfahrern und Passanten benutzt. Der Chef sagt, dass das gut für den Betrieb ist.«

Eine simple Erklärung, dachte Wenger. Stadelmann musste auf die Toilette, deshalb hatte er das Rad hier abgestellt.

»Was wird aus dem Studio?«, fragte Wenger.

»Wird weitervermietet. Mir ist das egal. Der Chef sagt, dass das ein Gewerbe ist wie jedes andere auch.«

Ein Gewerbe, das hohe Mieten zahlt, dachte Wenger und schaute auf seine Armbanduhr.

»Arbeiten Sie immer so spät?«

»Wenn der Chef es will«, sagte er lachend und zeigte auf eine der oberen Fensterfronten. Der Maler winkte ihm zu und verschwand im Haus. Wenger zückte sein Handy und öffnete das Kartenprogramm. Es dauerte lange, bis sein Standort lokalisiert wurde. Er vergrößerte den Ausschnitt und suchte nach der Straße, in der Stadelmann wohnte. Sie lag am anderen Ende des Dorfes. Wenger ging los, schaute zwischendurch immer wieder auf sein Handy, bis er zu der Abzweigung kam, von der eine Straße geradeaus ging und in Stadelmanns Wohnadresse mündete.

34.

Holzer rauchte eine Zigarette, während Anna Herold eine Nachricht in ihr Handy tippte. Sie hatten in Stadelmanns Nachbarschaft vor allem eines erfahren: dass kaum jemand etwas über Stadelmann wusste. Er lebte noch nicht lange im Dorf, und seine sozialen Kontakte schienen bescheiden zu sein. Stadelmanns Wohnung war in einem Neubau mit großzügigem Grundriss. Alles sehr gepflegt und leblos wie in vielen Vorstadtsiedlungen. In solchen Häusern konnten sich völlig unbeachtet Dramen abspielen. In unmittelbarer Nachbarschaft gab es sogar Leute, die behaupteten, Stadelmann noch nie gesehen zu haben. Wie erwartet, waren viele Leute abwesend, doch schon nach vier kamen die ersten zurück von der Arbeit und zwei Stunden später konnten sie mit fast allen Nachbarn reden. Viele hatten noch nichts von dem Mord erfahren oder brachten ihn nicht in Verbindung mit ihrem Dorf und ihrem Nachbarn. Immerhin gab es eine pensionierte Witwe, die Stadelmann mehrmals in der Woche auf seinem Fahrrad gesehen hatte. Immer allein unterwegs.

»Gibt das ein ausführliches Protokoll?«, fragte Holzer lachend, als er sah, dass Herold noch immer tippte.

»Uns fehlen noch zwei Nachbarn«, sagte diese ungerührt.

»Das sagt dir dein Handy?«

»Damian möchte, dass wir dranbleiben.«

»Das ist unser Job«, sagte Holzer.

»Scheint so, als habe sich Stadelmann bewusst zurückgezogen.«

»Wahrscheinlich wollte er seine Ruhe haben. Zu viel Stress im Job, die Frau, die abhaut, und ein Sohn, der auf Randale macht.«

»Man kann doch den Tag nicht nur mit Radfahren verbringen«, sagte Anna Herold und schickte eine Kurzmitteilung ab.

»Fernsehen, lesen, nachdenken, herumsitzen, die meisten Menschen machen nicht viel mehr, wenn sie allein zuhause sind.«

»Ich gehe unter Leute, wenn ich nicht gut drauf bin.«

»Deshalb hast du auch kein Burn-out«, sagte Holzer.

»Man denkt, dass die Leute mehr Kontakt haben in so einem Dorf. Aber es ist kein großer Unterschied zur Stadt.«

»Stadelmann war zugezogen. Da sind die Leute zuerst skeptisch. Und diese Wohnhäuser sind alle ziemlich neu. Darin leben bestimmt ganz viele Stadelmanns, die sich abkapseln.«

»Es hat auch noch niemand eine Beileidsbezeugung vor die Haustür gelegt.«

Holzer nickte und schnippte die Zigarette in ein Gebüsch.

»Wenigstens stinkt es hier nicht«, sagte er zusammenhanglos.

»Da kommt jemand«, sagte Herold und zeigte auf eine Frau, die einen viel zu dicken Wintermantel trug. Sie blickte die beiden unsicher an. Anna Herold machte zwei Schritte auf sie zu.

»Sie wohnen hier?«, fragte sie.

»Ja. Warum?«

»Wir sind von der Kriminalpolizei«, sagte Holzer, ohne sich auszuweisen.

»Ich habe davon im Bus gehört. Eine Bekannte fragte mich, ob ich wüsste, dass mein Nachbar umgebracht worden ist. Wir wohnen auf der gleichen Etage.«

»Wir würden uns gerne mit Ihnen unterhalten.«

Die Frau zeigte zur Tür. Sie gingen die Treppe hoch. Vor der Tür zu Stadelmanns Wohnung war Absperrband angebracht. Die Frau blieb einen Moment stehen und schaute fassungslos auf die Tür. Anna Herold berührte ihren Arm. Daraufhin wandte sich die Frau ab und öffnete umständlich ihre eigene Wohnungstüre. Holzer warf einen Blick auf das Namensschild neben der Klingel. Als sie die Wohnung betraten, fiel Holzer sofort auf, dass es sehr warm war. Es machte den Anschein, als würde die Frau bei normalen Temperaturen frieren, denn sie machte keine Anstalten, ihren Mantel auszuziehen. Sie ging in die Küche und zeigte auf einen schmalen Esstisch. Holzer und Herold setzten sich. Die Frau blieb im dicken Mantel stehen.

»Ich bin etwas neben den Schuhen«, sagte sie mit einem gequälten Lächeln.

»Das ist normal, Frau Froidevaux«, sagte Holzer.

»Er ist erstochen worden?« Sie schaute nach draußen in den Hausflur.

»Nicht in seiner Wohnung«, sagte Anna Herold.

Die Frau nickte und sah erleichtert aus.

»Wie lange wohnen Sie schon hier?«, fragte Holzer.

»Zwei Jahre«, sagte die Frau und zupfte an ihrem Mantel. Sie schaute sich ratlos um, entschloss sich dann, den Mantel auszuziehen. Sie legte ihn auf die Arbeitsfläche neben der Spüle. Als sie ihn losließ, rutschte er auf den Boden. Holzer machte eine Bewegung, sie hielt die Hand nach oben.

»Schon gut. Ich muss rasch. Ja.«

Holzer schaute Herold an, die die Lippen zusammenkniff. Frau Froidevaux nahm den Mantel und ging aus der Küche. Es dauerte eine Weile, bis sie zurückkam. Herold bemerkte, dass sie sich die Haare gekämmt hatte.

»Ich kann mich jetzt nicht hinsetzen.«

»Alles klar«, sagte Anna Herold lächelnd.

»Erzählen Sie uns etwas über Ihren Nachbarn, Frau Froidevaux«, sagte Holzer.

»Er war ruhig.«

»Haben Sie sich mit ihm unterhalten?«

»Eigentlich nie. Wir sahen uns kaum. Ich arbeite tagsüber und an den Wochenenden bin ich meist weg.«

»Hatte er Besucher?«

Sie dachte nach und schüttelte den Kopf.

»Ganz selten. Die Türklingel höre ich, wenn ich im Wohnzimmer sitze. Aber nur, wenn der Fernseher nicht an ist. Abends hatte er praktisch nie Besuch und tagsüber bin ich nicht da.«

»Hat er sich eigentlich bei Ihnen vorgestellt, als er einzog?«, fragte Herold.

»Nicht direkt. Wir haben uns im Treppenhaus getroffen, da hat er gesagt, dass er mein neuer Nachbar sei. Es war eine kurze Unterhaltung, weil ich auf dem Weg zur Arbeit war.«

Keinen Deut besser als all die anderen Nachbarn, dachte Holzer. Die könnten alle tot vor ihrem Fernseher sitzen und niemand würde es bemerken, bis sich der Gestank langsam im Haus ausbreitet.

»Wissen Sie, ob er mit anderen Leuten im Haus Kontakt hatte?«

Sie schüttelte den Kopf.

»Ich bin keine große Hilfe«, sagte Frau Froidevaux.

»Wenn Ihnen noch etwas einfällt, rufen Sie uns bitte an«, sagte Herold und reichte ihr eine Karte. Frau Froidevaux nickte.

Als sie im Hausflur standen, machte Holzer ein Zeichen und Anna Herold blieb stehen.

»Hör mal«, sagte er. Herold lauschte und schaute ihn fragend an.

»Man hört nichts. Dieses Haus wurde für Leute wie Stadelmann gebaut. Ich wette, dass es im ganzen Haus keine Kinder gibt. Wahrscheinlich wird nur an alleinstehende Nichtraucher ohne Haustiere vermietet.«

»Es gibt keinen Hinweis auf eine Freundin«, sagte Herold.

»Wie ich schon sagte, der Mann wollte seine Ruhe haben.«

»Die hat er jetzt«, sagte Herold.

»Phasen, in denen man nicht gut drauf ist, gehören einfach dazu. Deswegen muss man nicht dauernd neue Krankheiten erfinden.«

»Ach ja?«

»Heutzutage muss man alles in einem Ordner ablegen können. Alles muss einen Namen haben und für alles muss es eine Erklärung geben. Da liest du dann über irgendwelche Stirnlappen, die schuld daran sind, dass einer ausrastet. Dabei sehen wir doch täglich, dass Menschen nicht berechenbar sind. Aber die Leute können das nicht akzeptieren. Die surfen im Internet, geben ein paar Stichworte ein und schon kriegen sie Antworten.«

»Du glaubst, dass einfach einer ausgerastet ist und Stadelmann erstochen hat?«

»Warum nicht? Einer, der am Limit war. Vielleicht hat ihn Stadelmann angeraunzt, vielleicht hat er ihm den Weg abgeschnitten oder den Vogel gezeigt. Das war dann einfach der Tropfen zu viel. Du kennst das doch von den Einsätzen. Immer auf der Hut sein, weil du nie wissen kannst, wie weit jemand geht.«

»Das bleibt meist bei ein oder zwei Messerstichen.«

Holzer nickte.

»Deshalb gehe ich von einem Typen aus, der hoch aggressiv ist. Wenn es kein Psycho war, dann sein Sohn.«

»Soll ich den fehlenden Nachbarn übernehmen?«, fragte Anna Herold.

»Lass nur. Der Blick in fremde Wohnungen ersetzt mir den Fernseher.«

»Rufst du Damian an, wenn du was erfährst?«

»Ich werde ihm sicherlich keine Textnachricht senden«, sagte er lachend. Anna Herold hob die Hand zum Gruß und ging die Treppe runter. Vor dem Haus sah sie Walter Wenger, der nach oben schaute und dabei parallel zum Haus auf und ab ging. Sie wollte ihm etwas zurufen, denn sie sah, wie er beinahe mit einer jungen Frau zusammenstieß, die zwei Plastiksäcke trug. Wenger blieb im letzten Moment stehen. Er winkte, als er Herold erkannte. Eine Vespa näherte sich, der Fahrer machte keine Anstalten abzubremsen. Er fuhr dicht an Wenger vorbei. Am Feierabend fahren alle, als würden sie vor etwas fliehen, dachte er und überquerte die schmale Straße.

»Und?«, fragte er.

»Alles andere als ergiebig.«

»Sag das nicht«, sagte Wenger ernst.

»Ist aber so.«

»Was habt ihr über Stadelmann erfahren?«

»Nichts. Die Nachbarn kannten ihn praktisch nicht.«

»Dann habt ihr erfahren, dass Stadelmann zurückgezogen lebte und keinen Kontakt zu seinen Nachbarn suchte.«

Anna Herold nickte.

»Das ist nicht nichts.«

Natürlich hat er Recht, dachte Herold. Aber muss er daraus gleich eine Lektion machen?

»Wo ist Urs?«

»Er wartet auf den Nachbarn, den wir noch nicht befragen konnten.«

»Gut«, sagte Wenger. »Wo wohnte er?«

»Dritter Stock rechts.« Anna Herold zeigte nach oben.

»Die Wohnung würde ich mir gerne ansehen. Haben wir einen Schlüssel?«

»Da musst du Stauffer fragen.«

»Wir haben bis jetzt nur die Außensicht. Menschen haben mindestens zwei Seiten. Die, die sie der Öffentlichkeit zeigen und die private. Eine Wohnung sagt sehr viel über einen Menschen aus.«

Anna Herold nickte. Für sie hörte es sich wie eine Predigt an.

»Wurde der Sohn gefunden?«, fragte sie, um das Thema zu wechseln.

»Kommst du nachher zur Besprechung?«, fragte Wenger.

»Wann ist nachher?«, sagte sie genervt. Eigentlich hatte sie etwas vor, aber es war ihr klar, dass es bei einem Mordfall kein Eigentlich gab.

»Es ist wichtig, dass wir alle Fakten zusammentragen.«

»Soll ich auf Holzer warten, oder fährst du mich in die Stadt?«

»Mein Wagen steht in der Nähe des Tatortes.«

»Hilft er dir bei den Ermittlungen?«, fragte sie sarkastisch. Wenger lächelte gequält. Er wusste, dass er den jüngeren Mitarbeitern manchmal auf die Nerven ging, weil er sie zur Professionalität anhielt.

»Komm, lass uns das Haus anschauen.«

Sie blickte fragend zu ihm und zum Haus.

»Willst du die Wohnungstür eintreten?«

»Warum nicht?«, fragte Wenger süffisant. Anna Herold schüttelte verwirrt den Kopf. Wenger ging voran. Die Haustüre war nicht abgeschlossen, führte aber nur in einen schmalen Flur, in dem links die Briefkästen aufgereiht waren. Die Tür, die ins Treppenhaus führte, war verschlossen. Herold hielt beide Hände hoch.

»Ruf Urs an«, sagte Wenger. Einige Minuten später öffnete Holzer die Haustür. Er war außer Atem.

»Kommt die ganze Bande hierher?«

»Du kannst uns nachher zum Tatort fahren. Mein Wagen steht da.«

»Aha?«

Er schaute Anna Herold an, ihr Gesichtsausdruck verriet, dass sie keine Ahnung hatte, was Wenger vorhatte. Vermutlich Lektion zwei, dachte sie.

»Ist der Nachbar schon nach Hause gekommen?«, fragte Wenger.

»Nein. Vielleicht ist er in den Ferien.«

»Wir schauen uns ein wenig im Haus um.«

»In die Wohnung könnt ihr nicht«, sagte Holzer.

»Macht nichts«, sagte Wenger.

»Ich warte hier«, sagte Holzer. »Wenn ich noch lange vor der Wohnungstür stehe, ruft jemand die Polizei.«

Wenger schaute sich kurz um und zeigte auf die Treppe, die ins Untergeschoss führte. Anna Herold folgte ihm. Sie kamen an einer winzigen Waschküche vorbei, in der nur eine einzige Kombination aus Waschmaschine und Trockner stand.

»In den Neubauten hat jede Wohnung eine eigene Waschmaschine«, dozierte Wenger. »Dadurch fällt ein wichtiger Raum für die Kommunikation weg. Oft ist die Waschküche der einzige Ort, an dem sich Nachbarn begegnen und ins Gespräch kommen. Das fehlt in neuen Wohnblöcken.«

»Dafür gibt es fast überall eine Tiefgarage«, sagte Anna Herold.

»Da redet niemand«, sagte Wenger bestimmt.

Sie gingen weiter. Tatsächlich hatte auch dieses Wohnhaus eine Tiefgarage. Wenger schaute hinein.

»Da hinten müssen die Kellerräume sein.«

Er zeigte auf einen Gang, an dessen Ende eine Tür war. Langsam dämmerte Anna Herold, worauf Wenger hinauswollte. Die Tür, die zu den Kellerabteilen führte, war nicht abgeschlossen.

»Schau dich um, und sag mir, welches Kellerabteil Stadelmann gehörte.«

Also doch eine neue Lektion, dachte Herold, verkniff sich aber einen Kommentar. Stattdessen drückte sie den Lichtschalter und schaute sich die Kellerabteile an. Schon beim dritten blieb sie lächelnd stehen.

»Ich hab's gefunden. Werde ich jetzt befördert?«

Wenger stellte sich neben sie.

»Das war nicht besonders schwer«, sagte er grinsend, als er die Kartons sah. Auf mehreren war der Name Stadelmann mit Filzschreiber geschrieben.

»Und?«, fragte er, nachdem sie eine Weile auf die Kartons gestarrt hatten.

»Die sind noch vom Umzug. Auf einigen steht, was sie enthalten. Da unten, da steht Küche und bei dem da Bücher.«

»Stadelmann wohnt seit gut einem Jahr hier«, sagte Wenger.

»Er ist nie richtig eingezogen«, sagte Anna Herold nachdenklich.

»Sehr gut«, sagte Wenger lobend. »Die Kartons sagen eine Menge über Clemens Stadelmann.«

»Penibel beschriftet. Er war sehr ordentlich, alles wurde sorgfältig verpackt. Wahrscheinlich hat er nur das Notwendigste ausgepackt und alles andere hier im Keller gestapelt.«

»Warum?«, fragte Wenger.

»Er hatte nicht vor lange hierzubleiben. Was ich ihm nicht verübeln kann.«

»Das ist eine denkbare Interpretation«, sagte Wenger.

»Und die andere?«

»Seine Frau hat ihn verlassen«, sagte er.

»Er hoffte, dass sie wieder zusammenkommen.«

»So sehe ich das«, sagte Wenger. Anna Herold nickte. Auch wenn es sie nervte, musste sie zugeben, etwas gelernt zu haben. Man musste nicht immer mit Menschen sprechen, manchmal sagten ein paar Kartons mehr aus. Wenger zückte sein Handy und machte einige Fotos. Er hatte jetzt eine Vorstellung, wie es oben in der Wohnung aussehen würde. Nur zu gerne hätte er dies sofort überprüft. Als sie nach oben gingen, blieb er im Flur neben den Briefkästen stehen. Er öffnete das größere Fach an Stadelmanns Kasten.

»Nennt ihr das auch noch Milchkasten?«, fragte er Anna Herold.

»Ich sag dazu Zeitungsablage.«

»Früher wurde die Milch darin abgestellt. Heute nur noch Zeitungen und Pakete. Siehst du?«

Er zeigte auf das Brieffach.

»Könnten Prospekte sein.«

»Ja. Es kann aber auch sein, dass der Briefkasten von den Leuten der Spurensicherung nicht geleert wurde. Es ist schön und gut, E-Mails zu lesen, aber manchmal findet man auch in der Hauspost nützliche Hinweise.«

Anna Herold versuchte mit den Fingern durch den Schlitz die Papiere zu greifen, scheiterte jedoch.

»Sorg dafür, dass er morgen Früh geleert wird«, sagte Wenger.

Anna Herold nickte und tippte sich zur Erinnerung eine Notiz in ihr Handy. Wenger lachte.

»Ich benutze den guten alten Notizblock auch immer weniger, aber glaub mir, es gibt nach wie vor nichts Besseres. Wir werden alle bequem.« Er lachte aufmunternd.

»Wo steckt Holzer?«, fragte Herold.

»Vielleicht ist der Nachbar aufgetaucht.«

»Ich tippe eher auf eine Rauchpause.«

Tatsächlich stand Holzer vor dem Haus, als Anna Herold nachschaute.

»Fahren wir?«, fragte Holzer. Sie schaute zurück zu Wenger, dieser nickte.

35.

Elfie Marthaler schlürfte laut ihren Kaffee und zeigte sich unbeeindruckt, als Bolliger sie mahnend ansah.

»Das tut in den Ohren weh«, sagte Bolliger.

»Ich hatte vergessen, dass ich es mit einem Sensibelchen zu tun habe.«

»Ich bin kein Sensibelchen. Aber es gibt Geräusche, die mich stören und die vermeidbar sind.«

»Wenn du dich besser auf deine Arbeit konzentrierst, hörst du keine Geräusche.«

»Schön wär's.«

Elfie Marthaler stand auf und lächelte. Sie ging mit der Tasse in der Hand zu Bolliger, der die Kopie eines Mietvertrages überflog.

»Die haben alle Namen und Adressen durchgestrichen. Was glauben die denn, wer wir sind? Ein wenig Vertrauen könnten uns die anderen Ämter schon entgegenbringen.«

»Wenn dein Name in den Akten des Sozialamtes auftauchen würde, wärst du auch froh, wenn wir ihn nicht lesen könnten.«

»Mein Name wird nie in so einer Akte auftauchen.«

»Das haben andere vor dir auch geglaubt. Dann geschieht ein Unfall oder sonst eine Katastrophe und schon bist du ein Sozialfall.«

»Es ist erniedrigend, wenn man für jeden Franken, den man ausgibt, Rechenschaft ablegen muss.«

»So ist das nun mal. Ohne Kontrolle gibt es Betrug.«

»Langsam verstehe ich, weshalb Stadelmann genug von seiner Arbeit hatte.«

Bolliger zog eine weitere Kopie aus dem Stapel.

»Das wissen wir nicht. Er hatte einen Zusammenbruch. Es kann auch sein, dass er sich zu intensiv mit den einzelnen Fällen auseinandersetzte. Das kann uns auch passieren.«

»Dann sollten wir jetzt Feierabend machen.«

»Wenn Damian will, dass wir die Nacht durcharbeiten, dann machen wir das«, sagte Elfie Marthaler. »So sind die Spielregeln.«

»Diese Unterlagen bringen uns nicht weiter.«

»Wie kommst du darauf?«

»Stadelmann hat kein Geld verteilt, er hat nur einige Dossiers verwaltet, aber kaum mit den Sozialhilfebeziehern Kontakt gehabt. Wie soll da einer wütend auf ihn geworden sein?«

»Stadelmann hat sehr wohl Entscheidungen getroffen oder wurde als eine Art Gutachter eingesetzt.«

»Aber das ist Jahre her. Zuletzt hat er nur noch harmlose Fälle betreut. Bei den meisten Anträgen, die er bearbeitet hat, steht, dass sie bewilligt wurden. Weshalb sollte ihn jemand erstechen, wenn er brav mitgeholfen hat, den Staat zu melken. Schau hier ...«

Bolliger zog eine dünne Mappe zu sich, in die er einige Kopien gelegt hatte. Er nahm eines der Blätter und hielt es Marthaler hin.

»Eine junge Frau, die behauptet Künstlerin zu sein, aber zu hundert Prozent arbeitsunfähig, wegen irgendeiner Psychose. Miete, Essen, Kleider, alles von unseren Steuern finanziert.«

»Wäre es dir lieber, wenn die Leute wie in New York auf der Straße herumvegetieren?«

»Sie könnte doch Regale auffüllen oder putzen.«

»Und damit einer anderen Putzfrau die Arbeit wegnehmen?«

»Man sollte die Leute dazu zwingen, für sich selber zu sorgen«, sagte Bolliger bestimmt.

»Auch wenn sie todkrank sind?«

»Das ist etwas anderes. Aber diese Leute sind nicht wirklich krank. Sie sind einfach nicht fähig oder willig zu arbeiten. Oder habe ich etwas überlesen?«

Er hielt ihr die Kopien provokativ näher ans Gesicht. Elfie Marthaler wischte sie weg.

»Es ist nicht unsere Aufgabe, darüber zu urteilen. Unsere Aufgabe ist es, ein mögliches Mordmotiv zu finden.«

»Es gibt keines. Nicht in diesen Papieren.«

»Es genügt ein einziger abschlägiger Bescheid. Auch wenn er noch so nachvollziehbar ist. Stadelmann könnte jemand eine Kränkung zugefügt haben, die das Fass zum Überlaufen brachte.«

»Jemand sticht einen Mann nieder, weil er nicht bewilligte, dass das Sozialamt einer brasilianischen Extänzerin einen Fotokurs finanzierte?«

»Steht das in einem der Dossiers?«

»Ja«, sagte Bolliger und suchte nach der entsprechenden Kopie. »Es sind alles nur solche Banalitäten. Es ging nie um mehr als ein paar Hundert Franken.«

»Jede dieser Banalitäten kann ein Mordmotiv sein«, sagte Elfie Marthaler. »Ich habe ein Dutzend Dossiers markiert, die infrage kommen.«

»Wie hirnrissig muss man sein, wenn man deswegen jemand umbringt?«

»Darüber sollen andere urteilen.«

Bolliger überflog mehrere Seiten und hielt dann eine in die Höhe.

»Das ist sie. Soll ich sie mir vorknöpfen?«

»Such weiter«, sagte Marthaler lachend.

»Das macht doch keinen Sinn«, sagte Bolliger mürrisch. »Wenn Stadelmann vor dem Sozialamt niedergestochen worden wäre, okay. Aber er hat die vergangenen Monate nicht gearbeitet und er wurde erstochen, als er mit dem Fahrrad unterwegs war. Wenn du mich fragst, verplempern wir nur unsere Zeit.«

»Wir machen weiter«, sagte Elfie Marthaler bestimmt.

»Das ist frustrierend. Zuerst kümmern wir uns um einen Selbstmörder, nur weil dessen Hand – aus welchen Gründen auch immer – an einem anderen Ort auftaucht als der Rest seines Körpers. Und jetzt ackern wir diese deprimierenden Akten durch.«

»Das ist der Alltag. Du kannst dir nicht täglich eine tolle Verfolgungsjagd gönnen, mit der du dann bei den jungen Politessen angeben kannst.«

»Ich bin für Büroarbeit ungeeignet. Wann sieht Stauffer das endlich ein? Mein Gehirn funktioniert erst dann richtig, wenn Adrenalin durch meinen Körper fließt.«

»Du könntest die Kopien lesen, während du joggst«, schlug Elfie Marthaler vor.

»Sehr komisch«, sagte Bolliger und nahm demonstrativ eine weitere Kopie in die Hand.

»Ein Drogensüchtiger«, sagte er angewidert.

»Wir machen eine Liste all jener Anträge, die Stadelmann abschlägig beschieden hat. Dazu eine Liste der Gutachten, die er in den Jahren zuvor erstellt hat.«

»Wozu soll das gut sein?«

»Erinnerst du dich an den Fall Rahmen?«

Bolliger schaute hoch und schüttelte den Kopf.

»Nie gehört.«

»Er hat einen seiner ehemaligen Lehrer erschossen. Ist ein paar Jahre her.«

»Das kann ich schon eher nachvollziehen«, sagte Bolliger.

»Er hat es fünfzehn Jahre später gemacht. Weil er glaubte, dass die schlechten Noten, die er damals in der Schule erhielt, der Grund für sein verpfuschtes Leben waren.«

»Ein Psycho. Okay, ich sehe, worauf du hinauswillst. Irgendeiner dieser Sozialfälle, die den ganzen Tag nichts anderes zu tun haben, als über ihr tristes Dasein nachzudenken, könnte auf die Idee kommen, dass Stadelmann schuld an seinem Elend ist.«

»Es ist eine Möglichkeit«, sagte Marthaler.

»Aber du glaubst selbst nicht daran«, sagte Bolliger, nachdem er ein Zögern in ihrer Stimme bemerkt hatte.

»Wir können glauben, was wir wollen, unsere Arbeit besteht darin, nach möglichen Motiven und Tätern zu suchen.«

»Ja, ja, schon gut«, winkte Bolliger ab. Die hatten alle die gleiche Schraube locker. Stauffer, Wenger und auch die Marthaler. Glaubten, dass man Mörder überführt, indem man tonnenweise Akten studiert.

»Was ist eigentlich mit der Spurenauswertung?«, fragte er, nachdem er zwei weitere Kopien überflogen hatte. »Die müssten doch irgendwas gefunden haben.«

»Ich vertrete mir kurz die Beine«, sagte Elfie Marthaler, der das Quengeln ihres Kollegen auf die Nerven ging. Bolliger nickte nur und wandte sich wieder den Akten zu. Marthaler ging nach unten. Es gab noch einen weiteren Grund, weshalb sie Frischluft tanken wollte. Vor einer Woche war ihr eine junge Polizistin aufgefallen, die Streife fuhr und die offenbar neu in Zürich war. Sie hatten sich kurz unterhalten und angelächelt und dabei hatte Elfie Marthaler gespürt, wie gut ihr die hübsche Frau gefiel. Nun war es ja nicht so, dass eine junge Polizistin automatisch eine Lesbe war, aber auszuschließen war es auch nicht. Ihre sexuellen Vorlieben waren kein Geheimnis, die Kollegin dürfte demnach schon wissen, mit wem sie es zu tun hatte – falls sie sich überhaupt nach ihr erkundigt hatte. Elfie Marthaler stand vor dem Haupteingang, kam sich aber schon nach kurzer Zeit beobachtet vor, obwohl kaum jemand das Gebäude betrat oder verließ. Sie sah, wie ein Streifenwagen auf das Gelände bog, erkannte aber sofort, dass die junge Polizistin nicht darin saß. Noch war es hell, aber schon in einer Stunde würde die Nacht hereinbrechen. Sie ging auf den hinteren Teil des Geländes, sah zwei Männer in Sicherheitswesten, die am Ufer des schmalen Baches mit Greifarmen Unrat aufsammelten. Auch eine nette Beschäftigung, dachte sie. Bolliger würde sie gleich allen Sozialhilfeempfängern verordnen. Noch während sie das dachte, sah sie den Wagen der Stadt, der tatsächlich dem Sozialdienst gehörte und aus dem zwei weitere Männer und eine Frau stiegen, die ebenfalls Greifarme trugen.

»Große Putzaktion?«, sagte sie lachend, als die Frau wortlos an ihr vorbeiging.

»Zigarette?«, fragte einer der Männer, dessen unsteter Blick Marthaler sofort auffiel.

»Ich rauche nur noch auf dem Klo«, sagte Elfie Marthaler. »Ein bisschen spät, gleich wird es dunkel.« Sie zeigte auf den Greifarm.

»Wir üben nur«, sagte der Mann.

»Aha«, sagte Elfie Marthaler und fragte sich, was es da zu üben gab. Als sie sah, wie ein anderer Mann ungelenk den Greifarm bediente, lachte sie kurz. Sie drehte sich um, als ein Streifenwagen auf das Gelände fuhr. Wieder nicht die junge Polizistin. Ich muss mir mal eine Ausgabe der Personalzeitung holen, dachte sie. Darin wurden neue Mitarbeiter vorgestellt. Sie ging zurück in das Gebäude. Bolliger schien noch genauso dazusitzen wie zuvor. Er hob den rechten Arm, als sie eintrat.

»Zwei neue potenzielle Massenmörder«, sagte er und klopfte auf einen schmalen Stapel Papier. »Einem wurde kein neuer Drucker bewilligt und die andere wollte eine Haarverlängerung.«

Marthaler nickte. Haarverlängerungen waren seit einigen Jahren gefragt, vor allem bei jungen Frauen. Sie konnte nicht nachvollziehen, was so toll daran war, seine eigenen Haare mit den Haaren einer Fremden zu verlängern.

»Was ist mit den Gutachten?«, fragte sie und zeigte auf den Tisch, auf dem Bolliger mehrere Mappen abgelegt hatte.

»Alles harmloses Zeugs«, sagte er. »Was wirklich brutal ist, sind die Leute, die über das Sorgerecht von Kindern bestimmen. Aber daran war Stadelmann nicht beteiligt. Überhaupt liegt das fünf oder mehr Jahre zurück. Da gibt es tausendundkein Motiv.«

»Schönes Wort«, sagte Marthaler.

»Was?«, fragte Bolliger überrascht.

»Tausendundkein. Liest du heimlich Bücher?«, fragte sie lachend.

»Ich bin kein Neandertaler«, sagte Bolliger gekränkt.

»Das habe ich auch nie behauptet. Du bist wie die meisten jungen Leute. Für dich existiert nur Schwarz und Weiß.«

»Und wenn man alt wird, hat man für alles Verständnis?«

»Nein. Aber man merkt, dass Schwarz oder Weiß selten ist.«

»Was mich interessieren würde ...«, begann Bolliger einen Satz.

»Ja?«

»Wenn du Interesse an einer Frau hast. Was machst du dann?«

Elfie Marthaler musste laut lachen.

»Was ist daran so komisch?«

»Eigentlich nichts«, sagte sie nach Luft ringend.

»Also?«

»Ich pirsche mich ran, beobachte, verfolge und erlege das Wild.«

»Schon gut«, sagte Bolliger verärgert. »Ich frage nicht mehr.«

»Was denkst du denn? Zwischen zwei Frauen läuft das doch nicht anders ab als zwischen Mann und Frau oder zwischen zwei Männern. Hast du keine Schwulen in deinem Bekanntenkreis?«

»Wieso sollte ich?«, fragte Bolliger überrascht.

»Weil es nicht ungewöhnlich ist«, sagte Marthaler.

»Denkst du, dass es schwule Polizisten gibt?«

»Warum nicht?«, fragte Elfie Marthaler.

»Das ist doch wie im Fußball. Das ist kein Sport für Schwule. Dafür für Lesben. Ist doch so?«

»Ich spiele kein Fußball.«

»Aber du bist Polizistin.«

»Und?«

»Ich weiß nicht«, sagte Bolliger ratlos. Er hatte den Faden verloren und ärgerte sich darüber.

»Schwarz-weiß«, sagte Elfie Marthaler. »Wenn du ein guter Kriminalbeamter werden möchtest, darfst du nicht schwarz-weiß denken.«

»Lädst du sie ins Kino ein oder zum Essen?«, griff Bolliger das Thema wieder auf.

»Wir schauen uns zuhause ein Fußballspiel an«, sagte Elfie Marthaler grinsend.

»Woran erkennst du, dass sie auch auf Frauen steht?«

»Du meine Güte, willst du mich verhören?«

»Es interessiert mich bloß.«

»Okay«, sagte Elfie Marthaler. »Ich spüre es. Und wenn mich mein Eindruck täuscht, dann hole ich mir eine Abfuhr und es wird furchtbar peinlich. Ist es bei dir nicht auch so?«

Bolliger antwortete nicht. Es war etwas, das er nicht verstand. Weshalb eine gut aussehende junge Frau etwas mit Elfie Marthaler anfangen wollte. Oder weshalb überhaupt jemand etwas von der Marthaler wollte. Es gab Menschen, die hielt er für so unattraktiv, dass sie bis in alle Ewigkeit allein sein sollten. Und wenn schon, dann sollten sich zwei dieser unansehnlichen Geschöpfe paaren, auch wenn ihm davor grauste. Sie mussten es ja nicht öffentlich bekunden. Wenn er sah, wie sich zwei fette Menschen in aller Öffentlichkeit küssten, wurde ihm übel und er musste sofort wegschauen.

»Wenn wir die Liste fertig haben, sollten wir sie kopieren und in der Zentrale aufhängen.«

»Soll ich daraus eine Powerpoint-Präsentation machen?«, fragte Bolliger scherzhaft.

»Kannst du das denn?«

»Ist doch ganz einfach«, sagte Bolliger, insgeheim hoffte er aber, dass Marthaler ihn nicht beim Wort nahm. Stundenlang vor dem Computer zu sitzen war noch öder, als in Akten zu lesen.

»Kommst du?«, fragte sie auffordernd.

Bolliger schaute auf die Uhr.

»Ist doch noch niemand da.«

»Na und?«

Sie tippte ihm auf die Schulter. Er griff sich das Blatt, auf dem er sich Notizen gemacht hatte, und folgte Marthaler. Im Raum, den sie Zentrale nannten, stand ein junger Mann, der in der Verwaltung arbeitete. Der Mann trug seine Haare ziemlich wild, sie waren mit Gel hochdrapiert und standen in alle Richtungen. Der Mann hob aus einer Kiste verschiedene Sandwiches.

»Sieht köstlich aus. Darf man schon zugreifen?«

Elfie Marthaler war auf den Mann zugegangen. Die Brote sahen frisch und lecker aus.

»Das ist Jonas Richter von der Verwaltung«, sagte Bolliger.

»Aha«, sagte Elfie Marthaler.

»Man hat mir nur gesagt, ich soll die hierherbringen«, sagte Jonas Richter. Er beeilte sich, alle Brote auf den Tisch zu legen und danach mit der Kiste zu verschwinden. Elfie zeigte auf ein Flipchart. Bolliger befestigte den Zettel umständlich, einmal fiel ihm ein Magnet runter, beim zweiten Versuch berührte er mit dem Fuß das Standbein. Jemand klopfte an die Tür, Elfie Marthaler rief übertrieben laut »herein«. Eine Frau um die fünfzig, die eine Brille mit hellgrünem Gestell trug, betrat die Zentrale und schaute sich fragend um.

»Ja?«, fragte Marthaler.

»Ich habe eine Nachricht für Damian Stauffer.«

»Das sind wir«, sagte Bolliger und erntete einen verwirrten Blick.

»Wir gehören zu seinem Team«, sagte Marthaler.

»Es scheint wichtig zu sein«, sagte die Frau. »Ich konnte ihn nicht auf seinem Handy erreichen.«

»Worum geht es?«, fragte Bolliger.

»Der gesuchte Sven Stadelmann hat sich der Polizei gestellt.«

Marthaler und Bolliger schauten sich an. War der Fall bereits gelöst?

»Das ist allerdings wichtig«, sagte Elfie Marthaler. In diesem Moment betrat Manuele Fontini wortlos die Zentrale. »Wo befindet sich der junge Stadelmann?«

»Auf dem Weg hierher«, sagte die Frau. »Er dürfte spätestens in einer Stunde hier sein.«

»Sehr gut«, sagte Marthaler. Als die Frau ging, bemerkte Marthaler, dass sich Fontini bereits ein Sandwich genommen hatte und kräftig reinbiss. Er hielt inne, als sie ihn tadelnd ansah.

»Sind doch genug da«, sagte er kauend.

»Hast du wenigstens Ermittlungsergebnisse?«, fragte Marthaler laut. Fontini zuckte mit den Schultern.

»Was ich weiß, habe ich an Damian weitergegeben.«

Er kaute unbeirrt weiter. Bolliger griff sich jetzt ebenfalls ein Brot. Elfie Marthaler schaute sich die Sandwiches an und nahm dann eines, das mit Thunfisch belegt war. Fontini ging zum Kühlschrank und öffnete eine Flasche Cola. Alle drei aßen und tranken schweigend, bis Stauffer die Zentrale betrat.

»Sie haben Sven Stadelmann«, sagte Bolliger mit vollem Mund.

»Ich weiß«, sagte Stauffer, der die Nachricht von Tanja Locher erhalten hatte. Er war kurz zuhause gewesen, hatte geduscht und mit Mirjam telefoniert. Sie zeigte Verständnis dafür, dass er sich in den nächsten Stunden ganz auf den Mordfall Stadelmann konzentrieren wollte. Trotz der guten Nachricht hatte Stauffer keine gute Laune. Zu viel war am Nachmittag schiefgelaufen.

»Hunger?«, fragte Marthaler und zeigte auf die Brote. Stauffer griff sich eines. Schon nach dem ersten Bissen hellte sich sein Gesicht auf. Das Sandwich schmeckte ausgezeichnet. Er öffnete eine Mineralwasserflasche, die auf dem Tisch stand, und schenkte sich ein. In diesem Augenblick betrat Tanja Locher die Zentrale. Stauffer bemerkte, dass sie andere Hosen trug als am Nachmittag. Vermutlich war sie ebenfalls kurz zuhause gewesen.

»Sollen wir warten oder die grandiosen Erkenntnisse des Lukas

Bolliger bereits jetzt präsentieren?«, fragte die Marthaler. Bolliger schüttelte energisch den Kopf.

»Wir warten und essen. Guten Appetit.«

Fünf Minuten später betraten Wenger, Holzer und Herold die Zentrale. Alle drei bedienten sich sofort bei den Broten. Stauffer klärte auch sie darüber auf, dass Sven Stadelmann in Polizeigewahrsam war.

»Was heißt das?«, fragte Walter Wenger. »Hat er sich gestellt, weil er geständig ist oder weil er gesucht wird?«

»Keine Ahnung«, sagte Stauffer, »aber ich werde mit ihm reden, wenn er da ist.«

»Wir haben eine Liste all der Sozialfälle, die möglicherweise sauer sein könnten auf Stadelmann«, sagte Bolliger, nachdem er sich den Mund mit einer Serviette abgewischt hatte. »Wenn das jetzt noch eine Rolle spielt«, fügte er an.

»Das wissen wir im Moment nicht«, sagte Stauffer. »Ihr habt gute Arbeit geleistet. Die Befragung von Stadelmann mache ich mit Tanja zusammen. Du hast nichts gefunden?« Fontini würgte ein Stück Brot hinunter.

»Nichts Auffälliges. Allerdings gibt es Dateien, an die ich noch nicht rankomme. Die sind aber alle älteren Datums. Der Mailverkehr war bescheiden und auch die Handydaten sind unverdächtig. Auffallend ist einzig, dass er vor einigen Tagen versucht hat seine Exfrau anzurufen, diese aber offenbar den Anruf nicht entgegennahm.«

»Wir sollten uns seine Wohnung anschauen«, sagte Wenger und forderte Anna Herold auf, ihre gemeinsamen Beobachtungen zu erläutern.

»Er hat die Trennung nicht überwunden«, sagte Stauffer mehr zu sich selbst.

»Soll ich mich in seiner Wohnung umsehen?«, fragte Anna Herold.

»Heute Abend noch?«, fragte Stauffer.

»Egal wann«, sagte Herold. Wenger schmunzelte. Hatte er ihren Jagdinstinkt geweckt?

»Was ist mit dem Alibi des Lehrers?«, fragte Stauffer und erntete fragende Blicke. »Der neue Freund von Stadelmanns Frau«, schob er erklärend nach.

»Er war den ganzen Vormittag in der Schule«, sagte Fontini.

»Hat seine Frau ein Alibi?«, fragte Holzer.

»Sie war zuhause, keine Zeugen«, sagte Stauffer. »Was ist mit dir, Walter?«

»Ich wäre froh, wenn ich ein paar Stunden nach Hause könnte«, sagte Wenger.

»Kein Problem«, sagte Stauffer. »Bolliger und Fontini können ebenfalls Feierabend machen, aber haltet eure Handys bereit und betrinkt euch nicht.« Bolliger wusste nicht, ob er erleichtert oder verärgert sein sollte. Das Aktenstudium hatte ihn geschlaucht, er fühlte sich müde und am Abend hatte er zwei Stunden im Fitness-Studio vorgesehen.

»In der Nachbarschaft gibt es niemand, der ein Motiv haben könnte«, sagte Holzer. »Die wenigsten haben mehr als ein paar Sätze mit ihm gewechselt.«

»Hältst du hier die Stellung?«, fragte Stauffer. Er war froh, als Holzer nickte. Auf ihn war Verlass und er war dank seiner Erfahrung auch ein guter Gesprächspartner. Stauffer konnte sich vorstellen, nach der Befragung von Sven Stadelmann mit Holzer darüber zu reden.

»Ich bin jederzeit verfügbar«, sagte Elfie Marthaler, »die ganze Nacht, wenn der Boss es wünscht.«

»Wir wissen nicht, wie sich die Sache entwickelt«, sagte Stauffer. »Ich rufe dich an, wenn wir mit Stadelmanns Sohn gesprochen haben.«

»Gut. Es hat noch fünf Brote. Reicht euch das?« Sie schaute Stauffer und Locher an.

»Besprechen wir uns noch?«, fragte Locher, Stauffer nickte.

»Sorg dafür, dass Anna die Schlüssel zu Stadelmanns Wohnung kriegt.« Stauffer glaubte, dass seine Stimme flatterte, als er den Namen aussprach und dabei Holzer ansah.

»Sollte kein Problem sein«, sagte Holzer.

»Kaffee?«, fragte Elfie Marthaler. Stauffer nickte. Bolliger und Fontini verabschiedeten sich. Walter Wenger blieb, bis er seine Cola geleert hatte.

»Du kannst mich anrufen«, sagte Wenger.

Tanja Locher und Damian Stauffer zogen sich in eines der Büros zurück. Auf einem Schreibtisch stand ein Fantasietier, dessen Kopf schaukelte, als Stauffer die Tischkante streifte. Er rief die Telefonzentrale an und fragte, ob Sven Stadelmann schon eingetroffen sei. Es dauerte einige Minuten, bis er die Antwort erhielt, dass man auf einen Haftrichter wartete.

»Was soll das heißen?«, fragte Stauffer.

»Der Haftrichter entscheidet darüber, ob Stadelmann in Untersuchungshaft genommen wird.« Die Stimme klang neutral, so als ob sie für schwierige Anrufe geschult worden war.

»Was ist mit uns? Wann können wir mit ihm reden?«

»Das sollte in Anwesenheit des Haftrichters geschehen.«

»Aha«, sagte Stauffer. »Dann machen Sie dem Herrn Haftrichter mal Beine.«

Locher zeigte sich unbeeindruckt, als Stauffer mit harschen Worten das Gespräch kommentierte.

»Wir haben genug gegen ihn in der Hand«, sagte sie.

»Er könnte alles abstreiten. Auch dass ihm die Pillen gehören.«

»Ich glaube kaum, dass er die Pillen und die Tüte nur mit Handschuhen angefasst hat.«

»Wohl wahr«, sagte Stauffer. »Ich hasse diese völlig unnötige Warterei.«

Locher kramte einen kleinen MP3-Player aus ihrer Jacke und setzte sich. Mit den Füßen auf den Schreibtisch hörte sie Musik. Stauffer trommelte seinen eigenen Rhythmus auf den Schreibtisch. Keine schlechte Idee, dachte er. Während man wartete, konnte man auch Musik hören oder eine Fremdsprache lernen. Theoretisch. Er konnte das nicht, dafür war er zu angespannt. Wie immer, wenn er kurz vor einem wichtigen Verhör war. In Gedanken ging er durch, was er Stadelmann fragen wollte, doch er wusste, dass er dies über den Haufen werfen würde, sobald er im Verhörzimmer saß. Alles was sie während der Ausbildung und in Kursen lernten, waren nur Leitplanken. Wer sich stur daran hielt, wurde nie ein guter Kriminalist. Es war genauso wichtig, sich auf seine Intuition und Erfahrung zu verlassen. Und sein Gegenüber zu beobachten. Die Mimik, jede Bewegung, ein leichtes Zittern, alles konnte wichtiger sein als das, was ausgesprochen wurde. Als sein Handy klingelte, schrak Stauffer aus seinen Gedanken auf. Locher schaute ihn an, ohne die Musik zu stoppen. Stauffer nickte. Sie stand schwungvoll auf, riss sich die Stöpsel aus dem Ohr und steckte den MP3-Player in ihre Jackentasche. Unterwegs zum Verhörzimmer sprachen sie sich ab. Der Haftrichter trug einen dunklen Anzug, und als er die beiden begrüßte, roch Stauffer Menthol. Er hatte getrunken. Hoffentlich nicht zu viel. Stauffer schaute ihm in die Augen, sie waren leicht glasig, aber seine Stimme war fest und klar. Stauffer fragte den Haftrichter, ob er wisse, was geschehen war. Dieser nickte und lächelte Locher an. Stauffer ärgerte sich. Er hat getrunken und er flirtet mit Tanja, was für eine Pfeife haben sie da aufgeboten?

»Gehen wir rein«, sagte er und drückte die Klinke. Sven Stadelmann hob den Kopf, sein Blick schien angriffslustig. Das wird schwierig, dachte Stauffer. Als die Aufnahmegeräte liefen, nannte er die Uhrzeit und die Anwesenden. Sven Stadelmann musterte Tanja Locher, die jeden Augenkontakt vermied.

»Heute Vormittag wurde Ihr Vater ermordet aufgefunden.«

Stauffer musterte Stadelmanns Gesichtszüge, er konnte keine Regung entdecken. Sein rechter muskulöser Oberarmmuskel zuckte leicht, die Hände blieben ruhig.

»Ich habe es im Radio gehört«, sagte Sven Stadelmann ungerührt.

»Wann?«, fragte Stauffer.

»Am Nachmittag.«

»War das vor oder nachdem Sie geflohen sind?«

Stadelmann antwortete nicht. Er suchte erneut den Blickkontakt zu Tanja Locher, diese fixierte den Haftrichter, der schräg hinter Stadelmann Platz genommen hatte.

»Weshalb sind Sie weggerannt?«, fragte Stauffer.

»Ich bin ein Fluchttier«, sagte Sven Stadelmann lächelnd.

»Trotzdem haben Sie sich freiwillig gestellt.«

»Sieht so aus.«

»Haben Sie Ihren Vater getötet?«, fragte Tanja Locher. Stadelmann verlor für einen Moment die Fassung, er sah zu Stauffer.

»Ich habe mich gestellt, weil ich nichts damit zu tun habe, klar?«

»Sie haben sich nicht gut mit Ihrem Vater verstanden«, sagte Stauffer.

»Na und?«

»Erzählen Sie uns von Ihrem Vater«, sagte Locher.

»Was soll ich erzählen?«, fragte Stadelmann laut.

»Weshalb haben Sie Ihren Vater gehasst?«, fragte Stauffer.

»Ich habe ihn nicht gehasst.«

»Sie hatten keinen Kontakt mehr zu ihm.«

»Na und?«

»Er hat Sie nicht verstanden«, sagte Tanja Locher. Stadelmann winkelte seinen rechten Arm an, sodass sich der Pullover spannte. Sein Blick traf sich mit dem von Tanja Locher. Sie hielt seinem länger stand.

»Ihr Vater hat nicht verstanden, weshalb sein Sohn zu einem Schläger wurde«, sagte sie.

»Ich bin kein Schläger, verdammt«, schrie Stadelmann und donnerte eine Faust auf den Tisch. Der Haftrichter schrak auf und räusperte sich.

»Sie sind ein Kämpfer«, sagte Tanja Locher. Stauffer schaute kurz zu ihr, da er nicht verstand, was sie vorhatte.

»Ja«, sagte Stadelmann, schaute zur Decke, nickte.

»Weshalb wurden Sie zu einem Kämpfer?«

Stadelmann schwieg. Stauffer glaubte zu spüren, dass er intensiv nachdachte. Das konnte dauern. Aber sie war auf dem richtigen Weg. Stauffer wäre viel direkter gewesen. Direkte Konfrontation. Das war sein Leben. Locher pirschte sich an, darauf wusste er keine Antwort.

»Ich habe versucht, es ihm zu erklären«, sagte Stadelmann nach einer Weile.

»Weshalb Sie zum Kämpfer wurden?«

Er nickte.

»Das ist ehrlich.«

Tanja Locher musterte ihn. Er erinnerte sie an einen jungen Mann, der eine Weile mit ihrer Tochter rumgezogen war. Muskulös, auf der Lauer, jederzeit mit einem Angriff rechnend. Ihre Tochter war von ihm fasziniert gewesen, hatte aber gleichzeitig Angst vor ihm gehabt. Locher war froh, dass es keine Annäherung gab, der junge Mann verschwand aus dem Leben ihrer Tochter genauso rasch, wie er gekommen war.

»Die Kämpfe, die Sie austragen, sind ehrlich?«

»Alle Kämpfe, alle.« Er schaute sich zum Haftrichter um, der sich nervös auf seinem Stuhl bewegte.

»Alle schauen nur für sich, jeder sucht seinen Vorteil. Aber keiner kämpft ehrlich, alle sind verlogen und ziehen alle anderen über den Tisch.«

Stadelmann atmete schwer, es schien, als wäre jeder Satz eine Anstrengung für ihn.

»Erzählen Sie uns von den Kämpfen«, sagte Stauffer.

»Was soll ich erzählen?«

»Wie läuft so etwas ab?«

Stadelmann verschränkte seine Hände, diesmal sah man, wie sich seine Unterarmmuskeln anspannten.

»Wir kämpfen ehrlich. Mann gegen Mann. Ist der andere stärker oder schneller, liegst du am Boden. Bist du stärker oder schneller, liegt der andere am Boden. Mein Vater nannte das brutal. Ich nenne es ehrlich.«

»Es wird nur mit den Fäusten gekämpft?«, fragte Stauffer. Stadelmann nickte.

»Mann gegen Mann. Es gibt einige Ultras, die sich nicht an die Regeln halten. Sie treten auf jemand ein, wenn er am Boden liegt. Das ist asozial.«

Stauffer wunderte sich über die Wortwahl.

»Ihr Vater wurde mit einem Messer erstochen«, sagte Tanja Locher. Stadelmanns Augenlider flatterten. Wurde er nervös oder irritierte ihn das Licht?

»Messer werden nur vom Abschaum benutzt. Das sind die Leute, denen mein Vater helfen wollte. Parasiten, die alle anderen ausnutzen.«

Stauffer gefiel nicht, in welche Richtung sich das Verhör entwickelte. Doch er wartete ab.

»Sie haben sich mit Ihrem Vater gestritten.« Locher sagte es als Feststellung, nicht als Frage.

»Na und? Streiten Sie sich nicht mit Ihrem Vater? Findet er es toll, dass Sie sich mit Verbrechern abgeben?«

»Sind Sie ein Verbrecher?«

»In einem Land, in dem alles reglementiert ist, wird man automatisch zu einem Verbrecher.«

»Ihre Eltern haben sich getrennt.«

Stadelmann boxte mit der rechten Faust in den Handballen der linken Hand.

»Na und?«

»Erzählen Sie uns etwas über Ihren Vater. Wie war er?« Stauffer glaubte zu spüren, dass Sven Stadelmann von der Frage überrumpelt wurde.

»Wie er war?«, fragte Stadelmann irritiert.

Stauffer nickte. Stadelmann schaute fragend zu Locher, die nicht reagierte.

»Ich verstehe nicht, was das soll. Ich habe mich gestellt. Ich habe meinen Vater nicht getötet. Was wollen Sie von mir?«

»Ich möchte, dass Sie meine Frage beantworten«, sagte Stauffer.

»Ich muss das nicht, ich kenne mich aus. Ich muss gar nichts.«

Stauffer bemerkte, dass der Haftrichter ein Gähnen unterdrückte.

»Ihr Vater wurde heute Morgen brutal erstochen. Wir gehen davon aus, dass Sie der Täter waren.« Stauffer sagte es laut und bestimmt. Stadelmanns Augenlider begannen zu flattern, er senkte den Blick nach unten auf den Tisch, auf seine Hände.

»Mein Vater war mir egal«, sagte er leise.

»Ja?«

»Er hatte kein Verständnis für mich und ich nicht für ihn. Wir waren uns fremd.«

»Und Ihre Mutter?«, fragte Tanja Locher.

»Meine Mutter? Sie hatte genug von ihm. Er wollte immer allen helfen. Das ist anstrengend. Verdammt anstrengend. Die Menschen wollen sich nicht helfen lassen. Sie wollen eins in die Fresse oder anderen in die Fresse hauen. So ist es doch. Ich mache das, was alle tun. Die anderen tun es mit ihrer Sprache, mit ihrem Geld, mit fiesen Tricks. Ich tue es mit meinen Fäusten. Das ist ehrlich.«

»Wo waren Sie heute Morgen?«, fragte Stauffer.

»Ich habe meinen Vater nicht getötet.«

»Beantworten Sie meine Frage.«

»Ich habe geschlafen.«

»Wie lange?«

»Bis mittags. Ist das auch schon verboten?«

»Wo haben Sie geschlafen?«, fragte Tanja Locher.

»Oben, bei Kurt.«

»Kurt Nabholz, dem der Fahrradladen gehört?«, fragte Stauffer.

Stadelmann nickte.

»Nabholz hört laut Musik. Hat Sie das nicht gestört?«

»Wenn ich schlafen will, dann schlafe ich.«

»Bis wann am Mittag?«, fragte Locher.

»Eins oder zwei. Ist doch egal.«

»Sie sind arbeitslos?«, fragte Stauffer.

»Ich orientiere mich neu«, sagte Stadelmann, mit Zynismus in der Stimme.

»Wir haben Drogen gefunden«, sagte Locher.

»Die gehören mir nicht«, sagte Stadelmann und Stauffer spürte, dass dieser den Satz sogleich bereute.

»Sie geben zu, dass Sie von den Drogen wussten?«, fragte er möglichst neutral.

Stadelmann wand sich.

»Ich habe sie für jemand gebunkert.«

»Name?«

Stadelmann drehte sich um, sah zum Haftrichter, danach wieder zu Stauffer.

»Hilft mir das?«, fragte Stadelmann.

»Darüber haben nicht wir zu entscheiden«, sagte Stauffer.

»Wir machen eine Pause«, sagte Locher und überraschte alle damit. »Möchten Sie etwas trinken?«

Stadelmann nickte und fragte nach einem Red Bull.

Sie gingen nach draußen und ertappten einen Polizisten, der sich in der Nase bohrte.

»Passen Sie auf«, sagte Stauffer und zeigte zur Tür. Tanja Locher ging zu einem Getränkeautomaten.

»Was meinen Sie?«, fragte Stauffer den Haftrichter.

»Sie haben nichts gegen ihn in der Hand.«

»Die Drogen. Reicht das nicht, um ihn ein paar Tage hierzubehalten?«

Der Haftrichter dachte nach.

»Er macht einen gewalttätigen Eindruck.«

»Das können Sie laut sagen.«

»Was ist, wenn er nach einem Anwalt fragt?«

»Leute wie er trauen auch den Anwälten nicht«, sagte Stauffer.

»Versuchen Sie bis morgen mehr zu erfahren. Dann schauen wir weiter.«

Der Haftrichter reichte Stauffer die Hand. Er schien erleichtert darüber zu sein, dass er nach Hause konnte. Er gähnte. Obwohl es nicht sehr spät war, schien er todmüde zu sein. Stauffer wartete auf Locher, die wenig später mit zwei Dosen Red Bull erschien.

»Eine ist für mich«, sagte sie und öffnete die Dose. Sie hielt sie Stauffer hin, doch er hatte keine Lust auf das süßliche Getränk. Locher trank die Dose mit wenigen Schlucken leer.

»Was hast du für einen Eindruck?«, fragte Stauffer.

»Schwierig«, sagte Locher. »Ich glaube eher nicht, dass er lügt.«

»Der Tod seines Vaters berührt ihn überhaupt nicht.«

»Das kann täuschen. Er ist es gewohnt, den harten Typen zu geben.«

»Wir müssen ihn weichklopfen.«

»Das kann dauern«, sagte Locher.

»Wenn er es nicht war, haben wir ein größeres Problem.«

»Wir sollten ihn etwas schmoren lassen.«

Stauffer überdachte Lochers Vorschlag.

»Es kann sein, dass er alles kurz und klein schlägt.« Er betrachtete Sven Stadelmann auf dem großen Monitor.

»Das glaube ich nicht. Er hat sich gut unter Kontrolle.«

»Ja, aber wir sollten uns auf alles gefasst machen.«

Er ging zu dem Polizisten und erläuterte ihm ihre Pläne. Dieser rief sofort zwei Kollegen zu Hilfe.

»Wir haben Reizgas, wenn er durchdreht«, sagte der Polizist.

»Geben Sie ihm das hier«, sagte Locher und reichte dem Polizisten das Red Bull.

»Treffen wir uns in einer halben Stunde?«, fragte Stauffer.

Tanja Locher nickte und kramte ihren Musikplayer aus der Jacke. Stauffer überlegte, ob er sich kurz hinlegen sollte, entschied sich dann aber in einen der Aufenthaltsräume zu gehen und eine Zeitschrift durchzublättern.

36.

Um neun wurde es ruhiger. Im Fernsehen lief das Hauptabendprogramm und die Hundebesitzer hatten ihre Köter Gassi geführt. Er hatte nichts gegen Hunde, er wollte einfach möglichst keinem begegnen. Eigentlich hätte er noch länger warten sollen, aber bei seinem ersten Versuch hatte er sich nicht gut gefühlt mitten in der Nacht. Seit die scheiß Krankheit seinen Körper befallen hatte, sah er nachts nicht mehr so gut. Möglicherweise bildete er sich das nur ein, aber die Unsicherheit war da und wurde stärker, je dunkler es um ihn herum wurde. Zeit, ein Feuer zu machen. Er lachte bei dem Gedanken. Wenn sie ihn eines Tages schnappen würden, könnte er das allen kundtun. Es war dunkel, deshalb habe ich ein Feuer gemacht. Eine Grippe hatte ihn einige Tage ans Bett gefesselt. Er hatte schon Panik gehabt, dass er nie wieder aufstehen könnte, doch nach vier Tagen hatte er gespürt, wie sich sein Körper langsam erholte. Aber es war nicht daran zu denken gewesen, aktiv zu werden. Erst seit zwei Tagen fühlte er sich wieder stark genug. Das Haus, das er sich ausgesucht hatte, lag etwas abseits der Straße, einige Meter hinter einer Neubausiedlung. Bis vor einem halben Jahr war darin eine Schreinerei untergebracht gewesen, die aber weggezogen war, weil der Hausbesitzer eine weitere Überbauung plante. Alles wurde überbaut und die ehrlichen Handwerker wurden vertrieben. Bevor er rausging, kontrollierte er seine E-Mail-Konten. Noch einmal hatte er versucht, Kontakt zu Eugen aufzunehmen. Es ging ihm nicht in den Kopf, weshalb er sich nicht meldete. Hatte er sich von allem losgesagt? Das war denkbar, er glaubte aber eher an das Gegenteil. Eugen war drauf und dran richtig loszulegen. Über die Hand wurde nichts mehr berichtet und auch seine anonyme Mitteilung war mit keiner Zeile erwähnt worden. Hätte er Kopien an die Medien verschicken sollen? Ihm war klar geworden, dass er einen Fehler gemacht hatte. Kein Mensch interessierte sich für ein brennendes Gartenhäuschen. Es musste schon ein Wohnhaus sein oder wenigstens eine Fabrik. Ein großes Feuer. Morgen würde er die Mitteilung noch einmal senden, diesmal aber auch an die Presse.

Ein Teil der Schreinerei bestand aus einem Anbau aus Holz. Vermutlich diente er als Lager oder Unterstand. Wenn er das Feuer hier legte, konnte es sich in das Gebälk fressen, und wenn erstmal der Anbau in Flammen stand, würde das Feuer auch auf das Hauptgebäude übergreifen. Es würde eine Weile dauern, bis jemand den Brand bemerken würde, da der Anbau im hinteren Teil des Gebäudes war und dieser an die Bahnlinie grenzte. Das war eindrücklicher als ein Gartenhäuschen.

Am Nachmittag hatte er im Internet von einem Toten gelesen, der an einem Weiher außerhalb der Stadt aufgefunden worden war. Die Polizei war beschäftigt, das war gut so. Wenn der Fall nicht gleich aufgeklärt würde, könnte er ihn für seine Zwecke benutzen. Das hörte sich gut an. In den vergangenen Jahren hatte er das Gefühl gehabt, immer nur für die Zwecke anderer benutzt worden zu sein. Politiker nutzten alles Elend in dieser Stadt für ihre Zwecke. Eugen sagte, man muss die Politik selbst in die Hand nehmen. Er wusste, was er damit meinte. Es war ein gutes Gefühl, endlich etwas zu tun. Und es war wichtig, darauf aufmerksam zu machen. Wenn er es nicht tun würde, müsste er damit rechnen, als Feuerteufel verunglimpft zu werden. Irgend so ein Muttersöhnchen, das einen Steifen kriegt, wenn es brennt. Eugen war gut darin, einen theoretischen Unterbau zu zimmern, wie er es nannte. Ihm war das zu einseitig, sein Hass und seine Abscheu waren genereller. Er blieb versteinert stehen, als er Stimmen hörte. Ein Mann und eine Frau, ganz in der Nähe. Was zum Teufel machten sie hier um diese Zeit?

»Ich kann nicht lange bleiben.«

»Schade.«

»Deine Haare sind wunderschön.«

»Danke.«

Es war unfassbar. Ein Paar, das sich heimlich hier traf, um zu knutschen, vielleicht sogar für mehr. Am liebsten hätte er sie mit Benzin übergossen und angezündet. Er hörte schmatzende Geräusche und leises Stöhnen. Das darf nicht wahr sein, dachte er. Er schaute sich um, es gab nichts, hinter dem er sich verstecken konnte, wenn die beiden die saublöde Idee haben sollten, im Anbau übereinander herzufallen.

»Nicht«, sagte die Frauenstimme.

»Ich sehne mich so nach dir.«

»Wir müssen geduldig sein.«

»Es ist schwer.«

Wo war er hier bloß? Das hörte sich schlimmer an als das Fernsehprogramm. Diese jämmerliche Heimlichtuerei.

»Du bringst mein Haar durcheinander.«

»Du bringst mich durcheinander.«

Er sah in der Ecke einen Stein. Er hob ihn vorsichtig auf und warf ihn gegen die Bretterwand, die den Anbau von der Bahnlinie trennte.

»Was war das?«, fragte die Frau verängstigt.

»Ein Vogel oder so.«

»Ich muss zurück.«

»Einen Kuss noch.«

Er dauerte unendlich lange.

»Wir könnten nach hinten gehen.«

»Nicht heute. Nicht hier.«

Es vergingen gefühlte zwei Stunden, bis er endlich nachgab und von der Frau abließ. Er hörte ihre Schuhe klappern und das schwere Atmen des Mannes. Hau ab, dachte er, sonst bist du dran. Der Mann schien in die andere Richtung zu gehen. Er wartete fünf Minuten und ging dann um das Gebäude herum. Es war niemand zu sehen. Jetzt, dachte er. Er ging zurück in den Anbau und schloss einen Moment lang die Augen. Seine rechte Hand zuckte. Verdammt, dachte er, was, wenn er jetzt einen Anfall kriegte? Mit der linken Hand hielt er die rechte fest. Wie ein alberner Kampf mit sich selber. Wenn ihn jemand sehen würde, er müsste ihn für verrückt halten. Seine rechte Hand beruhigte sich. Er atmete regelmäßig und tief, bis er sich bereit fühlte. Dann holte er den kleinen Kanister aus seinem Rucksack. Und die Metatabletten. Den Lappen, den er vorher getränkt hatte. An einer der Holzwände waren einige leere Kartons und Holzkisten gestapelt. Daneben lag Müll. Er stand mittendrin und begann damit, den Kanister auszuleeren.

Er hörte, wie es knisterte. Auf der Vorderseite des Gebäudes war noch nichts zu sehen und es stieg auch noch kein Rauch auf. Was, wenn das scheiß Feuer nur vor sich hinglimmte? Doch dann hörte er einen dumpfen Knall und daran anschließend einen Zischlaut. Danach ging es ganz schnell. Eine Rauchsäule stieg hinter dem Gebäude hervor und jetzt knisterte und zischte es laut. Am liebsten wäre er noch einmal um das Gebäude gegangen und hätte sich das Feuer angeschaut, aber es blieb keine Zeit mehr, er musste verschwinden. Er drehte sich weg. Gerade als er loslaufen wollte, gab es einen großen Knall und er hörte Glas, das zerbarst. Er schaute zurück und stolperte über den Randstein. Er versuchte, den Sturz aufzufangen, doch er fiel Kopf voran gegen einen Pfosten und blieb benommen liegen. Er sah Sterne tanzen und fühlte eine Übelkeit aufsteigen. Als er aufsah, züngelten Flammen aus dem Hauptgebäude. Geschafft, dachte er, aber ich muss weg hier. Etwas aus seinem Rucksack stach ihn in den Rücken, seine Beine fühlten sich weich an, er war unfähig sich aufzusetzen. Er rieb sich den Kopf, doch das schien alles nur schlimmer zu machen, denn jetzt fühlte er, wie sein Gehirn durch einen Tunnel gesogen wurde, ein unendlicher schwarzer Tunnel. Als er wieder aufsah, hörte er Sirenen und sah Schatten, die sich auf ihn zubewegten.

»Hallo? Was ist mit Ihnen? Sind Sie verletzt?«

Er öffnete die Augen weit und er sah, dass das Gebäude im Vollbrand stand. Er lächelte.

»Da stimmt etwas nicht«, sagte eine Stimme.

»Ich kümmere mich darum«, sagte eine andere. Er sah das Gesicht des Mannes und für einen Moment war er sich sicher.

»Eugen? Du bist hier?«

»Wer ist Eugen? Ist jemand in dem Gebäude?«

»Die Stadt muss brennen, Eugen.«

»Wir müssen ihn wegtragen. Aber lasst ihn nicht aus den Augen. Und schaut euch seinen Rucksack an.«

Er fühlte, wie sich starke Hände unter seinen Körper legten. Dann wurde er wieder vom Tunnel aufgesogen.

37.

Im Verhörraum roch es nach Schweiß. Sven Stadelmann schaute erleichtert zur Tür, als Locher und Stauffer den Raum betraten. Sie hatten sich eine Dreiviertelstunde Zeit gelassen. Stauffer war zwischendurch zweimal vorbeigekommen und hatte Stadelmann auf dem Monitor studiert. Er schien weder besonders angespannt noch nachdenklich zu sein. Die Polizisten, die ihn überwachten, meldeten weder einen Wutanfall noch Flehen oder Bitten, er hatte einfach ruhig auf seinem Stuhl gesessen.

»Es gibt neue Erkenntnisse«, log Stauffer. »Der Täter war wie Ihr Vater mit einem Fahrrad unterwegs.«

»Na und?«

»Ihr Fahrrad wird vom wissenschaftlichen Dienst nach Spuren überprüft. Manchmal genügen winzige Partikel oder Mücken, die man auf den Pneus findet.«

»Mücken?«, fragte Sven Stadelmann belustigt.

»Am Weiher, an dem Ihr Vater starb, gibt es einen ganz speziellen Untergrund. Wenn wir diese Spuren an Ihrem Fahrrad finden, sind Sie in Schwierigkeiten.«

Stauffer hatte die neue Strategie zusammen mit Locher besprochen.

»Ich weiß nicht mal, wo dieser Weiher genau liegt.«

»Ist das alles, was Sie dazu zu sagen haben?«

Sven Stadelmann rutschte auf seinem Stuhl nach vorne.

»Wie ist das eigentlich? Wie viele Jahre würde ich für den Mord kriegen?«

Stauffer blinzelte zu Locher. War das ein Geständnis?

»Sie geben zu, dass Sie Ihren Vater getötet haben?«, fragte Locher.

»Ich gebe gar nichts zu. Es interessiert mich bloß.«

»Sie sind sich dem Ernst der Situation nicht bewusst, Herr Stadelmann.«

»Ach was. Die Pillen dreht ihr mir so oder so an. Da kann ich auch gleich den Mord mit reinpacken. Im Knast sind Mörder angesehener als Dealer.«

»Sie möchten für einen Mord verurteilt werden, den Sie nicht begangen haben?« Locher beobachtete jede Regung in Stadelmanns Gesicht. Bis anhin hatte sie den Eindruck, dass er nicht gerade eine Leuchte war. Doch jetzt begann er, mit ihnen zu spielen.

»Ich war schon zweimal im Knast. Ich habe mich gut zurechtgefunden. Mich können Sie nicht einschüchtern.«

»Niemand will Sie einschüchtern. Uns geht es darum, die Person zu finden, die Ihren Vater erstochen hat.«

»Mein Vater hat nicht verstanden, dass er den Leuten keinen Gefallen tut, wenn er zu gut zu ihnen ist.«

»Wie meinen Sie das?«, fragte Stauffer.

»Er wollte den Leuten helfen. Die Leute wollten ihn ausnutzen. Heute schaut doch jeder nur noch für sich.«

»Wo waren Sie heute Morgen zwischen zehn und zwölf Uhr?«

»Diese Frage habe ich bereits beantwortet.«

»Kann Herr Nabholz bestätigen, dass Sie im Zimmer waren und schliefen?«

»Das müssen Sie ihn fragen, nicht mich«, sagte Sven Stadelmann gereizt.

»Sie bleiben vorläufig in Haft«, sagte Locher.

»Na und?«

Sven Stadelmann grinste, aber man sah ihm an, dass er müde war.

»Ich habe meinen Vater nicht gehasst. Ich habe ihn verachtet. Menschen, die ich verachte, gehe ich aus dem Weg. Ich töte sie nicht.«

Weder Locher noch Stauffer gaben einen Kommentar ab. Sie sagten den Polizisten, dass sie Sven Stadelmann in die Zelle führen sollten.

»Was meinst du?«, fragte Stauffer.

»Unverändert. Ich glaube nicht, dass er es war.« Stauffer nickte.

»Morgen Früh sollen sich die anderen um die Personen kümmern, die Bolliger und Marthaler auf die Liste gesetzt haben. Wir suchen immer noch nach einem Tatmotiv.«

Stauffers Handy vibrierte. Als auf dem Display der Name Anna angezeigt wurde, lief es ihm kalt den Rücken runter. Ich muss ihren Nachnamen in die Kontaktliste eingeben, sonst kriege ich jedes Mal einen Stromschlag, wenn sie anruft, dachte er.

»Ja?«, fragte Stauffer.

»Da ist jemand in der Wohnung.«

»Wo bist du jetzt?«

»Vor dem Haus. Ich war schon oben, da hörte ich Geräusche in der Wohnung. Und jetzt sehe ich, dass Licht brennt.«

»Bleib, wo du bist, und warte, bis wir kommen.«

»Was soll ich tun, wenn jemand aus der Wohnung kommt?«

»Versuch an der Person dranzubleiben, aber mach keine Alleingänge.«

Stauffer informierte Locher, während sie nach unten gingen.

»Wir benötigen einen Einsatzwagen und zwei Polizisten«, sagte er. »Es eilt.«

Sie kamen ohne Blaulicht zügig durch den nächtlichen Verkehr. Als Stauffer ausstieg, sah er Anna Herold, die schräg gegenüber von dem Haus wartete. In fast allen Wohnungen brannte Licht. Er wies die beiden Polizisten an, in das Haus zu gehen und vor der Wohnungstür zu warten.

»Hat das Haus einen Hinterausgang?«, fragte er Anna Herold. Sie nickte. Stauffer sah, dass sie fror.

»Wer durch den Hintereingang rausgeht, muss da durch.« Sie zeigte auf einen schmalen Durchgang, vor dem ein Grüngutcontainer stand.

»Komm ins Haus«, sagte er. Im Hausflur blieben sie zu dritt stehen.

»Du wartest hier. Tanja und ich gehen nach oben.«

Vor der Wohnung blieben sie einen Moment ratlos stehen. Die beiden Polizisten hatten ihre Schusswaffen entsichert. Stauffer bezweifelte, dass dies notwendig war, aber nach dem Reinfall in der Fahrradwerkstatt wollte er diesmal auf Nummer sicher gehen.

Stauffer entschied sich zu klingeln und gleichzeitig zu rufen, dass die Polizei da sei. Er ging zur Seite, Locher wartete ebenfalls seitlich. Sie hörten Geräusche, dann wurde die Tür geöffnet.

»Sie?«, fragte Stauffer verblüfft, gleichzeitig machte er eine beschwichtigende Geste zu den Polizisten.

»Ich hätte nicht herkommen dürfen, ich weiß«, sagte Claire Stadelmann.

»Gehen wir rein?«, fragte Locher. Stauffer nickte und sagte den beiden Polizisten, dass sie unten warten sollten. Die Wohnung machte einen sehr aufgeräumten Eindruck. Es gab nur wenige Möbel, alles sah sehr zweckmäßig aus. Claire Stadelmann setzte sich auf einen Stuhl.

»Er hat mir vor ein paar Wochen einen Schlüssel zugeschickt. Ich wollte ihn zurückschicken, habe es dann aber vergessen. Nein, nicht vergessen, ich wollte ihn nicht kränken.«

»Ihr Mann wollte, dass Sie zu ihm zurückkehren«, sagte Tanja Locher.

Claire Stadelmann nickte.

»Ich hielt es heute nicht zuhause aus. Ich wollte allein sein. Ich dachte an den Schlüssel und irgendwie hatte ich plötzlich das Bedürfnis hierherzukommen.«

Sie rieb sich die Augen. »Wir sind immer noch verheiratet.«

»Waren Sie schon einmal hier in der Wohnung?«, fragte Stauffer.

Claire Stadelmann schüttelte heftig den Kopf.

»Es ist unpersönlich wie in einem Hotel. Das war nicht Clemens, der hier wohnte.«

Stauffer ahnte, was sie ausdrücken wollte. Ihr Mann war in dieser neuen Umgebung nie angekommen.

»Ihr Sohn hat sich der Polizei gestellt«, sagte Tanja Locher unvermittelt.

Claire Stadelmann fasste sich an den Hals.

»Er hat Clemens getötet?«

»Er sagt, dass er mit dem Mord nichts zu tun hat«, sagte Stauffer.

Sie atmete erleichtert auf.

»Kann ich mit ihm sprechen?«

»Er benötigt einen Anwalt, wir haben Drogen bei ihm gefunden.«

»Ich habe mir gewünscht, dass er sich mit Clemens aussprechen würde. Aber sie waren beide so stur. Warum sind Männer so unversöhnlich?«

Sie schaute Locher fragend an.

»Kennt Ihr neuer Partner diese Adresse?«, fragte sie stattdessen.

»Er ist genauso geschockt wie ich.«

Stauffer hatte sich in aller Ruhe etwas umgesehen. Die Wohnung wirkte tatsächlich wie ein Appartement, das nur ab und zu für eine Nacht genutzt wurde. Immerhin war der Kühlschrank gut gefüllt.

»Hatte Ihr Mann eine Lebensversicherung abgeschlossen?«, fragte Locher beiläufig.

Claire Stadelmann atmete laut durch die Nase aus.

»Ich habe genug Geld. Ich habe geerbt. Das ist unverschämt.«

»Versuchen Sie die Dinge aus unserer Sicht zu betrachten«, sagte Stauffer ruhig. »Sie leben seit Monaten getrennt von Ihrem Mann mit einem neuen Partner zusammen. Trotzdem akzeptieren Sie, dass Ihr Mann Ihnen einen Schlüssel zu seiner Wohnung überlässt. Und als er getötet wird, suchen Sie die Wohnung auf.«

»Ich weiß, dass das falsch war.«

»Haben Sie nach etwas gesucht?«, fragte Tanja Locher.

»Ich habe nichts angerührt. Mich nur ein wenig umgesehen. Ich weiß nicht warum. Es ist einfach geschehen. Wollen Sie mich deswegen verhaften?«

»Darf ich einen Blick in Ihre Tasche werfen?«, fragte Locher.

Claire Stadelmann schaute zu Stauffer, dieser nickte auffordernd. Sie reichte Locher die kleine Handtasche, die sie bei sich trug. Locher fand darin nichts Auffälliges.

»Wie sind Sie hierhergekommen?«, fragte Stauffer.

»Mit einem Taxi. Ich würde gerne mit Sven sprechen.«

Stauffer gab Locher ein Zeichen.

»Ihr Sohn übernachtet in einer Arrestzelle. Sie können morgen Früh mit ihm sprechen.«

Locher ging zusammen mit Claire Stadelmann nach unten und gab den beiden Polizisten die Anweisung, sie nach Hause zu fahren. Danach informierte sie Anna Herold und ging mit ihr zusammen zurück in die Wohnung. Stauffer hatte sich das Schlafzimmer und das Bad angesehen. Es gab keine Anzeichen, die auf eine Freundin hindeuteten. Sowohl im Schlafzimmer als auch in der übrigen Wohnung lagen einige Rätselhefte herum.

Es waren die einzigen Anhaltspunkte, wie Stadelmann die Zeit totschlug.

»Sie klingt glaubhaft«, sagte Locher.

»Wie ihr Sohn«, sagte Stauffer.

»Könnten die beiden den Mord gemeinsam verübt haben?«, fragte Anna Herold.

»Würden sie sich dann so verhalten?«, fragte Stauffer.

»Kaum«, sagte Locher. »Die Frau scheint durcheinander zu sein.«

Stauffer nickte. Es war ein Zustand, der auch auf ihn zutraf. Wäre er nicht beschäftigt, würde er sich vielleicht ähnlich seltsam anstellen wie Frau Stadelmann. Und plötzlich vor dem Haus von Anna auftauchen. Mitten in der Nacht. Er verscheuchte den Gedanken.

»Wenn wir schon mal hier sind, sollten wir uns etwas genauer umsehen. Gibt es etwas, das auf einen kürzlichen Besuch hindeutet? Vielleicht ein Geschenk, ein Name, eine Adresse, irgendwo notiert.«

»Ich schaue im Briefkasten nach«, sagte Anna Herold.

»Wurde das nicht schon längst gemacht?«, fragte Stauffer verwundert.

»Uns ist am Nachmittag aufgefallen, dass etwas drin ist, vielleicht nur eine Zeitung oder Prospekte.«

»Gut. Wir schauen uns in der Wohnung um und treffen uns danach unten.«

Stauffer ging zu einem Regal, in dem einige Ordner standen. Er blätterte darin, es waren säuberlich abgelegte Rechnungen und Quittungen. Locher öffnete einen Kleiderschrank. Er war nur halb gefüllt. Sie griff in einige Jacken- und Manteltaschen, fand aber nichts außer Papiertaschentüchern und Kleingeld.

»Ziemlich trostlos«, sagte Stauffer.

»Er scheint nicht getrunken zu haben und wenn, dann höchstens ein Bier.«

»Es kann sein, dass er die meiste Zeit nicht in der Wohnung war. Vielleicht ging er abends weg. Ich hoffe, dass der Zeugenaufruf etwas bringt. Wir wissen noch viel zu wenig über seine Gewohnheiten.«

Beide schauten zur Tür, die mit einem Ruck geöffnet wurde. Anna Herold rannte atemlos auf sie zu.

»Im Briefkasten«, sagte Anna Herold, »das hier lag im Briefkasten.«

Sie zeigte Stauffer ein Foto. Zuerst erkannte er nicht viel, es sah aus wie ein unscharfer grauer Gegenstand, doch als er das Foto so drehte, dass das Licht nicht mehr darauf reflektierte, erkannte er das Motiv auf dem Foto. Es war eine Hand. Eine rechte Hand. Sie war vom Arm abgetrennt worden. Genauso wie Kadarics Hand.

38.

Es war derart still, dass man Anna Herolds Atemzüge hörte, obwohl sie sich mittlerweile etwas beruhigt hatte. Immer wieder ging das Foto von einer Hand zur nächsten. Stauffer hatte Walter Wenger sofort eine Textnachricht übermittelt, aber noch keine Antwort erhalten.

»Da spielt jemand mit uns«, sagte Stauffer nachdenklich.

»Ein mörderisches Spiel«, sagte Locher.

»Die Meldung über Stadelmanns Tod ging heute Nachmittag raus. Die Adresse herauszufinden war auch für uns nicht allzu schwer. Es gibt demnach zwei Möglichkeiten.«

Stauffer schaute Anna Herold an.

»Es kann eine Nachricht des Mörders sein. Aber auch von der Person, die Kadarics Hand an sich genommen hatte.«

Stauffer nickte.

»Was will diese Person bezwecken?«, fragte Locher ratlos.

»Zuerst die Hand, dann die anonyme Botschaft und jetzt ein Foto der Hand. Da geht jemand systematisch vor. Wir wissen nur noch nicht, welches System dahintersteckt.«

»Was ist mit dem Brand?«, fragte Anna Herold.

Stauffer nickte. »Richtig. Der gehört auch dazu.«

»Es könnte eine zweite Hand sein«, sagte Locher. Stauffer schaute sich das Foto erneut an.

»Schwierig zu sagen, aber wir haben genügend Fotos von Kadarics Hand. Sie sieht seiner Hand zumindest sehr ähnlich.«

»Was ist das für ein seltsamer Abzug?«, fragte Herold.

»Sieht wie ein Polaroid aus.«

»Ein was?«

Stauffer lachte.

»Das ist eine Sofortbildkamera. Das Foto wird noch in der Kamera belichtet und danach ausgespuckt.«

»Ach so. Davon habe ich gehört. Wozu soll das gut sein?«, fragte Herold.

»Als es noch keine Digitalkameras gab, waren Polas die einzige Möglichkeit, sich ein Foto sofort anzusehen«, sagte Locher.

»Dann muss das eine ältere Person sein.«

»Kann sein, muss aber nicht«, sagte Stauffer.

»Die Firma ging vor Jahren in Konkurs«, sagte Locher. »Soweit ich weiß, werden keine Kameras mehr hergestellt.«

»Dieses Foto ist deutlich kleiner, als ich Polaroidaufnahmen in Erinnerung habe. Vielleicht ist es ein Nachfolgemodell?«

»Weshalb benutzt jemand eine solche Kamera?«, fragte Anna Herold.

»Das wissen wir nicht«, sagte Stauffer. »Aber es kann uns etwas über diese Person verraten.«

»Jemand, der nicht mit Computern umgehen kann«, schlug Herold vor.

»Oder einer wie Urs Holzer«, sagte Locher grinsend.

»Hast du einen Fingerabdruck hinterlassen?«, fragte Stauffer Anna Herold.

»Ich glaube nicht. Ich habe das Foto so angefasst wie ihr, nur an den Rändern.«

»Gut. Allerdings bezweifle ich, dass es verwertbare Spuren gibt.«

»Kannst du dich im Internet kundig machen?«, fragte Stauffer und erntete einen fragenden Blick. Er lächelte. »Nachschauen, ob es noch Polaroidkameras gibt oder Nachfolgemodelle.«

Anna Herold nickte und tippte etwas in ihr Handy.

»Stimmt das so?«, fragte sie und zeigte Stauffer den Text.

»Du hast das i nach dem o vergessen«, sagte er.

»Ich kann mir nicht vorstellen, dass viele Leute einen dieser Apparate besitzen«, sagte Herold. »Soll ich ins Präsidium fahren?«

»Wir fahren gemeinsam hin. Es gibt einiges zu besprechen.«

Er rief bei der Einsatzzentrale an und bestellte einen Wagen.

»Bis der Wagen eintrifft, könnten wir ein wenig vorsortieren«, sagte Stauffer.

»Vielleicht gibt es eine Verbindung zwischen Kadaric und Stadelmann«, sagte Locher. Stauffer forderte sie auf, den Gedanken weiterzuspinnen.

»Kadaric war zuletzt arbeitslos und er hatte Geldprobleme. Vielleicht hat er sich an das Sozialamt gewendet.«

»War er nicht in Dietikon gemeldet?«, fragte Stauffer.

»Je länger ich es mir überlege, desto unwahrscheinlicher kommt es mir vor«, sagte Locher.

»Dennoch«, sagte Stauffer. »Das ist ein guter Ansatz. Im Moment gehen wir von zwei unabhängigen Ereignissen aus. Dem Selbstmord von Kadaric und dem Mord an Stadelmann. Jemand hat eine Verbindung hergestellt. Das kann auch ein Hinweis für uns sein. Wir sollten das unbedingt weiterverfolgen.«

»Kadaric war nicht viel älter als Stadelmanns Sohn«, sagte Herold.

»Ein weiterer Ansatzpunkt«, pflichtete ihr Stauffer bei.

»Die Hand wurde in einem Gebüsch gefunden«, sagte Herold. »Stadelmann wurde ebenfalls im Freien ermordet.«

Stauffer leuchtete der Zusammenhang nicht unbedingt ein, aber es war wichtig, möglichst viele Gedanken durchzuspielen.

»Weshalb hat sie den Briefkasten nicht geleert?«, fragte Locher.

»Wer?«, fragte Stauffer.

»Seine Frau. Kommt euch ihr Besuch nicht suspekter vor, nachdem wir das Foto im Briefkasten gefunden haben?«

»Wohl wahr«, sagte Stauffer. »Aber wenn sie das Foto in den Briefkasten geworfen hat, weshalb benimmt sie sich danach so auffällig, macht Licht in der Wohnung und wartet praktisch darauf, dass sie von uns zur Rede gestellt wird?«

»Könnte alles Kalkül sein«, sagte Locher. »Sie ist eine intelligente Frau.«

»Wir müssen noch einmal mit ihr reden«, sagte Stauffer bestimmt. »Aber auch mit ihrem Sohn. Ich habe das Gefühl, dass er oder sie oder alle beide uns etwas verschweigen.«

»Der Schlüssel ist Kadarics Hand«, sagte Locher leise.

»Ja?«, fragte Stauffer.

»Das Rätsel, wie die Hand nach Wollishofen kam. Wir haben keine plausible Antwort gefunden. Jetzt wissen wir, dass mehr dahintersteckt als nur ein makabrer Schabernack.«

»Lukas wird es freuen, wenn wir uns wieder um den Selbstmörder vom Balkan kümmern«, sagte Anna Herold.

»Schlafende Hunde soll man nicht wecken«, sagte Stauffer vielsagend.

»Da hat jemand einen Plan«, sagte Locher.

»Das ist denkbar. Aber noch durchschauen wir diesen Plan nicht.«

Stauffer erhielt einen Anruf. Der Wagen wartete unten. Während der Fahrt schwiegen sie. Anna Herold versuchte mit ihrem Handy Informationen zu besorgen, doch die Verbindung war derart schlecht, dass sie schon bald aufgab. Um elf Uhr trafen sie im Präsidium ein. Holzer kaute auf einem der übrig gebliebenen Brote herum. Stauffer sah die Bierdose.

»Ein Stück Kuchen wäre jetzt nicht schlecht«, sagte Anna Herold.

»Soll ich euch einen backen?«, grummelte Holzer. Stauffer hatte ihn angerufen und ihm von dem Foto erzählt. Im Auto hatte ihm der Fahrer ein Plastikmäppchen gereicht, in das Stauffer das Foto legte. Er hielt es Holzer hin.

»Back uns daraus was«, sagte Stauffer.

»Es ist eine Weile her, seit ich zuletzt eine Pola in der Hand hatte«, sagte Holzer. Stauffer schaute sich nach Anna Herold um. Sie saß an einem Computer.

»Wir glauben, dass es zwischen dir und der Person, die diese Aufnahme machte, Gemeinsamkeiten gibt«, sagte Stauffer herausfordernd.

»Zweifellos«, sagte Holzer lachend. »Irgendwo im Keller hab ich noch so ein Ding. Aber ich hatte keine Ahnung, dass sie noch benutzt werden.«

»Im Internet steht, dass Polaroidkameras bei Künstlern noch immer sehr beliebt sind«, sagte Anna Herold.

»Du konntest zusehen, wie die Aufnahme langsam Farbe bekam und scharf wurde«, sagte Holzer. Stauffer hatte es anders in Erinnerung, doch jetzt fiel ihm auch ein, wie er einen dieser dicken Abzüge in der Hand gehalten hatte und wartete, bis darauf etwas zu sehen war.

»Es gibt tatsächlich ein neues Modell«, sagte Herold erstaunt. »Und zumindest eine japanische Firma, die eine Kamera herstellt, die nach dem gleichen Prinzip funktioniert.«

»Demnach könnte es auch eine jüngere Person sein«, sagte Stauffer.

»Oder jemand, der auf Originalität Wert legt«, sagte Locher. Stauffer gefiel dieser Gedanke. Die Hand eines Selbstmörders an sich zu nehmen, war ja auch ziemlich originell. Dazu die anonyme Mitteilung. Es wird Leichen regnen in der Stadt. Und jetzt dieses Foto.

»In Internetauktionen werden alte Polaroidkameras und Filme angeboten«, sagte Herold.

»Du hast ein Vermögen im Keller«, sagte Stauffer zu Holzer.

»Diese Kameras sind auch heute noch faszinierend«, sagte Holzer. »Du hattest nur sechs oder acht Bilder pro Packung, da hast du nicht einfach sinnlos drauflos geknipst wie heute, wo du den ganzen Quatsch auf deiner Festplatte speichern kannst.«

»Trotzdem«, sagte Locher. »Wer außer Nostalgikern und Künstlern benutzt noch eine Pola?«

»Das müssen wir herausfinden«, sagte Stauffer. »Such ein Fotogeschäft und einen Experten.«

»Um diese Zeit?«, fragte Herold skeptisch.

»Wir müssen morgen Früh sofort mit der Arbeit beginnen. Am besten mailst du Fontini die verschiedenen Links.«

Stauffers Handy klingelte. Ein bedächtig klingender Mann vom Empfang nannte seinen Namen, doch Stauffer verstand nur etwas, das wie Urb klang.

»Sie war vor einer halben Stunde schon hier.«

»Wer?«

»Claire Stadelmann. Sie will mit ihrem Sohn sprechen.«

»Ist sie unten?«

»Ja. Sie sagt, dass sie nicht geht, bis sie mit ihm gesprochen hat.«

»Wir holen sie«, sagte Stauffer und beendete das Gespräch. »Claire Stadelmann ist unten. Sie will mit ihrem Sohn sprechen.«

»Das trifft sich gut«, sagte Tanja Locher. »Ich würde ganz gerne mit ihr reden.«

»Du kannst nach Hause, wenn du möchtest«, sagte Stauffer zu Herold.

»Ich bin viel zu aufgeregt, um zu schlafen.«

»Gut. Besorg uns die Fotos von Kadarics Hand. Sie müssen irgendwo in der Ablage sein.«

»Ich halte die Stellung«, sagte Holzer aufgeräumt und nahm einen letzten Schluck aus der Bierdose. Stauffer sah ihn wortlos an. »Keine Panik«, sagte Holzer und zerdrückte die Dose.

Claire Stadelmann trug dasselbe Kleid wie zuvor in der Wohnung ihres ermordeten Gatten. Trotzdem sah sie verändert aus, ohne dass Stauffer wusste, was anders war.

»Man lässt mich nicht zu meinem Sohn«, sagte sie bitter.

»Er ist in einer Arrestzelle. Sie können erst morgen mit ihm sprechen.«

»Warum?«

»Was möchten Sie mit ihm besprechen?«, fragte Tanja Locher angriffslustig.

»Ich möchte ihn sehen.«

»Haben Sie Angst, dass er sich etwas antun könnte?«

»Nein.« Es klang sehr bestimmt.

»Als Sie vorhin in der Wohnung Ihres Mannes waren, haben Sie da nicht bemerkt, dass der Briefkasten nicht geleert war?«

Stauffer beobachtete genau ihre Reaktion. Sie schien ratlos zu sein.

»Ich ging in die Wohnung. Ich habe nicht nach dem Briefkasten geschaut.«

»Aber Sie haben einen Briefkastenschlüssel?«

»Nein. Woher sollte ich?«

»Ihr Mann schickte Ihnen einen Wohnungsschlüssel.«

»Ja. Weil er hoffte, dass ich zu ihm zurückkehre. Nicht, weil er wollte, dass ich ihm den Briefkasten leere.«

Stauffer bemerkte den Sarkasmus. Tanja hatte Recht, die Frau war intelligent, sie wusste, was sie sagte. Vermutlich genauso, wie sie wusste, was sie nicht sagen wollte.

»Worüber möchten Sie mit Ihrem Sohn sprechen?«, fragte Locher. Claire Stadelmann schaute zur Wand. Jetzt fiel Stauffer auf, was sich in ihrem Gesicht verändert hatte. Sie war frisch geschminkt. Warum nur? Hatte sie sich für ihren Sohn geschminkt?

»Ich habe in Clemens' Wohnung etwas gefunden«, sagte sie, weiterhin der Wand zugewandt.

»Ja?«, fragte Stauffer.

Sie atmete tief durch.

»Ich war davon überzeugt, dass die beiden keinen Kontakt zueinander hatten.«

Stauffer horchte auf. Er begriff jetzt, weshalb sie mit ihrem Sohn reden wollte.

»Sie haben einen Hinweis darauf gefunden, dass Ihr Sohn Kontakt zu seinem Vater hatte?«, fragte Locher.

Claire Stadelmann öffnete ihre Handtasche und holte eine Ansichtskarte hervor.

»Die lag auf dem Küchentisch.«

Sie reichte Stauffer die Ansichtskarte, dieser las den kurzen Text. Keine Ahnung, ob Reden etwas bringt. Let's try it. Sven.

»Die hat Sven an Clemens geschickt.«

»Woher hatte er seine Adresse?«

»Ich habe ihm gesagt, dass er sich eine neue Wohnung gesucht hat.«

»Er hat Ihnen gegenüber nie erwähnt, dass er den Kontakt zu seinem Vater suchte?«

Sie schüttelte den Kopf.

»Sie befürchten, dass es zu einer unschönen Begegnung gekommen ist«, sagte Tanja Locher, nachdem sie sich die Karte angeschaut hatte.

»Ich möchte es von ihm selber erfahren und nicht durch die Polizei«, sagte sie mit bebender Stimme.

»Das kann ich verstehen, Frau Stadelmann«, sagte Stauffer. »Trotzdem wäre es hilfreicher gewesen, wenn Sie uns die Karte gezeigt hätten.«

»Es hat sich offensichtlich niemand dafür interessiert.«

»Sie sollten jetzt nach Hause fahren«, sagte Tanja Locher.

»Ich will mit Sven reden.«

»Das geht jetzt nicht.«

Frau Stadelmann presste die Lippen zusammen und schaute zu Stauffer. Er rührte sich nicht. Schließlich nickte sie leicht und erhob sich. Tanja Locher sorgte dafür, dass sie von einer Polizistin abgeholt wurde und man ihr ein Taxi besorgte. In der Zwischenzeit informierte Stauffer die wachhabenden Beamten darüber, dass sie noch einmal mit Sven Stadelmann reden wollten. Es dauerte knappe zwanzig Minuten, bis Sven Stadelmann im Verhörraum war. Er sah nicht aus, als ob er geschlafen hätte. Als sie sich gesetzt hatten, legte Tanja Locher wortlos die Ansichtskarte auf den Tisch. Stadelmann betrachtete sie kurz, danach musterte er Locher und Stauffer wie ein Tier, das nicht wusste, ob es fliehen oder fauchen sollte.

»Na und?«

»Haben Sie Ihrem Vater diese Karte geschrieben?«

»Was ist so schlimm daran?«

»Sie haben uns verschwiegen, dass Sie kürzlich Kontakt zu Ihrem Vater hatten«, sagte Stauffer.

»Ihr wollt mir etwas anhängen.«

»Wir wollen die Wahrheit herausfinden. Das geht aber nur, wenn man uns nicht anlügt.«

Sven Stadelmann betrachtete die Karte, während er sprach.

»Es ist einiges schiefgelaufen in letzter Zeit.«

»Ja?«

»Es ist nicht mehr so einfach, einen Job zu finden. Eine Wohnung zu finden ist eine Katastrophe. So dreckig ist es mir noch nie gegangen.«

»Begannen Sie deshalb mit Drogen zu handeln?«, fragte Locher sanft.

»Ich handle nicht mit dem Zeugs. Ich krieg etwas fürs Bunkern, das ist alles.«

»Was hat das alles mit dieser Ansichtskarte zu tun?«, fragte Stauffer.

Stadelmann schaute ihn an, als würde er an Stauffers Verstand zweifeln.

»Sie brauchten Geld?«

»Ist ein paar Wochen her. Habe ihn angerufen. Ich habe ihm gesagt, dass ich nicht mehr in der Szene bin. Und dass ich eine Weile weg wollte. Frankreich oder so. Er wollte reden. Ist nicht mein Ding. Mein Vater hat mich fast immer plattgeredet. Ich sagte ihm, dass ich kein Geld habe. Er sagte, wir sollten reden. Das ist wie bei diesen Psychotanten. Die wollen auch immer reden. Sagen sie. In Wirklichkeit wollen sie dir das Gehirn plattmachen. Reden ist nicht mein Ding.«

Um es zu illustrieren, spannte er seine Muskeln an.

»Haben Sie sich mit Ihrem Vater getroffen?«

Sven Stadelmann schüttelte den Kopf.

»Er war nicht da oder hat nicht geöffnet. Habe mich nicht angemeldet. Da habe ich ihm die Ansichtskarte in den Briefkasten geworfen.«

»Wann war das?«, fragte Stauffer.

»Vor einer Woche.«

»Hat er Sie danach angerufen?«

»Nein. Das können Sie nachprüfen, oder?«

Stauffer nickte.

»Kennen Sie Elvin Kadaric?«, fragte Locher.

»Elvin was?«

»Kadaric.«

»Wieso sollte ich den kennen?«

»Beantworten Sie die Frage«, sagte Locher.

»Kenne ich nicht.«

»Waren Sie in der neuen Wohnung Ihres Vaters?«, fragte Stauffer.

»Er war nicht da, das sagte ich schon.«

»Wie sind Sie in das Haus gekommen?«

»Was?«

»Die Haustüre ist verschlossen, Sie mussten in das Haus, um zum Briefkasten zu gelangen.«

»Die Haustüre war offen. Da wurde was angeliefert.«

»Gingen Sie nach oben?«

»Ich habe unten geklingelt und gewartet.«

»Wie lange haben Sie gewartet?«

»Wie lange? Ich schau doch nicht auf die Uhr. Wie lange wartet man, wenn man klingelt? Keine Ahnung.«

»Sie haben uns angelogen«, sagte Tanja Locher.

»Na und? Jeder Mensch lügt mindestens einmal pro Stunde. Stand so in der Zeitung.«

»Das ist nicht komisch«, sagte Stauffer. »Sie behindern unsere Ermittlungen und machen sich gleichzeitig verdächtig.«

»Verdächtig war ich doch schon von Anfang an, oder?«

»Es ist Polizeiroutine, dass zuerst das persönliche Umfeld des Opfers im Zentrum der Ermittlungen steht.«

Sven Stadelmann drückte seine linke Faust auf seine Nase und schniefte gleichzeitig.

»Ich wollte Geld von ihm. Das war alles. Wir haben nur telefoniert. Er war nicht da, als ich ihn besuchen wollte. Was soll ich denn sonst noch erzählen?«

»Kennen Sie den neuen Freund Ihrer Mutter?«, fragte Tanja Locher.

Sven Stadelmann öffnete die Augen weit und senkte die Hand.

»Der Typ interessiert mich nicht. Die Vorstellung, dass meine Mutter mit einem neuen Typen zusammen ist, finde ich nicht sexy. Aber das ist ihr Bier.«

»Sie sagten, dass Ihr Vater zu viel mit Ihnen redete. Wie ist das mit Ihrer Mutter? Redet sie nicht auch viel?«

»Mein Vater hat nur geredet, meine Mutter hört mir zu. Auch wenn ich nichts sage.«

Locher nickte, was Stauffer überrascht registrierte. Wie soll man einen solchen Satz verstehen?, dachte er. Sie hört mir zu, auch wenn ich nichts sage.

»Ihre Mutter versucht Sie zu verstehen«, sagte Stauffer.

»Kann schon sein.«

»Haben Sie sich kürzlich mit Ihrer Mutter getroffen?«, fragte Locher.

»Kürzlich? Was heißt kürzlich?«

»In den vergangenen zwei Wochen?«

»Das sagte ich doch schon. Nein. Wir haben telefoniert.«

»Haben Sie Ihrer Mutter erzählt, dass Sie Kontakt zu Ihrem Vater hatten?«

»Nein. Wozu auch? Die beiden haben sich getrennt.«

»Ihre Mutter möchte unbedingt mit Ihnen reden«, sagte Tanja Locher und erntete dafür Stauffers missfallenden Blick.

»Na und?«

»Sie möchte von Ihnen wissen, ob Sie Ihren Vater ermordet haben.«

»Was?«

Sven Stadelmann schob den Stuhl nach hinten und erhob sich.

»Setzen Sie sich wieder hin«, sagte Stauffer scharf.

Stadelmann überlegte einen Moment und ließ sich dann wieder auf den Stuhl fallen.

»Sie wollen mich provozieren. Das läuft immer so ab. Bullenkacke.«

»Ihre Mutter ist besorgt«, sagte Locher ruhig.

»Ich hab jetzt genug. Kann ich zurück in die Zelle?«

»Wir werden Sie morgen Früh erneut befragen«, sagte Stauffer.
»Was für ein kranker Job«, sagte Stadelmann.

»Er ist ständig auf der Lauer«, sagte Tanja Locher, als sie zurück in die Zentrale gingen.

»Vermutlich hat er schlechte Erfahrungen mit einigen unserer Kollegen gemacht«, sagte Stauffer.

»Er wirkt trotz allem kontrolliert.«

»Er hätte seinen Vater bei einem Streit niedergeschlagen.«

»Es ist aber möglich, dass sein Vater das Messer bei sich hatte«, sagte Locher.

»Würdest du ein Küchenmesser zur Selbstverteidigung einstecken?«

»Ein Pfefferspray. Aber so etwas steht nicht in jedem Haushalt rum.«

»Eine seltsame Vorstellung, dass ein Vater ein Küchenmesser dabei hat, wenn er sich mit seinem Sohn trifft.«

»Trotzdem ist es in diesem Fall denkbar.«

Stauffer pflichtete ihr bei.

»Ohne das Foto wäre er nach wie vor verdächtig.«

»Könnte Absicht dahinter stecken«, sagte Tanja Locher.

»Ja?«

»Seine Mutter könnte das Foto in den Briefkasten gesteckt haben.«

»Und zuvor die Hand in Wollishofen ins Gebüsch? Ich traue ihr einiges zu, aber das macht nicht viel Sinn.«

»Dann gehen wir von zwei Ereignissen aus, die getrennt voneinander geschahen? Der Mörder und die Person, die die Hand gefunden hat, sind nicht identisch?«

»Keine Ahnung«, sagte Stauffer.

In der Zentrale saß Anna Herold noch immer am Computer, während sich der gut gelaunte Holzer mit Walter Wenger unterhielt.

»Meine Familie schläft«, sagte Wenger, als er Stauffer sah.

»Wir haben noch einmal mit Sven Stadelmann geredet. Er gibt

zu, dass er telefonischen Kontakt zu seinem Vater hatte. Aber er streitet nach wie vor ab, seinen Vater getroffen zu haben.«

»Ihr könnt ihn laufen lassen«, sagte Wenger.

»Ernsthaft?«, fragte Locher.

»Das hier ist etwas anderes als ein Mord an einem Vater«, sagte Wenger und hielt das Foto der Hand nach oben.

»Wir sind uns ziemlich sicher, dass es Kadarics Hand ist«, sagte Holzer, der die Fotos der gefundenen Hand hochhielt.

»Gut«, sagte Stauffer. »Aber was sagt uns das?«

»Wir sollten uns auf die Hand fokussieren.«

»Das haben wir bereits getan, ohne dass wir Antworten gefunden haben.«

»Jetzt haben wir eine neue Situation«, sagte Wenger. »Das ist alles kein Zufall. Wer auch immer dahintersteckt, hat sich das alles zurechtgelegt. Ich glaube nicht, dass diese Person auf ein zufälliges Opfer wartete. Das ist alles genau kalkuliert. Wir suchen nach einem Mörder. Männlich, weiblich, vielleicht auch mehr als eine Person. Wer Stadelmann auf dem Gewissen hat, der hat sich die Geschichte mit der Hand ausgedacht.«

»Es würde alles vereinfachen«, sagte Locher. »Aber macht es tatsächlich Sinn?« Sie verließ den Raum, nachdem sie einen Blick auf ihr Handy geworfen hatte.

»Wir sehen den Sinn zurzeit nicht. Aber das muss nicht heißen, dass er nicht vorhanden ist.«

»Das ist mir zu esoterisch«, sagte Stauffer, wohl wissend, dass er damit Wenger düpierte. »Wir haben zu wenige Fakten. Sven Stadelmann kommt durchaus als Mörder seines Vaters infrage. Das Rätsel bleibt Kadarics Hand. Wenn es stimmt, dass uns jemand eine Botschaft zukommen ließ, wird diese Person das erneut tun, vielleicht schon heute Nacht. Möglicherweise haben wir die Botschaft auch übersehen. Was war eigentlich noch im Briefkasten?«

Anna Herold schaute auf.

»Prospekte.«

»Wo sind sie?«

»Müssten in meiner Tasche sein.« Sie kramte darin und zeigte

Stauffer die beiden Prospekte. Eines warb für einen Pizzalieferdienst, das andere für ein Umzugsunternehmen.

»Das ist alles?«, fragte Stauffer. Anna Herold nickte. Stauffer hielt die Prospekte gegen das Licht und suchte nach einer Botschaft, fand aber nichts.

»Die Hand ist die Botschaft«, sagte Wenger.

»Soll ich nachschauen, ob irgendwas geliefert oder gemailt wurde?«, fragte Holzer.

»Tu das«, sagte Stauffer. Holzer stand auf, ging einige Schritte, kehrte zurück und angelte eine Zigarettenpackung aus seiner Jackentasche, ehe er den Raum verließ.

»Wir müssen noch einmal alles durchgehen, was wir über Kadaric gefunden haben«, sagte Wenger. »Wir wissen jetzt, wonach wir suchen müssen. Eine Querverbindung zu Stadelmann. Das kann eine Adresse sein, ein Ort, an dem sie sich zur gleichen Zeit aufhielten, gemeinsame Bekanntschaften. Ich kann das übernehmen. Wurde alles eingescannt?«

»Ja. Es gibt unzählige Fotos, auch von allem, was Kadaric in der Lagerhalle hinterlegt hat. Was wir ermittelt haben, wurde auf über hundert Seiten zusammengefasst. Eine gute Übung für Bolliger und Herold. Jetzt werden sie vielleicht einen Sinn erkennen in der stundenlangen Büroarbeit. Fontini hat zudem eine Liste mit allen relevanten Daten und Adressen geliefert. Das Problem ist, dass wir keine umfassenden Daten über Stadelmann haben, was einen Abgleich schwierig macht.«

»Ich schaue mir das Material trotzdem an.«

»Fast alles ist digital erfasst. Du kannst es dir auf eine DVD brennen und mit nach Hause nehmen.«

Wenger überlegte einen Moment, nickte dann.

»Alles klar mit Frau und Kind?«, fragte Stauffer.

»Sie schlafen«, sagte Wenger. »Habe ich Zugriff auf die Daten?«

»Fontini hat es so eingerichtet, dass du, Locher und ich jederzeit Einblick haben.«

»Gut«, sagte Wenger. »Wenn was ist, schick mir eine Textmitteilung.«

»Du solltest jetzt auch Schluss machen«, sagte er zu Anna Herold.

»Ich hab dir zwei Links weitergeleitet. Das Foto wurde ziemlich sicher mit einer japanischen Kamera aufgenommen. Scheint nicht sehr beliebt zu sein und daher eher selten. Die Bilder sind ziemlich klein.«

»Gute Arbeit.«

Anna Herold streckte sich.

»Arbeiten wir durch?«

»Nein«, sagte Stauffer. »Das macht jetzt keinen Sinn. Wir sollten morgen ausgeschlafen an die Arbeit gehen. Es reicht, wenn du gegen Mittag kommst.«

»Dann gute Nacht.«

»Ja«, sagte Stauffer, der wusste, wie schwierig es sein würde, in einer solchen Nacht ein paar Stunden zu schlafen. Als er einige Minuten allein in der Zentrale stand, spürte er dennoch die Müdigkeit in seinem Körper. Tanja Locher kam zurück und wunderte sich darüber, dass außer Stauffer niemand mehr da war.

»Wir können im Moment nicht viel tun. Walter liest sich in der Nacht durch die Kadaric- Akten. Vielleicht findet er einen Hinweis auf Stadelmann.«

»Ich würde morgen gerne noch mal mit Claire Stadelmann reden.«

»Ja, tu das. Ihr Benehmen ist seltsam.«

»Glaubst du, dass Wenger richtig liegt?«

»Ich weiß es nicht. Eigentlich tendiere ich eher dazu, dass der Mord an Stadelmann und die Hand zwei verschiedene paar Strümpfe sind.«

»Das eine geschah impulsiv, das andere überlegt.«

»Genau. Aber wir wissen, dass es Täter gibt, die beides in sich vereinen.«

Erneut machte sich Lochers Handy bemerkbar.

»Dein Freund?«, fragte Stauffer vorsichtig.

»Nicht, wenn er so weitermacht«, sagte sie halb im Scherz. Stauffer nickte. Sie verabschiedeten sich stumm, während Locher auf das Handy blickte. Auf dem Tisch lag noch immer eines der Brote. Stauffer brach ein Stück davon ab, auch wenn er sich gleichzeitig darüber klar war, dass man mit vollem Magen noch weniger gut schlafen konnte. Obwohl es nicht mehr frisch war, schmeckte es. Bis Holzer zurückkam, hatte er das ganze Sandwich gegessen.

»Nichts«, sagte Holzer sichtlich enttäuscht. »Es gibt einige Hinweise zu Stadelmann, darunter auch einen anonymen Hinweis, dass er ein Verhältnis mit einer Mitarbeiterin des Sozialamtes hatte.«

»Dem müssen wir nachgehen.«

»Klar«, sagte Holzer. »Kann ich morgen erledigen.«

»Kannst du Bolliger und die anderen über die neuesten Entwicklungen auf dem Laufenden halten? Sie sollen so schnell wie möglich in Stadelmanns Umfeld nach Querverbindungen zu Kadaric suchen.«

Holzer griff sich den Notizblock, den er in seiner Jackentasche zusammen mit den Zigaretten immer bei sich trug. Stauffer sah die winzigen Schriftzüge. Er räumte die Papierservietten und das Verpackungsmaterial weg und verließ zusammen mit Holzer das Präsidium. Es war eisig kalt, als er in den Wagen stieg. Unterwegs hörte er im Radio Musik, die wie Country klang, aber keine Refrains hatte. Eine Sängerin beklagte sich über einen Mann, der sie verlassen hatte. Stauffer nahm nur einige Liedzeilen bewusst wahr, alles andere ertrank in Gitarren und Streichern. Als er sein Haus betrat, war es kurz nach drei. Sofort fiel ihm die Stille unangenehm auf. Er ging zum Kühlschrank, griff sich eine Flasche Bier und nahm sofort einen großen Schluck. Er zog die Abzugshaube nach vorne, da er den gleichmäßigen Lärm der Stille vorzog. Im Wohnzimmer bemerkte er, dass das Telefon blinkte. Jemand hatte versucht ihn anzurufen. Die Rufnummer war unterdrückt, er erkannte lediglich, dass der Anruf um elf eingegangen war. War es Thomas Reinauer, der aus Kanada anrief? Oder war es Anna? Sowohl das eine als auch das andere erschien ihm wenig behaglich. Aber hatte er nicht insgeheim gehofft, dass sie sich bei ihm melden würde? Was sollte er Thomas sagen, wenn er anrief? Er setzte sich an den Schreibtisch und überlegte, ob er den Computer hochfahren sollte, entschied sich aber dagegen. Das Bier tat langsam seine Wirkung, er spürte die Entspannung und die Müdigkeit. Er trank die Flasche zügig leer und rülpste. Auf dem Schreibtisch fiel ihm eine Mappe ins Auge, die er eigentlich schon vor Tagen zurück ins Präsidium bringen wollte. Er griff die Mappe mit den Fotos der Menschen, die sich in den vergangenen Monaten vor einen Zug geworfen hatten. Es waren auch zwei Frauen darunter. Eine vierundvierzigjährige, bei der nicht geklärt werden konnte, ob es ein Unfall oder Selbstmord gewesen war, und eine achtzehnjährige, die in einem Bahnhof direkt vor den einfahrenden Zug gesprungen war. Fotos und Namen. Schicksale, die nur deshalb auf seinem Schreibtisch gelandet waren, weil jemand Kadarics Hand in Wollishofen in ein Gebüsch gelegt hatte. Wollte jemand auf die vielen Selbstmorde im Land aufmerksam machen? Menschen, die ihr Leben viel zu früh beendeten? Es gab auch eine große Anzahl älterer Menschen, die sich das Leben nahmen. In der Mappe fand er keinen einzigen, der Älteste war zweiundfünfzig Jahre alt geworden. Weshalb hatte sich Kadaric umgebracht? Arbeitslosigkeit und Schulden? Oder doch die in der Kindheit miterlebten Kriegsgräuel? Stauffer schrak auf. Das Telefon klingelte. Er ging zum Apparat, sah, dass es erneut eine unterdrückte Rufnummer war. Nach dem vierten Klingelton nahm er den Anruf entgegen.

»Hallo?«

Er hörte nichts. Kein Rauschen, kein Atmen, kein Geräusch. Aber da war jemand am anderen Ende der Leitung.

»Hallo?«

Er überlegte, was er sagen sollte.

»Bist du es?«

Was, wenn es Mirjam war? Hatte sie überhaupt schon einmal auf dem Festnetzanschluss angerufen? Nein, das war nicht Mirjam, so gut kannte er sie mittlerweile. Anna kannte er nicht, er wusste nicht, was in ihr vorging. Plötzlich war die Verbindung unterbrochen. Was sollte er tun? Anna anrufen? Was, wenn sie es nicht gewesen war? Aber eigentlich war die andere Variante weitaus verstörender. Was, wenn sie es war, die ihn um drei Uhr in der Nacht anrief? Musste er jetzt ständig mit solchen Anrufen rechnen? Würde sie plötzlich vor seiner Tür stehen? Sosehr ihm der Gedanke schmeichelte und ihn reizte, sosehr bereitete er ihm Unbehagen. Mirjam schien sich damit abgefunden zu haben, dass er oft tagelang abwesend war, wenn er an einem Mordfall arbeitete. Eine Frau, die ihn bedrängte, auch wenn sie noch so reizvoll war, passte nicht in sein Leben. Er dachte an Wenger, der Beruf und Privatleben problemloser in sein Leben zu integrieren schien. Frau und Kind zu haben, das ging nur, wenn sich die Frau ganz um das Kind und den Haushalt kümmerte. Oder es mussten Unsummen für die Kinderbetreuung ausgegeben werden. Doch selbst dann würde es ständig Diskussionen geben. Stauffer kannte das nur zu gut. Die Scheidungsrate bei Polizisten war noch höher als in anderen Berufsgattungen, am ehesten funktionierten Beziehungen innerhalb des Korps. Eigentlich war sein Beruf gemacht für Leute wie ihn oder Holzer, denen das Privatleben weniger bedeutete als anderen. Die Gefahr der Vereinsamung war da, Stauffer pflegte nur wenige Freundschaften. Er saß noch immer vor dem Telefon. Als Polizist wäre es ihm möglich, den Urheber des Anrufes ausfindig zu machen. Bildete er sich bloß etwas ein? War es gar Wunschdenken? Seit dem Nachmittag in Annas Wohnung waren so viele Tage und Nächte ohne Anrufe vergangen. Es könnte auch eine falsche Verbindung gewesen sein, ganz simpel. Oder Thomas Reinauer. Es war jemand am anderen Ende, jemand, der genau zuhörte, was Stauffer sagte. Doch keine falsche Verbindung. Es bringt nichts, darüber zu spekulieren. Wenn es Anna war, würde sie es erneut versuchen. Er wandte sich vom Telefon ab und überlegte, ob er ein Glas Wein trinken solle, doch ein Blick auf die Uhr sagte ihm, dass es dafür zu spät war. Er ging zum Computer und lud die E-Mails herunter. Er hatte Anna Thomas Reinauers Telefonnummer gemailt und dafür eine E-Mail-Adresse benutzt, die er nur selten verwendete. Außer drei Werbemails war nichts eingetroffen. In vier Stunden wollte er wieder aufstehen und es war durchaus möglich, dass er schon vorher geweckt wurde. Um sich abzulenken, schaltete er den Fernseher ein. Das Programm interessierte ihn nicht, deshalb drückte er die Videotextnachrichten. Die politischen Meldungen überflog er nur. Bei den vermischten Meldungen las er von einem Brand in der Stadt. Er griff zu seinem Handy und öffnete die Seite einer Gratiszeitung. Auch da gab es eine kurze Meldung über den Brand. Ein Leserfoto zeigte ein Haus, das in Flammen stand, offenbar handelte es sich um ein leer stehendes Gebäude. Er klickte sich zu seinen Notizen. Die Hand ist nur der Anfang. Das Feuer nur ein Zeichen. Es wird Leichen regnen in der Stadt. Die rechte Hand. Er überlegte, ob er bei der Einsatzzentrale nachfragen solle, ob es sich um Brandstiftung handelte. Doch ein Blick auf die Uhr ließ ihn innehalten. Ich muss ein wenig schlafen, dachte er.

39.

Urs Holzer trank die dritte Tasse Kaffee. Er hatte Bolliger, Marthaler und Fontini über die Ereignisse der vergangenen Nacht informiert und ihnen das Foto der Hand gezeigt.

»Seit heute Morgen wissen wir mit Bestimmtheit, dass es Kadarics Hand ist.«

»Weshalb hat man uns nicht alarmiert?«, fragte Bolliger missmutig.

»Wir wollten, dass du frisch und munter ans Tagewerk gehst.«

»Ich dachte, wir wären ein Team.«

»Was nützt ein Team, wenn alle müde sind?«, fragte Elfie Marthaler, der der Übereifer des jungen Kollegen auf die Nerven ging.

»Aber Anna war da«, rief Bolliger wütend.

»Es spielt keine Rolle, wer gestern Nacht da war«, sagte Holzer. »Wir beginnen wieder von vorn.«

»Was heißt das?«, fragte Fontini, der bis dahin stumm auf sein Notebook gestarrt hatte.

»Kadaric. Wir suchen nach Verbindungen zwischen ihm und Stadelmann.«

»Ich fahre noch mal zur Brücke«, sagte Elfie Marthaler bestimmt.

»Welche Brücke?«, fragte Holzer.

»Da, wo sich Kadaric umgebracht hat.«

»Was soll das bringen?«, fragte Bolliger.

»Ich weiß es nicht«, sagte Marthaler. »Aber es ist vermutlich der Ort, an dem die Hand verschwunden ist.«

»Finde ich gut«, sagte Holzer. »Du klapperst noch einmal die Leute ab, die wir zu Kadaric befragt haben.«

»Was denn? Auch die Nutte?«, fragte Bolliger entsetzt.

»Sie wird dir schon nicht zu nahe kommen.«

»Genügt es nicht, wenn ich die Leute anrufe?«

»Meinetwegen. Wir suchen nach irgendeiner Verbindung, auch wenn sie noch so vage erscheint. Deshalb lass den Leuten Zeit, dräng sie nicht.«

»Wir sollten uns Stadelmanns Arbeitsunterlagen noch einmal genau anschauen«, schlug Fontini vor. »Vielleicht gibt es da eine Verbindung zu Kadaric.«

»Wir haben die alle durchgelesen«, sagte Bolliger.

»Aber da war die Ausgangslage eine andere«, sagte Elfie Marthaler. »Wir suchten nach Motiven. Jetzt suchen wir nach Zusammenhängen.«

»Ich kann das übernehmen«, sagte Fontini. »Manchmal ist es besser, wenn jemand, der sich noch nicht damit befasst hat, alles noch einmal durchgeht.«

»Eine gute Idee«, sagte Holzer. »Kannst du schauen, dass uns jemand eine dieser Kameras besorgt?«

»Sollte kein großes Problem sein«, sagte Fontini.

»Gut, macht euch an die Arbeit.«

Holzer fühlte sich sichtlich wohl. Er war geladen mit jener Energie, die er nur bei der Arbeit fand. Wie konnte man nur auf die Schnapsidee kommen, ihn acht Wochen lang in Zwangsurlaub zu schicken? Machte es Sinn, noch einmal das Gespräch zu suchen? Vielleicht mit Stauffer? Er sah, wie sich ein Kollege verstohlen umsah.

»Ist Stauffer da?« Es war Konrad.

»Raucht es irgendwo?«, fragte Holzer, der Konrad von einem Einsatz in einem Einfamilienhaus her kannte. Der Besitzer hatte Geldsorgen und sich und seine Frau mithilfe der Gasleitung in die Luft gejagt.

»Wir haben was für ihn.«

»Er sollte jeden Moment eintreffen.«

»Arbeitet ihr am Mordfall Stadelmann?«

Holzer nickte.

»Ich kenne den Weiher. Idyllischer Ort. Da rechnet keiner mit einem Angriff. Wisst ihr schon mehr?«

»Wir kommen voran.«

»Warum interessiert ihr euch für Brände in der Stadt?«

»Hat dir das Stauffer nicht gesagt?«

»Ihr seid schlimmer als die Bundespolizei.«

»Vielleicht sind wir die Bundespolizei.«

»Du wärst schon mal die perfekte Tarnung.«

Holzer lachte, auch wenn er sich durchaus bewusst war, dass Konrad ihn gerade beleidigen wollte. Wohl auch einer, der sich für die Truppe beworben hat und nicht genommen wurde. Was kann ich dafür, dass Stauffer weiß, was er an mir hat?, dachte Holzer.

»Ah, er kommt.«

Konrad schaute um die Ecke und hob die Hand. Stauffer kam ihm eilig entgegen.

»Ich hab was für dich.«

»Ist Holzer da?«

»Ja.«

Stauffer ging an Konrad vorbei in die Zentrale, wo Holzer eine Vergrößerung des Fotos betrachtete, das sie in Stadelmanns Briefkasten gefunden hatten. Konrad war Stauffer gefolgt und stand ratlos in der Mitte des Raumes.

»Der Kollege Rauchmelder hat uns etwas mitzuteilen«, sagte Holzer fröhlich. Konrad verzog sein Gesicht.

»Ja?«, fragte Stauffer.

»Gestern Nacht hat es wieder gebrannt.«

»Ich habe davon gehört«.

»Ein leer stehendes Gebäude. Vor dem Gebäude wurde ein verletzter Mann gefunden. In seinem Rucksack fanden wir Utensilien, die man für eine Brandstiftung benötigt.«

»Ihr habt den Kerl?«, fragte Stauffer ungläubig.

»Er liegt im Krankenhaus, wird aber bewacht.«

»Wir müssen mit ihm reden. Möglichst gleich.«

»Was hat er mit dem Fall Stadelmann zu tun?«, fragte Konrad.

»In welchem Krankenhaus?«, fragte Stauffer.

»Soll ich dich hinfahren?«

»Nein«, sagte Stauffer schroff.

Konrad nannte ihm das Krankenhaus.

»Wie heißt der Mann?«

»Julian Tobler. Er verweigert bis jetzt jegliche Zusammenarbeit. Aber er redet wirres Zeugs von einem Eugen und dass das alles erst der Anfang ist.«

»Eugen?«

»Keine Ahnung, wer das ist.«

»Und ihr seid euch sicher, dass er der Brandstifter ist?«

»Zumindest was den gestrigen Brand betrifft.«

»Könnte passen«, sagte Holzer. Stauffer nickte. Es war möglicherweise die Botschaft, auf die sie gewartet hatten.

»Sind Walter und Tanja schon da?«, fragte er Holzer.

»Wenger kommt in etwa einer Stunde. Tanja habe ich noch nicht gesehen.«

»Wenn du weitere Informationen brauchst, kannst du mich anrufen«, sagte Konrad.

»Ja«, sagte Stauffer.

»Hast du meine Nummer?«

»Schreib Sie mir auf.«

Konrad schaute sich ratlos um. Holzer kam auf ihn zu und reichte ihm seinen Notizblock. Stauffer rief Tanja Locher an, sie befand sich auf dem Weg ins Präsidium. Er sagte ihr, sie solle ins Krankenhaus fahren und dort auf ihn warten.

»Ja, dann«, sagte Konrad. Stauffer winkte ihm zu. Weshalb sieht er nicht, dass er nur noch stört? Musste er die Leute anschreien, damit sie begriffen? Endlich verzog sich Konrad.

»Glaubst du, dass dieser Julian Tobler der Kerl ist, der uns die anonyme Botschaft zukommen ließ?«, fragte Holzer.

»Möglich«, sagte Stauffer. »Ruf Wenger an und informiere ihn. Er soll auch gleich noch einmal das Material durchsehen, vielleicht taucht der Name Julian Tobler irgendwo auf. Gib auch Fontini Bescheid.«

»Er liest sich durch die Sozialfälle, die Stadelmann betreute.«

»Gut. Auch da ein Augenmerk auf Julian Tobler werfen.«

»Hast du Kopien des Fotos?«

»Jede Menge«, sagte Holzer.

»Bin gespannt, ob wir im Spital auf die rechte Hand treffen.«

»Kann auch ein Spinner sein. Bei Brandstiftern ist alles möglich.«

Stauffer überprüfte den Ladestand des Akkus seines Handys und überlegte, welche Strecke er fahren sollte. Es dauerte knapp zwanzig Minuten bis ins Spital. Als er vor dem Haupteingang stand, erinnerte er sich daran, dass er hier schon einmal gewesen war, als er mit seiner neuen Truppe den ersten Fall bearbeitet hatte. Er dachte an die Frau am Fenster und schaute nach oben. Wenn sie noch lebte, war sie jetzt vermutlich in einem Pflegeheim untergebracht. Er betrat das Krankenhaus und staunte darüber, dass er vieles anders in Erinnerung hatte. Erst als er den Lift sah, fühlte er eine gewisse Vertrautheit. Tanja Locher näherte sich.

»Fünfter Stock. Das Zimmer wird überwacht.«

»Ist er schwer verletzt?«

»Er hat eine leichte Gehirnerschütterung und Prellungen. Der Oberarzt meint, dass wir Pausen machen sollten, grundsätzlich hat er aber nichts gegen eine Vernehmung einzuwenden.«

»Gut. Dann legen wir los.«

Im Lift roch es nach Desinfektionsmitteln. Tanja Locher tippte eine Textmitteilung in ihr Handy. Stauffer fragte sich, wie ihr neuer Freund aussah. Oder war es nur eine Liebschaft? Sofort sah er wieder Anna vor sich. Er verscheuchte das Bild und starrte auf die Anzeige im Lift. Vor dem Zimmer saß ein junger Polizist. Er hatte einen Stöpsel im linken Ohr.

»Polizeifunk?«, fragte Locher herausfordernd.

»Ich lerne Spanisch«, sagte der Mann. »Er liegt da drin.«

»Hoffentlich«, sagte Stauffer, der sofort an die Tür klopfte und gleichzeitig die Klinke drückte. Das Zimmer war so groß, dass man darin problemlos drei Betten hätte unterbringen können. Der Raum war abgedunkelt. Im Bett saß ein rothaariger Mann mit heller Haut.

»Damian Stauffer und meine Kollegin Tanja Locher. Wir sind von der Kriminalpolizei.«

Der Mann reagierte nicht, er starrte zwischen ihnen hindurch.

»Julian Tobler?«, fragte Stauffer laut.

Jetzt sah ihn der Mann an. Stauffer schätzte ihn auf Mitte dreißig.

»Ich möchte eine Erklärung abgeben.«

»Was für eine Erklärung?«, fragte Locher.

»Eine Botschaft an die Medien.«

»Das geht nicht.«

»Dann schweige ich.«

»Das werden Sie nicht«, sagte Stauffer barsch. Julian Tobler schrak einen Moment zusammen. Es war genau die Reaktion, die Stauffer erwartet hatte.

»Ich möchte, dass man versteht, weshalb ich es gemacht habe.«

»Deshalb sind wir hier«, sagte Tanja Locher und zog einen der Besucherstühle zu sich. Sie setzte sich, während Stauffer stehen blieb.

»Ich bin krank«, sagte Julian Tobler. »Aber nicht hier oben.« Er zeigte an seine Stirn. »Eine scheiß Krankheit, die mich früher oder später in den Rollstuhl zwingen wird.«

Stauffer beobachtete ihn. Die Wangen waren leicht eingefallen, aber ansonsten machte er keinen kranken Eindruck.

»Die Hand ist nur der Anfang. Das Feuer nur ein Zeichen.«

Julian Tobler strahlte, als Stauffer die anonyme Botschaft zitierte.

»Das ist von Ihnen?«

»Hat es Ihnen gefallen?«

»Das tut nichts zur Sache.«

»Was meinten Sie mit der Hand?«, fragte Locher ruhig.

»Es stand in der Zeitung und im Internet, aber nur ganz kurz. Man hat eine Hand gefunden, nicht? Ihr haltet Informationen zurück, weil ihr Angst vor einer Panik habt. Zu Recht.«

»Was ist mit der Hand?«, fragte Stauffer.

»Sie ist ein Symbol. Sie ist nur der Anfang.«

»Der Anfang von was?«, fragte Locher.

»Das werdet ihr schon noch sehen«, sagte Julian Tobler geheimnisvoll.

Stauffer wandte sich einen Moment ab. Der Mann macht sich wichtig, dachte er.

»Sie haben einen Komplizen?«, fragte Locher.

»Ich?«

Tobler schaute zum Fenster, es war ihm anzusehen, dass er nachdachte.

»Sie haben keinen Komplizen«, sagte Stauffer. »Sie sind ein Einzelgänger.«

»So schätzen Sie mich ein? Ha. Wer sind Sie? Eine scheiß Marionette wie all die anderen auch. Glücklich, wenn es Ihnen gelingt, einen kleinen Fisch hinter Gitter zu bringen. Und keine Ahnung, was tatsächlich abgeht.«

»Was geht denn tatsächlich ab?«, fragte Tanja Locher.

»Da draußen braut sich etwas zusammen.« Er zeigte zum Fenster.

»Wir würden gerne erfahren, was sich zusammenbraut und was Sie damit zu tun haben«, sagte Stauffer ruhig.

»Es ist doch offensichtlich, dass die Politik versagt. Man muss die Dinge selber in die Hand nehmen.«

»Indem man Häuser anzündet?«, fragte Locher.

»Man muss Zeichen setzen. Für Verunsicherung sorgen. Damit die Leute endlich nachdenken und nicht wie Roboter funktionieren.«

»Wer Häuser anzündet, nimmt in Kauf, dass Menschen getötet werden.«

»Es werden täglich Menschen getötet. Man nimmt ihnen die Arbeit, die Würde, bis sie tot zusammenbrechen.«

»Gestern wurde ein Mann getötet. Haben Sie etwas damit zu tun?«

»Ich habe niemanden getötet. Ich wollte nur ein Zeichen setzen.«

»Erzählen Sie uns alles. Der Reihe nach.«

»Was?«

»Der Brand in einer Schrebergartensiedlung. War das der Anfang?«

Er schüttelte heftig den Kopf. Stauffer war sich nicht sicher, ob sie es mit einem Wirrkopf oder einem gefährlichen Straftäter zu tun hatten, den man eher zufällig geschnappt hatte.

»Es gibt einen Plan.«

»Einen Plan?«, fragte Locher.

»Sie werden früher oder später darauf kommen.«

»Wenn wir Ihre Wohnung durchsuchen?«, fragte Stauffer.

»Das ist ein unzulässiger Eingriff in meine Privatsphäre.«

»Nicht, wenn man dadurch Verbrechen verhindern kann.«

»Sie werden nichts finden.«

»Weil es gar keinen Plan gibt?«, fragte Locher. »Sie denken sich das alles spontan aus, um sich wichtigzumachen. In Wahrheit sind Sie ein kranker frustrierter Mann, der Aufmerksamkeit sucht.«

»Sie werden schon sehen«, sagte Tobler.

»Er ist ein Fall für die Psychiatrie«, sagte Locher.

»Das könnte Ihnen so passen. Einfach wegsperren und mundtot machen. Genau davor hat mich Eugen gewarnt. Sie werden uns für verrückt erklären und in eine geschlossene Anstalt sperren.«

»Wer ist Eugen?«, fragte Stauffer.

»Sie werden noch genug von ihm hören.«

»Wenn Sie möchten, dass wir Sie für voll nehmen, dann sollten Sie mit uns kooperieren. Brandstiftung ist ein schwer wiegendes Verbrechen.«

»Ich habe ein leer stehendes Gebäude angezündet. Eines, das seit Monaten nicht genutzt wird.«

»Weil Sie nicht wollten, dass jemand zu Schaden kommt?«, fragte Locher.

»Weil es für den Anfang das Richtige war.«

»Sie wollten weitere Häuser anzünden?«, fragte Stauffer.

»Das ist nur ein Teil des Planes.«

»Was spielt dieser Eugen für eine Rolle in Ihrem Plan?«

Toblers Blick verfinsterte sich.

»Eugen meldet sich nicht mehr bei mir. Seit ich diese scheiß Krankheit habe, will er nichts mehr mit mir zu tun haben. Ich wollte ihm zeigen, dass ich bereit bin. Er hat ein erstes Zeichen gesetzt mit der Hand.«

Locher und Stauffer horchten auf. War dieser Eugen die Person, nach der sie suchten?

»Erzählen Sie uns von der Hand«, sagte Stauffer.

»Die rechte Hand. Das war Eugens Idee. Er sagt, dass dieses Land verraten wird von den Linken und ihren Helfershelfern. Deshalb ist es an der Zeit, mit der rechten Hand für Ordnung zu sorgen.«

»Verstehe ich das richtig? Die rechte Hand ist eine politische Gruppierung?«

»Sie verstehen gar nichts. Die rechte Hand, das ist Eugen. Ich war mit seinen Ideen nicht immer einverstanden. Es sind nicht nur die Linken, es sind auch die Reichen, die dafür sorgen, dass es der Mehrheit dreckig geht. Ich finde, man muss die Menschen dazu zwingen, ihr Gehirn wieder zu benutzen. Für Eugen sind die Menschen nur Figuren, denen man einen Zweck zuführen muss.«

»Sie haben sich mit diesem Eugen zerstritten?«, fragte Locher.

»Ist es nur eine Hand?«, fragte Tobler herausfordernd. »Oder wurde schon mehr als eine Hand gefunden? Ich weiß, wie das läuft. Die wirklich wichtigen Dinge werden zurückgehalten. Da verbünden sich Polizei und Politik. Das war so beim 11. September und das ist so bei den Ufos.«

Stauffer hätte sich am liebsten wortlos abgewendet. Tobler hatte in seinen Augen einen Dachschaden. Er erinnerte ihn an den alten Mann, der sich in sein Haus eingeschlossen hatte. Stauffer fiel der Name nicht ein.

»Was wissen Sie über die Hand?«, fragte Locher ruhig.

»Eugen sagt, dass Parolen allein nicht genügen. Die Menschen benötigen starke Symbole. Die rechte Hand als Symbol. Eine abgetrennte Hand. Das ist ein starkes Symbol. Das war auch Ihnen sofort klar, deshalb haben Sie dafür gesorgt, dass die Meldung zensiert wird.«

»Wissen Sie, wo die Hand gefunden wurde?«, fragte Stauffer.

»Sicher«, sagte Tobler, sein Blick wanderte aber gleichzeitig unsicher im Raum hin und her.

»War es Eugens Idee, die Hand auf einem Kinderspielplatz zu verstecken?«, fragte Locher. Stauffer hielt den Atem an und versuchte vollkommen ruhig zu wirken. Tobler schien abzuwägen, ob er die Frage beantworten sollte.

»Die Idee ist gut, oder? Wo kann eine abgetrennte Hand für mehr Schrecken sorgen?«

»Die Hand wurde nicht auf einem Kinderspielplatz gefunden«, sagte Stauffer langsam und überdeutlich.

»Nicht?«

»Sie haben keine Ahnung. Das ist reine Zeitverschwendung«, sagte Locher zu Stauffer gewandt.

»Sieht ganz danach aus«, sagte Stauffer und wandte sich ab.

»Warten Sie«, sagte Tobler.

»Wozu?«

»Weil Sie ohne mich nicht an Eugen herankommen.«

»Und wenn dieser Eugen ein Fantast ist wie Sie?«, fragte Locher. »Falls es ihn überhaupt gibt.«

»Eugen Dänzler. Erkundigen Sie sich nach ihm. Sie werden ihn nicht finden. Er ist untergetaucht.«

Stauffer machte eine Kopfbewegung und Tanja Locher stand auf. Sie gingen aus dem Zimmer und sagten dem Polizisten, dass sie zurückkommen würden. Danach gingen sie nach unten in die Cafeteria. Locher nahm sich ein Mineralwasser, Stauffer einen Milchkaffee. Als sie am Tisch saßen, rief er Fontini an.

»Eugen Dänzler. Bewegt sich vermutlich im politisch rechten Milieu. Ich brauche Angaben zur Person und seinen Aufenthaltsort.«

»Wir sind bei Stadelmann nicht weitergekommen. Es gibt keine Querverbindungen zu Kadaric.«

»Sucht weiter«, sagte Stauffer.

»Der Typ ist gefährlich«, sagte Locher und drehte die Mineralwasserflasche in der Hand.

»Tobler oder Eugen Dänzler?«

»Vermutlich beide. Ein Sozialarbeiter könnte ins Profil passen.«

»Für einen politisch motivierten Mord?«, fragte Stauffer, der den Gedanken zwar nicht für gänzlich abwegig hielt, aber dennoch skeptisch war.

»Tobler geht davon aus, dass Eugen Dänzler hinter der rechten Hand steckt. Das war für ihn der Anlass, ebenfalls aktiv zu werden. Wir müssen herausfinden, was für einen Plan die beiden verfolgen.«

»Wenn es einen Plan gibt. Tobler passt ins Profil der Täter, die nach Aufmerksamkeit heischen. Ich war mit Wenger in der Schrebergartensiedlung, in der ein Häuschen brannte. Das war höchst dilettantisch. Das passt zu Tobler. Auch, dass er beim zweiten Brandanschlag geschnappt wurde.«

»Dennoch«, sagte Locher. »Er weiß offensichtlich nicht, wo die Hand gefunden wurde. Aber er scheint zu wissen, dass sie als Symbol benutzt wird.«

»Er hat die anonyme Botschaft geschrieben, aber er hat nicht das Foto gemacht. Das macht alles noch verwirrender.«

»Es sei denn, dass dieser Eugen Dänzler hinter dem Foto steckt. Offenbar ticken die beiden ähnlich.«

Stauffer trank den Kaffee. Als er nach links schaute, erschrak er. Vor dem Fenster der Cafeteria sah er Anna. Zuerst glaubte er sich zu täuschen, doch dann war er sich plötzlich ganz sicher. Tanja Locher tippte sich auf ihrem Handy durch Textmeldungen, während Stauffer angestrengt durch das Fenster schaute. Sein Puls beschleunigte sich, als er sah, dass sie das Krankenhaus betrat. Sie ging zielstrebig in die entgegengesetzte Richtung. Besuchte sie jemanden? War es nicht ungebührlich von ihm, sich in ihr Leben einzumischen? Tat er das überhaupt? Er blieb sitzen, obwohl er ihr am liebsten hinterhergerannt wäre. Aber was sollte er sagen, er kannte sie ja kaum. Wie so oft in solchen Situationen neigte er dazu, das Aufeinandertreffen nicht als Zufall abzutun, auch wenn er sich gleichzeitig sagte, dass es vermutlich nichts anderes war als Zufall. Das Krankenhaus war riesig, vermutlich gab es Hunderte von Angehörigen, die täglich hier zu Besuch kamen.

»Ist was?«, fragte Locher und riss Stauffer aus seinen Gedanken.

»Ich bin nicht gerne in Krankenhäusern«, sagte Stauffer.

»Wer ist das schon?«

Stauffer war erleichtert, als sein Handy klingelte.

»Du hast nach Informationen über Eugen Dänzler gefragt«, sagte Fontini gewohnt umständlich.

»Was ist mit ihm?«

»Er hat tatsächlich eine Weile in der rechten Szene verkehrt. Es gab Kontakte zu einer Gruppierung mit dem Namen Die wahren Eidgenossen.«

Stauffer hatte noch nie von einer solchen Gruppierung gehört.

»Die Gruppe wurde vor acht Jahren von einem Peter Jäger gegründet.«

»Mich interessiert im Moment nur Eugen Dänzler«, unterbrach ihn Stauffer. »Liegt etwas gegen ihn vor?«

»Keine Vorstrafen. Er scheint in den vergangenen Jahren auch nicht im Visier der Polizei gestanden zu haben.«

»Gibt es eine Gruppierung, die sich Die rechte Hand nennt?«

»Soll ich danach suchen?«

»Ja. Aber bleiben wir vorerst bei Dänzler. Was weißt du über ihn?«

»Er betreibt einen Online-Versand für Elektronik. Audiobedarf. Mikrophone, Verstärker, Kabel. Gemeldet ist er außerhalb der Stadt. Soll ich dir die Adresse schicken?«

»Ja.«

Hatte Tobler nicht gesagt, dass Eugen Dänzler im Untergrund lebt? Nach dem Gespräch mit Fontini wählte er Holzers Nummer.

»Schick mal einen Streifenwagen hin. Vorerst nur zur Beobachtung. Wir wissen nicht, ob tatsächlich was dran ist.«

»Wir kommen hier nicht weiter«, sagte Holzer.

»Denk daran, dass es irgendwo versteckt sein kann. Ein Name, eine Adresse, eine Jahreszahl, irgendwas, das die beiden miteinander verbindet. Hat sich Kadaric nicht Fußballspiele angeschaut? Vielleicht gibt es eine Verbindung zu Stadelmanns Sohn.« Stauffer blickte an Locher vorbei. Er sah eine Frau, die aus jenem Gang kam, in den Anna verschwunden war.

»Ich muss mit Federspiel reden. Wir müssen in Toblers Wohnung.«

»Dürfte nicht einfach sein.«

»Ich such mir einen ruhigeren Ort.«

Stauffer stand auf und wandte sich zuerst Richtung Ausgang, überlegte es sich anders und ging zu jenem Gang, in dem Anna verschwunden war. Er sah, dass der Gang zu einem Lift führte. Sie konnte überall hingegangen sein. Stauffer ging in eine Ecke, stellte aber fest, dass die Signalstärke massiv abnahm, deshalb ging er zurück zu den Lifttüren, fühlte sich dort aber unwohl und entschied schließlich nach draußen zu gehen. Es dauerte einen Moment, bis er Federspiel erreichte. Er schilderte ihm den Stand der Ermittlungen und forderte vehement die Erlaubnis, Toblers Wohnung zu durchsuchen.

»Das ist sehr dünn«, donnerte Federspiel zurück.

»Es geht darum, künftige Verbrechen zu verhindern.«

»Sie haben Tobler in Gewahrsam?«

»Ja, aber er könnte Komplizen haben.«

»Komplizen, die weitere Brandstiftungen begehen könnten?«

»Das ist denkbar, ja.«

»Das ist zu dünn, Stauffer.«

Er versuchte Federspiel ein weiteres Mal zu überzeugen, doch dieser beharrte darauf, dass er bei der derzeitigen Faktenlage keinen Durchsuchungsbeschluss ausstellen könne. Verdammter Mist, dachte Stauffer, nachdem er den Anruf beendet hatte. War denn die Privatsphäre wichtiger als die Verhinderung eines weiteren Mordes? Allerdings musste er sich eingestehen, dass sie nicht wirklich einen Hinweis auf weitere Straftaten hatten. Aber eine Durchsuchung von Toblers Wohnung würde alles vereinfachen. So waren sie darauf angewiesen, dem Wirrkopf weiter zuzuhören. Er informierte Locher, die ihm wortlos folgte.

Tobler saß noch immer aufrecht in seinem Bett. Er schaute Stauffer und Locher misstrauisch an.

»Eugen Dänzler«, sagte Stauffer, der neben der Tür stehen blieb. Tanja Locher zog einen Stuhl zu sich und setzte sich. »Wir haben seine Adresse.«

»Da finden Sie ihn nicht. Er ist untergetaucht.«

»Das behaupten Sie.«

»Weshalb sollte er untertauchen?«, fragte Locher.

»Weil er einen Plan hat.«

»Lassen Sie uns über den Plan reden«, sagte Stauffer.

»Ich bin kein Verräter.«

»Eugen Dänzler hat Sie im Stich gelassen«, sagte Locher.

»Er wird seine Gründe haben, weshalb er sich nicht mehr bei mir meldet.«

»Er will nichts mehr mit Ihnen zu tun haben.«

»Das ist eine Lüge.«

Locher schaute kurz zu Stauffer, der einen Moment wartete, ehe er übernahm.

»Die rechte Hand. Sie sagten, das sei Eugens Idee gewesen. Weshalb haben Sie uns die anonyme Botschaft zugeschickt?«

»Damit ihr die Zusammenhänge checkt.«

Stauffer griff sich die Kopie des Fotos aus der Jackentasche und ging auf Julian Tobler zu. Dessen Oberkörper wich leicht zurück.

Stauffer hielt ihm die Kopie des Fotos direkt vor die Augen. Tobler starrte auf das Foto, öffnete den Mund, schloss ihn wieder.

»Wo haben Sie das her?«, fragte er verwirrt.

»Das ist die Hand, die gefunden wurde.«

»Das Foto. Woher haben Sie das Foto?«

»Kennen Sie das Foto?«

Julian Tobler griff das Blatt und knipste das Licht an. Er hielt das Foto unter das Licht, als würde er nach einem Detail suchen.

»Kann ich das Original sehen?«, fragte er.

»Das geht nicht, es wird kriminaltechnisch untersucht.«

»Wann haben Sie dieses Foto erhalten?«

»Sagen Sie uns, was Sie wissen.«

Tobler knipste das Licht aus und starrte weiter auf die Kopie. Er schien angestrengt nachzudenken. Sein Gesichtsausdruck veränderte sich. Stauffer wusste nicht, ob es Angst war oder Verwirrung. Das Foto schien Tobler aus der Fassung zu bringen.

»Die Kopfschmerzen kommen zurück.«

Stauffer riss Tobler das Blatt aus der Hand.

»Sie verheimlichen uns etwas.«

»Ich bin verletzt. Ich brauche meine Ruhe. Ich werde jetzt den Arzt rufen.«

Stauffer atmete tief durch. Tanja Locher hatte nur zugesehen. Jetzt stand sie auf.

»Elvin Kadaric. Sie kannten den Mann?«

»Ist es seine Hand?«

»Kannten Sie ihn?«

»Ich brauche eine neue Infusion. Die Schmerzen sind unerträglich.«

Er verzog theatralisch das Gesicht. Stauffer sah Locher an und bewegte den Kopf leicht zur Tür. Im Gang war der Stuhl des Polizisten leer. Stauffer fluchte. Wie auf ein vereinbartes Stichwort erschien der Polizist.

»Ich habe alles im Griff«, sagte er locker. Stauffer sah ihn an, verzichtete aber auf einen Kommentar. Er ging zusammen mit Locher zu den Liften.

»Er hat die Hand erkannt«, sagte sie.

»Es wird immer verwirrender. Zuerst scheint es, als ob er nichts über die Hand weiß und nur im Internet darüber gelesen hat. Jetzt sieht es so aus, als würde er die Hand oder das Foto wiedererkennen.«

»Er war überrascht. Weshalb wollte er sich das Foto so genau ansehen?«

»Ich weiß es nicht. Haben wir irgendetwas übersehen?«

Stauffer holte die Kopie hervor und schaute sich die Hand intensiv an.

»Es ist verdammt noch mal nur eine abgetrennte Hand.«

»Wir sollten später noch einmal mit Tobler reden.«

»Mach du das. Ich habe irgendwie das Gefühl, dass er ein Problem mit Frauen hat. Versuch ihn zu provozieren.«

»Soll ich hierbleiben?«

»Ja. Er weiß etwas, das er uns nicht sagen will. Wir müssten in seine Wohnung rein.«

Als Stauffer aus dem Lift ging, schaute er verstohlen in den Gang, in dem Anna verschwunden war. Sollte er hier unten auf sie warten? Er wandte sich ab und ging zum Ausgang.

40.

Elfie Marthaler stellte ihr Motorrad vor dem Eingang der Gemeindeverwaltung ab. Sie atmete noch immer schnell, weil sie zuvor fast einen Kilometer gerannt war. Auf dem Feldweg, der zu der Brücke führte, unter der Kadaric in den Tod gesprungen war. Sie war mehrmals auf und ab gegangen, hatte sich von der Brücke entfernt, war wieder zurückgegangen. Sie wusste nicht, wonach sie suchte, trotzdem hatte sie zwischendurch die Bahngleise betreten und zwischen den Schienen den Boden abgesucht. Sie fand keine menschlichen Knochen oder sonst etwas Interessantes. Sowohl die Bahngleise als auch der Feldweg sahen so aus, als würden sie regelmäßig gereinigt werden. Plötzlich blieb sie stehen. Zuerst war es nur ein Bild, eine Erinnerung an den gestrigen Abend, als sie vor dem Polizeipräsidium auf die junge Polizistin wartete. Dann rannte sie los.

Ein Mann um die vierzig mit schmalem Schnurrbart und einer auffälligen Brille mit blauem Rand hörte ihr aufmerksam zu.

»Ja, so etwas gibt es in unserer Gemeinde auch.«

»Sind das Angestellte der Gemeinde oder ist es eine Arbeitsbeschaffungsmaßnahme?«

»Es sind Freiwillige. Die Arbeit ist nicht besonders gut bezahlt.«

»Haben Sie eine Liste der Personen, die unten bei der Brücke und den Feldwegen sauber gemacht haben?«

»Ich glaube nicht. Die Leute werden punktuell und sporadisch eingesetzt. Im Winter seltener als in den wärmeren Jahreszeiten.«

»Für uns wäre es extrem wichtig, eine Liste aller Personen zu kriegen, die in den vergangenen Wochen in der Nähe der Brücke sauber gemacht haben.«

»In den vergangenen Wochen gab es keinen Einsatz.«

»Auch nicht nach dem Selbstmord?«

»Doch, aber das waren spezialisierte Leute aus Zürich. Die haben all das Blut weggewaschen.«

»Das war unmittelbar nach dem Selbstmord?«

»Ja, das geschah noch am gleichen Tag.«

Elfie Marthaler bedankte sich. Der Ausflug hatte sich gelohnt. Denn jetzt gab es plötzlich eine Gruppe von Leuten, die als Finder der Hand infrage kamen. Leute, die mit Greifarmen ausgerüstet Unrat einsammelten. Und der Hinweis auf die Säuberungsaktion war ebenfalls hilfreich. Wer auch immer die Hand gefunden hatte, er oder sie war vor der Polizei am Unfallort gewesen. Gab es doch einen geheimnisvollen Komplizen? Jemanden, der Kadarics Selbstmord beobachtet hatte? Sie rief im Präsidium an und fragte nach Stauffer. Als sie hörte, dass dieser bei einer Vernehmung war, ließ sie sich mit Wenger verbinden.

41.

Stauffer konnte sich nicht dazu entschließen loszufahren. Vom Parkplatz aus sah er nur einen Teil des Haupteingangs, wenn Anna links rausging, würde er sie vermutlich nicht einmal sehen. Aber auszusteigen und vor dem Eingang zu warten war keine Option. Nicht nur wegen Tanja Locher, er wäre sich blöd vorgekommen. Er überlegte sich, wie groß die Wahrscheinlichkeit für ein solches Aufeinandertreffen war. Noch vor einer Woche hätte er Anna nicht mal als eine Bekannte von früher erkannt. Vermutlich war sein ganzer Körper darauf ausgerichtet, sie wahrzunehmen. Er kannte Ähnliches von Polizeieinsätzen, bei denen er auf eine Person oder einen Einsatz fokussiert war und selbst in einer größeren Menschenmenge die wichtigen Details oder eine Person herausfiltern konnte. Anna hatte sich bei ihm eingenistet. Er wusste nicht, ob es vorbeigehen würde wie andere Liebschaften oder ob es zu einer Obsession werden würde, der er ausgeliefert war. Im Moment sah es so aus, denn er musste sich eingestehen, dass er sich vollkommen dämlich benahm und dies mitten in einer Mordermittlung, in der jede Minute zählte. Er versuchte sich abzulenken, indem er an Julian Tobler dachte. Ein Mann, der offenbar durch eine Erkrankung völlig aus der Bahn geworfen worden war. Es fiel ihm ein, dass er noch nicht einmal wusste, um welche Krankheit es sich handelte. War es MS oder eine andere Erkrankung der Nerven? War Anna ebenfalls krank oder besuchte sie jemanden? Es half nichts, seine Gedanken führten wie in einer Schlaufe immer wieder zu ihr. Er war erleichtert, als sein Handy klingelte, doch als er den Anruf entgegennahm, starrte er erneut in Richtung Haupteingang.

»Es gibt Probleme«, sagte Holzer.

»Was für Probleme?«

»Eugen Dänzler. Offenbar sind Schüsse gefallen.«

»Was soll das heißen?«

»Ich bin unterwegs, es kam nur die Meldung rein, dass auf die Besatzung des Streifenwagens geschossen worden ist.«

»Ich sagte doch, sie sollen nur mal das Haus beobachten.«

»Vielleicht war das schon zu viel.«

»Wo wohnt Eugen Dänzler?«

Holzer nannte eine Ortschaft, von der Stauffer noch nie gehört hatte.

»Das ist im Knonauer Amt, eine kleinere Ortschaft in der Nähe von Affoltern am Albis.«

»Das ist nicht allzu weit weg. Wo bist du jetzt?«

»Auf der Autobahn kurz vor Affoltern am Albis.«

»Gut. Ich fahre über den Uetliberg. Sag Wenger, dass er im Präsidium bleiben soll. Ich versuche Federspiel zu überzeugen, dass wir Toblers Wohnung durchsuchen sollten.«

»Hat er was mit dem Mord an Stadelmann zu tun?«

»Er weiß etwas, das mit Kadarics Hand zu tun hat.«

»Und Dänzler?«

»Die beiden haben irgendeinen Plan ausgeheckt. Wir sehen uns vor Ort.«

Stauffer fuhr langsam vom Parkplatz weg. Bevor er in die Straße einbog, schaute er in den Rückspiegel. Keine Anna. Er stellte das Radio ein, um sich abzulenken, aber auch um über allfällige Staus informiert zu werden. Mittlerweile schien die Sonne. Es ist wie im Frühling, dachte Stauffer und musste lachen. Wie hieß das doch bei älteren Männern? Zweiter oder dritter Frühling? So alt bin ich noch nicht. Wie als ironische Begleitung lief im Radio ein Song über verpasste Gelegenheiten. Der Verkehr verlief flüssig und er hatte keine Probleme, die Ortschaft zu finden. Bereits auf der Hauptstraße sah er einen Einsatzwagen. Als er in die schmale Straße einbog, die zu Dänzlers Haus führte, sah er die Straßensperre. Eine Polizistin winkte ihn nach links, doch Stauffer fuhr langsam geradeaus und öffnete das Seitenfenster. Die Polizistin sah angespannt aus. Er hielt ihr den Ausweis hin. Sie betrachtete ihn, schüttelte dann aber den Kopf.

»Ich darf niemand durchlassen, solange der Einsatz nicht beendet ist.«

»Ist Urs Holzer vor Ort?«

»Keine Ahnung, ich hab nur die Anweisung, niemand durchzulassen.«

»Wer leitet den Einsatz?«

Sie nannte ihm einen Namen, Stauffer glaubte sich zu erinnern, war sich aber nicht sicher.

»Ich stelle den Wagen da drüben ab«, sagte er und zeigte auf den Vorplatz einer Scheune.

»Meinetwegen. Es kann aber sein, dass wir großräumiger absperren und Sie nicht mehr zu dem Wagen kommen.«

»Dann müssen Sie mich nach Hause fahren.«

Die Polizistin zeigte einen Anflug von einem Lächeln, der aber sogleich wieder angespannter Einsatzbereitschaft wich. Stauffer kannte das nur zu gut. Sie wollte auf keinen Fall einen Fehler machen. Er stellte den Wagen vor der Scheune ab und rief Holzer an.

»Hast du dich verfahren?«, fragte dieser.

»Die Straße ist abgesperrt. Wie ist die Lage?«

»Unübersichtlich. Ein Polizist ist angeschossen worden. Offenbar ist es seit einigen Minuten ruhig, aber niemand weiß, wer in dem Haus ist und wer geschossen hat.«

»Da scheinen wir in ein Wespennest gestochen zu haben.«

»Gut möglich«, sagte Holzer. »Soll ich dich holen?«

»Wenn der Einsatzleiter da ist, sag ihm, er soll die Polizistin bei der Absperrung darüber informieren, dass ich kein Gewaltverbrecher bin.«

»Kann ich machen. Im Moment ist angespannte Ruhe, kann sich aber jederzeit wieder ändern.«

Stauffer schaute sich um. Weiter vorne erkannte er bewaffnete Polizisten einer speziellen Einsatztruppe, die sich vor einem Haus besprachen. Auf der gegenüberliegenden Seite standen in einiger Entfernung Personen, möglicherweise Anwohner, die evakuiert worden waren. Er hörte die Polizistin, die mit jemandem telefonierte. An ihrem Blick erkannte er, dass es um ihn ging. Er wartete, bis sie das Gespräch beendete. Sie nickte ihm zu und zeigte in die Richtung, in der er die Einsatztruppe gesehen hatte.

»Es holt Sie jemand ab.«

Noch während sie es sagte, sah er Holzer, der Zigarette rauchend auf ihn zukam. Als sie gemeinsam die Einsatztruppe passierten, schwiegen alle wie auf Kommando. Stauffer hob kurz die Hand, er erkannte einige der Gesichter aus früheren Einsätzen.

»Gleich hier um das Haus.«

Stauffer sah mehrere Einsatzwagen. Der Einsatzleiter grüßte ihn mit seinem Vornamen, Stauffer erinnerte sich daran, ihm in einem Kurs begegnet zu sein.

»Uns fehlen vitale Informationen«, beklagte er sich.

»Ich glaube kaum, dass ich weiterhelfen kann.«

»Hast du nicht diesen Einsatz angeordnet?«

»Ich wollte lediglich, dass sich ein Streifenwagen zum Haus begibt.«

»So ist es auch geschehen. Als einer der Kollegen ausstieg, wurde sofort das Feuer eröffnet. Er wurde am Arm getroffen.«

»Damit konnte niemand rechnen.«

»Was ist das für ein Typ? Er soll angeblich in der rechten Szene verkehren.«

»Viel mehr weiß ich auch nicht.«

»Wie ist der aktuelle Stand?«, fragte Holzer.

»Wir überlegen, das Haus zu stürmen. Es gibt aber noch andere Optionen. Wir könnten ihn oder sie ausräuchern. Das Problem ist, dass wir nicht wissen, wen wir antreffen. Wenn es mehr als einer ist, kann es sehr gefährlich werden.«

»Habt ihr versucht einen Kontakt herzustellen?«, fragte Stauffer.

»Klar. Aber wer auch immer da drin ist, will nicht reden.«

»Habt ihr zurückgeschossen?«, fragte Holzer.

»Es gab einen Schusswechsel.«

»Dann könnte er auch tot sein?«, fragte Stauffer.

»Willst du reingehen und nachschauen?«, fragte der Einsatzleiter.

»Er könnte abgehauen sein«, sagte Holzer.

»Das ist auch möglich.«

»Wie lange ist es jetzt schon ruhig?«, fragte Stauffer.

»Eine gute Viertelstunde.«

»Wie lange wollt ihr noch warten?«

»Manchmal ist Warten die beste Option. Er kann sich so seine Gedanken machen. Wenn er da lebend rauskommen will, wird er sich früher oder später ergeben.«

»Trotzdem überlegt ihr, das Haus zu stürmen?«

»Wir wissen nicht, was da drinnen abgeht. Möglicherweise sind weitere Personen in Gefahr.«

»Lebt Dänzler nicht allein in dem Haus?«, fragte Stauffer und schaute Holzer an.

»Er ist erst vor einem Jahr eingezogen. Es gehört seiner Mutter, sie lebt aber in einem Altersheim. Gemeldet ist dort außer ihm niemand. Aber das muss nichts heißen.«

»Habt ihr versucht seine Mutter zu erreichen?«, fragte Stauffer den Einsatzleiter.

»Ja, aber sie ist anscheinend etwas verwirrt.«

»Kann man das Haus irgendwo gefahrlos anschauen?«

»Da drüben.«

Er zeigte auf den Garten des Grundstücks. Ein großer Geräteschuppen stand zur Straße hin. Stauffer erkannte landwirtschaftliche Maschinen. Sie gingen auf den vorne geöffneten Schuppen zu. Durch ein verschmutztes Fenster konnte man einen schmalen Teil des Hauses sehen, aus dem geschossen worden war. Das Haus sah alt und renovierungsbedürftig aus. Die Hauswände waren mit Eternitplatten isoliert worden, die drei Fensterläden, die man sah, waren alle verschlossen. Das Haus sah von außen unbewohnt aus.

»Habt ihr auch Leute auf der anderen Seite?«, fragte Holzer.

»Klar. Wenn er abgehauen ist, dann kurz nach den Schüssen auf die Kollegen im Streifenwagen.«

»Danach fielen keine Schüsse mehr?«

»Als wir eintrafen, war es bereits ruhig. Mist verdammter.«

Man hörte ein Motorrad, das direkt vor Dänzlers Haus vorbeifuhr.

»Das darf doch nicht wahr sein.«

Der Einsatzleiter rannte aus dem Schuppen. Stauffer versuchte vergeblich, durch das verdreckte Fenster den Motorradfahrer zu sehen.

»Ich würde den Typen ausräuchern«, sagte Holzer.

»Vielleicht ist er ja auch Kettenraucher«, sagte Stauffer lachend.

Sie hörten einen Wortwechsel. Nur Sekunden später gab es einen lauten Knall, dem mehrere folgten. Erneut waren Stimmen zu hören.

»Hört sich so an, als würden die Kollegen das Haus stürmen«, sagte Holzer beeindruckt.

Nach der kurzen Aufregung und dem Lärm war es urplötzlich wieder vollkommen still. Holzer zeigte auf Dänzlers Haus. Durch einen der geschlossenen Fensterläden waren kurze Lichtimpulse zu sehen.

»Sie sind drin.«

»Dann lass uns mal hoffen, dass es keine Überraschungen mehr gibt«, sagte Stauffer leise.

Die Sekunden vergingen langsam. Es blieb ruhig. Stauffer und Holzer gingen aus dem Schuppen. Sie sahen den Einsatzleiter, der im Gespräch mit einer Polizistin war. Als er Stauffer sah, winkte er ihn zu sich.

»Wollt ihr reinschauen?«

»Ist er weg?«, fragte Stauffer.

»Da ist keiner mehr drin. Trotzdem gibt es etwas zu sehen.«

Er gab der Polizistin eine Anweisung, danach folgten ihm Stauffer und Holzer ins Haus. Der Flur und das Wohnzimmer sahen unordentlich aus.

»Da geht es nach unten«, sagte der Einsatzleiter und zeigte auf eine Treppe, die mit einem Treppengitter versehen war. Er ging voran. Die Treppe war schmal und knarrte. Im Keller brannte Licht, ein Polizist machte Fotos.

»Ich möchte nicht wissen, was der Typ vorhatte«, sagte der Einsatzleiter. Stauffer erkannte mehrere Gewehre und Pistolen und dazu eine große Kiste mit Munition. Auch Handgranaten waren zu sehen.

»Sieht so aus, als ob er einen Krieg vorbereitete«, sagte Holzer.

Ist das der große Plan?, dachte Stauffer. Ein Munitionslager für einen Anschlag oder für eine ganze Armee?

»Wir müssen Dänzler finden. So rasch wie möglich«, sagte Stauffer.

»Vielleicht nur einer dieser Waffennarren«, sagte Holzer.

»Er hat auf einen Polizisten geschossen, schon vergessen?«, sagte der Einsatzleiter.

»Der Fall erhält eine neue Dimension«, sagte Stauffer.

»Bist du sicher, dass Dänzler was mit dem Mord an Stadelmann zu tun hat?«

»Nein. Aber mit der Hand.«

»Die ist nachweislich von einem Selbstmörder.«

»Eine Hand?«, fragte der Einsatzleiter.

»Wenn ihr einen Computer findet, dann stellt die Daten sicher.«

»Klar. Wer ist jetzt eigentlich zuständig?«

»Klär das mit der Einsatzzentrale ab. Sorg aber zuerst dafür, dass die Fahndung nach Dänzler rausgeht.«

Er zupfte Holzer am Ärmel und zeigte nach oben. Als sie vor dem Haus standen, sprach Stauffer leise zu Holzer.

»Du bleibst hier. Ich vermute, dass sich die Leute vom Staatsschutz für Dänzler interessieren könnten. Vorläufig wird das als normale Fahndung rausgehen, aber wenn die Dänzlers Hintergrund kennen und das Waffenarsenal sehen, werden sie ihre Schlüsse daraus ziehen.«

»Hast du noch den Durchblick, was das alles mit dem Mord an Stadelmann zu tun haben könnte?«

»Es gibt da einen Zusammenhang. Wir sehen ihn bloß nicht.«

»Ich kapituliere.«

»Schau dich im Haus um. Dänzler wurde überrascht, es kann sein, dass etwas herumliegt, was uns weiterhelfen könnte.«

»Vielleicht eine linke Hand?«, scherzte Holzer, ehe er zurück ins Haus ging.

Stauffer ging zu seinem Wagen. Die Polizistin war in der Zwischenzeit abgelöst worden. Zwei junge Beamte standen an der Straßensperre. Stauffer hatte gerade das Ende des Dorfes erreicht, als sein Handy klingelte. Er benutzte die Freisprecheinrichtung.

»Tobler ist abgehauen«, sagte Tanja Locher atemlos.

»Was?«

»Er hat den Polizisten über den Haufen gerannt und ist weg.«

»Wie konnte das passieren?«

»Der Kollege sagt, es sei ein völlig überraschender Angriff gewesen. Kurz nachdem ich noch einmal mit ihm gesprochen habe.«

»Das ist ganz schlecht.«

Er fasste zusammen, was mit Dänzler geschehen war.

»Glaubst du, dass die beiden miteinander gesprochen haben?«

»Das können wir nicht ausschließen. Hast du noch etwas aus ihm herausgekriegt?«

»Er hat nur noch über das Foto geredet. Aber ich bin nicht richtig schlau daraus geworden.«

»Was zum Teufel hat er auf dem Foto gesehen?«, fragte Stauffer.

»Es könnte der Grund gewesen sein, weshalb er abgehauen ist.«

»Aus Angst?«

»Ich bin mir nicht sicher. Ich habe eher das Gefühl, dass er etwas erkannt hat, was uns bis jetzt entgangen ist.«

»Es ist das Foto von Kadarics Hand. Oder liegen wir da vielleicht falsch?«, fragte Stauffer.

»Immerhin kannst du jetzt bei Federspiel punkten.«

»Wir müssen so rasch wie möglich in Toblers Wohnung. Holzer bleibt vorläufig hier bei Dänzlers Haus.«

Stauffer fuhr zurück in die Stadt. Er wählte diesmal den Weg über die Autobahn, schließlich hatte er nicht vor, einen weiteren Abstecher ins Krankenhaus zu machen. Als er im Präsidium ankam, erhielt er sogleich die Mitteilung, dass Staatsanwalt Federspiel auf ihn wartete. Er erhoffte sich einen Durchsuchungsbeschluss für Toblers Wohnung. Stattdessen wurde ihm ein Mann in einem grauen Anzug vorgestellt.

»Herr Danuser arbeitet für die Bundesanwaltschaft«, sagte Federspiel ohne Umschweife.

»Wir möchten mit Ihnen gerne über Eugen Dänzler reden.«

»Wir? Steht noch jemand hinter Ihnen?«

»Sie wissen schon, wie ich das meine.«

»Ich habe einen Mordfall aufzuklären.«

»Es dauert nicht lange. Herr Dr. Federspiel ist informiert.«

»Informiert worüber?«, fragte Stauffer verärgert.

»Der Fall Dänzler ist kompliziert«, sagte Federspiel. »Dieses Gespräch wird übrigens nicht protokolliert und hat offiziell auch nie stattgefunden.«

Federspiel hob leicht den Kopf, Danuser setzte sich und zeigte auf einen freien Stuhl. Stauffer setzte sich ebenfalls.

»Eugen Dänzler war einige Jahre in verschiedenen Organisationen am rechten Rand der politischen Szene aktiv.«

»Das ist allgemein bekannt«, sagte Stauffer.

»Weniger bekannt dürfte sein, dass Dänzler einer unserer Informanten war«, sagte Danuser ungerührt.

»Ihr habt Dänzler eingeschleust?«

»Nein. Dänzler hat uns mit Informationen beliefert. Es war für ihn eine Art Geschäft.«

»Sie bezahlen Rechtsextreme für Informationen?«

»Die genauen Umstände der Vereinbarung spielen hier keine Rolle.«

»Er hat Ihnen gegen Geld Informationen geliefert. Nicht gerade das, was die Steuerzahler gerne sehen.«

»Sarkasmus ist hier fehl am Platz. Dank Dänzlers Informationen hatten wir einige Jahre lang einen guten Einblick in die rechte Szene. Diese Art der Zusammenarbeit wurde vor gut drei Jahren beendet. Dänzler hatte sich von der rechten Szene abgewandt. So ließ er es uns jedenfalls ausrichten. Sie können sich vorstellen, dass wir ihn weiterhin im Fokus hatten, tatsächlich aber gab es keinen Hinweis darauf, dass er noch Kontakte zur Szene pflegte.«

»Dafür wurde er zu einem Waffensammler.«

»Diese Entwicklung hat uns überrascht, glauben Sie mir.«

»Ich war in Dänzlers Haus. Im Keller lagern Waffen, mit denen man ein Blutbad anrichten kann.«

»Dänzlers Aktivitäten sind uns verborgen geblieben. Er hat sich eine perfekte bürgerliche Tarnung zurechtgelegt.«

»Handgranaten kann man nicht auf dem Flohmarkt kaufen. Jemand muss das bemerkt haben.«

»Wir werden das überprüfen. Wichtig ist jetzt, dass wir keine falschen Schlüsse ziehen.«

»Was für falsche Schlüsse?«

»Was wissen Sie über Eugen Dänzler?«

»Gestern Nacht wurde in der Stadt ein Mann verhaftet, der ein Feuer gelegt hat. Sein Name ist Julian Tobler. Bei seiner Vernehmung erwähnte er Eugen Dänzler sowie einen Plan, den die beiden offenbar ausgeheckt hatten.«

»Julian Tobler?«

»Er ist vor etwa einer Stunde aus dem Krankenhaus geflohen. Es ist denkbar, dass er mit Eugen Dänzler auf der Flucht ist.«

Danuser nickte und machte sich Notizen.

»Kennen Sie eine Organisation, die sich Die rechte Hand nennt?«, fragte Stauffer.

»Nein. In welchem Zusammenhang ist dieser Name aufgetaucht?«

»Julian Tobler behauptet, dass Eugen Dänzler die rechte Hand sei.«

Danuser schrieb weiter.

»Inwiefern hat das mit dem Mordfall zu tun, den Sie bearbeiten?«

»Wir wissen es nicht.« Stauffer hatte keine Lust, mit Danuser über das Foto zu sprechen. Sollten sie doch selber ihre Leute losschicken.

»Wir möchten Sie in Ihren Ermittlungen nicht behindern. Gleichzeitig machen wir Sie darauf aufmerksam, dass wir ein prioritäres Interesse haben, die Beweggründe von Eugen Dänzler zu erfahren.«

Muss man derart geschwollen reden, wenn man in Bern Karriere machen wollte? Stauffer wäre am liebsten aufgestanden und hätte Federspiel und Danuser den Rücken gekehrt.

»Dänzler hat einen Polizisten angeschossen. Wir alle möchten, dass er möglichst rasch verhaftet wird.«

»Es geht im Moment vor allem auch um die mediale Wahrnehmung«, sagte Federspiel.

»Die mediale Wahrnehmung?«, wiederholte Stauffer.

»Eugen Dänzlers Vergangenheit als Informant darf nicht zum Thema werden«, sagte Danuser.

»Wenn Sie es vertuschen, hat dieser Typ euch alle in der Hand.«

»Wir sind uns der Brisanz der Lage durchaus bewusst«, sagte Danuser.

Stauffer war erfahren genug, um zu ahnen, worauf dies hinauslief.

»Da habt ihr euch in ein ziemliches Dilemma hineingeritten«, sagte er süffisant. »Ihr braucht den lebenden Eugen Dänzler, um zu wissen, was er vorhatte, und ihr braucht den toten Eugen Dänzler, um eure seltsamen Machenschaften zu decken.«

»Von Machenschaften kann keine Rede sein«, sagte Federspiel beschwichtigend.

»In der öffentlichen Wahrnehmung soll Dänzler als Einzeltäter mit wahnhaftem Hintergrund erscheinen«, sagte Danuser.

»Er soll als Verrückter dargestellt werden?«

»Sich im Geheimen ein Waffenarsenal zuzulegen deutet auf einen wahnhaften Charakter hin«, sagte Danuser.

»Was und wie ihr euch das zurechtlegt, ist mir eigentlich vollkommen egal«, sagte Stauffer aufgebracht. »Aber wenn Dänzler etwas mit dem Mordfall zu tun hat, den ich bearbeite, dann möchte ich nicht, dass er in einer psychiatrischen Klinik sediert wird, bevor ich ausführlich mit ihm gesprochen habe.«

Er dachte an Tobler. Hatte dieser nicht genau dies befürchtet? Dass man ihn und Eugen Dänzler für verrückt erklärt und aus dem Verkehr zieht?

»Ich werde mich dafür einsetzten, dass Sie Dänzler gegebenenfalls befragen können«, sagte Danuser.

»Gegebenenfalls?«

»Warten wir die nächsten Stunden ab«, sagte Federspiel.

Danuser stand auf und steckte den Notizblock in seine schwarze Ledertasche. Er reichte Federspiel die Hand. Stauffer hielt ihm seine Hand widerwillig hin. Er bemerkte, dass Danuser nicht durch jene Tür rausging, durch die er und alle anderen Federspiels Büro betraten.

»Das ist eine diffizile Angelegenheit«, sagte Federspiel zu Stauffer.

»Das ist politischer Mist«, sagte Stauffer und er sah, wie sich Federspiels Mund zu einem leichten Grinsen verzog.

»Was ist mit Julian Tobler?«

»Er ist abgehauen. Oder abgängig, wie sich Danuser vermutlich ausdrücken würde. Es läuft alles fürchterlich falsch und wir kommen keinen Schritt vorwärts.«

»Tobler ist ein unbeschriebenes Blatt«, sagte Federspiel.

»Das sind die meisten Amokläufer auch.«

»Reden wir jetzt über Tobler oder Dänzler?«

»Tobler. Ich glaube, dass sich die beiden vor einiger Zeit gefunden haben, weil sie beide einen Riesenfrust mit sich herumtragen. Bei Tobler hat es mit seiner Erkrankung zu tun. Seine Aussagen sind wirr, er scheint im Gegensatz zu Dänzler keine politische Richtung zu bevorzugen. Aber solche Leute sind empfänglich für Parolen aus der extremen politischen Ecke. Er wollte mit den Bränden angeblich ein Fanal setzen und gleichzeitig seinem Spezi Dänzler signalisieren, dass auch er bereit ist für den Kampf.«

»Ich verstehe nicht, was das mit dem Mordfall zu tun hat, den Sie bearbeiten?«

»Das weiß ich selber nicht genau. Es ist ein Foto aufgetaucht, auf dem die rechte Hand eines Selbstmörders zu sehen ist.«

»Die rechte Hand?«, sagte Federspiel nachdenklich.

»Genau. Deshalb meine Frage an den Bundesanwalt. Wir glauben, dass Tobler etwas über das Foto weiß, das uns entscheidend weiterhelfen kann. Es ist auch denkbar, dass wir in Toblers Wohnung auf Hinweise stoßen. Wir müssen da rein.«

»Es steht Ihnen frei nach ihm zu suchen, auch in seiner Wohnung. Ich kann verstehen, dass Sie ungehalten sind. Aber wir können nicht einfach in die Privatsphäre der Leute eindringen. Aber wenn Sie in seiner Wohnung Hinweise auf seinen derzeitigen Aufenthaltsort finden, ist das natürlich etwas anderes.«

»Da oder da?«, fragte Stauffer und zeigte auf die beiden Türen. Er ging erst einen Schritt zu jener Tür, hinter der Danuser verschwunden war, drehte dann aber ab.

»Dahinter hat es einen Lift, der direkt in die Tiefgarage führt«, sagte Federspiel.

So sehen also die modernen Geheimtunnel aus, dachte Stauffer. Er suchte eine Toilette auf und trank einen Schluck Wasser aus dem Hahn. Als er sich etwas beruhigt hatte, ging er in die Zentrale. Er begrüßte Herold, Bolliger und Wenger, die alle damit beschäftigt waren, in Akten zu lesen. Stauffer fasste kurz zusammen, was geschehen war.

»Soll ich nach Tobler suchen? Diese Leserei ödet mich an.« Bolliger hielt einen Aktenstapel in die Luft. Stauffer ging nicht darauf ein.

»Die Marthaler hat eine interessante Beobachtung gemacht«, sagte Wenger. »Die Bahngleise werden von Leuten gesäubert, die vom Sozialamt rekrutiert werden. Das könnte ein Ansatz sein. Allerdings gab es an jenem Tag, als Kadaric zu Tode kam, keinen solchen Einsatz.«

»Wir müssen solchen Dingen unbedingt nachgehen«, sagte Stauffer.

»Wir suchen in den Fällen, die Stadelmann betreute, nach Leuten, die sich an solchen Einsätzen beteiligten«, sagte Anna Herold.

»Julian Tobler und Eugen Dänzler«, sagte Stauffer. »Zwei weitere Namen, die ein Bindeglied zwischen Kadaric und Stadelmann sein könnten.«

»Ich kriege Kopfschmerzen von all der Leserei«, jammerte Bolliger.

»Ihr beide haltet hier die Stellung«, sagte Stauffer zu Bolliger und Herold. »Wir fahren zu Toblers Wohnung.«

»Kommen wir da rein?«, fragte Wenger verwundert.

»Vielleicht mit der Hilfe eines netten Hauswarts«, sagte Stauffer und erntete dafür einen skeptischen Blick Wengers. Stauffer rief Fontini an. Julian Toblers Adresse war nicht im Telefonbuch gelistet, dennoch dauerte es keine zwei Minuten, bis Fontini sie gefunden hatte. Doch bevor sie die Zentrale verließen, erschien Tanja Locher.

»Es ist ein Anruf eingegangen. Ein Mann, der ziemlich verstört wirkte und etwas von einer abgetrennten Hand sagte.«

»Wann war das?«, fragte Stauffer.

»Ist noch keine Viertelstunde her. Ich habe vorhin routinemäßig nachgefragt.«

»Sehr gut. Ich hoffe, das ist nicht wieder einer dieser wunderlichen Typen.«

»Soll ich allein zu Toblers Wohnung fahren?«, fragte Wenger.

»Ja, mach das. Versuch mit den Nachbarn ins Gespräch zu kommen. Vielleicht gibt es ja irgendeine Möglichkeit, in die Wohnung reinzukommen, ohne sie aufzubrechen. Nimm aber zur Sicherheit zwei Leute mit. Vielleicht hat Tobler sich auch eine Waffensammlung zugelegt. Ich kümmere mich um den verstörten Anrufer. Hast du eine Adresse?«

»Der Mann sagte, dass er körperlich angeschlagen ist und deshalb nicht zu einer Polizeiwache gehen könne.«

»Wenn er nur körperlich angeschlagen ist, dann ist alles in Ordnung«, sagte Stauffer. Locher hielt ihm die Adresse hin, die sie sich auf einem Zettel notiert hatte.

42.

Das Jugendstilhaus befand sich oberhalb des Rigiplatzes in einer vornehmen Wohngegend. Zwei benachbarte Gebäude wurden gerade renoviert.

»Ob da eine bezahlbare Wohnung frei ist?«, fragte Locher.

»Suchst du etwas?«

»Warum nicht? Ich mag alle paar Jahre einen Tapetenwechsel. Da, zweiter Stock. Guido Nussbaumer.«

Sie klingelte und nach einer Weile erklang der Summton. Sie gingen die breite Treppe hoch. Auf jedem Stockwerk befand sich eine imposante Wohnungstüre, darum herum buntes Glas. Guido Nussbaumer öffnete umständlich die Tür. Stauffer erkannte sofort, dass Nussbaumer Mühe hatte zu gehen. Er war stark übergewichtig und mit seiner Größe eine imposante Erscheinung. Er führte sie in ein geschmackvoll eingerichtetes Wohnzimmer, dessen eine Wand bis zur Decke mit einem Bücherregal versehen war, in dem kaum noch ein Buch Platz gefunden hätte.

»Ich leide seit einigen Jahren an Diabetes und ich bin sehr kurzatmig«, sagte Nussbaumer wie unter größter Anstrengung. »Es dauert einen Moment.«

Er keuchte und schnaubte. Locher und Stauffer sahen sich peinlich berührt um. Für Nussbaumer musste ihr Besuch eine gewaltige Anstrengung sein.

»Ohne die Leute von der Spitex könnte ich nicht mehr hier wohnen«, sagte er, als er wieder etwas zu Atem gekommen war.

»Sie haben bei der Polizei angerufen?«, fragte Stauffer, der keine Zeit verlieren wollte.

»Richtig. Es lag heute in der Post. Die Frau von der Spitex hat es zum Glück nicht gesehen. Sie hat mir den ganzen Stapel dahingelegt.«

Er zeigte auf einen Stapel mit Zeitungen und Prospekten, der auf einem Holztisch stand. Locher ging zum Tisch.

»Es liegt da drüben.«

Sie hatte das Foto sofort gesehen und Stauffer zugenickt. Vorsichtig griff sie das Foto an den Ecken und ging zu Stauffer. Er erkannte das Motiv sogleich. Es war Kadarics Hand. Diesmal lag das Foto im Briefkasten eines Mannes, der noch lebte.

»Ich bin ja einiges gewohnt, aber erschrocken bin ich trotzdem. Das ist echt, oder?«

»Haben Sie eine Ahnung, wer das Foto in Ihren Briefkasten geworfen haben könnte?«

»Glücklicherweise nicht«, sagte Nussbaumer und hustete.

»Sind Sie pensioniert?«, fragte Locher.

Nussbaumer nickte. »Schon seit zwei Jahren. War nicht meine Idee. Aber körperlich wäre es so oder so nicht mehr gegangen. Bei der letzten Neugestaltung der Zeitung wurde mir dann nahegelegt, mich vorzeitig pensionieren zu lassen.«

»Sie arbeiteten bei einer Zeitung?«

»Eigentlich eine Zeitschrift. Wird von der reformierten Kirche finanziert. Ich war dreißig Jahre lang Redaktor. Und dann legt man dir nahe, dass es besser ist, wenn du aufhörst.«

»Wir werden Ihnen jetzt einige Namen nennen. Versuchen Sie sich zu erinnern, ob Ihnen einer der Namen etwas sagt.«

»Klingt nach einem Gedächtnisspiel für Alzheimerkranke im Frühstadium.« Der Satz endete mit einem Bronchialgerassel.

»Elvin Kadaric.«

Nussbaumers Blick schweifte zum Bücherregal. Er überlegte lange.

»Nein, sagt mir nichts.«

»Julian Tobler.«

»Ich kenne einen Martin Tobler. Aber Julian? Ich kenne niemand, der Julian heißt.«

»Eugen Dänzler.«

»An einen solchen Namen würde ich mich erinnern. Ist aber nicht der Fall.«

»Clemens Stadelmann.«

»Treffer. Versenkt.« Nussbaumer lachte und hustete. »Das ist der Mann aus den Nachrichten. Er ist ermordet worden. Was hat das mit dieser verdammten Hand zu tun?«

»Haben Sie den Namen Clemens Stadelmann schon einmal in einem anderen Zusammenhang gehört?«, fragte Locher. Nussbaumer überlegte, er hielt sich dabei einen Finger an die Lippen.

»Stadelmann ist ein geläufiger Name. Das ist schwierig zu beantworten.«

»Lassen Sie sich Zeit«, sagte Stauffer, ohne es tatsächlich so zu meinen.

»Nein. Es fällt mir nichts zu ihm ein.«

»Worüber haben Sie in Ihrer Zeitschrift geschrieben?«, fragte Locher.

»Ich war Redaktor. Das meiste haben andere geschrieben. Ich habe jeden Monat einen Menschen porträtiert.«

»Was für Menschen?«, fragte Stauffer.

»Ganz gewöhnliche Menschen.« Er hob die Hand und zeigte auf eines der Regale. »Da liegen einige der Hefte.«

»Sie haben das dreißig Jahre lang gemacht?«, fragte Locher, als sie sich zum Regal bewegte.

»Mit den Porträts habe ich vor zwanzig Jahren begonnen. Da kommt eine ganze Menge zusammen.«

Locher blätterte in einem Heft.

»Hatten Sie kürzlich Streit mit jemand? Gab es Drohungen?« Stauffers Frage beunruhigte Nussbaumer sichtlich.

»Worauf wollen Sie hinaus? Bin ich in Gefahr?«

»Das wissen wir nicht.«

»Das ist alles andere als angenehm.«

Stauffer entschloss sich offen zu sein, da er Nussbaumer zutraute damit umgehen zu können.

»Wir haben im Briefkasten des ermordeten Clemens Stadelmann ebenfalls ein solches Foto gefunden.«

»Donnerwetter«, sagte Nussbaumer bloß. Stauffer wartete einen Moment.

»Was hat das alles zu bedeuten?«, fragte Nussbaumer.

»Wir wissen es nicht. Aber wir vermuten, dass es eine Verbindung zwischen Ihnen und Stadelmann geben muss.«

»Bin ich in Gefahr?«, fragte Nussbaumer erneut.

Stauffer wusste nicht, was er darauf antworten sollte.

»Haben Sie von allen Heften ein Exemplar hier zuhause?«, fragte Locher.

»Möchten Sie die alle lesen?«, fragte er verwundert. »Die ganzen Jahrgänge? Sie können sie gerne mitnehmen, die verstauben hier nur. Was aber ist mit mir? Muss ich mich fürchten?«

Stauffer ging etwas durch den Kopf, was er Nussbaumer besser nicht erzählen wollte. Bis dahin waren sie davon ausgegangen, dass das Foto nach Stadelmanns Tod in seinem Briefkasten gelandet war. Es konnte aber auch umgekehrt gewesen sein.

»Gibt es einen Grund, weshalb Sie sich fürchten müssten?«, fragte Locher.

»Wie meinen Sie das?«

»Irgendetwas, das in den vergangenen Jahren geschehen ist?«

»Ach so. Jemand, der sich rächen will, oder so? Ich habe vor einigen Wochen die Nachbarin über mir darauf aufmerksam gemacht, dass ihre Katze manchmal vor meiner Wohnungstüre sitzt und Einlass begehrt. Aber eigentlich verstehe ich mich gut mit der Frau. Das ist mir alles ein Rätsel. Kann es sein, dass sich die Person geirrt hat und dieses Foto gar nicht für mich bestimmt war?«

»Das können wir nicht ausschließen«, sagte Stauffer.

»Das ist nicht die beruhigende Antwort, die ich erwartet hatte.« Nussbaumer schien seinen Humor und die damit verbundenen Hustenanfälle wiedergefunden zu haben.

»Die Zeitschrift wird von der Kirche herausgegeben?«

»Finanziert, aber wir sind unabhängig. Sehen Sie, ich rede noch immer so, als wäre ich da angestellt.«

»Ging es in der Zeitschrift auch um soziale Fragen?«

»Ja, das sind durchaus zentrale Themen.«

»Clemens Stadelmann arbeitete beim Sozialamt«, sagte Locher.

»Der Name sagt mir immer noch nichts.«

»Sind Sie verheiratet?«, fragte Locher.

Nussbaumers Blick wanderte nach unten.

»Meine Frau starb vor acht Jahren. Seither lebe ich allein.«

»Haben Sie sich in der Zeitschrift auch mit politischen Fragen beschäftigt?«, fragte Stauffer.

»Soziale Fragen sind immer auch politische Fragen. Es findet in unserer Gesellschaft eine Entsolidarisierung statt. Die Reichen schotten sich immer mehr ab. Sie möchten am liebsten den Staat abschaffen und keine Steuern mehr bezahlen. Das ist auch aus christlicher Sicht eine sehr bedenkliche Entwicklung.«

Hatte Tobler nicht Ähnliches gesagt über die Reichen? Aber

war das so ungewöhnlich? Die Zeitungen waren voll mit Berichten über extrem reiche Menschen.

»Haben Sie Berichte über rechtsextreme oder rechtspopulistische Politik geschrieben?«

Nussbaumer horchte auf.

»Ist das eine politische Angelegenheit?«

»Das wissen wir nicht«, sagte Stauffer.

»Sie wissen nicht viel«, sagte Nussbaumer, eher traurig als ironisch.

»Wir können Personenschutz veranlassen.«

»Sie könnten die Spitexfrauen bewaffnen.« Er rasselte laut und schlug sich mit der Hand auf die Brust. Nachdem er sich wieder gefasst hatte, zeigte er auf Locher, die in einer weiteren Ausgabe der Zeitschrift blätterte.

»Ich habe Menschen porträtiert. Darunter hatte es auch welche mit seltsamen politischen Ansichten. Mir ging es bei den Porträts darum, nicht zu werten. Die Menschen sollten über ihre Lebensphilosophie reden, über das, was sie antreibt und das, woran sie glauben. Das muss nicht unbedingt religiös sein. Es gibt ja auch bedauernswerte Menschen, die an die Politik glauben.«

Diesmal blieb das Rasseln aus, aber Stauffer bemerkte, dass sich Nussbaumers Gesichtsfarbe verändert hatte.

»Ich muss mich hinlegen.«

Stauffer nickte und rief bei der Zentrale an. Dass er erneut einen Einsatzwagen forderte, stieß nicht unbedingt auf Begeisterung.

»Sagen Sie denen, dass sie einen alten dicken Mann davor bewahren sollen, noch früher als vorgesehen das Zeitliche zu segnen.«

Da Stauffer den Anruf bereits beendet hatte, ging er nicht darauf ein.

»Können wir je eine Kopie der Zeitschrift mitnehmen?«, fragte Locher.

»Das sind über zweihundert. Wollen Sie tatsächlich alle lesen?«

»Wir suchen nach Hinweisen«, sagte Stauffer. »Ich schreibe Ihnen alle Namen, die ich genannt habe, auf. Bitte versuchen Sie sich zu erinnern. Es kann eine ganz banale Begegnung gewesen sein.«

»Eine banale Begegnung?«

»Ich möchte damit nur sagen, dass es nicht unbedingt etwas sein muss, das sich stark eingeprägt hat.«

»Das habe ich schon verstanden. Ehrlich gesagt wäre es mir lieber, man hätte mir eine direkte Drohung in den Briefkasten gelegt. Mit einem solchen Unsinn kann man einen Menschen viel stärker belasten. Wissen Sie eigentlich, wem die Hand gehörte?«

»Ja. Ein junger Mann, der sich vor einen Zug geworfen hat.«

Nussbaumer nickte, doch nur einen Augenblick später zeigte er völliges Unverständnis.

»Stammt dieses Foto von der Polizei?«

»Nein.«

»Die Hand eines Selbstmörders in meinem Briefkasten? Wer zum Teufel hat das fotografiert?«

Wenn wir das wüssten, dachte Stauffer.

»Sind die Hefte chronologisch gestapelt?«, fragte Locher.

»Mehr oder weniger. Ich blättere kaum noch darin. Eigentlich können Sie sie behalten. Im Bücherregal hat es Bücher, an die ich gar nicht mehr rankomme. Das ist wie bei den Kleidern. Man hat den ganzen Schrank voll, aber man trägt doch nur immer die gleichen Hosen und Hemden.«

»Wir können Ihnen eine Quittung ausstellen.«

»Auch recht. Wie läuft das jetzt mit dem Personenschutz?«

»Sind Sie mehrheitlich zuhause?«

»Mehrheitlich ist gut. Ich lasse mir alles ins Haus liefern. Wenn es wärmer wird, gehe ich in den Park unten bei der Kreuzung, aber jetzt bin ich der perfekte Stubenhocker. Einmal in der Woche besucht mich ein Freund und wir spielen Scrabble. Wenn die Spitex nicht wäre, könnte ich langsam verfaulen und niemand würde es bemerken.«

»Haben Sie keine Kinder?«, fragte Stauffer.

»Eine Tochter und zwei Enkelkinder. Sie winken mir zweimal in der Woche auf dem Computer zu.«

»Idealerweise platzieren wir jemand vor der Wohnungstür. Wer zu Ihnen will, muss sich ausweisen.«

»Und wenn man mich durchs Fenster abknallt? Schräg gegenüber wohnt eine Frau, die einen ziemlich irren Blick hat.«

Da seine Bronchien wieder rasselten, ging Stauffer von einem Scherz aus. Tanja Locher griff sich einen Stapel Zeitschriften. Stauffer half ihr und gemeinsam trugen sie die Hefte nach unten.

»Wir sollten die Nachbarn überprüfen«, sagte Locher, als sie an den Klingelschildern vorbeikamen. »Ich habe das Gefühl, dass das Foto im falschen Briefkasten gelandet ist.«

»Das bezweifle ich«, sagte Stauffer. »Auch wenn ich mir nicht erklären kann, was Nussbaumer und Stadelmann verbindet. Die Person, die die Fotos gemacht hat, geht gezielt vor, die schaut sich genau an, in welchen Briefkasten sie ein Foto wirft. Da steckt eine Logik dahinter, die wir noch nicht durchschauen.«

»Wäre interessant zu wissen, wie viele Fotos es gibt.«

»Wir können nicht mit Sicherheit sagen, ob Stadelmann das Foto vor oder nach seinem Tod erhalten hat. Bei Nussbaumer könnte es eine Warnung sein.«

»Oder ein Hinweis für uns. Es ist nachvollziehbar, dass jemand, der ein solches Foto im Briefkasten findet, die Polizei verständigt.«

»Holen wir uns noch den Rest.«

Nachdem sie alle Hefte eingeladen hatten, warteten sie auf den Einsatzwagen. Sie instruierten die beiden Polizisten über ihren Einsatz und stellten ihnen Nussbaumer vor. Dieser fragte sogleich, ob sie mit ihm Kaffee trinken wollten. Die Polizisten schauten Stauffer fragend an.

»Einer von euch bleibt immer vor der Wohnung. Und wenn ich immer sage, dann meine ich das auch so. Ihr wechselt euch am besten ab.«

Locher setzte sich ans Steuer.

»Ich muss unterwegs was essen«, sagte Stauffer. Locher nickte. In der Nähe des Polizeipräsidiums hielt sie vor einem Imbiss-Stand. Stauffer fragte, ob sie auch etwas wolle. Nach kurzem

Zögern nickte sie und stieg ebenfalls aus. Sie aßen schweigend im Auto. Vor dem Imbiss standen einige Passanten, kaum einer nutzte den überdachten Teil, denn es war ungewöhnlich warm für die Jahreszeit. Als sie losfuhren, spürte Stauffer eine angenehme Trägheit. Er schloss einige Sekunden die Augen und ehe er sich versah, war er eingenickt. Tanja Locher bemerkte dies zwar, ließ ihn aber gewähren. Kurz bevor sie auf den Parkplatz des Präsidiums fuhr, wachte Stauffer auf. Locher organisierte einen Handwagen, auf dem sie die Hefte stapelten. Stauffer ging neben dem Wagen, da die Hefte immer wieder verrutschten. Kurz vor dem Lift landete ein Stapel auf dem Boden. Stauffer sammelte sie fluchend wieder ein. Ein Polizist wünschte angenehme Lektüre, was Stauffer mit einem Brummen quittierte. Er zückte sein Handy und sah ein Foto, das Wenger ihm geschickte hatte. Vermutlich irrtümlich, denn es zeigte einen Abfallhaufen. Oder sah es so in Toblers Wohnung aus? In der Zentrale waren nur Bolliger und Marthaler anwesend.

»Da schau her. Sind die alle für uns?« Marthaler griff sich sofort ein Heft.

»Uns interessiert vor allem eine Doppelseite in jedem Heft. Ein Porträt eines Menschen, geschrieben von Guido Nussbaumer.«

»Wozu soll das gut sein?«, fragte Bolliger.

»Eine solche Frage ist unnötig und dämlich«, sagte Stauffer schroff. »Wir stecken mitten in einer Mordermittlung. Wir suchen weiterhin nach einem Motiv. Und nach Namen. In diesen Heften könnte das Motiv für die Tat an Stadelmann zu finden sein.«

»Was ist mit diesem Nussbaumer? Lebt er noch?«

Marthalers Frage bewies Stauffer, dass sie Zusammenhänge schneller begriff als der junge Kollege Bolliger.

»In seinem Briefkasten lag auch ein Foto von Kadarics Hand.«

»Finde die zehn Übereinstimmungen, Bolliger«, sagte sie lachend.

»Was soll ich finden?«

»Es muss eine Verbindung zwischen all dem geben. Kadaric,

Stadelmann, Nussbaumer. Jemand tischt sie uns auf, wir sehen sie nur nicht.«

»Kommt Anna auch noch dazu?«, fragte Locher und wieder reagierte Stauffer einen Augenblick überrascht.

»Sie isst was, kommt aber gleich wieder.«

»Gut«, sagte Stauffer, »dann sind wir zu fünft. Das macht etwa fünfundzwanzig Hefte für jeden. Wenn wir beim ersten Lesen nichts finden, mischen wir neu und lesen alles noch einmal.«

»Ich brauche einen starken Espresso«, sagte Bolliger.

»Kein Problem«, sagte Stauffer. »Konzentriere dich. Wir dürfen jetzt keinen Fehler machen. Ich spüre, dass wir nahe dran sind.«

Stauffer klopfte Bolliger auf die Schulter. Doch wenn er ehrlich war, wusste er nicht, ob dies alles nicht eine riesige Zeitverschwendung war. Das Motiv konnte ganz woanders liegen. Nach kurzem Überlegen rief er auch noch Fontini an und bat ihn um Informationen über Nussbaumer und seine Nachbarn.

43.

Die junge Frau von der Immobilienverwaltung trug ein fabelhaft sitzendes Kleid, das jeden Zentimeter ihres Körpers bestens zur Geltung brachte. Dazu ein gewinnendes Lächeln und halblange dunkelblonde Haare, die frisch frisiert wirkten. Sie erntete regelmäßig Blicke von Autofahrern, die durch die Dreißigerzone fuhren. Wenger versuchte gar nicht erst zu verbergen, dass er die Frau attraktiv fand. Erfahrungsgemäß wussten das die meisten Frauen auch zu schätzen. Sie warteten gemeinsam auf die Einsatztruppe, die Wenger bestellt hatte, weil er nach den Ereignissen vor Eugen Dänzlers Haus kein Risiko eingehen wollte. Sie wussten nicht, was sie in der Wohnung an der Bertastrasse erwartete. Die junge Frau stand mit verschränkten Armen vor einigen ineinander geschichteten Kartons, die darauf warteten, dem Recycling zugeführt zu werden.

»Uns liegt nichts Negatives über den Mieter vor«, sagte sie.

»Was wissen Sie über Julian Tobler?«

»Er leidet an einer Nervenkrankheit und ist krankgeschrieben. Wir wissen das, weil die Miete seit einiger Zeit vom Sozialamt überwiesen wird.«

»Was für Leute wohnen in dem Haus?«

»Das ist bunt gemischt. Darauf legt unsere Firma großen Wert. Bei einer schlechten sozialen Durchmischung treten Probleme auf. Allerdings ist es schwierig, in dem Haus Familien unterzubringen, weil die Wohnungen sehr klein und nicht mehr zeitgemäß sind. Aber es gibt Wohngemeinschaften, ein paar ältere Mieter und Einzelpersonen wie Herrn Tobler.«

»Wie groß ist seine Wohnung?«

»Zwei Zimmer.«

»Wohnen Sie auch in der Stadt?«

Die junge Frau schaute ihn abschätzend an.

»Nein, wir wohnen außerhalb.«

»Im Grünen«, sagte Wenger lächelnd, dem nicht entgangen war, wie sie das wir im Satz betonte.

»Grün ist es nicht unbedingt, aber großräumig und ultramodern.«

»Sind Sie auch vor Ort, wenn es Zwangsräumungen gibt?«, wechselte Wenger das Thema.

»Wir versuchen das, wann immer möglich, zu vermeiden. Dahinter stecken ja meist Schicksale.«

Es klang einstudiert. Wenger konnte sich nicht so recht vorstellen, dass sich die Frau tatsächlich für die Schicksale von Menschen interessierte, die aus zugemüllten Wohnungen geworfen wurden. Im Polizeidienst hatte er einiges gesehen und es gehörte zur Grundausbildung, dass man sich immer bewusst war, was einen hinter einer unscheinbaren Wohnungstüre alles erwarten konnte.

»Wie läuft das jetzt ab?«, fragte die junge Frau und Wenger blieb nicht verborgen, dass sie regelmäßig auf ihre teuer ausschauende Armbanduhr blickte.

»Sie geben uns den Schlüssel und warten, bis der Einsatz beendet ist.«

»Wie lange kann so etwas dauern?«

»Sind Sie verabredet?«

»Dies ist nicht die einzige Liegenschaft, die wir betreuen.«

Das Gespräch hatte sich merklich abgekühlt. Wenger wünschte sich, dass die Kollegen endlich kommen würden, auch wenn er durchaus gerne noch eine Weile auf den gut gebauten Körper der jungen Frau geblickt hätte. Sie sah aus, als würde sie Sport treiben. Er konnte sie sich gut auf Rollerblades vorstellen, den knackigen Hintern in enge Shorts gepackt.

»Sie könnten mich anrufen, wenn alles vorbei ist«, schlug sie vor.

»Nein, Ihre Anwesenheit ist erwünscht.«

»Von Ihnen oder vom Protokoll?«

»Beides.«

»Sind Sie verheiratet?«

»Ja.«

»Haben Sie Ihre Frau auch so kennen gelernt?«

»Vor einem Altbau und Kartonkisten?«, fragte er lächelnd.

»Im Dienst«, sagte die junge Frau.

»Nein. Wir haben uns nicht im Dienst kennen gelernt.«

»Ich halte nichts von Dates mit Arbeitskollegen.«

»Das hört sich vernünftig an.«

»Mein Freund ist Pilot.«

Was sollte er dazu sagen? Sie hätten ebenso gut schweigen können. Doch dafür musste man auch Talent haben, genauso wie für solche Gespräche.

»Wie lange arbeiten Sie schon im Liegenschaftenbusiness?«

»Lustiges Wort«, sagte sie lachend. »Vier Jahre. Ich würde gerne mal selbstständige Maklerin werden.«

Zweifellos würde sie viele kaufkräftige Kunden mit ihrem Körper zu Vertragsabschlüssen bewegen. Und intellektuell schien sie auch zu sein. Ich stehe hier mit einer Traumfrau und warte darauf, erlöst zu werden. Wenger lächelte.

»Was ist? Trauen Sie mir das nicht zu?«

»Ihnen traue ich alles zu.«

»Aha.«

Wieder eine Antwort, die ins Leere lief. Ganz schön schwierig, die junge Dame.

»Sind sie das?«

Sie zeigte auf einen blauen Kastenwagen, der um die Ecke bog.

»Das sind sie«, sagte Wenger. Drei Polizisten und eine Frau stiegen aus. Einer der Männer lächelte der jungen Frau zu und Wenger bemerkte, dass sie leicht errötete. Doch nicht so schwierig, wenn der Richtige kommt, dachte er. Sie besprachen sich kurz. Drei der Polizisten sollten vorgehen und sicherstellen, dass niemand in der Wohnung war, oder, falls doch, die Person überwältigen. Der Mann, der die Gruppe anführte, gab einem unscheinbaren jungen Kollegen mit unreiner Haut die Order, vor dem Haus zu warten. Die junge Frau wandte sich von jenem Polizisten ab, der ihre Aufmerksamkeit erregt hatte, und schaute geschäftig auf ihr Handy. Wenger ging bis zum Randstein und schaute nach oben.

»Was ist, wenn geschossen wird?«, fragte die Frau. Es klang eher gelangweilt.

»Das kommt selten vor«, sagte der blasse Polizist, »aber wenn, dann wissen wir, was zu tun ist.«

»Schön.«

Die ultimative Gesprächskillerin. Es musste verführerisch sein, sie zu verhören. Und nicht nur das, dachte Wenger. Keine fünf Minuten später wurde oben ein Fenster geöffnet und der Einsatzleiter zeigte mit dem Daumen an, dass alles in Ordnung war. Wenger ging nach oben und streifte sich Einweghandschuhe über. In der Wohnung roch es muffig, aber es sah aufgeräumt aus.

»Niemand da«, sagte der Einsatzleiter. »Brauchen Sie uns noch?«

»Ich denke nicht«, sagte Wenger. »Aber schickt zwei Leute vorbei, die vor dem Haus warten. Es kann sein, dass Tobler etwas von zuhause abholen möchte.«

Während das Einsatzkommando ging, schaute er sich in den beiden Zimmern um. Das Schlafzimmer war eher spartanisch eingerichtet: ein Bett, ein Schrank und zwei Stühle, die als Kleiderablage dienten. Im Wohnzimmer stand ein großer Tisch mit einem Computer und allem erdenklichen Zubehör. Wenger schaltete den Computer ein. Nachdem er gestartet war, verlangte er nach einem Passwort. Er überflog einige Seiten, die auf dem Schreibtisch lagen, Ausdrucke einer Statistik, aus der er nicht schlau wurde. In einem Regal standen einige Ordner. Er sah Krankenkassenbelege und andere Abrechnungen. In einer Schublade entdeckte er Banknoten, über tausend Franken, dazu einen abgelaufenen Pass. Er bewegte sich zielgerichtet und routiniert, schaute sich nach möglichen Verstecken um. Er hob den Deckel des Druckers genauso an wie den des Scanners. Im Schlafzimmer betrachtete er die Wäsche und die Hosen, die auf einem Stuhl lagen. Er konnte keine Blutflecken entdecken. Wieder im Wohnzimmer begutachtete er die wenigen Bücher, die in einem billigen Holzregal standen. Die Tablare waren durchgebogen. Fast alle Bücher waren Science-Fiction-Literatur. Mit Interesse griff er zu einem Taschenbuch über Kriegsstrategien. Er entdeckte Passagen, die mit Leuchtstift markiert waren. Er rief Fontini an.

»Noch ein Computer mit Passwort«, sagte Wenger.

»Welches System?«

»Windows.«

»Das dauert alles eine Weile.«

»Vielleicht findest du ja das Passwort irgendwo notiert.«

»Das kommt oft vor. Setz dich mal auf den Stuhl vor den Computer und dann dreh dich in alle Richtungen. Meist ist es ein Zettel auf Augenhöhe.«

Wenger tat dies, doch er sah keinen Zettel.

»Hat es Schubladen unter dem Tisch?«

»Nein.«

»Liegt irgendetwas auf dem Tisch, das ungewöhnlich ist? Vielleicht ein Nummernschild oder sonst etwas, das eine Zahl darstellt?«

»Nein.«

»Dann ist es entweder ganz schwierig oder ganz einfach. Hast du schon die gängigen Varianten versucht?«

»Was sind die gängigen Varianten?«

»Passwort, Password und vielleicht eine banale Ergänzung, zum Beispiel Passwort 0815.«

»Weshalb kommst du nicht vorbei und versuchst es selber?«

»Ich habe anderes zu tun, aber ich kann einen Experten vorbeischicken.«

»Noch so ein Computernerd?«

»Ich bin kein Nerd. Ist es der Computer von Julian Tobler?«

»Ja.«

»Dann tipp mal Toblerone ein.«

Wenger versuchte es.

»Da kommt eine Warnmeldung auf Englisch. Only 3 trials left. Was geschieht danach?«

»Möglicherweise ein Sicherheitsprogramm. Kann sein, dass der Computer nach drei weiteren Fehlversuchen in den ursprünglichen Zustand zurückversetzt wird.«

»Alle Daten werden gelöscht?«

»Das ist möglich, ja. Wenn jemand so etwas installiert hat, wird es verdammt schwierig, an die Daten ranzukommen.«

»Keine erfreulichen Aussichten.«

»Hast du einen Schlüssel zur Wohnung?«

»Nur für die nächsten ein bis zwei Stunden.«

»Okay, ich schau, dass jemand kommt. Ist ja nicht weit weg.«

Wenger schaute sich nach einem möglichen Passwort um, doch selbst wenn er eines gefunden hätte, die Tastatur hätte er nicht mehr angefasst. Er entdeckte ein Fernglas auf dem Fenstersims. Er legte es an seine Augen und schaute in das gegenüberliegende Haus. War Tobler ein Spanner? Wenger sah nur Vorhänge und geschlossene Jalousien. Nachdem er noch einmal im Schlafzimmer, der schmalen Küche und im winzigen Bad gewesen war, ging er nach unten. Die junge Frau lehnte an dem Smart, mit dem sie gekommen war. Egal wie sie stand, sie machte eine gute Figur.

»Alles klar?«, fragte sie.

»Wir brauchen noch zirka zwei Stunden.«

»Zwei Stunden?«, rief sie entsetzt.

»Wir machen es so: Sie können gehen und kommen in zwei

oder drei Stunden zurück. Einer unserer Techniker schaut sich den Computer an. Er wird Ihnen den Schlüssel zurückgeben.«

Die junge Frau überlegte kurz.

»Und Sie? Warten Sie vor dem Haus auf den Feierabend?«

»Ich habe keinen Nine-to-five-Job.«

»Wer hat das schon heutzutage?«

Dein Pilot vermutlich auch nicht. War er gerade irgendwo in der Luft oder wartete er zuhause auf sie? Wenger drehte sich zum Haus, sein Blick fiel auf die Kartons. Neben Weinkartons jede Menge an Kleinkram, aber auch Verpackungen von elektronischen Geräten. In einem Weinkarton entdeckte er eine Schachtel, auf der ein Fotoapparat abgebildet war. Er traute seinen Augen kaum, deshalb ging er in die Knie und streifte sich erneut die Einweghandschuhe über. Es war die Verpackung einer Sofortbildkamera. Japanisches Modell. Wenger zückte sein Handy und fotografierte alles so, wie er es vorgefunden hatte. Das Foto schickte er umgehend auf Stauffers Handy.

44.

Lukas Bolliger nervte die anderen, indem er im Raum auf und ab ging, während er in einer der Zeitschriften las. Vor allem Tanja Locher schaute immer wieder zu ihm hoch, wenn er ihren Stuhl passierte. Da nicht alle gleich schnell lasen, waren die Stapel unterschiedlich hoch.

»Das ist alles erschreckend langweilig«, sagte Bolliger. »Wer liest so etwas?«

»Ich finde einige der Porträts sehr interessant«, sagte Stauffer. »Es sind ganz normale Menschen, nicht diese fünffachoperierten Schönheiten oder Möchtegernschauspieler.«

»Man spürt aber auch, dass viele dieser Leute nicht viel zu sagen haben«, sagte Locher. »Das wirkt für mich ziemlich platt. Allerdings würde das bei mir vermutlich auch nicht anders aussehen.«

»Deshalb verstehe ich das Konzept nicht«, insistierte Bolliger.

»Wenn ich langweilige Menschen sehen will, genügt es, wenn ich zur Arbeit gehe.«

»Vielen Dank, Herr Kollege«, sagte Elfie Marthaler.

»So war das nicht gemeint. Und du bist ja das Gegenteil von langweilig. Dich hätte der Typ porträtieren sollen.«

»Es ist schwierig«, sagte Anna Herold, »weil wir nicht genau wissen, wonach wir eigentlich suchen.«

»Nach der berühmten Nadel im Heuhaufen«, sagte Stauffer.

»Und wenn wir am falschen Ort suchen? Vielleicht ist es irgendein Artikel in einem der Hefte.«

»Beten als Alltagsritual?«, fragte Bolliger belustigt und zeigte auf eine Seite im Heft. »Die Leute haben wirklich seltsame Ansichten. Wenn sie überhaupt welche haben. Auch diese aufgesetzte Bescheidenheit. Ich finde, man sollte unbescheiden sein. Ziele haben, ehrgeizig sein.«

»Dann entwickle mal den Ehrgeiz, länger als fünf Minuten auf einem Stuhl zu sitzen«, schlug Marthaler vor.

»Ich bin eben ein Mann der Tat«, sagte Bolliger und erntete dafür Gelächter. »Weshalb können wir die Leserei nicht ein paar Bürohengsten überlassen?«

»Weil sie die Zusammenhänge nicht kennen und auch kein kriminalistisches Gespür haben«, sagte Stauffer.

»Für das hier würden wir einen Sherlock Holmes benötigen«, sagte Anna Herold.

»Was für ein Holmes?«, fragte Bolliger.

»Frag Watson«, sagte Marthaler.

»Ihr verarscht mich«, sagte Bolliger.

»Nicht wirklich«, sagte Anna Herold.

»Bleibt bitte konzentriert«, sagte Stauffer mahnend. »Achtet auf die Namen, die Berufe, das Alter. Irgendwas, das auffällig ist und euch an Stadelmann oder Kadaric erinnert. Wenn ihr auch nur eine kleine Idee habt, dann legt das Heft hierhin.«

Er zeigte auf ein Heft, das er selber dort abgelegt hatte. Darin war ein Sozialarbeiter porträtiert worden, der allerdings in Basel lebte. Stauffers Handy klingelte. Es war Holzer.

»Neues von der Front«, sagte er aufgeräumt. »Es gibt anscheinend eine konkrete Spur, die zu Dänzler führen könnte. Eine Waldhütte, in die er sich vielleicht zurückgezogen hat.«

»Bist du vor Ort?«

»Noch immer in Dänzlers Haus. Die zerlegen hier alles. Es wurden Fotos eines Atomkraftwerks gefunden. Offenbar hat Dänzler die gemacht. Der Typ könnte tatsächlich einen Anschlag oder etwas in der Richtung geplant haben.«

»Was ist mit Tobler? Gibt es Anzeichen, dass die beiden gemeinsam auf der Flucht sind?«

»Nein. Dänzler hat ein ganzes Buch voller Notizen hinterlassen. Darin hat es auch eine Liste mit Leuten, ich zitiere, auf die man sich verlassen kann. Toblers Name ist nicht darauf, dafür die Namen einiger bekannter Politiker. Hast du schon mitbekommen, dass die Bundesanwaltschaft sich eingemischt hat? Jedenfalls wurde mir das zugeflüstert. Wenn wir Pech haben, stellen die uns kalt.«

»Nicht wenn wir den Fall lösen, bevor sie Dänzler haben.«

»Das hört sich gut an. Habt ihr Neuigkeiten?«

»Es ist ein weiteres Foto aufgetaucht. Bei einem pensionierten Journalisten. Der Mann lebt noch. Jetzt suchen wir nach Gemeinsamkeiten zwischen ihm und Stadelmann.«

»Ich versuche hier dranzubleiben. Kann aber sein, dass sie mich irgendwann rausschmeißen. Glücklicherweise hat der Einsatzleiter erst vor kurzem mit Rauchen aufgehört und ich bin der Einzige, bei dem er Zigaretten schnorren kann.«

Stauffer wandte sich wieder den Heften zu. Er las das Porträt einer Frau, die mit dreißig in einer Villa lebte und mit fünfzig als Putzfrau arbeitete. Sie sagte den schönen Satz, dass sie lange in einem Märchen gelebt habe, immer in der Angst, dass plötzlich die böse Hexe auftaucht. Stauffer überlegte, wie er sein Leben zusammenfassen würde, doch es fiel ihm nicht viel dazu ein. Bolliger ging an ihm vorbei und warf ein Heft auf jenes, das Stauffer hingelegt hatte.

»Eine Frau, die Hände manikürt.«

»Sehr gut«, lobte Stauffer, auch wenn er nicht davon ausging, dass dieser Text sie weiterbringen würde. Als die Tür geöffnet wurde, staunten sie nicht schlecht. Ein riesiger Karton auf zwei Beinen schob sich in den Raum. Dahinter bugsierte ein älterer Beamter einen Rollwagen mit weiteren Kartons ins Zimmer.

»Das Messiepolizeirevier«, lachte Bolliger. Hinter dem großen Karton kam Wenger zum Vorschein.

»Hast du mein Foto nicht erhalten?«, fragte er überrascht.

»Doch, doch«, sagte Stauffer irritiert. »Ist das alles aus Toblers Wohnung?«

»Das stand vor dem Haus.«

»Sollen wir die Kartons verhören?«, fragte Elfie Marthaler.

»Ich mach jetzt mal den Zauberer«, sagte Wenger und fuchtelte mit den Händen herum. Alle sahen, dass er Einweghandschuhe trug. Er griff in den großen Karton, zog eine kleine Schachtel hervor und hielt sie wie einen Goldschatz nach oben. Fast gleichzeitig erhoben sich alle anderen und kamen auf Wenger zu.

»Das ist die Schachtel der Sofortbildkamera«, rief Anna Herold begeistert.

»Holy shit«, kommentierte Bolliger.

»Wie groß ist die Wahrscheinlichkeit, dass vor Toblers Haus eine solche Schachtel auftaucht?«, fragte Wenger rhetorisch.

»Die Kamera ist kein Verkaufsrenner«, sagte Anna Herold.

»So ist es«, sagte Wenger. »Ich bin mir ziemlich sicher, dass mit der Kamera aus dieser Schachtel Kadarics Hand fotografiert wurde.

»Langsam«, sagte Stauffer. »Wir müssen das jetzt erst richtig einordnen.«

»Tobler scheint unser Mann zu sein«, sagte Elfie Marthaler.

»Ich weiß nicht«, sagte Tanja Locher.

»Ist doch offensichtlich«, sagte Bolliger.

»Tanja hat einen guten Grund, weshalb sie zweifelt«, sagte Stauffer. »Ihr wart nicht dabei, als wir Tobler das Foto gezeigt haben. Er hat sehr seltsam darauf reagiert.«

»Auf jeden Fall nicht so wie jemand, der sich ertappt fühlt«, ergänzte Locher.

»Er hat euch etwas vorgespielt«, sagte Anna Herold.

»Das ist natürlich möglich«, sagte Stauffer.

»Oder er hat einen Komplizen oder eine Komplizin«, sagte Locher.

»In der Wohnung gibt es keinerlei Anzeichen für eine Frau«, sagte Wenger. »Frauen hinterlassen im Bad immer Spuren ihrer Anwesenheit.«

»Du als großer Frauenversteher weißt das natürlich aus dem Effeff«, höhnte Marthaler.

»Wer kommt denn als Komplize infrage?«, fragte Stauffer.

»Die Techniker versuchen, seinen Computer zu knacken«, sagte Wenger. »Dürfte aber kompliziert werden. Was ist mit diesem Dänzler?«

»Lasst uns kurz zusammensitzen«, sagte Stauffer und zeigte mit seinen Händen auf Wenger und Locher. »Ihr macht bitte weiter mit den Zeitschriften. Falls tatsächlich Tobler dahintersteckt, suchen wir noch immer nach einem plausiblen Motiv. Das hat er uns bis jetzt nicht geliefert.«

Bolliger murrte, nahm dann aber wie alle anderen ein weiteres Heft in die Hand. Stauffer ging in einen kleinen Nebenraum, in dem nur ein Tisch und ein paar Stühle standen. Locher und Wenger folgten ihm und alle setzten sich.

»Gehen wir einmal davon aus, dass Tobler den Karton entsorgen wollte«, sagte Stauffer. »Wäre es nicht ziemlich dumm, ihn vor das Haus zu stellen? Weshalb zerreißt er ihn nicht?«

»Vielleicht hat er die Schachtel vergessen. Kartons werden nur einmal im Monat gesammelt, er könnte die Schachtel schon vor Wochen in den großen Karton gesteckt haben.«

»Gut«, sagte Stauffer und nickte Wenger zu, »das ist ein Argument. Was ist mit der Kamera? Gehen wir einmal davon aus, dass Tobler sie gekauft hat. Das heißt nicht unbedingt, dass er sie noch immer besitzt.«

»Er war, glaube ich, tatsächlich verblüfft, als er die Fotos sah«, sagte Locher.

»Bis jetzt gingen wir davon aus, dass er verblüfft war über etwas, das er auf dem Foto gesehen hat. Jetzt wissen wir, dass er auch darüber verblüfft sein könnte, dass das Foto mit einer Kamera gemacht wurde, die identisch ist mit jener, die er sich gekauft hat.«

»Moment«, sagte Locher. »Was ist, wenn er zusammen mit einer anderen Person je eine solche Kamera gekauft hat?«

Stauffer überlegte einen Moment.

»Das könnte tatsächlich sein Verhalten erklären.«

»Dann müssen wir schleunigst herausfinden, mit wem er eine solche Kamera gekauft hat. Er hat einige Ordner mit Quittungen herumstehen. Es kann durchaus sein, dass er die Quittung auch abgelegt hat. Dann wüssten wir, wann und wo er die Kamera gekauft hat.« Wenger schaute auf die Armbanduhr. »Ich muss unbedingt die Frau von der Hausverwaltung anrufen, damit ich noch einmal in die Wohnung reinkann. Das ist blöd, daran hätte ich sofort denken müssen.«

»Hat Eugen Dänzler nicht einen Onlineshop für Elektronik betrieben?«, fragte Tanja Locher.

»Das Gute an Onlineshops ist, dass sie rund um die Uhr geöffnet sind«, sagte Stauffer. »Schau sofort nach, ob er auch Kameras im Sortiment hat. Ich versuche, die anderen zu motivieren weiterzulesen. Wir dürfen jetzt nicht alles auf Tobler ausrichten. Ich bin mir ziemlich sicher, dass Tobler im Krankenhaus lag, als das zweite Foto in Nussbaumers Briefkasten gesteckt wurde.«

»Wir suchen nach einer zweiten Person mit einer Sofortbildkamera«, sagte Wenger.

»Ja«, sagte Stauffer, doch es klang wenig überzeugt. Er starrte auf die Schachtel und versuchte seine Gedanken zu ordnen. Tobler, Dänzler, Stadelmann, Nussbaumer, Anna. Einen Moment lang dachte er, wenn er sein Privatleben ordnete, würde auch der Fall ganz einfach aufzuklären sein. Er fragte sich, ob sie etwas übersehen hatten. Hatte er bei Anna etwas übersehen? Eine Krankheit? Ihm fiel ein, dass sie sich kurz an den Rücken gefasst hatte, mit schmerzverzerrtem Gesicht. Julian Tobler, der an einer Nervenkrankheit litt. Anna, die ihn glücklich und entspannt ansah, als er auf ihr lag. Eine leere Schachtel, eine zweite Kamera. Wozu schauten sie sich all die Zeitschriften an? Stauffer rieb sich die Augen und schüttelte all die Gedanken ab, ehe er den Raum verließ.

45.

Auf der Internetseite von Eugen Dänzler konnte man eine Menge Elektronik bestellen, aber Fotoapparate gehörten nicht dazu. Wenger hatte die junge Frau von der Immobilienverwaltung telefonisch erreicht. Sie klang verärgert und sagte, dass die Polizei den Wohnungsschlüssel morgen Früh vorbeibringen solle. Bei Fontini besorgte sich Wenger die Handynummer des zuständigen Computerspezialisten. Er rief sofort an.

»Ja?«, fragte eine dünne Stimme.

»Walter Wenger. Sind Sie noch in der Wohnung an der Bertastraße?«

»Ja.«

»Wie sieht es mit dem Computer aus?«

»Ein neueres, aber nicht das neueste Modell mit Intel Duo Core Processor.«

»Mich interessieren die Dateien auf dem Computer.«

»Die sind mehrfach geschützt. Zuerst mit einem Nutzerpasswort. Zusätzlich sind die Dateien alle komprimiert und mit einem weiteren Passwort gesichert.«

»Genau das Richtige für Sie.«

»Ich komme da nicht ran.«

»Was soll das heißen?«

»Solch gut geschützte Daten können praktisch nicht geknackt werden.«

»Praktisch nicht? Das heißt, es ist eine Frage der Zeit?«

»Wenn Sie tausend Rechner eine Woche arbeiten lassen, kann es sein, dass das Passwort geknackt wird. Ohne Garantie. Das Nutzerpasswort kann man umgehen, aber die Einzelpasswörter der komprimierten Dateien nicht. Es gibt eine kleine Chance bei den Backups, falls welche vorhanden sind. Aber dieser Computerbenutzer scheint ein Sicherheitsfanatiker gewesen zu sein.«

»Nehmen Sie alles mit, was Sie vielleicht knacken können. Es ist wichtig, dass wir an die Informationen rankommen.«

»Wie schon gesagt, ist die Wahrscheinlichkeit …«

»Die Wahrscheinlichkeit interessiert mich nicht«, unterbrach ihn Wenger. »Bleiben Sie in der Wohnung, bis ich vorbeikomme.«

»Wie erkenne ich Sie?«

»Soll ich ein Passwort für Sie einrichten?«

»Rufen Sie mich auf meinem Handy an, bevor Sie an der Wohnungstür klingeln.«

Wenger war damit einverstanden. Vor dem Haus sah er zwei Polizisten in einem unscheinbaren Ford Fiesta. Er sah, wie sie ihn beobachteten, als er das Haus betrat und er bemerkte, dass einer der Polizisten ein Foto machte. Als er wenig später in die Wohnung eintrat, sah er einen jungen Mann mit schulterlangen Haaren und einem hervorstehenden Bauch, der überhaupt nicht zu seinem schlanken Körper passte. Er hatte den Computer und die herumliegenden Festplatten bereits in einer Kiste verpackt. Bevor er ging, wollte er, dass Wenger sich im Hausflur umschaute. Wenger schloss die Tür ab und begann im Wohnungsflur mit der Suche. Er fand eine Postquittung und einen Einkaufsbeleg, es waren kleinere Posten aus einem Lebensmittelladen. Er ging ins Wohnzimmer und zog einen der Ordner aus dem Regal.

Stauffer hatte eine Pause angeordnet, in der sich alle die Beine vertreten sollten. Inzwischen lagen fünf Hefte auf dem Stapel mit den interessanten Inhalten. Er klappte eines der Hefte auf und sah das Porträt einer Hobbyfotografin. Er fragte sich, ob Hobbyfotografen Sofortbildkameras benutzten. Holzer meldete sich auf seinem Handy.

»Dänzler ist tot«, sagte er knapp.

»Was ist geschehen?«

»Es gab einen Schusswechsel, bei dem Dänzler getötet wurde.«

Stauffer hatte sofort Danuser vor Augen. Sicherlich hätte er Dänzlers Tod in passende Worte gefasst, die überhaupt nicht tödlich klangen.

»Wo ist es geschehen?«

»Vor einem Waldhaus. Sie haben Hinweise auf dessen Existenz in Dänzlers Wohnung gefunden. Wahrscheinlich hat er da weitere Waffen gebunkert.«

»War er allein?«

»Ja.«

»Bist du in der Nähe des Waldhauses?«

»Ja, in einem Dorf, etwa zwei Kilometer entfernt. Die haben hier eine Kommandozentrale in der Dorfbeiz eingerichtet. Hinten im Stübli. Sinnigerweise hängen überall Hirschgeweihe an der Wand.«

»Hast du in Dänzlers Wohnung eine Sofortbildkamera gesehen?«

»Eine Pola?«

»Nein, ein japanisches Fabrikat, sieht ein wenig klobig aus.«

»Ich habe eine Digitalkamera gesehen. Die stand auf einem Schreibtisch neben dem Computer.«

»Wir haben vor Toblers Haus die Verpackung der Kamera gefunden, mit der Kadarics Hand fotografiert worden ist.«

»Dann habt ihr ja euren Mann.«

»Es muss einen Komplizen geben. Nur so ergibt es einen Sinn. Einen Komplizen und eine zweite Kamera.«

»Solchen Unsinn machen nur Liebespaare«, sagte Holzer.

»Was?«

»Die gleiche Kamera kaufen.«

»Wir haben keinen Hinweis auf eine Freundin gefunden.«

»Es gibt auch noch andere Liebespaare.«

Stauffer schwieg. Was wussten sie schon über Tobler? Holzer hatte vollkommen Recht, er konnte einen Freund haben.

»Versuch herauszubekommen, was sie in der Waldhütte gefunden haben.«

»Die Leute, die hier das Kommando übernommen haben, sind nicht sehr gesprächig.«

Danusers Leute, dachte Stauffer. Sie beendeten das Telefonat. Wenig später kam Tanja Locher zurück.

»Er könnte die Kamera jemand geschenkt haben«, sagte sie.

»Ja?«

»Tobler ist nicht der Typ, der sich so etwas kauft.«

»Die Kamera hat einen großen Vorteil. Es gibt immer nur einen Abzug, keine digitale Kopie. Jedes Foto ist ein Unikat.«

»Die beiden Fotos sind praktisch identisch.«

»Weil sie kurz nacheinander gemacht wurden.«

»Erinnerst du dich, was Walter über den Brand im Schrebergarten gesagt hat?«, fragte Locher. Stauffer dachte kurz nach, doch Tanja Locher sprach weiter. »Jemand, der kein großes Risiko eingehen wollte. Das passt zu Tobler. Ich halte ihn für einen Feigling.«

»Du denkst, er wäre zu feige, um die Fotos in die Briefkästen zu werfen? Was ist mit der anonymen Botschaft, die ist auch von ihm.«

»Das war kein Risiko. Wenn man aber etwas in den Briefkasten eines Mordopfers wirft, dann geht man ein gehöriges Risiko ein, gesehen zu werden. Genauso bei Nussbaumer.«

»Worauf willst du hinaus?«

»Tobler war überrascht, als er das Foto sah«, sagte Locher.

»Verblüfft. Ich würde eher dieses Wort benutzen. Er war verblüfft.«

»Vielleicht sollten wir uns weniger fragen, worüber er verblüfft war, als vielmehr über wen.«

Stauffer gefiel der Gedanke. Genauso wie Tanja Locher hatte er Mühe, sich Tobler als Mörder vorzustellen. Ein Wirrkopf, der Brände legt. Das passte. Eugen Dänzler war ein ganz anderes Kaliber. Aber sticht jemand, der ein ganzes Waffenarsenal zuhause hat, jemanden mit einem Küchenmesser nieder? Das würde wieder eher zu Tobler passen. Die anderen kamen zurück und setzten sich umgehend wieder hin. Stauffer ging zu Bolliger, weil er ihm gut zureden wollte. Er sah, dass Bolliger bereits ein neues Heft aufgeschlagen hatte.

»Plötzlich ergibt sich das eine aus dem anderen«, sagte Stauffer.

»Hoffentlich«, sagte Bolliger und zog das Heft zu sich. Stauffer sah das Foto des Porträtierten und erkannte den Mann sofort wieder.

»Wer ist das?«, fragte er Bolliger.

»Dario Brazol. Er möchte eine Umschulung machen und mit Holz arbeiten, weil er die Liebe zu Holz entdeckt hat. Unglaublich so etwas. Die Liebe zum Holz entdecken.«

»Gib mal her.«

Stauffer nahm das Heft. Er erkannte den Mann auf dem Foto, aber er konnte ihn nicht einordnen. War er ihm irgendwo begegnet? Er ging zu Locher und zu den anderen und zeigte ihnen das Foto.

»Habt ihr diesen jungen Mann irgendwo schon mal gesehen?«

Fast alle schüttelten den Kopf, bis auf Marthaler.

»Ich bin mir nicht sicher, aber er kommt mir bekannt vor.«

»Wie bekannt? Bist du ihm begegnet oder hast du ein Foto von ihm gesehen?«

»Eher ein Foto. Leute, denen ich begegne, merke ich mir besser.«

»Ich erkenne das Foto ebenfalls, aber ich kann es nicht einordnen.«

»Soll ich ihn mal googeln?«, schlug Anna Herold vor.

»Ja, warum nicht«, sagte Stauffer.

»Wenn er die Liebe zum Holz entdeckt hat, ist er vielleicht Förster geworden«, sagte Bolliger.

»Kein Treffer«, sagte Herold.

»Kann doch nicht sein«, sagte Bolliger. »Wer nicht im Internet zu finden ist, existiert nicht.«

»Warte«, sagte Stauffer und berührte Herolds Schulter. Denn in diesem Moment fiel ihm ein, wo er das Gesicht des Mannes schon einmal gesehen hatte.

Anhand der Rechnungen und Quittungen konnte sich Wenger ein gutes Bild von Julian Tobler machen. Größere Ausgaben gab es praktisch nur für Elektronik. So hatte er sich für fast fünfhundert Franken einen Kopfhörer gekauft. Nicht in einem Onlineshop, sondern bei einem bekannten Großhändler. Auch für Computer und Zubehör gab er regelmäßig Geld aus, während er sich nur billige Kleidung leistete und offenbar kaum je verreiste. Eine Quittung für die Sofortbildkamera hatte Wenger nicht gefunden, obwohl er die beiden Ordner mehrmals durchgeblättert hatte. Er schaute sich routinemäßig im Schrank um und stieß auf mehrere Schuhkartons. Einer war gefüllt mit Bedienungsanleitungen. Hier fand er, wonach er gesucht hatte. In der Anleitung fand er auch die Quittung. Sie stammte von einem großen Elektronikfachgeschäft. Die Kamera hatte keine hundert Franken gekostet und Tobler hatte sie vor gut einem Monat erstanden. Er hatte sich nur eine Kamera gekauft. Zumindest gab es keine zweite Quittung. Wo aber war die Kamera? Gab es tatsächlich einen Komplizen? Tobler schien alles andere als ein Dummkopf zu sein. Weshalb legt er die Bedienungsanleitung und die Quittung ordentlich ab und weshalb entsorgt er die Verpackung so, dass man sie sehen konnte? Für Wenger war klar, dass das eine Verhaltensweise war, die nicht zu Tobler passte. Es sei denn, er hatte die Fotos nicht gemacht und hatte keine Ahnung, wozu die Kamera gebraucht wurde. Er schaute überall im Schrank nach der Kamera, stieg auf einen Stuhl, um auf den Schrank schauen zu können. Danach suchte er die ganze Wohnung ab, ohne fündig zu werden. Er blieb mitten im Wohnzimmer stehen und ging in Gedanken noch einmal alle Räume und Möbel durch. Hatte er irgendetwas übersehen? Gab es ein Versteck, an das er nicht gedacht hatte? Wie immer hatte er auch den Kühlschrank und den Backofen geöffnet und alle Schubladen in der Küche. Er dachte an Stadelmann und das Kellerabteil. War es nicht üblich, die Kartons im Keller zu stapeln, bis zum Tag der Entsorgung? Als er nach unten ging, meldete sich sein Handy mit einem Ton. Er betrachtete die Mitteilung von Stauffer und wunderte sich. Weshalb will er, dass ich sofort zu ihm nach Hause komme?

46.

Tanja Locher hatte unterwegs keine Frage gestellt, obwohl ihr Stauffers Verhalten ein wenig befremdlich vorgekommen war. Aufgeregt hatte er sie gebeten, ihn zu sich nach Hause zu fahren. Das Heft mit dem Porträt von Dario Brazol hatte er mitgenommen. Als sie angekommen waren, stieg Stauffer aus, noch während der Motor lief. Sie eilte ihm hinterher und sah, dass er die Haustüre offen gelassen hatte. Er stand in der Küche und blätterte in Unterlagen.

»Ich habe mich nicht getäuscht«, sagte Stauffer erleichtert. Er zeigte auf ein Foto und Locher sah sofort, was er damit meinte.

»Dario Brazol«, sagte sie und schaute auf das Foto des jungen Mannes.

»Am Heiligabend des vergangenen Jahres hat er sich im Bahnhof Stettbach vor einen Zug geworfen und war sofort tot.«

»Jetzt haben wir den Missing Link«, sagte Locher.

»Aber noch wissen wir nicht, wie das alles zusammenpasst.«

»Dario Brazol hat sich vor einen Zug geworfen, genauso wie Elvin Kadaric. Kadarics Hand taucht als Foto im Briefkasten des Mordopfers Clemens Stadelmann auf und wenig später im Briefkasten des ehemaligen Journalisten Guido Nussbaumer, der vor etwas mehr als einem Jahr einen Artikel über Dario Brazol geschrieben hat.«

»Haben sich Brazol und Kadaric gekannt?« Stauffers Frage war eher ein lautes Nachdenken. »Gab es vielleicht zwischen den beiden einen Selbstmordpakt?«

»Warum gibt es keine Fotos von Brazols Leichnam?«, fragte Locher.

»Und wie passt Julian Tobler da rein?«

»Vielleicht ist er der Nächste?«

»Du meinst, er wird sich auch vor einen Zug werfen?«

»Ist das so abwegig? Von Kadaric wissen wir, dass er depressiv war. Tobler ist körperlich krank, vermutlich unheilbar. Wir müssen herausfinden, was mit Brazol war.«

»Stadelmann«, sagte Stauffer. »Er würde eigentlich auch da reinpassen. Seine Frau hat ihn verlassen und der Beruf hat ihn psychisch an seine Grenzen gebracht.«

»Lauter kaputte Typen«, sagte Locher.

»Es muss da noch etwas geben. Etwas, das wir jetzt noch nicht sehen können.«

Sie tranken Kaffee und Stauffer hatte eine Packung Kekse geöffnet. Beide lasen das Porträt von Dario Brazol erneut. Ein junger Mann, der bei Pflegeeltern aufgewachsen war und offenbar Schwierigkeiten gehabt hatte, einen geeigneten Beruf zu finden. Knapp ein Jahr später warf er sich vor eine S-Bahn.

»Wir müssen mit Nussbaumer reden. Vielleicht erinnert er sich an etwas, das er nicht im Porträt verarbeitet hat.«

»Und wenn es noch einen anderen Zusammenhang gibt? Das hier kann auch ein Zufall sein. Es nehmen sich jedes Jahr viele junge Männer das Leben.«

»Wohl wahr«, sagte Stauffer. »Aber was kann es sonst noch sein? Brazol ist bei Pflegeeltern aufgewachsen. Das könnte eine Verbindung zu Stadelmann sein. Wir müssen herausfinden, ob er beruflich mit Brazol zu tun hatte. Und wir müssen herausfinden, ob sich Brazol und Kadaric gekannt haben. Das ist eine ganze Menge.«

Er griff das Handy und rief Elfie Marthaler an. Er erzählte ihr von Dario Brazols Selbstmord.

»Na endlich, das ist doch etwas«, sagte sie freudig.

»Ihr müsst nach neuen Zusammenhängen suchen. Zwischen Stadelmann und Brazol und zwischen Brazol und Kadaric.«

»Ist es sicher, dass Brazol sich umgebracht hat?«

»An Heiligabend im Bahnhof Stettbach. Wenn es da eine Fremdeinwirkung gegeben hat, dann hätte das jemand gesehen. Nein, das schließe ich aus, auch der Zugführer hätte das bemerkt.«

»Dann haben wir zwei Selbstmörder und eine Menge Fragen.«

»So ist es«, sagte Stauffer und beendete das Gespräch.

Sie warteten schweigend, bis Wenger eintraf. Stauffer zeigte ihm das Heft und den Bericht über den Selbstmord.

»Das ist der bisher stärkste Hinweis«, sagte Wenger und es klang gleichzeitig wie eine Frage.

»Wir haben etwas übersehen, aber ich weiß nicht was«, sagte Stauffer.

»Julian Tobler. In seinem Kopf mag es einiges an Verwirrtheit geben, aber in seinem Alltag ist er ein sehr kontrollierter und ordentlicher Typ. Er hat eine Sofortbildkamera gekauft, aber sie ist nirgendwo in seiner Wohnung zu finden. Ich habe mir auch das Kellerabteil angeschaut.«

»Tobler hat von einem Plan geredet«, sagte Locher. »Wir gingen bis jetzt davon aus, dass Eugen Dänzler Teil dieses Planes ist.«

»Moment«, sagte Stauffer. »Warum eigentlich nicht? Als er auf die Polizisten schoss, musste er doch davon ausgehen, dass er da nicht mehr lebend rauskommt.«

»Dann wären es vier Personen«, sagte Wenger. »Dänzler hat ein großes Waffenarsenal beschafft. Ich glaube nicht, dass er vorhatte, sich vor einen Zug zu werfen.«

»Mir geht Toblers Reaktion nicht aus dem Kopf«, sagte Locher. »Er war verblüfft, als er das Foto sah.«

»Ihm ist vielleicht erst da klar geworden, wer das Foto von Kadarics Hand gemacht hat«, sagte Stauffer.

»Gibt es noch einen, der in den Selbstmordpakt involviert ist?«, fragte Wenger.

»Brazol und Kadaric haben sich umgebracht. Tobler und Dänzler sind abgetaucht, Dänzler wurde bei einem Schusswechsel getötet. Was aber ist mit Stadelmann? Er passt da nicht rein und trotzdem wurde das Foto von Kadarics Hand in seinem Briefkasten gefunden.«

»Taucht in den Fällen, die Stadelmann bearbeitete, der Name Dario Brazol auf?«, fragte Wenger.

»Wir müssen das noch einmal durchgehen«, sagte Stauffer bestimmt. »Wir müssen mit jemand vom Sozialamt reden.«

»Soll ich das übernehmen?«, fragte Wenger.

»Nein, Holzer soll das machen. Fahr du ins Präsidium und kümmere dich darum, dass die anderen noch einmal intensiv die

Akten studieren. Wir haben jetzt etwas gefunden, aber wir dürfen deshalb nicht gleich alles in diese Richtung steuern. Es kann sein, dass wir bei Nussbaumers Porträts noch etwas ganz anderes finden. Ich werde mit Tanja zu Nussbaumer fahren. Hoffentlich erinnert er sich an Brazol und kann uns weitere Details liefern. Gleichzeitig müssen wir mehr Informationen über Brazol haben. Hatte er Geschwister, eine Freundin? Was ist mit den Pflegeeltern?«

Wenger schaute auf seinem Handy nach, wo Stadelmann gearbeitet hatte, und rief bei der Telefonzentrale an. Stauffer ging auf die Toilette, während Locher draußen im Wagen wartete. Sie sah die Frau, die sich dem Gartentor näherte. Als Stauffer aus dem Haus kam, stand Mirjam vor ihm.

»Ich habe Stimmen gehört«, sagte sie.

»Ja, wir haben uns hier kurz besprochen. Wir müssen gleich weiter.«

»Verstehe«, sagte sie. Stauffer berührte ihren Arm und gab ihr einen flüchtigen Kuss.

»Kommt ihr voran?«

»Wir haben neue Hinweise. Wir sind unter Strom.«

Er lächelte und war froh, als er in Lochers Auto steigen konnte.

»Alles klar?«, fragte Tanja Locher.

»Was sollte nicht klar sein?«, fragte Stauffer.

»Zu Nussbaumer?«

»Ja.«

Stauffer blickte kurz in den Rückspiegel, konnte aber Mirjam nicht sehen.

47.

Das Gebäude, in dem Stadelmann gearbeitet hatte, war ein schlichter Zweckbau aus den Siebzigerjahren des letzten Jahrhunderts. Breite Fensterfronten und viel Beton, der zu jener Zeit wie ein Symbol der Moderne zur Schau gestellt wurde. Dicke Betonpfeiler waren auch im Eingangsbereich zu sehen. Urs Holzer ging zum Empfangsschalter, sah dann aber, dass ein Nummernsystem eingeführt worden war. Er zog eine Nummer und sogleich erschien sie auf der Anzeige. Es schien nicht viel los zu sein. Die Frau am Empfang betrachtete seinen Ausweis eingehend und griff zum Telefonhörer. Holzer ging zu einem riesigen Brett, auf dem Informationen in verschiedenen Sprachen angepinnt waren. Aus dem Lift kam eine kleine rundliche Frau mit dunklen Haaren, die frisch gefärbt aussahen. Sie schaute sich kurz um und kam auf Holzer zu.

»Herr Holzer?« Er nickte und sie reichte ihm die Hand.

»Wehrli. Wollen wir in die Cafeteria?«

Wollen wir das?, dachte Holzer, folgte ihr aber ohne Gegenwehr. Auch die Cafeteria sah etwas antiquiert aus und versprühte den Charme einer Uni-Mensa. An einem Tisch saßen sechs Leute, die alle einen Berg von Papier vor sich hatten. Frau Wehrli zeigte auf das Buffet. Holzer hätte sich am liebsten ein Bier spendiert, doch seine Hand griff eine Zitronenlimonade, während sich Frau Wehrli zum Kaffeeautomaten begab. Wenig später saßen sie in einer ruhigen Ecke. Holzer hatte sich nach Aschenbechern umgeschaut, aber vermutlich war Rauchen hier schon vor zwanzig Jahren verboten worden.

»Eine schreckliche Nachricht«, sagte Frau Wehrli und blies in ihre Tasse.

»Sie haben mit Clemens Stadelmann zusammengearbeitet?«

»Einige Monate, danach habe ich zu einer anderen Abteilung gewechselt.«

»Wegen ihm?«

»Nein, nein, ich bin nicht jemand, der jahrelang das Gleiche machen kann.«

»Wie war Stadelmann als Mitarbeiter?«

»Umgänglich, höflich, korrekt. Und er hat sich für seine Arbeit interessiert. Die verschiedenen Dossiers waren ihm wichtig, er hat immer versucht, die Menschen als Individuen zu sehen.«

»Ist das nicht selbstverständlich?«

»Doch, natürlich. Aber es gibt immer auch eine technische,

oder wie soll ich sagen, bürokratische Seite und natürlich Vorgaben, an die wir uns zu halten haben.«

»Erhalten Sie und Ihre Mitarbeiter Drohungen?«

»Das kann schon vorkommen. Wenn jemand das Gefühl hat, wir halten bewusst Geld zurück oder mischen uns zu sehr ein.«

»Hat Stadelmann über Drohungen berichtet?«

»Nein, davon habe ich nichts gehört.«

»Bei den Ermittlungen ist der Name Dario Brazol aufgetaucht. Ein junger Mann, der sich das Leben genommen hat. Können Sie herausfinden, ob Stadelmann mit ihm zu tun hatte?«

»Die Datenschutzbestimmungen sind heute ziemlich streng«, sagte Frau Wehrli.

»Man hat uns Kopien der Dossiers, die Stadelmann zuletzt bearbeitet hat, gegeben. Die Namen der Personen sind unkenntlich gemacht. Das hilft uns natürlich nicht weiter, wenn ein Verdachtsmoment besteht.«

»Wir sind alle daran interessiert, dass der Mörder möglichst rasch gefunden wird.«

»Wir wissen nicht, ob es ein Mann oder eine Frau war.«

»Sie sprachen gerade von einem jungen Mann.«

»Ja, aber er kommt als Täter nicht infrage. Aber es könnte eine Verbindung zum Mord geben.«

»Haben Sie einen Moment Zeit?«

»Das kommt darauf an, wie lange ein Moment dauert.«

»Eine halbe Stunde, sicher nicht länger als eine Stunde.«

»Das ist ein langer Moment.«

»Ich habe keinen direkten Zugriff auf alle Akten. Ich muss mit anderen Mitarbeitern reden. Brazol, sagten Sie?«

»Dario Brazol.«

Er buchstabierte den Namen. Sie nickte, schrieb den Namen aber nicht auf. Holzer überlegte, was er tun sollte, bis die Frau zurückkam. Er hatte am Eingang der Cafeteria einige Zeitungen gesehen und entschied, Neues über den Zustand der Welt zu erfahren. Frau Wehrli lächelte ihm zu, als sie die Kaffeetasse in die Ablage für dreckiges Geschirr stellte.

Stauffer hatte einen Anruf von Staatsanwalt Federspiel erhalten. Was mit dem jungen Stadelmann sei und ob es gerechtfertigte Gründe gäbe, ihn weiterhin in Untersuchungshaft zu belassen. Stauffer erzählte von den Drogen, was Federspiel jedoch wenig überzeugte.

»Dann lasst ihn doch laufen und schaut, was dabei herauskommt«, sagte Stauffer verärgert.

»Darum geht es nicht. Seine Mutter hat sich bereits bei uns beschwert, dass sie a) nicht zu ihm kann, und er b) noch keinen Anwalt kontaktieren durfte.«

»Er traut Anwälten noch weniger als uns«, sagte Stauffer.

»Gibt es denn noch einen Tatverdacht, was den Mord an seinem Vater angeht?«

»Im Moment verfolgen wir eine andere Spur. Allerdings ist alles noch ein wenig verwirrend, es kann durchaus sein, dass plötzlich sein Name bei den Ermittlungen wieder auftaucht.«

»Das klingt so, als würden Sie im Dunkeln tappen, Stauffer. Was ist mit Tobler? Hat die Durchsuchung der Wohnung etwas gebracht?«

»Allerdings«, sagte Stauffer, ohne jedoch näher darauf einzugehen.

»Schauen Sie heute Abend kurz bei mir rein«, sagte Federspiel. »Ich bin sicherlich bis sechs Uhr im Büro.«

Stauffer benötigte die ganze Fahrt bis zu Nussbaumers Wohnung, um seinen Ärger zu verdauen. Vor der Wohnung saß eine Polizistin, die auf ihrem Handy herumdrückte. Als Stauffer und Locher die Treppe hochkamen, stand sie sofort auf und fragte, zu wem die beiden wollten. Stauffer zeigte ihr seinen Ausweis. Die Polizistin schaute zu Locher und forderte auch von ihr, sich auszuweisen. Danach klopfte sie an die Tür und rief, dass alles okay sei.

Nussbaumer saß im gleichen Sessel. Er wirkte entspannter und sein Atem ging regelmäßiger.

»Dario Brazol? Ja, ich erinnere mich.«

»Er hat sich vor Weihnachten vor einen Zug geworfen«, sagte Locher.

»Diese Verschwendung«, sagte Nussbaumer. »Warum tun junge Leute so etwas?«

Niemand gab ihm eine Antwort.

»Er war ein junger Mann, der sich noch nicht richtig zurechtfand im Leben. Viele Ideen und Pläne, aber nie etwas zu Ende gedacht oder gebracht. Es gab auch Probleme in der Kindheit. Ich glaube, er wuchs teilweise bei Pflegeeltern auf.«

»Erzählen Sie uns mehr darüber«, sagte Stauffer.

»Ein nervöser Blick«, sagte Nussbaumer.

»Wie?«, fragte Locher.

»Es gibt Menschen, deren Blick ständig umherschweift. Sie können dir nie richtig in die Augen schauen. Brazol war so einer.«

»Wie sind Sie auf ihn gekommen?«, fragte Stauffer.

»Er hat sich bei der Zeitung nach einem Job erkundigt.«

»Er wollte Texte schreiben?«

»Nein, nein. Einen Bürojob, vorübergehend. Wir hatten nichts, das wir ihm anbieten konnten, aber als er in den Redaktionsräumen stand, fragte ich ihn, ob er bereit wäre für ein Gespräch und ein Porträt. Er war von der Idee sofort angetan. Andere reagieren skeptisch, er fühlte sich, glaube ich, geschmeichelt.«

»War er zufrieden mit dem Porträt?«, fragte Locher.

»Keine Ahnung. Er hat sich nicht mehr gemeldet. Die Porträtierten erhalten drei Ausgaben der jeweiligen Nummer. Es kommt nicht oft vor, dass sich jemand nachträglich bedankt, aber auch Beschwerden gab es selten. Manchmal fragte ich mich, ob das alles überhaupt gelesen wurde, aber der Verlag sagte mir, dass die Porträts bei den Lesern beliebt seien. Was ist mit Brazol? Wenn er sich umgebracht hat, kann er mir kaum eine Drohung in den Briefkasten gesteckt haben.«

»Wir suchen nach Zusammenhängen«, sagte Locher.

»Mir fällt einfach nichts ein. Ich hatte nie richtig Streit mit jemand, ich habe nie jemand über den Haufen gefahren oder betrogen. Ich bin ein Langweiler, wahrscheinlich hätte ich Mühe gehabt, mich selber zu porträtieren.«

Das bekannte Rasseln war wieder zu hören.

»Wo fand das Gespräch mit Dario Brazol statt?«, fragte Stauffer.

»In einem Restaurant bei einem Mittagessen. Aber fragen Sie mich jetzt nicht, was er gegessen hat.«

»Hat er das Sozialamt erwähnt?«

»Das kann schon sein. Er war bis zur Volljährigkeit unter Vormundschaft. Das ist etwas, das ihm zu schaffen machte. Weil er nie das Gefühl hatte, ernst genommen zu werden. Da war auch was mit der Pflegefamilie. Der Pflegevater muss sehr streng gewesen sein.«

»Hat er ihn geschlagen?«

»Mir fallen immer nur einzelne Sätze ein.«

»Haben Sie das Gespräch aufgezeichnet?«, fragte Locher.

»Nein. Ich machte mir immer nur Notizen. Am Anfang habe ich ein Tonbandgerät mitlaufen lassen, aber ich wollte ja keine Interviews machen, deshalb hat sich das als nicht sehr nützlich erwiesen. Aber die Notizen habe ich nie aufbewahrt.«

»Haben Sie gewusst, dass er tot ist?«

Nussbaumer nickte.

»Ich bin in dem Alter, in dem man täglich die Todesanzeigen liest. Es war keine Anzeige, es war nur eine Notiz bei den Bestattungen. Der Name ist ungewöhnlich, der sticht einem sofort ins Auge.«

»Was ging Ihnen durch den Kopf, als Sie die Notiz sahen?«

»Was einem so durch den Kopf geht. So jung. Unfall? Drogen? Selbstmord? Da denkt man kurz drüber nach und dann geht man weiter zum Kulturteil oder liest die Sportnachrichten.«

»Haben Sie nicht versucht herauszufinden, was mit ihm geschehen ist?«, fragte Locher.

»Das war über die Feiertage. Mir war allerdings nicht zum Feiern zu Mute. Ich habe über zweihundert solcher Porträts gemacht und ich weiß von einem anderen, der ebenfalls nicht mehr lebt. Es ist nicht so, dass mich das kaltlässt, aber dass Menschen sterben, ist nun einmal ein Fakt, die einen jung, die anderen alt.«

Stauffer nickte. Er hatte das Gefühl, dass sie das Gespräch nicht weiterbrachte. Nussbaumer konnte sich nicht vorstellen, was Brazols Selbstmord mit dem Foto in seinem Briefkasten zu tun hatte.

»Da ist also irgendein Verrückter unterwegs und wirft solche Fotos in Briefkästen«, sagte Nussbaumer nachdenklich.

»Bitte melden Sie sich, wenn Ihnen noch etwas zu Dario Brazol einfällt«, sagte Locher.

»Haben Sie von diesem Spinner gehört, der auf Polizisten geschossen hat? Was frage ich so blöd, natürlich haben Sie davon gehört. Ich finde das bedenklich, aber leider scheint die Gewaltbereitschaft in unserer Gesellschaft zuzunehmen.«

Als Stauffer und Locher im Auto saßen, rätselten sie darüber, ob sie auf der richtigen Spur waren.

»Es sah so gut aus auf den ersten Blick«, sagte Stauffer.

»Es ist immer noch der vielversprechendste Ansatz.«

»Ich bin mir nicht mehr so sicher.«

»Wonach sollen wir sonst suchen?«

»Tobler. Wir müssen unbedingt Tobler erwischen. Ich werde versuchen, bei der Gasser mehr Leute zu kriegen.« Er griff nach seinem Handy. Es dauerte eine Weile, bis er sie erreichte. Sie war alles andere als angetan von seinem Vorschlag.

»Die Fahndung läuft«, sagte sie. »Ich kann nicht eine Hundertschaft ausschwärmen lassen. Zudem beschäftigen Sie die Dispo bereits zu Genüge. Personenschutz, Überwachung einer Wohnung, nächtliche Taxifahrten.«

»Tobler könnte uns einen entscheidenden Hinweis liefern.«

»Sie hätten für eine bessere Überwachung im Krankenhaus sorgen können.«

Stauffer bedankte sich mit einem bitteren Unterton. Soll ich ihr auch noch Recht geben? Schon bei der Verhaftung von Stadelmann war alles schiefgelaufen und das schien sich fortzusetzen.

»Wir kriegen das schon hin«, sagte Locher aufmunternd.

»Hoffentlich«, sagte Stauffer. Und in Gedanken fügte er hinzu: hoffentlich, bevor der nächste Mord geschieht. Er hatte kein gutes Gefühl.

Holzer war bereits dazu übergegangen, Kleinanzeigen zu lesen, als Frau Wehrli endlich wieder erschien. Sie lächelte und ging erneut zum Kaffeeautomaten. Holzer wartete gespannt auf ihren Bericht.

»Clemens Stadelmann war tatsächlich in das Dossier Brazol involviert.«

»Aha.«

»Er wurde um seine Meinung gebeten. Das ist allerdings einige Jahre her. Es ging damals um die Frage, ob die beiden Kinder fremd platziert werden sollten.«

»Zwei Kinder?«, fragte Holzer.

»Ja, Dario hat noch eine Schwester, Olivia. Der Fall war ziemlich eindeutig. Ihre Mutter war psychisch krank und nicht mehr in der Lage, für die Kinder zu sorgen. Die Kinder waren tagelang sich selbst überlassen und in der Wohnung herrschten fürchterliche hygienische Verhältnisse.«

»Clemens Stadelmann empfahl, die Kinder in Pflegefamilien zu geben?«

»Zuerst ging es darum, ob man die Kinder bei der Mutter lassen konnte. Da gab es keine zwei Meinungen. Dann stellte sich die Frage über den Zeitraum. Es wäre auch denkbar gewesen, die Kinder vorübergehend in einem Heim unterzubringen.«

»Hatten die Kinder Einblick in das Dossier?«

»Sie meinen, ob die Kinder wussten, dass Clemens Stadelmann einer der Gutachter war? Nein, das blieb unter Verschluss.«

»Wer wusste davon?«

»Eigentlich nur die involvierten Behörden und ihre Vertreter.«

Eine Sackgasse, dachte Holzer. Es gibt eine Verbindung zwischen Stadelmann und Brazol, aber niemanden, der davon wusste.

»Die Schwester. Olivia. Was geschah mit ihr?«

»Sie wurde ebenfalls in einer Pflegefamilie untergebracht.«

»Eine andere?«

»Ja.«

»Wie alt ist sie jetzt?«

»Zweiundzwanzig Jahre alt.«

»Gibt es eine Adresse?«

»Ich habe Ihnen bereits erläutert …«

»Ja, ja, Datenschutz. Wir versuchen Personen zu schützen und ihr schützt Daten.«

»Wir tun beides, Herr Holzer.«

»Auch gut. Wir finden das so oder so heraus. Sie könnten uns aber eine Menge Zeit sparen.«

»Ich habe bereits mehr getan, als ich eigentlich tun dürfte.«

»Dafür werde ich Ihnen zu Weihnachten eine Karte schicken«, sagte Holzer misslaunig.

48.

Die Stimmung in der Zentrale war angespannt. Walter Wenger hatte immer wieder eindringlich darauf hingewiesen, dass sie nichts übersehen durften, doch er spürte sowohl bei Bolliger als auch bei Herold und Marthaler eine gewisse Müdigkeit. Er hatte sich mit Stauffer am Telefon unterhalten und kurz darauf erfahren, dass Holzer auf dem Weg zurück ins Präsidium war. Manuele Fontini hörte ihm aufmerksam zu, als er ihm von Brazol und der Verbindung zu Stadelmann und Nussbaumer berichtete.

»Sollten wir nicht auch ein Auge auf die anderen Selbstmörder werfen?«, fragte Fontini.

»Im Moment benötigen wir alle verfügbaren Informationen über Brazol. Weshalb hat er sich umgebracht? Wer war seine Pflegefamilie? Was ist mit seiner Schwester Olivia?«

Fontini tippte blitzschnell etwas in sein kleines Notebook.

»Olivia Brazol? Heißt sie noch so, oder hat sie geheiratet?«

»Das wissen wir nicht. Aber schau nach, ob sie in Zürich gemeldet ist.«

Fontini ging. Als sich Wenger wieder den anderen zuwandte, sah er, wie Bolliger einen Fotoapparat in den Händen hielt und damit Anna Herold knipste.

»Was soll das?«, fragte Wenger laut.

»Ich kann mich nicht stundenlang konzentrieren und Texte lesen«, sagte Bolliger.

»Dann geh nach draußen und lauf einen Kilometer oder geh ins Fitness-Studio.«

»Ist das ernst gemeint?«

»Das kann hilfreich sein, wenn du intellektuell überfordert bist.«

»Hey, ich bin nicht überfordert. Das ist nur nicht mein Ding.«

»Dann setz dich ans Telefon und versuch etwas über Dario Brazol und seine Schwester in Erfahrung zu bringen. Egal was.«

Wenger zeigte zur Tür. Bolliger stellte den Fotoapparat auf den Tisch und ging. Anna Herold schaute Wenger prüfend an.

»Wie sieht es bei dir aus?«

»Es ist nicht einfach, wenn man nicht genau weiß, wonach man eigentlich sucht.«

»Das gehört zu unserem Beruf. Wir stochern so lange im Nebel herum, bis wir auf etwas stoßen.«

Wenger nahm demonstrativ einige Hefte in die Hand, obwohl er nicht glaubte, darin noch irgendetwas entdecken zu können. Er war sich ziemlich sicher, dass Dario Brazol genau derjenige war, den sie gesucht hatten. Elfie Marthaler nahm auf dem einzigen Festnetzanschluss im Raum einen Anruf entgegen.

»Tobler hat sich gemeldet.«

»Wie? Telefonisch?«, fragte Wenger.

»Er möchte sich mit Stauffer und Locher treffen.«

»Wo?«

»Er meldet sich in einer Viertelstunde noch mal. Ich habe veranlasst, dass der Anruf direkt auf diesen Apparat geschaltet wird.«

»Das reicht nicht, um eine Fangschaltung zu machen. Hat er gesagt, was er will?«

»Nur dass er mit Stauffer und Locher reden möchte.«

»Vielleicht will er einen Deal aushandeln?«

»Was denn für einen Deal? Wir sind doch nicht in den USA!«, sagte Marthaler lachend.

»Wo sind die beiden jetzt?«

»Unterwegs, sollten in den nächsten zehn Minuten hier eintreffen.«

»Gut. Ruf Stauffer an und sage ihm, dass sie sich beeilen sollen.«

Nachdem die beiden eingetroffen waren, zogen sie sich sofort in Stauffers Büro zurück.

»Wir haben nicht viel Zeit«, sagte Wenger. »Ich finde es keine gute Idee, sich mit Tobler zu treffen. Er soll hierherkommen.«

»Was meinst du?«, fragte Stauffer Tanja Locher.

»Ich glaube nicht, dass er uns gefährlich werden könnte.«

»Ich schätze das ähnlich ein.«

»Wir wissen nicht, was im Kopf dieses Irren vor sich geht. Ihr habt mitbekommen, was Dänzler angerichtet hat.«

»Trotzdem«, sagte Stauffer. »Wir sollten das Risiko eingehen. Tobler weiß etwas, was er uns noch nicht gesagt hat.«

»Dann soll er es verdammt noch mal am Telefon sagen.«

Wenger wollte noch etwas sagen, doch da klingelte es schon. Stauffer nahm den Anruf entgegen.

»Sie haben Eugen erschossen«, sagte Tobler. Seine Stimme überschlug sich beinahe.

»Er hat auf Polizisten geschossen.«

»Waren Sie dabei?«

»Nicht als die Schüsse fielen.«

»Ich glaube, Sie sind nicht so wie die anderen.«

»Was wollen Sie?«, fragte Stauffer.

»Die warten nur darauf, auch mich erschießen zu können. Ich weiß zu viel. Über Eugens Plan.«

»Welchen Plan?«

»Können wir uns an der Bertastrasse treffen?«

»In Ihrer Wohnung?«

»Nein, da sind sie schon drin.«

»Wen meinen Sie?«

»Diejenigen, die Eugen auf dem Gewissen haben.«

»Worüber möchten Sie mit uns sprechen?«

»Über das Foto.«

Stauffer horchte auf.

»Es wird nach Ihnen gefahndet, wir können uns nicht einfach so treffen.«

»Ich bin bereit, mich zu stellen. Aber nur Ihnen.«

»Gut. Wo an der Bertastrasse?«

»Beim Gemüsehändler an der Ecke.«

Stauffer war nicht wohl bei dem Gedanken. Was, wenn Tobler durchdrehte?

»Sie und die Polizistin, sonst niemand. Es ist Ihre einzige Chance. Wenn Sie nicht tun, was ich verlange, werden Sie die Wahrheit nie erfahren.«

»Was für eine Wahrheit?«

»Die Wahrheit über das Foto.«

»Gut«, sagte Stauffer. »Geben Sie uns eine halbe Stunde.«

»Ich werde mich umschauen. Wenn ich sehe, dass noch andere Polizisten da sind, haue ich ab.«

»Es patrouillieren täglich Polizisten in der Gegend.«

Tobler schwieg einen Moment. Stauffer befürchtete bereits, dass er den Anruf beenden würde.

»Ich bin nicht wie Eugen«, sagte er scheinbar zusammenhanglos.

»Ich weiß«, sagte Stauffer.

»In einer halben Stunde.«

»Ja.«

Stauffer fasste Toblers Worte zusammen. Wenger schüttelte den Kopf.

»Das ist viel zu riskant.«

»Die Sache ist ihm über den Kopf gewachsen. Er hat sich eingeredet, ein Revolutionär zu sein oder etwas Ähnliches, und jetzt hat er panische Angst, dass er wie Eugen Dänzler erschossen wird.«

»Glaubst du ihm das mit dem Foto?«, fragte Wenger.

»Er weiß garantiert etwas«, sagte Locher.

»Wir sollten uns auf den Weg machen«, sagte Stauffer.

»Himmelnochmal, ihr seid beide verrückt.«

»Nehmt wenigstens das Nothandy mit«, sagte Wenger. Stauffer nickte. Eigentlich war das Nothandy nur ein Knopf, der Alarm auslöste, wenn man ihn drückte. Ganz ähnlich wie die Armbänder, die man alten Menschen gab, damit sie sich bemerkbar machen konnten, wenn sie Hilfe brauchten.

»Willst du gegenüber Scharfschützen platzieren?«, fragte Stauffer.

»Du weißt genau, wie riskant das ist. Wir sollten Tobler verhaften lassen.«

»Er wird keine Aussage machen, wenn wir ihn verhaften.«

»Das wird er nicht durchhalten.«

»Was ist mit Nussbaumer? Wie lange können wir für seine Sicherheit sorgen? Zudem wissen wir nicht, ob noch andere gefährdet sind.«

»Ich werde veranlassen, dass ein Einsatzwagen in der Nähe bereitsteht«, sagte Stauffer. »Wir haben doch diesen alten VW, bei dem keiner die Polizei am Steuer vermuten würde.«

»Ich kann das übernehmen«, sagte Wenger.

»Du willst dich ans Steuer setzen?«

»Nein, aber ich werde dafür sorgen, dass sofort jemand bei euch ist, falls Tobler durchdreht.«

Sie gingen gemeinsam nach unten. Wenger steuerte sofort auf den Disponenten zu, während Stauffer und Locher in Lochers Wagen stiegen. Der Feierabendverkehr hatte noch nicht eingesetzt und sie kamen zwischen den verschiedenen Ampelphasen gut voran. Tanja Locher fand sogar einen Parkplatz in einer Querstraße. Sie waren bereits in Richtung Gemüsehändler unterwegs, als Fontini anrief.

»Du wolltest den Aufenthaltsort von Olivia Brazol wissen?«

»Ja«, sagte Stauffer, »aber wir sind jetzt grad bei einem Einsatz.«

»Das könnte aber wichtig sein«, sagte Fontini.

»Was?«

»Sie ist in Zürich gemeldet. Du wirst nicht glauben wo.«

»Wie oft habe ich dir schon gesagt, dass du nicht in dämlichen Rätseln reden sollst? Nenne mir die Adresse, das reicht.«

»Bertastrasse. Nur drei Häuser von Tobler entfernt.«

»Was?«

Stauffer blieb abrupt stehen. Fontini hatte ihm die Hausnummer genannt. Er schaute hoch, sie waren an dem Haus vorbeigegangen, während sie telefonierten. Locher schaute ihn irritiert an.

»Olivia Brazol. Sie wohnt hier in der Bertastrasse.«

»Und was bedeutet das?«

»Die beiden kennen sich«, sagte Stauffer. »Genau das muss es sein. Tobler und die Brazol. Vielleicht sind sie ein Paar.«

»Und warten jetzt gemeinsam auf uns beim Gemüsehändler?«

»Wenger hatte Recht. Es ist zu riskant.«

»Was schlägst du vor?«

Stauffer zeigte in die Richtung, aus der sie gekommen waren.

»Wir besuchen Frau Brazol.«

Locher nickte, schaute in Richtung Gemüsehändler, ehe sie sich umdrehte. Als Stauffer die Klingeln sah, fluchte er leise. Es war ein Appartementhaus und unten waren nur die Nummern der Wohnungen angegeben. Nur vereinzelt stand daneben ein Name.

»Das sind zweiunddreißig Möglichkeiten, falsch zu liegen«, sagte Locher. Stauffer rief Fontini an, doch dieser hatte keine Ahnung, in welchem Appartement sie gemeldet war.

»Sie ist nicht da.« Es war Toblers Stimme.

Beide drehten sich zu ihm um. Er trug eine Wollmütze und eine Jacke, die einige Nummern zu groß war. Er hatte beide Hände in den Taschen, was sowohl Locher als auch Stauffer alarmiert zur Kenntnis nahmen.

»Wir möchten gerne mit ihr sprechen«, sagte Stauffer.

»Ich auch«, sagte Tobler. »Aber sie ist nicht da.«

»Nehmen Sie beide Hände langsam aus den Taschen«, sagte Locher. Tobler schaute sie fragend an, ehe er tat, was Locher verlangt hatte.

»Ich bin nicht bewaffnet.«

»Wir müssen reden«, sagte Stauffer. »Aber nicht hier. Was ist mit dem Gemüsehändler?«

»Das war nur eine Finte. Ich wollte sehen, wer alles zu ihm geht. Der Laden hat heute zu.«

Er lachte und schien sichtlich stolz auf seinen Einfall zu sein.

»Sind Sie bereit, mit aufs Präsidium zu kommen?«

»Wenn Sie für meine Unversehrtheit garantieren.«

Sie gingen zurück zum Wagen. Stauffer rief Wenger an und sagte ihm, dass der Einsatzwagen vor dem Appartementhaus auf Olivia Brazol warten solle.

»Wie sieht sie aus?«, fragte Wenger.

Stauffer fragte Tobler, dieser zuckte die Schultern.

»Ganz gewöhnlich«, sagte er bloß.

Stauffer hörte, wie Wenger »toll« sagte. Dann hatten sie den Wagen erreicht. Unterwegs löcherte Tobler sie mit Fragen, was nun mit ihm geschehe, wie er untergebracht würde und mit wie viel Jahren Gefängnis er zu rechnen habe.

»Wenn Sie mit dazu beitragen, einen Mord aufzuklären, wird sich das zu Ihren Gunsten auswirken.«

»Die Stumme hat doch keinen Mord begangen.«

»Die Stumme?«, fragte Stauffer.

»Ich nenne sie so, weil sie wenig spricht.«

»Olivia Brazol? Wie gut kennen Sie sie?«

»Sie putzt einmal in der Woche bei mir.«

»Sie ist Putzfrau?«

»Ich kann mir eigentlich keine Putzfrau leisten. Meine Mutter bezahlt Olivia. Wir haben uns vor zwei Jahren beim Gemüsehändler kennen gelernt. Sie hat da einen Zettel aufgehängt, dass sie Arbeit sucht. Seitdem putzt sie bei mir.«

Langsam verstand Stauffer die Zusammenhänge.

»Das ist Wahnsinn, finden Sie nicht? Sie war einige Male da, als ich mich mit Eugen unterhielt. Da muss sie auf die Idee gekommen sein.«

»Sie wusste von der rechten Hand?«, fragte Locher.

»Ich dachte, das interessiert sie alles nicht. Sie schien mir nicht die Hellste zu sein.«

»Haben Sie ihr den Fotoapparat geschenkt?«

Tobler nickte.

»Ich habe ihn kaum benutzt. War nur so eine Idee, eine Fotoserie wie früher mit Polaroidfotos. Aber die Bilder dieser Kamera sind sehr klein und die Qualität ist mäßig. Ich habe gesehen, dass Olivia die Kamera gefiel, da fragte ich sie, ob sie sie haben möchte.«

»Und als sie das Foto sahen, wussten Sie, wer die Hand fotografiert hat.«

»Verrückt, völlig verrückt. Hat sie tatsächlich jemand getötet?«

Stauffer antwortete nicht. In Gedanken ging er die Fakten noch einmal durch, diesmal mit dem neuen Puzzlestein, der sich als der entscheidende herauszustellen schien. Sie suchten nach einer unscheinbaren jungen Frau, die mit ziemlicher Sicherheit Clemens Stadelmann erstochen hatte.

»Wir müssen mehr wissen über Olivia Brazol«, sagte Stauffer.

»Es ging ihr in den vergangenen Wochen nicht gut. Eigentlich seit Anfang des Jahres. Aber sie redete nicht über sich. Das hat mir gefallen. Alle anderen reden immer nur über sich.«

Es ging ihr nicht gut, weil sich ihr Bruder vor einen Zug geworfen hatte, dachte Stauffer. Sein Handy klingelte, als sie auf den Parkplatz des Präsidiums fuhren.

»Jemand will zu Nussbaumer.« Es war eine Frauenstimme.

»Jemand?«, fragte Stauffer ein wenig ungehalten. Litten alle an der Fontinikrankheit?

»Sie sagt, dass sie noch Putzmittel kauft und dann zurückkommt.«

»Was?«

»Sie will bei Nussbaumer putzen.«

»Lasst die Frau auf keinen Fall in seine Nähe. Wie sieht sie aus?«

»Eine junge Frau, um die zwanzig. Wirkt eher schüchtern.«

»Nochmals, lasst sie nicht zu Nussbaumer. Und seid vorsichtig, die Frau ist vermutlich bewaffnet.«

»Okay.«

»Was okay? Haben Sie mich verstanden?«

Die Verbindung war unterbrochen.

»Habt ihr Olivia?«, fragte Tobler. Stauffer zog an Toblers Ärmel, damit er sich rascher bewegte.

»Wir müssen gleich weiter. Mein Kollege Urs Holzer wird sich um Sie kümmern.«

»Bin ich hier sicher?«, fragte Tobler kleinlaut.

Stauffer war drauf und dran, das Wort todsicher zu benutzen, verkniff es sich jedoch. Er rief Holzer an und wenig später nahm dieser Tobler in Gewahrsam. Wenger war ebenfalls gekommen.

»Los, du kannst mitkommen. Olivia Brazol ist bei Nussbaumer.«

Diesmal nahmen sie einen Dienstwagen mit Martinshorn. Locher drückte aufs Gas, während Stauffer erzählte, was sie von Tobler erfahren hatten. Wenger hörte aufmerksam zu. Als sie nach einer gefühlten Ewigkeit vor Nussbaumers Haus ankamen, sahen sie, wie zwei Polizisten eine junge Frau festhielten. Eine Polizistin schirmte die drei vor neugierigen Passanten ab. Locher stellte ihren Wagen so hin, dass er eine zusätzliche Blockade bildete.

»Ich erkenne die Frau«, sagte Wenger leise.

»Ja?«, fragte Stauffer überrascht.

»Sie ist vor Stadelmanns Haus beinahe in mich rein gelaufen.«

Als sie unmittelbar vor Olivia Brazol standen, schaute sie sie mit funkelnden Augen an. Wie ein Raubtier, dachte Stauffer. Ein Raubtier, dem man in letzter Sekunde die Beute entrissen hatte.

49.

Es war spät am Abend, als Olivia Brazol endlich bereit war auszusagen. Stauffer, Locher und Wenger hatten abwechselnd versucht, zaghaft, forsch, nüchtern oder einschüchternd auf sie einzureden, doch es half alles nichts. Wie hatte sie Tobler genannt? Die Stumme. Zwischendurch berieten sie sich und es war Elfie Marthaler, welche die Idee hatte, sich Filmaufnahmen aus dem Bahnhof Stettbach zu besorgen. Die Verkehrsbetriebe zeigten sich kooperativ und schließlich bekamen sie eine DVD, die den Ort zeigte, an dem sich ihr Bruder vor einen Zug geworfen hatte. Stauffer veranlasste, dass ein Monitor ins Verhörzimmer gestellt wurde. Olivia Brazol schaute zuerst verwirrt, doch als sie begriff, was sie sah, brach sie vollkommen zusammen und schlug die Hände vor das Gesicht.

»Ich will das nicht sehen«, schrie sie.

»Wir möchten uns mit Ihnen unterhalten«, sagte Stauffer ruhig. Sie nickte mechanisch, hielt einen Arm schützend vor ihren Kopf, als würde sie einen Angreifer abwehren. Stauffer dachte an Sven Stadelmann, den sie am frühen Abend freigelassen hatten. So unterschiedlich die beiden waren, er glaubte, bei ihnen eine gut versteckte Verletzlichkeit zu spüren. Als der Film nicht mehr lief, schaute sich Olivia Brazol im Verhörraum um, als würde sie ihn erst jetzt zur Kenntnis nehmen. Stauffer war froh, dass der Haftrichter schon bei der ersten Einvernahme einer Untersuchungshaft zustimmte, obwohl Olivia Brazol kein einziges Wort gesagt hatte. Doch diesmal hatten sie genügend Indizien in der Hand.

»Ihr Bruder hat sich vor einen Zug geworfen«, sagte Tanja Locher ruhig.

»Man hat ihn dazu gebracht.«

»Man?«, fragte Stauffer.

»Die Leute zerstören Familien, sie machen Menschen kaputt.«

Stauffer hörte verwundert zu, sie sprach ganz normal, weder besonders langsam noch stotterte sie.

»Das Sozialamt hat Sie und Ihren Bruder bei Pflegeeltern untergebracht.«

»Sie wollten uns zerstören, die Familie. Bravo. Es ist euch gelungen. Unsere Mutter starb, mein Bruder starb. Und was ist aus mir geworden? Ich war immer langsam. In der Schule, überall. Ich habe alles mit der linken Hand gemacht. Dario sagte, ich solle mir keine Sorgen machen. Ich bin deine rechte Hand. Das hat er gesagt. Er hat mir geholfen. Immer. Aber dann. Sie haben nicht auf uns gehört. Man kann eine Familie nicht einfach auseinanderreißen. So.«

Sie zeigte pantomimisch, wie etwas zerrissen wurde. Stauffer dachte an das, was ihm Holzer gesagt hatte. Alle waren sich einig, dass es so nicht weitergehen konnte. Sie taten es für das Wohl der Kinder. Und jetzt saß dieses Elend vor ihnen. Eine junge Frau, die jemanden ermordet hatte, weil er vor Jahren befürwortet hatte, dass sie zu Pflegeeltern kam.

»Clemens Stadelmann war einer der Sozialarbeiter, die besorgt waren.«

»Besorgt? Er hat nichts verstanden. Nichts.«

Stauffer sah die Wut in ihren Augen.

»Die Akten waren nicht zugänglich«, sagte Locher. »Woher wussten Sie, dass Stadelmann für Ihre Familie zuständig war?«

»Er hat mich besucht. Er hat gehört, dass Dario tot ist. Er wollte wissen, wie es mir geht. Er hat nichts verstanden. Er war schuld. Er hat die Familie zerstört.«

Stauffer dachte an Sven Stadelmann. Hatte er seinen Vater einen Gutmenschen genannt, der naiv an das Gute glaubte? Was war das für eine Ironie. Er besuchte Olivia Brazol, weil er sich Sorgen gemacht hatte, und plötzlich wusste sie, wer ihr Feind war. Wie hätte er auch ahnen können, was in dieser Frau vorging?

»Erzählen Sie uns von dem Foto«, sagte Stauffer. Mit diesem Foto und der Hand hatte alles begonnen, aber noch passte es nicht in die Geschichte rein.

»Ich habe die Hand gefunden«, sagte Olivia Brazol und es war trotziger Stolz herauszuhören.

»Gefunden?«, fragte Stauffer.

»Seit Dario tot ist, schlafe ich schlecht. Ich wache um vier Uhr auf und bin wach. Ich gehe raus. Ich fahre auf dem Motorrad. Das hat mir immer gefallen. Der Wind, die Geräusche. Am liebsten auf dem Land. Am Morgen ist alles friedlich, es hat keinen Verkehr. Ich fahre aufs Land. Die Schienen entlang. Ich denke, dort ist Dario jetzt, die Schienen entlang.«

»Sie waren in der Nähe von Dübendorf unterwegs und sahen, wie sich jemand vor einen Zug stürzte?«, fragte Locher.

»Nein. Ich habe nichts gesehen. Es gab ein Geräusch … Es

klang … Ich weiß nicht wie. Anders. Ich fuhr näher, auf dem Feldweg. Ich hielt an. Einfach so. Da lag die Hand. Sie lag einfach da. Die rechte Hand. Dario. Es war wie ein Zeichen von ihm.«

Sie wischte sich Tränen aus dem Gesicht.

»Die Hand gehörte nicht Ihrem Bruder«, sagte Stauffer vorsichtig. Glaubte sie tatsächlich, dass es die Hand ihres Bruders war? Was wusste er schon, was in dieser Frau vorging?

»So etwas geschieht nicht einfach so. Ich dachte an Julian. An die Gespräche. Dass man etwas machen muss. Sie haben über Dinge geredet, die ich nicht verstanden habe. Nicht alles. Die rechte Hand. Das habe ich verstanden. Wenn du sie verloren hast, dann weißt du nicht mehr weiter. Wir brauchen eine rechte Hand. Man hat sie weggerissen. Mir. Meinem Bruder. Meine Familie, man hat sie zerrissen. Man muss etwas machen.«

»Sie haben die Hand fotografiert?«, fragte Locher.

»Das ist ein Zeichen. Das wusste ich. Sie werden es erkennen. Sie werden mich erkennen. Und Dario. Was man uns angetan hat.«

»Weshalb Herr Nussbaumer?«, fragte Stauffer.

»Dario hat mir ein Heft geschenkt. Er sagte, der Mann sei nett gewesen. Ist es nett, wenn man nicht zur Beerdigung kommt? Er hat Dario nur ausgenutzt. Alle. Sie machen mit uns, was sie wollen. Da ist ein Schmerz. Hier drin.«

Sie klopfte auf ihre linke Brust. Stauffer nickte.

»Wir machen eine kurze Pause«, sagte er. »Möchten Sie etwas essen oder trinken?«

Olivia Brazol nickte.

»Bleib nur«, sagte er, als Locher ihn fragend anschaute. Stauffer ging in einen anderen Raum und öffnete ein Fenster. Er versuchte sich vorzustellen, was diese junge Frau durchgemacht hatte. Sie hatte einen Menschen getötet, der sich um sie kümmern wollte. Hätte man die Kinder bei ihrer Mutter lassen sollen? Wäre alles anders gekommen? Hätte sich Dario Brazol nicht vor einen Zug geworfen? Er dachte an Tobler, diesen Wirrkopf mit seiner undefinierten Wut. Und an Dänzler, der vielleicht vorgehabt hatte, unzählige Menschen zu töten. Was war nur los? Alle schienen wütend zu sein und alle schienen die Orientierung verloren zu haben. Er sah Anna vor sich. Ohne darüber nachzudenken, schaltete er einen Fernseher ein. Er sah jubelnde Menschen, die voller Freude Fahnen schwenkten. Ihm fiel ein Satz ein, von dem er nicht mehr wusste, wo er ihn gelesen hatte. Wovor sich die einen fürchten, ist für die anderen das erstrebenswerte Paradies. Er starrte noch eine Weile auf die Bilder, ehe er den Fernseher wieder ausschaltete. Danach ging er nach unten, nachschauen, ob er im Verpflegungsautomaten ein Sandwich für Olivia Brazol finden würde.

Ende.

Pendragon Verlag
gegründet 1981
www.pendragon.de

2. Auflage

Gedruckt auf holzfreiem und alterungsbeständigem Papier

Veröffentlicht im Pendragon Verlag
Günther Butkus, Bielefeld 2012

Lektorat: Eike Birck und Vanessa Vogt
Umschlag und Herstellung: Uta Zeißler (www.muito.de)
Umschlagfoto: ©panthermedia.net, Andrea Lehmkuhl
Satz: Pendragon Verlag auf Macintosh
Gesetzt aus der Adobe Garamond
ISBN 978-3-86532-305-7
Gedruckt in Deutschland

Roger Graf

Die Frau am Fenster

Krimi

416 Seiten, Paperback, 4. Auflage
Euro 12,90, ISBN 978-3-86532-995-0

Stauffer interessierten solche Gedankenspiele: Der Mörder als ein banaler Mensch, der etwas tut, was die meisten anderen Menschen nicht tun: Menschen töten.

In einem Waldstück in der Nähe von Zürich wird ein junger Bankangestellter ermordet aufgefunden. Kurz darauf geschieht ein weiterer Mord. Als einziges Indiz dient der Fahndungsgruppe eine Plastikuhr, die der Täter an beiden Tatorten zurückgelassen hat, eingestellt auf 11:15 Uhr. Nachlässigkeit oder Zufall, oder etwa eine Mitteilung vom Täter? Und falls ja, wie ist sie zu deuten? Für Damian Stauffer, den frisch ernannten Leiter der Abteilung Kapitalverbrechen bei der Zürcher Polizei, wird dieser Fall zur ersten großen Herausforderung.

Roger Graf
Der Mann am Gartenzaun

Krimi
376 Seiten, Paperback, 1. Auflage
Euro 12,95, ISBN 978-3-86532-164-0

Auf dem Gelände einer stillgelegten Fabrik in Zürich wird ein Skelett entdeckt. Wer war der junge, auffallend groß gewachsene Mann und weshalb musste er sterben? Damian Stauffer und sein Team versuchen dem Toten ein Gesicht und einen Namen zu geben. Doch je mehr sie in Erfahrung bringen, um so rätselhafter erscheint der Fall. Jene, die den Toten gekannt haben, scheinen alle einem anderen Menschen begegnet zu sein. Akribisch versucht die Polizei die Biographie des Toten zu erforschen. Gleichzeitig hofft eine Mutter endlich zu erfahren, was aus ihrer Tochter geworden ist, die vor vielen Jahren spurlos verschwunden ist. Und ein kranker Mann wittert seine letzte große Chance.

„Der Mann am Gartenzaun' ist ein vielschichtiger und packender Kriminalroman, der durch überraschende Wendungen besticht."

Musenblätter

Roger Strub
Gierige Tage

Krimi
Lena Bellmanns vierter Fall
208 Seiten, Paperback, 1. Auflage
Euro 9,95, ISBN 978-3-86532-205-0

Während der Fußball-Europameisterschaft 2008 wird in Bern eine junge ungarische Prostituierte ermordet. Sie wurde, zusammen mit anderen Osteuropäerinnen, nach Bern geholt. Der Tatverdacht fällt schnell auf ihren Zuhälter, der nach dem Verbrechen spurlos verschwunden ist. Lena Bellmann versucht mit ihrem Team die Identität des Mannes zu entschlüsseln. Dabei stößt sie auf unglaubliche Verknüpfungen. Stück für Stück gelingt es ihr, die verschlungenen Wege des Frauenhandels aus Osteuropa offen zu legen.

In ihrem vierten Fall kämpft Lena aber an mehreren Fronten gleichzeitig. Denn mit den italienischen Fußballfans tauchen auch zwei Roma in Bern auf, die den Tod ihrer kleinen Schwester rächen wollen. Sie halten Lena für ihre Mörderin. Ein Albtraum mit ungewissem Ausgang beginnt …

Roger Strub
Tödliche Punkte

Krimi
Lena Bellmanns fünfter Fall
224 Seiten, Paperback, 1. Auflage
Euro 9,95, ISBN 978-3-86532-272-2

Ein junger Ausländer wird in Biel tot aufgefunden. Bald stellt sich heraus, dass er nicht an einer Überdosis starb, sondern mit einem exotischen Pfeilgift ermordet wurde.
Lena Bellmann, die nach ihrem Ausstieg bei der Polizei eine Detektei eröffnet hat, erhält einen ungewöhnlichen Auftrag: Personenschutz für den türkischen Freund des Toten. Als tatsächlich ein Anschlag auf den Jungen verübt wird, will die Ex-Kommissarin den Täter mit aller Macht finden. Dabei gerät sie in Abgründe der schweizerischen Gesellschaft, die sie nicht für möglich gehalten hätte. Ein Alptraum beginnt …

„Fazit: Spannend, amüsant, sympathisch."
Barbara Keller, berlinkriminell